夏的故事

——夏物語——

川上未映子——著

陳嫻若——譯

目次

第一部 二〇〇八年夏

第二部　二〇一六年夏～二〇一九年夏

第一部 二〇〇八年夏

1 你，家裡窮？

想知道一個人到底有多窮，只要問他老家的窗子有幾扇，就能一目了然。平日的吃穿都說不得準，想知道貧窮的程度，唯有數窗子。沒錯，貧窮就是窗子的數量。沒有窗子，或者窗子的數量越少，多半可以判斷那個人到底有多窮。

以前，我跟某個人說起這個理論時，她反駁說，不一定吧。她的說詞是這樣的，「就算是只有一扇窗，但是有可能那是一扇面對庭院、大到不行的窗子啊。家有那麼豪華的大面窗，怎麼可能算是窮人呢？」

但是，讓我來說的話，這是已經脫離貧窮的人才會有的想法。面對庭院的窗，大面窗，請問一下，庭院是什麼？豪華的窗長什麼樣子？

對貧窮世界的居民而言，根本不存在什麼大面窗或豪華窗的思維，對他們而言，窗子就是被衣櫥或收納櫃密密實實的擋住、從來沒打開過的烏黑玻璃板，或者是裝在廚房從沒旋轉過的換氣扇旁的骯髒四角框。

所以，不論是貧窮現在式的人，還是過去貧窮的人，只有窮人才會想討論貧窮，或是真正說得出貧窮的定義。而我，兩者都是，打從出生就貧窮，現在也還是個窮人。

我之所以無意識地想起或思索這件事，也許是坐在眼前的那個女孩的關係。暑假的山手線沒有想像中擁擠，人人不是玩手機就是看書，大家都平靜地坐在自己的位子上。

那個女孩看上去，你說她八歲也行，十歲也沒錯，她的身旁一側坐著一位年輕男子，腳邊擺著運動提包，另一側坐著兩位頭上戴著黑蝴蝶結髮箍的女孩，她似乎是一個人。

她長得又黑又瘦，可能是日晒的關係，淡色的圓形玫瑰糠疹變得特別明顯。灰色裙褲下伸出的兩條腿，與從淡藍色坦克背心旁的兩隻手臂一樣細。嘴角緊緊抿住，兩肩聳著，表情有說不出的緊張。看著她，我不禁想到小時候的自己，腦中掠過「貧窮」兩個字。

我盯著頸部開闊的淡藍色坦克背心，和本來該是白色，但是沾滿汙漬，已看不出顏色的運動鞋。我有點擔心萬一這女孩不小心張開嘴，露出牙齒，會不會看到一口蛀牙。這麼說起來，她一件隨身行李也沒帶，既沒有背包、提包，也沒有小包包。車票和錢可能放在口袋裡吧。雖然我不知道這個年紀的女孩子出門搭電車時，會做什麼打扮，但是，她手上空無一物讓我有點擔心。

看著看著，我有股衝動，覺得必須從位子站起來，移到女孩子面前，隨便跟她說說話，覺得必須與她說些只有我們才懂的話，就像在日誌角落寫下沒人懂的記號。我好像可以從她看上去粗硬的頭髮找到話題，起風時頭髮也不會亂，對吧，玫瑰疹等長大之後就會消失了，不要太在意，還是聊窗子？我家沒有看得到外面的窗，你家有窗子嗎？

一看時間，正好中午十二點。電車穿越停滯不動的夏日熱氣前進，接著傳出「下一站神田」的混濁廣播聲。到了站，車門隨著慵懶的聲響打開時，雖然才剛到中午，一個爛醉的老人連滾帶爬地上了車，幾個乘客反射性地四散走避，男子發出低微的呻吟。灰色的鬍鬚有如散開的鋼絲球，垂掛在疲憊的工作服前襟。手上捏著皺巴巴的超商塑膠袋，另一手想抓吊環卻失去平衡，跌了個踉蹌。車門關閉，電車駛動時往前一看，剛才的女孩子已經不在了。

到達東京站，出了驗票口，難以置信的人潮讓我停下腳步，那麼多人到底是從哪裡來，又到哪裡去呢？這景象不只是單純的人潮了，宛如在欣賞一場絕妙的比賽。我有點心慌，感覺似乎有人在說：只有你不懂規則。我握緊了托特包的提把，大大吐出一口氣。

十年前的夏天，我第一次來到東京車站，當時我剛滿二十歲，也像今天一樣，汗水再怎麼擦還是不斷冒出來的夏天。

我把將近十本重要作家的書，裝進高中時代在舊衣店考慮再三才買的、呆瓜一般的登山大背包裡，一般人可能認為，不如放進搬家行李一起託運，但我卻把它們當作護身符一般，片刻不離地背在背上，扛到東京來。從那天至今十年，二〇〇八年的現在，三十歲的我，完全不是二十歲時我所想像的未來樣子。還沒有人讀過我寫的文章（文章不時貼在部落格上，這個沒人找得到的網路角落，每天最多只有幾個人點進來），更別說它根本還沒有印刷出版。幾乎沒有任何朋友。公寓屋頂傾斜的程度，剝蝕的牆壁，每月靠著全力打工賺的十幾萬日圓維持生活，不論再怎麼寫，也不知道自己該往哪裡去的茫然，都和十年前一樣。一成不變的生活，宛如舊書店的書架上還插滿了上一代採購的書，唯一改變的只有身體裡堆滿了十年的疲憊。

看看時間，十二點十五分，結果我比約定時間提前十五分鐘到達，便靠在沁涼的大圓柱上，眺望往來的人群。在各種說話聲、無數聲響形成的嘈雜中，一大家子抱著許多行李熱熱鬧鬧的從右往左走去。然後另一對母子走過來，小男孩緊緊握著母親的手，掛到屁股旁的過大水壺不斷搖晃；不知從哪兒傳來嬰兒的哭喊聲；男女都化了妝的一對情侶，咧著嘴快步通過。

我從皮包裡拿出電話，確定卷子沒有來電和簡訊，也就是說，卷子母女已經按照預定時間從大阪順利的搭上新幹線，按理說再過五分鐘就會到達東京站。我們約定的地點就在丸之內北口這一帶，事前已經傳了地圖也說明了方向，不過突然有些擔憂，檢查了一下今天的日期。八月二十日，就是今天沒錯。我們約好今天，八月二十日，十二點半在東京車站丸之內北口見面。

卵子為什麼要加上「子」這個字呢，是因為精子有「子」，所以只是配合它罷了。這是我今天最大的發現。去了好幾次圖書室，但是借書的手續很麻煩，更何況那裡書少，地方小、光線差，他們還會偷看我在看什麼書，所以得要快速遮住。最近我都去比較有規模的圖書館，那裡有電腦可以查，而且學校太累了。很多地方都很愚蠢。在這裡寫下愚蠢兩字雖然也很愚蠢，不過反正學校的事得過且過就行了，但是家裡的事不能隨便應付，所以不能同時想兩件事。寫字這回事，只要有筆和紙，到哪兒都能寫，不要花錢，什麼都能寫，這是個非常好的方法。Iya 這個字，可以寫成厭和嫌，厭的字形真的有討厭的感覺，所以練習厭，厭、厭。

綠子

今天從大阪來東京的卷子是我的姊姊，今年三十九歲，比我大九歲，她有個快滿十二歲的女兒，叫做綠子。卷子二十七歲時生下了她，獨自扶養她長大。

我十八歲的時候，與卷子和剛出生的綠子三個人，在大阪的公寓一起生活了好幾年。這也是因為卷子在綠子出生前，已與丈夫分手，主要是基於人手不足和經濟上的理由，在我頻繁來去後，決定三個人一起生活比較省事。所以，綠子沒有見過自己的爸爸，後來也沒聽說他們見過面，綠子就在對自己父親一無所知的狀態下長大。

直到現在，我仍然不太清楚卷子與丈夫分手的原因。我記得當時就離婚和前夫的事，跟卷子聊了很多，也還記得我心裡認為「不能這樣做」。至於，「不能這樣做」的想法到底是針對什麼，我卻想不起來了。卷子的前夫是土生土長的東京人，為了工作搬到大阪，才認識了卷子，而且很快就有了綠子。這麼說來，我還模糊的記得他操著當時大阪難得聽見的東京腔，用「君」*1來稱呼卷子。

我們姊妹以前與父母，四個人住在一棟小公寓的三樓。

那是個三坪和兩坪房間相連的小房子，一樓租給酒館，因為就在港口附近，只要走幾分鐘就看得到海，隨時都能看到黑色的浪頭如鉛塊般，發出巨大聲響撞擊灰色消波塊再崩裂開來的景象。不論去到哪兒，都聞得到潮水的濕氣與滔天巨浪的氣息。但這個小鎮一到夜晚，便充斥著酒醉鬧事的男人。路邊、房屋陰影處，經常能發現有人蹲在那兒。咆哮和互毆也是家常便飯，還曾經走在路上，天外飛來一輛自行車。流浪狗到處生下許多小狗，那些小狗長大又到處生下流浪狗。但是，我們在那裡住了好幾年，我上小學的時候，爸爸不知去向，所以我們三人搬到外婆住的公營社區一起生活。

與父親只相處不到七年，但是從小我就知道他是個個子矮小，身材宛如小學生的男人。

他不工作，不分日夜躺在床上，可美外婆——我們的外婆恨爸爸讓她女兒吃盡苦頭，暗地裡都叫他鼴鼠。爸爸穿著泛黃的運動上衣和衛生褲，賴在房間最裡面的萬年床墊上，從早到晚都在看電視。枕頭邊堆滿了周刊和權充菸灰缸的空啤酒罐，房間裡永遠彌漫著香菸的煙霧。他懶得換

1 譯注：「君」（kimi），第二人稱，通常是男性稱呼同輩或年紀較小者時使用。

姿勢，怕麻煩，看我們的時候甚至拿小鏡子看。心情好的時候也會開玩笑，但是基本上不太說話，印象中他從來沒有陪我們玩，或是帶我們出門過。不管他是不是躺著、看電視，還是無所事事的時候，只要心情不好就會大聲叫罵，偶爾喝了酒，便會大發脾氣毆打母親，一旦動起手來，也會藉口把卷子和我打一頓，所以，我們從小就十分恐懼矮小的爸爸。

有一天放學回到家，爸爸不見了。

房間裡待洗的衣服堆積如山，雖然與平時一樣窄小又昏暗，然而光是爸爸不在，就好像一切都變得不同了。我倒抽了一口氣，移動到房間中央，試著發出聲音。剛開始只是輕喊一聲，檢查喉嚨的狀況，接著一古腦的從肚子裡發出意義不明的囈語。沒有人在，不用說話，我隨意的扭動身體，腦袋空白隨心所欲的擺動手腳，身體越動越輕盈，感覺從身體的深處湧出了一股力量。電視機上累積的灰塵、堆在水槽裡的髒碗盤，貼了膠帶的碗櫥門、刻有身高記號的木柱紋路，隨處所見的這些東西，宛如都撒上了魔術銀粉般熠熠發光。

但是，我立刻又憂愁起來。因為我明白這一切只有一下子，很快又會回到同樣的生活。爸爸只不過是難得有事出門，馬上就會回來了。我放下書包，一如往常的坐在房間角落嘆息。

但是，爸爸並沒有回來，到了第二天、第三天，爸爸也沒有回來。過了幾天後，幾個男人上門來，每次都被母親趕出去。不應門的第二天早上，玄關外一定散落著許多菸頭。這種事發生了好幾次，就在爸爸未歸過了一個月的某天——媽媽把爸爸鋪在地上的棉被整個拖出房間，使勁塞進熱水器壞掉後就沒再進去過的浴室。爸爸那張塞在霉味小空間、沾染了汗臭和菸味的棉被，黃得令人吃驚。母親注視著棉被好一會兒，狠狠的朝它踢了一腳。又過了一個月，某天半夜，母親一聲聲「快起來」把卷子和我搖醒，即使在黑暗中也知道母親走投無路的表情，她帶我們上了計程車，就此逃離了那個家。

為什麼必須逃走？三更半夜的我們要到哪兒去？我既不知道原因也不知道意義。經過了一段時間，雖然也向母親探過口風，但是談論父親好像成了禁忌，終究沒能從母親口裡得到清楚的答案。那一夜莫名其妙的摸黑走了一晚上，結果卻只是從同一城市的一角到另一角，搭電車不過一小時距離，到我最愛的可美外婆家。

計程車裡，我暈車噁心，最後吐在母親清空的化妝包裡。胃裡面沒什麼可吐的，母親一面搓著我的背，一面用手拭去和胃酸一起流下來的唾液，但我滿腦子只想著書包，裡面有配合星期二課表的課本、筆記簿、貼紙，放在最下面的白簿子畫著花了幾天、昨天晚上才完成的城堡圖，側袋的口琴。垂掛在旁邊的便當袋，剛買不久、裡面放有心愛鉛筆、馬克筆、香氣珠和橡皮擦的鉛筆盒、金蔥棒球帽。我喜歡書包，晚上睡覺時都放在枕頭邊，走路時緊緊抓著肩帶，不論什麼時候都很寶貝它。我把書包當成只屬於自己的房間，而且可以隨身攜帶。

但是，我卻把它留在那裡了。還有心愛的白色運動衫、娃娃、書、飯碗，我們把它們全都留在家裡，在黑暗中奔走。我想，大概不會再回那個家了吧。我想，我再也不會背上我的背包，再也不會把鉛筆盒放在暖桌的角落，翻開筆記簿寫字，再也不會那樣削鉛筆，和靠在粗糙的牆壁上看書了吧。想到這裡，我覺得非常不可思議。腦中的一部分慢慢麻痺無法思考，手腳也使不上力氣，只是無意識的想著，這個我還是真正的我嗎。因為，剛才的我還在想，明天一早，我會和平常一樣醒來，到學校去，然後和平常一樣度過一天。剛才閉上眼睛睡覺的我，說什麼也想不到幾個鐘頭後，竟然會丟下一切，和母親、卷子坐上計程車在黑夜中奔馳，再也回不來了。

凝視著流過窗外的深沉黑夜，有種剛才一無所知的自己還睡在棉被中的錯覺。到了早上，發現我已經不在的我，究竟要怎麼辦好？這麼一想，突然擔心起來。我把自己的肩緊緊壓在卷子的手臂上，漸漸有些睏倦。從垂下的眼皮縫中，看得見閃著綠光的數字。離我們的家越遠，那數字則無聲的不斷增加。

這段相當於逃難投奔親人重新開始的四人生活，卻沒有持續多久。可美外婆在我十五歲那年過世，而母親早在兩年前，也就是我十三歲時撒手人寰。

突然只剩姊妹倆相依為命的我們，把從佛龕後面找到可美外婆的八萬塊當成護身符，從那時起，我們開始全力打工過活。從剛上國中，母親發現乳癌起，到可美外婆因肺腺癌隨母親而去的高中時代，我幾乎沒什麼記憶，因為打工實在太忙了。

若說還能想起什麼，就是國中春、夏、冬季長假時，我虛報年紀到工廠打工時的風景。從天花板垂掛下來的烙鐵電線與火花聲，堆積如山的紙箱。印象最深的還是從小學就進出的小酒吧，那是母親朋友經營的小店，母親白天兼做幾份工，晚上就到店裡上班。卷子讀高中時先一步在店裡洗碗打工，隨後我也在廚房幫忙，看著母親招呼酒醉的客人，一面調酒做下酒菜。卷子洗碗之外，同時又在燒肉店兼職，展現非比尋常的勤奮，當時時薪六百日圓，她一個月最高可以掙得十二萬圓（在店裡成了小小的傳奇）。高中畢業幾年後，升為正式職員，後來一直工作到倒店為止。然後懷孕、生下綠子，換了許多份兼差，現在三十九歲，她還是一星期在酒吧工作五天。也就是說卷子與單親扶養我們，拚命工作，卷子與最後生病去世的母親，過著幾乎相同的生活。

約定的時間過了快十分鐘，卷子與綠子還沒有來到會合的地點，打電話過去卷子也沒接，而且也沒有回短訊，該不會是迷路了吧。等了五分鐘再打一次時，響起喀啦喀啦的短訊通知音：〈不知道從哪邊出去比較好，所以待在下車的月臺。〉

我在電子顯示板上查出卷子母女搭乘的新幹線車號，在賣票機買了月臺票走進驗票口。搭手扶梯升到地面時，蒸氣浴般的八月熱風直撲而來，汗水泉湧而出。我閃過等待下一班列車的群眾和在書報攤前購物的客人，繼續往前走。在第三車廂位置的長椅上看到兩人。

「啊——，好久不見。」

卷子一發現我便開心的笑了，我也跟著笑。坐在隔壁的綠子長高了好多，彷彿瞥見她的瞬間，突然長大了一倍似的。我忍不住大叫：

「天啊，綠子，你這兩條腿怎麼長的？」

把頭髮梳高綁成馬尾，穿著深藍色素面圓領T恤的綠子穿著短褲，從短褲伸出的筆直雙腿——也許是坐在椅邊的關係，看起來出奇的長。我拍了一下她的腿，綠子反射性的露出像是羞澀又像困窘的表情看著我。但卷子插話說：你看，很厲害吧。長這麼大了，嚇一跳吧。綠子霎時沉下臉，轉開視線，把放在旁邊的背包拉到身邊抱住。卷子看著我，擠出一個無奈的臉，微微搖頭，聳起肩，好像在說「看吧」。

綠子已經半年不與卷子說話了。

原因不明。某天無預警的，卷子叫她，她卻不回應。剛開始時卷子還擔心是不是心理性疾病之類，但是綠子除了不說話外，不但胃口非常好，而且正常去上學，也與朋友、老師照常說話，過著和以前一樣的生活。總而言之，綠子只有在家裡拒絕與卷子說話，是故意的舉動。不論卷子如何用盡心思想問出原因，綠子仍舊頑固的拒絕回答。

「我們最近用寫的溝通，就是人家說的筆談。」

綠子剛開始緘默時，卷子在電話裡嘆著氣解釋。

「比什麼？」

「筆是寫字的筆，筆談。不用說話的。啊不，我是用說的，我說話，綠子用筆寫，她不說話。已經快一個月了吧。」卷子說。

「一個月？那很久了耶。」

「是啊，很久。」

「這麼久？」

「我剛開始也東問西問，問了她好久，但是她總是不理不睬。也許是有什麼導火線，可是不論我怎麼問，她就是不講。她不跟我說話，也不是生氣，真是傷腦筋。可是除了我之外，她和別人都能正常說話……想來大概是到了那種時期吧，也許她對父母有很多自己的想法。不過，我想應該不會太久啦。沒問題啦，放心好了。」

電話那一頭，卷子開朗的笑著說。但是，到現在已經半年，情況一直沒改變。兩人的關係幾乎成了平行線。

班上幾乎所有女生的初潮都來了，今天保健課才說到它的結構，像是肚子裡出了什麼狀況，會流出血來，衛生棉怎麼用，又給我們看大家肚子裡的子宮構造。最近，大家一起去上廁所時，有過月經的同學會聚在一起聊天，好像只有她們才懂。她們在小腰包裡放了衛生棉，問她們那是什麼，就一副神祕兮兮的樣子，竊竊說些只有月經組才知道的話，但是好像故意讓我們聽見。當然，還有同學還沒來過，不過一起玩的朋友裡，好像只有我還沒來。

月經來的時候是什麼感覺呢？聽說肚子會痛，最讓我在意的是它怎麼會持續幾十年，我能習慣得了嗎？我知道小純月經來是因為小純自己告訴我的，可是，仔細一想，為什麼月經組的同學都知道我的月經還沒來呢？畢竟，就算月經來了，我也不會昭告天下，而且我也不會像大家那樣，一目瞭然的拿著腰包去廁所。為什麼大家不知不覺就會知道呢？

我有點好奇，所以去查了「初潮」這個詞，我知道初潮的初，就是第一次的意思，但是潮是什麼意思，我就不太懂了。查了之後才知「潮」有很多意思，例如，因為月亮和太陽的引力關係，海水時而漲、時而退的移動就叫做潮。另外，它也是「好時節」的意思。只有一個詞我不太懂，愛嬌。於是我又查了愛嬌這個詞，好像有在生意上向客人獻殷勤或是討人喜歡的意思。完全不懂為什麼它寫得好像這個詞和第一次股間流血的初潮有關係。怒。

綠子

與我並肩走的綠子，個子還是比我矮一點，但是腳卻比我長得多，上半身很短。「這是〈平成出生〉嗎？」我找話跟綠子講，但綠子只是不耐煩的點點頭，故意放慢腳步，走在我和卷子身後。卷子過細的手臂提著老舊的褐色旅行包，看起來好像不堪負荷，所以我幾次伸出手說「小卷我拿」，但卷子只是客氣「不用啦不用啦」堅持不把行李交給我。

就我所知，卷子應該是第三次來東京，她睜大眼睛東張西望，十分興奮的說著「人還是好多」、「車站好大」、「東京人的臉都好小」，差點撞到迎面而來的人，便高聲說「對不起！」我一面注意著綠子有沒有跟上，一面應和著卷子說的話，隨便回答，但是心裡面卻是七上八下，在意著卷子容貌的變化。

卷子老了。

當然，隨著年齡增加，人本來就會老，但是今年還不到四十歲的卷子，蒼老得十分明顯，就算她說「我今年五十三歲」，別人也會不疑有他的接受。

雖然她本來就不是有肉的女孩，但是她的手臂、腳、腰部都比我熟知的卷子明顯瘦了一大圈。也許卷子穿的衣服更加重了這種印象。卷子穿著二十多歲女性也會穿的印花T恤，同樣也是年輕人會穿的低腰緊身牛仔褲，腳上的粉紅色穆勒鞋大概有五公分高吧。很像最近常見的類型——光從後面看體型，以為是年輕人，但一回頭卻令人瞠目結舌的那種。

但是，即使不談穿著代溝，她的身體和臉的確小了一圈，臉色也有些暗沉。變黃的假牙顯得更大更突出，牙根的金屬讓牙齦顯得有點發黑。燙過的鬈髮漸漸變直，顏色也完全褪了，顯得髮量稀薄。閃著汗光的頭頂也能完全看到底部。厚厚的粉底沒有貼合肌膚，浮在表面，反而更加突顯皺紋。一笑起來頸部青筋突出，宛如被人勒住，而眼皮則完全凹陷下去了。

不知為何，她讓我想起母親的某個時期。我不知道是因為女兒長了歲數之後，自然會與母親相像，還是以前母親身體發生過的遭遇，也將發生在卷子身上，所以給人似曾相識之感。我好幾次都想問她「身體哪裡不舒服嗎？要不要去檢查一下？」但轉念又想也許她自己也有在注意，所以就刻意不提了。然而，卷子精神奕奕，一點也沒把我的擔心當一回事，可能她已經習慣了綠子緘默不語的關係，不論綠子如何不答理，她依然開朗的找綠子說話，興高采烈的對我們說些雞毛蒜皮的小事。

「小卷，你請假請到何時？」

「加上今天，三天。」

「那不是轉眼就過了？」

「今天住一晚，明天住一晚，後天回去，晚上上班。」

「很忙吧，最近，還好嗎？」

「閒得很。」卷子從牙縫間噴了一聲，露出「吃不消」的表情。「周圍的店倒了很多。」

卷子的職業雖然是酒店公關，但是酒店公關這行業也有很多派別，三教九流這個詞雖然不好聽，但是一語道盡了這個圈子。只要問問大阪不計其數的酒店街所在地，大致就能知道客人、酒店公關和酒店的水準。

卷子上班的小酒吧，位在大阪的笑橋，也是我們母女趁夜逃跑投奔可美外婆家之後，三個人一直工作的街區。這兒見不到高級酒店，整條酒店街都是帶著庶民傾向的混雜密集地帶。

無限暢飲店、立食麵、立食套餐店、咖啡館。一家廢墟般的獨棟情趣飯店，叫它情趣旅館更合適。造型細長宛如電車的燒肉店、瞎唬爛的內臟燒烤店，和招牌上大大寫著外痔、畏寒等文字的藥店。店與店之間沒有一點縫隙，例如，鰻魚店緊鄰著電話俱樂部，房屋仲介店緊鄰著風俗店和閃爍著五彩燈光與旗幟飛揚的小鋼珠店。從沒見到老闆的印章店，不論何時都昏暗不明，從任何角度看都帶著恐怖、不祥氛圍的遊戲中心都侷促而擁擠。

除了出入那些店的人、純粹經過的路人之外，還有人動也不動的蹲在公共電話亭前，堂堂邁入六十歲的熟女用「兩千塊就可以跳舞」攬客，當然還有遊民和醉鬼，形形色色，什麼樣的人都有。說得好聽點，這裡很有人情味，也充滿活力，若照著所見所聞來說則是沒品低級，而其中一棟混商大樓的三樓小酒吧，卷子就在這從傍晚到深夜麥克風回音吵得震天價響的地方，從晚上七點工作到十二點。

店裡有幾個吧檯座和幾組沙發圍成的包廂座，進來十五個人就會客滿，在這家店一個晚上能夠消費一萬圓就算金主了。為了提高營業額，公關小姐都有默契，會點各種各樣的餐點。酒太廉價，一起喝也賺不到錢，所以便鼓勵客人喝再多也不會醉的烏龍茶。小小一罐，三百圓。當然是用熱水煮好冷卻的茶，裝進回收的空罐，再若無其事的露出「易開罐剛剛才拉開」的表情端到桌上。肚子灌滿了水之後，接下來點吃的。自稱「肚子好餓喔」拜託客人點烤香腸、煎蛋、油漬沙丁魚、炸雞塊等根本不算下酒菜，而是便當菜的菜。吃完之後唱卡拉ＯＫ，一首一百日圓，多累積幾首也能變成鈔票。只要是公關小姐，不論老少、不論愛唱歌還是令人髮指的五音不全，只要會唱的歌都得拿起麥克風唱。但是，即使拚了老命唱得喉嚨乾啞，身體因為攝取過多鹽分、水分而浮腫，客人大多都付不到五千圓就拍拍屁股走人。

卷子店裡的媽媽桑，是個圓胖矮小，活潑開朗的女子，年齡大約五十五歲上下，我也只見過她一次。她的黃髮不知是蓄意染的，還是褪了色，在後腦勺梳高綁成垂髻，福泰的短手指夾著HOPE短菸，對第一次來面試的卷子這麼說：

「你知道香奈兒嗎？」

「知道。服裝的品牌，對吧？」卷子回答。

「沒錯。」媽媽桑從鼻子噴出煙說，「那個，很不錯吧。」

媽媽桑用下巴指了指牆壁，在微黃的聚光燈照射下，兩條香奈兒絲巾用塑膠框裱起來，當成海報掛在牆上。

「我呢，」媽媽桑瞇細了眼睛，「最喜歡香奈兒。」

「所以這家店才叫做香奈兒吧。」卷子注視著牆壁的絲巾說。

「對呀。」媽媽桑說，「香奈兒是女人的夢想，時髦又有型，雖然很貴就是了。你看我的耳環。」媽媽桑抬高圓乎乎的下巴，晃了一下讓卷子看她的耳朵。即使在酒吧的照明下，也看得出已有相當時日的混濁金色珠子，刻著卷子也見過的香奈兒標誌。

掛在洗臉臺的毛巾、厚紙做的杯墊、電話間玻璃門上貼的貼紙、名片、地墊、馬克杯等，店內到處都看得到香奈兒的標誌。媽媽桑說，那都是假貨，叫做超級仿冒品，都是她到鶴橋和南區小攤販那兒費時費力收集來的。儘管它的做工，連對香奈兒一無所知的卷子都看得出是假貨，但是媽媽桑還是愛不釋手，收藏品與日俱增，只有媽媽桑每天必戴的髮夾、耳環等少數是真品，那是開店之初，為了討個吉利咬牙豁出去買下的。不過，看來媽媽桑與其喜歡香奈兒，倒不如說她只著迷於這個名稱的響亮和標誌的效應，有一次卷子聽到店裡年輕妹妹問：「媽媽，香奈兒是哪裡人啊？」媽媽桑回答：「美國人。」媽媽桑大概覺得所有白人都是美國人吧。

「媽媽桑最近好嗎？」

「很好啊，不過店裡也有很多煩心事。」

下午兩點多，搭電車回到公寓所在的三之輪站，途中吃了一人兩百一十圓的立食蕎麥麵，在有如橫掃千軍之勢的蟬鳴中，我們從車站徒步走了十分鐘。

「小妹，你是從家裡出來接我們的？」

「不是。今天剛好有點事，從別的地方過來。越過這個坡就到了。」

「走路也很好啊，當作運動。」

剛開始還能談笑自如的卷子和我，漸漸被酷熱的高溫壓得沉默下來。不絕於耳的蟬聲在耳內縈繞，太陽的熱力毒辣的燒炙皮膚，屋頂的瓦片、路樹的葉片、人孔蓋吸收了夏日的白光，感覺它越是閃亮，眼底便越是黑暗。我們流的汗沾濕了全身，拚著九牛二虎之力才回到公寓。

「到家了。」

卷子大大吐了一口氣，綠子蹲坐在入口旁的植栽，把臉湊到不知名的植物葉片上。然後，從繫在腰際的腰包中拿出一本小冊子，在上面寫「這是誰的？」綠子的字意外的厚實，筆力很重，彷彿在欣賞寫在牆壁上的大字。然後我便想起綠子還是嬰兒的時候——不可思議的、只會躺著呼吸的小生命，竟然不知何時已經會自己上廁所、吃東西、寫字，實在令人難以置信。

「我不知道是誰的，不過應該是有人種的。我的房間在二樓，就是那個窗子。從這個樓梯上去，左邊的門。」

我們成一縱隊，依序走上鏽跡斑斑的鐵樓梯。

「請進，地方很小就是了。」

「很好的房間嘛。」

卷子脫下穆勒鞋，彎下身子朝裡面張望，聲音輕快的說：

「很有獨居風格的房間耶！真不錯。打擾囉。」

綠子默默地跟在後面，走進裡面的房間。這個兩坪廚房連接兩個三坪房間的公寓房子，從我到東京就住到現在，今年第十年。

「你鋪了地毯啊？底下呢？該不會是木地板吧？」

「沒有，是榻榻米，搬來的時候已經很舊了，所以鋪在上面。」

我用手背抹去瞬間湧出的汗水，一面打開冷氣，把溫度設定在二十二度C，再搬出立在牆邊的折疊茶几，擺上特地為今天到附近雜貨店買的三個玻璃杯。杯面刻著淡紫色的小葡萄。從冰箱拿出事先冰鎮的麥茶倒進杯裡，卷子與綠子一口氣咕嚕咕嚕的喝下肚。

「起死回生啦。」卷子說著向後一仰，我把房間一角的懶骨頭遞給她。綠子卸下背包，擺在房間角落後站起來，稀奇似的環顧整個房間。我房裡簡單樸素，只擺了最低限度的家具，但是綠子似乎對書櫃有興趣。

「書超多的對吧？」卷子插話道。

「哪有多。」

「拜託，你看，這整面牆幾乎都是書耶。這裡一共有幾本啊？」

「我沒數過，不過，這還不算多啦，只是一般而已。」

對沒有看書習慣的卷子來說，也許這裡的書已算是汗牛充棟，但實際上並沒有那麼多。

「真的嗎？」

「真的啊。」

「雖然是兩姊妹，但還是差得多，我對書一點興趣都沒有。對了，綠子也愛看書喔，也喜歡國語。對吧，綠子。」

綠子沒有回答卷子的問話，只把臉湊近書櫃，對著一本本書背看得入神。

「欸，才剛到有點不好意思，不過能不能借我沖個澡？」卷子用指尖撥去黏在臉頰上的頭髮。

「儘管用。門在左邊，算是跟廁所分開。」

卷子沖澡的時候，綠子一直注視著書櫃，整個背都被大量汗水浸濕，深藍色的T恤幾乎變成黑色。我問她不用換衣服嗎，她遲疑了片刻，點點頭表示不用。

望著綠子的背影，聽著浴室傳來若有似無的淋浴聲，感覺這個房間的氣氛與平常有了稍許的不同，但照理說這房間裡沒有任何變動才對。就好像以前就存在的相框，唯獨換掉了裡面的照片，卻一直沒有察覺的怪異感。我喝著麥茶，一時間思索著這份怪異感，但還是不明白它從何而來。

卷子穿著領口鬆垮的T恤、和寬大的運動褲，喊著「跟你借毛巾喔」走回來，「熱水好強喔。」卷子邊說邊拍打用毛巾包裹的濕髮，臉上的妝完全洗淨，我看著她，心情才稍微輕鬆一點，隱約感覺到今天剛見面時對卷子容貌的感受，也許是我的錯覺吧。剛才還覺得她太瘦，但是現在看起來清爽整潔，所以也許並沒有那麼嚴重。就算是臉，因為粉底的顏色和用量明顯不對，所以才會看起來那麼奇怪，其實也許沒有那麼怪。之所以心頭一驚，或許只是因為太久沒有見到卷子，所以反應過度，或者也許是我習慣了她的長相，但是現在才察覺到，只是隨著歲月添了老態——這種感覺讓我稍微鬆了一口氣。

「這個可以幫我晒乾嗎？陽臺在哪？」

「這房子沒有陽臺。」

「沒有陽臺?!」卷子驚訝的反問，連綠子都回過頭來聽她說話，「沒有陽臺算什麼房子？」

「就是這種房子啊。」我笑道。「打開窗有欄杆，小心別掉下去就行了。」

「洗好的衣服怎麼辦？」

「頂樓有露臺，可以晒在那裡，晚一點帶你上去？等稍涼一點。」

卷子「誒，是喔」的應和，一手拿起電視遙控器打開電視，隨便的轉臺。開了烹飪節目、電視郵購臺之後轉到談話節目，整個畫面氣氛熱烈，一看就知道發生了什麼重大事件。手持麥克風的女記者一臉正經的說個不停。背景是住宅區，鏡頭中拍到了救護車、檢察官和塑膠布。

「發生什麼事了嗎？」卷子說。

「不知道。」

記者報導說，今天早上，杉並區某女大學生在自家附近遭男子刺傷臉部、頸部、胸和腹部——全身各處都有刺傷的事件，現在雖然送到醫院，但是已無呼吸心跳。並說明這事件發生約一小時後，二十多歲男子向鄰近警察局自首，正在接受偵訊了解案情。報導進行時畫面左上方大大打出女大學生的照片和本名。記者不時回頭，緊張的說「那裡還留下鮮明的血跡」。鏡頭中看得見禁止進入的黃色封鎖線，還帶到零零星星看熱鬧的群眾拿起手機拍攝的情景。卷子小聲的喃喃說：「哎，很可愛的女孩啊。」

「之前好像也發生過。」

「對啊。」我回答。

記得是上上星期，新宿御苑的垃圾箱裡發現疑似女性部分肢體的事件，過了不久才知道，她是幾個月前失蹤的七十歲婦人。不久逮捕了住在附近的十九歲無業男子。老婦人長年獨居在東京都內的老舊大樓，沒有親人，媒體對他們兩人的交集和動機做了相當熱烈的討論。

「那個事件，被殺的是個老太太吧？被分屍成好幾塊的。」

「是啊，丟在御苑的垃圾箱。」我說。

「御苑長什麼樣子？」

「總之是個大到不行的公園。」

「咦，凶手是個小夥子吧？」卷子皺起臉說，「為什麼會被殺呢？她不是七十歲了嗎？不對嗎？還是更大一點？」卷子思索了一下後說，「等一下等一下，七十的話，不就跟可美外婆過世的時候同歲？」

卷子提高聲調，睜大了眼睛，好像這時才被自己說的話嚇到。

「是說……她是不是有被性侵？」

「應該有。」

「好可怕。真是難以置信。可美外婆耶，怎麼可能做出那種事？」卷子從喉嚨底發出低吟。

與可美外婆同歲這個事件在一個小時之後，應該會和其他的事件一樣忘到腦後，可是卷子「與可美外婆同歲」的這句話，卻在腦中揮之不去。可美外婆。可美外婆過世的時候，她已經是不折不扣的老人了。發現罹癌、住進醫院之後自然不待言，連她還健朗的時候，可美外婆就已經是個徹頭徹尾的老人。應該說在我的記憶中，可美外婆從頭到尾都是個老太太的印象，當然從她身上也感受不到一絲性的要素，也沒有任何多餘的空間容納那種要素。她是老人，顯而易見的老太太。當然，我不知道被殺的七十歲被害者是什麼樣的人，而且年齡與個人的傾向有時也可能沒有關係。我知道被殺的被害者與可美外婆並不一樣，但是，在我心裡，因為被害者七十高齡，而與可美外婆有了連結，於是，可美外婆與性侵這件事也莫名的有了連結，讓我的心情變得複雜起來。

活到了七十歲，最後卻被跟孫子差不多大的男子性侵殺害——恐怕她這輩子都想不到會有這種事，甚至被襲擊的瞬間，她可能都還搞不清楚自己身上發生了什麼事。主持人表情沉痛的說了結尾語，結束了節目，播了幾個廣告之後，開始重播電視劇。

小純激動的說，原來她的衛生棉一直用錯面了。真的假的，這又不是什麼值得激動的事，

綠子

而且我也聽不太懂。好像是衛生棉有一面上了膠條，小純一直把它朝上來用。她說她不知道，但是吸收力很差，又會滑開，一直很困擾。膠條面黏到那裡，撕下來的時候一定很痛吧。一看就知道用錯了，這有那麼難懂嗎？

我說，我沒看過衛生棉，小純便說，家裡有好多，我拿給你看。所以今天放學後就到小純家玩。廁所的架子上真的堆了好多衛生棉，差不多有幫寶適尿片的大小。我們家裡沒有。雖然很抗拒，但還是坐在馬桶預習一下，那兒有很多種類各種各樣的衛生棉，貼了太多特賣的標籤貼紙。人會有月經，是因為卵子沒有受精，原本用來準備受精後承接、培育卵子的內膜和血液一起流出來，這種現象發生在小純身上。然後，竟然，小純想到沒有受精的無精卵，會不會在血液中呢，所以上個月，她把衛生棉割開了一個縫。那有多……。我嚇了一跳，略帶厭煩的問她「後來呢？」，但小純完全不介意。她說衛生棉中間擠滿了許多細小顆粒，吸收經血後一顆一顆的膨脹起來而已。像鮭魚卵那樣嗎？我問，小純說像鮭魚子的超級小型版。所以，她看了半天還是不知道到底有沒有無精卵。

走到廚房拿出鐵鍋煮開水重煮麥茶。綠子來到身邊，把筆記本給我看。

〈我想去探險。〉

「什麼探險？」

〈散步。〉

「可以是可以，但是不是應該先問卷子？」

綠子聳聳肩，鼻子哼了一口氣。

「小卷，綠子說她想去散步一下，可以嗎？」

「好啊。認得路嗎？不會迷路吧？」卷子在房間裡回答。

〈只是在周圍走走。〉

「這麼熱，為什麼要去走路嘛。」

〈探險。〉

「算了，你去吧。既然如此，你把我的手機帶去，比較保險。對了，剛才經過的超市隔壁有書店，它的隔壁是時髦店。啊，現在不叫時髦店了，叫雜貨屋吧。裡面有文具和很多小東西，你可以去看看。這種天氣在外面待久了，簡直像鐵板燒啊。還有，這裡是重撥，按這裡的話就會打給卷子。」聽著我的說明，綠子點點頭。

「如果有可疑的人向你搭訕，就趕快跑。然後，馬上打電話回來。盡快回來喔。」

大門砰的一聲關上，綠子走了——儘管綠子在這裡沒有發出任何聲音，但是房間裡好像還是比剛才更加寂靜。綠子走下鐵梯發出叩叩的聲響，聲響逐漸遠去，不久完全消失——卷子宛如等待著這一刻般驀地立起身子，重新坐好，關掉電視。

「就像在電話裡說的那樣，綠子一直是這種態度。」

「我看她很起勁嘛。」我佩服的說。「半年了，在學校裡一切都正常，不是嗎？」

「嗯，暑假前，學期末的時候我問了導師，她說，在學校裡，綠子和老師、同學都完全沒有問題，還說要幫我勸勸綠子。但我說綠子不喜歡這樣，所以就再繼續觀察看看。」

「原來是這樣。」

「這是像誰呢？頑固的地方。」

「我不覺得小卷有那麼頑固。」

「是嗎？可是，我以為她會和你說話的，結果還是用紙。」

卷子把自己的旅行包拉到身邊，拉開拉鏈，伸手進去，從最底下拿出A4大小的信封。

「綠子的事先擱一邊。」卷子輕咳兩聲，說：「小夏，這個就是在電話裡說的那個。」

卷子邊說邊從厚重扎實的信封裡，小心的拿出一束廣告型錄，輕輕放在茶几上，然後靜靜的看著我的臉。「是了。」眼光交會的剎那，我反射性的想到這次卷子來東京的目的。卷子把兩手擱在廣告型錄上，坐正姿勢，茶几發出吱嘎一聲。

2 追求更高層次的美麗

「我想做隆乳手術。」

距今三個月之前，卷子在電話中既像宣布、又像報告的說。剛開始，卷子的基本態度是「關於這件事，你有什麼看法？」但是一星期三次，卷子工作結束的深夜一點多都會定期打電話來後，漸漸的態度也有了改變。她開始不再有興趣聽我的感想或意見，而是躍躍欲試。總之從頭到尾就只是沒完沒了的說她的隆乳手術。

「做手術，讓胸部變大」和「自己真的能做嗎」，成了卷子對隆乳手術的兩大主題。

在我到東京的這十年間，別說是深夜打電話，連定期煲電話粥都很少，然而聽到卷子劈頭來句「我想做隆乳手術」，一時啞口無言，不自覺的回答：「好啊。」

不過，卷子對我的「好啊」並沒有太注意，接著就對著只能答腔附和的我，開始滔滔不絕的說起現在隆乳手術的方法、費用、疼痛有無、術後休息時間等。偶爾穿插「我想我可以，應該可以做。我真的想去做」等強大的決心來鼓舞自己，另外在一天的結束整理其他新入手的資訊，大約是按這樣的順序，一古腦的說個不停。

我一面對卷子充滿希望的聲音點頭稱是，一面試著回想卷子的胸部到底是什麼樣子。然而，難度太高了。當下這時候，我連長在自己身上的胸部都想不起來，所以，想不起來也是當然的。因為這個緣故，不論卷子如何熱中的解釋隆乳手術，如何闡述自己的想法，我還是很難將卷子與胸部，以及隆乳手術連在一起。越是聽卷子說話，越是湧起一種「我現在到底在跟誰談誰的胸部啊？而且幹麼談這個啊？」等既非不安也非無聊的心情。

和綠子處不好——幾個月前就聽到這個消息，所以，話題一旦落入「隆乳的無限迴圈」中，有時我也會主動切換：「對了，綠子她……」

但是，這麼一來，卷子就會稍微降低聲調，簡單回道：「嗯，還好，沒問題。」明顯想逃避這個話題。如果依我的想法，卷子今年四十歲了，對於她在電話另一端說的隆乳手術，不管怎麼樣都應該先想到今後的生活、錢從哪裡來，當然還有綠子問題，這些先解決了才能談手術吧。

但是，畢竟我一個人在東京，過著一人飽全家飽的生活，不需要照顧別人，我也知道自己沒有立場對別人說這種大道理，所以從來沒說過一句重話。關於她和綠子之間的生活，卷子自己一定比我更煩惱吧。

如果有錢的話。如果白天有固定工作，有最低限度保障的話。卷子又不是自己喜歡才到酒店工作到深更半夜，把讀小學的綠子獨自留在公寓裡過活。雖說是為了賺錢，但她也不願意讓女兒看到自己喝醉的醜態。好在有個朋友住在附近，有什麼事或緊急狀況時，隨時都能跑來幫忙。卷子把這當作心靈的護身符，萬不得已地過著現在的生活。

但是，就算再怎麼不得已，還是很難讓人不擔心未來卷子和綠子要怎麼過活。譬如說晚上，如果今後綠子還是得一個人度過夜晚這段時間，這實在不是好主意，百分之百不好，全方位的不好。這種狀況必須立刻改善才行。那麼要怎麼做才能改善呢？

無一技之長的卷子，過著打工生活的妹妹我。還是個孩子、接下來事事需要錢的綠子。沒有保障的生活。庇護人或親戚，一個都沒有。嫁個金龜婿、攀上枝頭變鳳凰的機率等於零，說不定還是負數。彩券。生活扶助——

我剛上東京的時候，和卷子談過一次生活扶助。那段日子，卷子由於不明原因的暈眩昏倒，擔心該不會是得了什麼重大疾病。前往醫院檢查的期間，身體狀況一直堪憂，又不能到店裡上班，收入掛零。我們必須對當下的生活和後續好好討論。

因此我建議「要不然，不如去申請生活扶助？」好歹當作一個選項，但是卷子堅決不接受。不只如此，卷子還譴責我怎麼會勸她做那種事，最後彼此吵得很激烈。看來在卷子心中「接受生活扶助」的感覺同等於恥辱，認為它是一種有損做人的本分或自尊的行為，好像人不可以為了活著，做到那種地步——說得難聽一點，給國家或他人造成麻煩的地步。

不是這樣的，生活扶助只是一筆錢，與恥辱、添麻煩或是自尊那些事都沒有關係。就因為想守護個人的生活，所以困難的時候，堂堂正正向國家或他人申請就好了，那是我們的權利呀。不論我怎麼解釋，卷子就是聽不進去。卷子哭著說，如果去申請，這些年吃的苦全都白費了，我們日夜拚命工作到今天，就是為了不要給別人添麻煩。我只好放棄說服她。所幸檢查的結果，卷子的身體沒有異常，靠著向店裡預支的錢充生活費，但是，並沒有解決任何根本性的問題。

「我想去耶，這裡。」

卷子從皮包裡拿出的厚厚一疊廣告型錄，她把最上面的那份拿給我看。

「我在大阪去了很多地方打聽，所以收集到這麼多。最想去的是這裡。」

大大小小的廣告型錄，全部加起來不知有多少本。看著那個二十或三十本不止的厚度，想像著沒有電腦的卷子是花多大的工夫收集到這些，心情又再度暗淡下來，所以我沒追問這些東西怎麼來的，而是挪開卷子建議的那一本，先拿起其他的廣告型錄。幾近裸體、被選作為美麗形象照片的，大多是金髮的白人模特兒，環繞在溫柔的粉紅色蝴蝶結與花朵的設計中。

「明天，我要前往諮詢，這是今年夏天我的一件大事，所以我想全部都去看看，才把這些廣告型錄帶來。家裡還有很多呢。我只帶最漂亮最有看頭的過來。」

我默默盯著那些廣告型錄，穿著白袍的醫生露出這麼細小，卻異常潔白的牙齒，笑容可掬的看著我。他的頭上用巨大的字體寫著「一切靠經驗」。見我呆呆的看了老半天，卷子靠過來：

「別看那個了，看這個，」伸手拿起她有興趣的廣告型錄。

「你看這，不是很像美容嗎？」

卷子看中的那本，整本做了黑色上光的設計，紙質也很厚，有著其他廣告型錄所沒有的——說好聽點是高級感，說得直率點則是壓迫感。文字燙金印刷，完全沒有以女性為標的，美容常有訴求可愛、幸福或美麗的形象，反倒是採取「行家、風月場」的硬派風格，引人想像夜間工作者的各種悲喜交集。說到隆乳手術，對身體來說是多麼敏感的大事，疼痛和擔心的狀況都很多，既然這樣，至少應該醞釀一點夢幻、溫柔、療癒，哪怕是騙人的那種氛圍來招攬客人才對。但偏偏她卻選擇了這種廣告型錄宛如夜店黑制服的診所，到底原因何在？然而即使我百思不得其解，卷子卻無視我的沉默，繼續往下說。

「關於隆乳手術，我在電話裡跟你說了很多，就如我之前說的，種類五花八門。粗略的來說，有三種選擇，你記得吧？」

不記得。我按捺住反射性的回答，模稜兩可的點點頭。於是卷子又說：

「第一種是矽膠。第二種是玻尿酸，第三種是抽自己的脂肪，注進乳房裡。三種當中，還是矽膠最受一般人的歡迎，案例最多也最成功。不過，它也最貴，矽膠的話，是這個，像這種的。」

卷子用手指拍打著泛著烏光的廣告型錄中排成一列的膚色矽膠照片。「這種袋子也有很多種喔，你看這個，種類繁多，聽醫院的人說，它們還是有些微小的差別，很難說得清楚。最主流的是這種，矽膠。接著是果凍矽膠，這可不是真的果凍喔，果凍矽膠放在身體裡不會滲漏，比一般矽膠稍微硬一點，可是萬一破了，也比較安全。不過，看狀況啦，有人說因為比較硬，外觀看起來不太自然。另外就是生理食鹽水，這種的好處是在術後注入食鹽水，讓它膨脹，把袋子放進去時，身體只要開一個小切口就行了。可是現在的主流是矽膠啊，自從矽膠問市之後，幾乎已經沒人在用生理食鹽水了。所以啊，再三考慮後，我想還是選矽膠吧。而我想做的那家醫院，雙乳加起來一百五十萬，其他還有麻醉，如果要全身麻醉的話再加個十萬左右。」

卷子說完，擺出「如何？」的表情，定定的盯著我的臉。剛開始時，我覺得莫名其妙，幹麼那麼盯著我看，所以我也看著卷子的臉，後來才察覺到「喔，卷子是在等我的感想啊。」便笑著說：「哇，好厲害。」但是她還是看著我，所以我便補充感嘆說：「但是啊，一百五十萬圓，實在貴得驚人。」這感想很直率，但也是事實，然而立刻，腦中又掠過一個念頭：說不定我說了多餘的話。

不管怎麼說，事實上一百五十萬是個大數目，不只貴，而且根本不可能。不論是我還是卷子，都是一筆想搆也搆不著的金額，完全沒有現實感的金額。雖然心裡想著，一百五十萬，卷子在說什麼火星話？但是照我剛才的口氣，她會不會以為我認為一百五十萬對卷子的胸部來說太貴了——也就是說「卷子或是卷子的胸部不值得花一百五十萬」呢。當然，從某種意義來說，確實如此，但是——我裝著不在意的樣子繼續說。

「不是啦——但是怎麼說呢……一百五十萬是很驚人，不過畢竟是用在身體上，保險一點比較好，何況茲事體大——嗯，也許並不算貴。」

「你懂的。」卷子瞇起眼睛靜靜的點點頭，用特別溫柔的聲音繼續說道：「對呀……譬如說，小夏，像這份型錄裡面，不是打出促銷價四十五萬嗎。可是，實際去現場打聽，並沒有那麼便宜。不可能用廣告上的價格給你打折。這只是吸引客人上門的招術，到時候東加一個療程西加一個療程，最後價格還是跟原價差不多。而且促銷價的規格不能指定醫生，大多讓年輕的醫生處理，總的來說，裡面的名堂很多啦……隆乳之路，通往成功之路，還有很長的路要走呢。」

卷子幽幽的說著，閉上了眼睛，過了一會兒才又睜開。

「所以呢，我研究了很久，最後發現這家最好！因為隆乳手術失敗的案例很多，像在鄉下，因為選擇少，大多就在鄉下的醫院做，可是病患的人數還是有差，經驗很重要，經驗就是一切啊。然後呢，手術失敗想要重做的人，眾口一致的都推這家，還說如果一開始就知道這家的話，不論什麼條件，都一定先選這家。」

「原來如此……但是，小卷，這家的這個怎麼樣……這家的說明書寫會注射玻什麼……玻尿酸，對身體比較自然，打針的話，就不用割開縫合不是嗎？這種不行嗎？」

「嗯嗯，是有人用玻尿酸沒錯，」卷子的嘴唇噘成三角型，「那種方法很快就會被身體吸收，然後就消失了。而且也要八十萬，想都不用想，怎麼可能嘛。的確啦，就如小夏你說的，這種方法既不會留下傷口，而且也沒那麼痛。如果它能永遠保持乳型，那當然是最完美的事啦。但是這通常是模特兒或藝人、寫真偶像臨時要露奶的時候用的，玻尿酸也是高級的喔。」

卷子似乎對我提出的型錄早已滾瓜爛熟，行雲流水般的說明給我聽。

「那上面寫的自體脂肪注射法，用的是自己身體裡的脂肪，看起來比較安全，可是要在身體上戳好幾個洞，再用很粗的針筒插進去，對身體負擔也不小，既花時間，麻醉也打得很重。而且這種手術非同小可，不是有種壓碎馬路用的機器嗎？它就像是把人體當成工地現場一樣，發生過很多可怕的意外，還出過人命呢。而且我……」卷子有點難為情的笑笑：「託大家的福，一點多餘的肉都沒有。」

從這幾個月通的電話，照理說應該已經掌握住她的意向，但是實際上坐在眼前侃侃談著隆乳手術的卷子，卻有種難以排遣的愁悶之感。怎麼說呢，就好像在車站、醫院或是路旁，看著不遠處有個人喋喋不休的說著話，儘管沒有聽眾也無所謂的樣子。看著說得口沫橫飛的卷子，無來由的有些淒涼、沉重的感覺。我並不是對卷子和卷子的話題沒有興趣，也並非不能將心比心，然而我感覺自己看待卷子的眼光帶著另一種的同情，這讓我感到內疚。我無意識的用指尖剝下嘴唇的皮，舔到一絲絲血的味道。

「對了對了，還有另一件事也很重要。放進矽膠的位置又分成兩種，胸部脂肪的下方也有肌肉，一種就是放在肌肉下，但這種類型看起來不會明顯變大，可能是因為裝在下面，把底部墊高的關係。另一種是裝在比較淺的地方，在乳腺的下面。這種比起裝在肌肉下，手術上比較不費體力和工夫，不過很多時候不太適合像我這種瘦型。你有看過吧，胸前挺著兩坨圓圓的，就像被廁所馬桶吸盤吸住一樣。沒看過？看過？沒有？有吧？全身上下皮包骨，只有那個地方凸了兩坨的感覺。那種啊一下就被人識破了，我覺得不好。我現在是想，還是豁出去裝在肌肉下面好了。」

如果，我的月經來了之後，接下來的幾十年，下體每個月都會出血，那真是太可怕了。我沒辦法阻止它，家裡又沒有衛生棉，一想到這裡就感到憂鬱。

如果月經來了，我也沒打算跟媽媽說，絕對不要讓她知道。看了幾本書中女主角迎接初潮（←它自己說來就來，哪叫迎接）的書，女主角經常會有「接下來我有一天也將成為母親」之類的感動，或是「媽媽，謝謝你生下我」、「感謝生命接續到我手上」之類的場景，嚇得我不得不重看一次。

在書中，大家都為月經來潮感到高興，開心的與母親討論，媽媽也笑咪咪的說「恭喜，你也長大成為一個女人囉」。

其實，聽班上的同學說，她們也都會向家人報告，然後煮了紅豆飯全家一起吃。我覺得那太誇張了。說起來，我覺得書中談到的月經，把它寫得太美好了。好像想讓讀到的人，或是月經還沒來的人認為，月經就是這麼好，你也要這麼想喔。

前一陣子，在學校裡走動時，不知是誰說，既然生為女人，總有一天一定要生孩子。只不過是那裡會出血，為什麼就等於成為女人，身為女人就得產下生命，為什麼會有這麼宏遠的志向？而且，為什麼就這麼耿直的認為，它是件好事呢？我不這麼認為，我覺得這是我感到厭煩的原因。只不過是被迫讀這種書，被迫成為那樣的人罷了。

我不懂，為什麼會有一個肚子自己會餓、月經自己會來的身體，又覺得自己好像被鎖在這個身體裡。而且，生下來之後就必須活到最後，不斷的吃飯，不斷的賺錢，努力活下去，實在太辛苦了。我看著媽媽每天忙著工作，每天那麼辛苦，就覺得幹麼這樣？光是養活自己都已經這麼累了，幹麼肚子裡還要生出另一個身體。我無法想像為什麼要這樣，而大家卻覺得生孩子多麼美好？她們真的認真思考過，才這麼想的嗎？當我獨處的時候，只要想到這件事就感到憂鬱。所以，對我來說，這絕對不是什麼好事。

月經來了，就表示可以受精，那就是懷孕。懷孕的意思，表示就會增加像我們這樣會吃會思考的人。這麼一想，我就陷入絕望、誇張的心情。我絕對不要生孩子。

綠子

3 乳房屬於誰

一回神，已經快一個小時了，難得連卷子也終於說盡了對隆乳手術的知識與熱情吧——她把攤在茶几上的型錄集中起來，對齊邊角，然後收進包包裡嘆了一口氣。

時鐘指著四點，一看窗外，強烈的陽光依然紋絲不動的貼在整扇玻璃上。

窗外，所有物體都散發白亮的光。緊鄰大樓的停車場裡，停駐的鮮紅汽車閃著水亮光澤，宛如水流從前擋風玻璃湧出來一般。光流洩著滿溢出來，這就是所謂的光輝閃亮。我思索出相對應的文字，注視著它好半晌。然後，我看見小小的綠子低著頭，從筆直延伸的道路盡頭往這邊走來。距離接近時，她好像抬起頭看向這邊，於是我舉起手用力揮舞。綠子只停下一秒，微微舉手表示她看到我了，然後再度低下頭往前走，她的身影越來越大。

這次卷子來東京的目的，就是明天到診所諮詢，除此之外沒有其他特別的安排。明天，卷子中午前出門，所以下午就成了我和綠子兩人獨處的時光。前一陣子，有個上門推銷報紙的阿姨人還不錯，她只說了聲「有興趣的話考慮看看」，然後留了遊樂場免費入場券和無限次乘坐券給我，我一直收在抽屜裡。不過現在小學六年級的女生會想和親戚去遊樂場嗎？剛才聽卷子說綠子愛看書，但是她完全不出聲，也不知道她是否願意和我一起出門。這麼說來，我倒是想起那位阿姨笑盈盈的告訴我：「我們的工作不是促銷，是叫報紙推廣員喔。」這份工作很少有女性，所以比較容易簽到訂戶。如果你也在打工，說不定我們這兒比較賺錢喔，她笑著說。

但是，反正那是明天的事，明天的事明天再想就好了，現在應該思考的問題，是所剩不多的今天。我打算帶她們到附近的中餐廳吃晚飯，不過距離晚餐還有三個多小時的空白，滿長的。卷子把懶骨頭當成枕頭，一腳擱在旅行包上看電視。綠子回來後，在角落坐下，拿出筆記本寫起東西。聽卷子說，綠子不說話之後，隨身攜帶兩本記事簿，剛才用的小冊子是平常對話用的，另一本比較厚的簿子，好像是用來寫日記之類。

房裡雖然不至於困窘，但是卻有種說不出的不自在或是小心翼翼的氣氛，我不知道該做些什麼好，反正先把茶几擦一擦，檢查一下製冰盒——雖然剛才倒麥茶的時候才剛加了水，應該還沒凝固，然後撿起掉在地毯上的線頭。卷子宛如在自己家裡一般，躺著邊看電視邊笑。綠子則是專心一志的寫東西，兩母女各自都很放鬆。也許吃晚飯前不必特別做些什麼，就這麼待著也不錯。不用在乎別人，不用步調一致，各做各的事，這種打發時間的方式本來就很正常。不，與其說正常，應該說是自在。既然如此，我也繼續讀剛開始看的小說好了。可是坐在椅子上翻開書頁，可能因為有別人在的關係，心情靜不下來。讀完一行再讀下一行，接著翻開下一頁，但是頁面上的文字看在眼裡，幾乎只是一顆顆花紋，我立刻察覺到它在腦中根本與故事連不起來。我放棄了念頭，把書放回書櫃，問卷子：「小卷，難得去澡堂洗個澡吧？」

「附近有嗎？」

「有啊有啊。」我說：「三個人好好泡個湯，再一起去吃飯吧？」

從剛才一直彎著脖子寫東西的綠子忽然抬起頭看著我，迅速拿出小筆記本毫不猶豫的寫了「我不去」。卷子斜眼看著綠子的動作不置可否，轉向我說，好啊，我們去吧。

我在臉盆裡放進一組泡湯用具，拿出兩條浴巾，塞進塑膠製的大背包。

「綠子，你要在家等我們？真的不去嗎？」

明知她應該不會去，為了保險起見，還是問一下。綠子兩片嘴唇緊緊一抿，眼神冰冷的用力點了一次頭。

帶著殘餘的熱氣走向黑夜，緩緩沉滯下來的夏日黃昏，很多事物明明清晰可見，但卻有很多事物模糊不清。四處充溢著各種令人懷念、溫柔，再也無法追回的事物，走在這種氛圍中，彷彿有人在問我：你還要繼續前進呢？還是要回頭？當然，世界不可能關心我的想法，所以充其量只是自我陶醉。我有個毛病，不論看著什麼或不看什麼，都會建構出感傷的故事，這種毛病對我想靠寫作為生的想法，究竟是一種牽制呢，還是加分呢，現在我還不太明白。但是，什麼時候我才會明白呢？這一點我也還不明白。

走到澡堂十分鐘，以前我們兩人總是這樣肩並肩，一起走路到澡堂去，大多是晚上，偶爾星期天也會來個晨澡。與其說是泡湯，更像是去玩耍。如果遇到附近的孩子，就會在澡堂裡玩起扮媽媽的遊戲，待個幾小時也不稀奇。不只是去澡堂，我們不論去哪兒總是在一起，卷子會讓我坐在腳踏車的貨架上，載著我到處跑。我比她小了好幾歲，對她來說應該很無聊才對，但是卷子從來沒有讓我覺得不得不照顧這個妹妹的感覺。

回想起來，我記得看過卷子一個人穿著制服，呆坐在黃昏的公園裡。我沒有問過她，不過也許卷子和年幼的孩子相處，比起和同學在一起更輕鬆。我回想著這些片段，一面又納悶自己今天怎麼這麼懷舊，不斷的想起漫不著邊的回憶。不過，這也並不奇怪，應該說理所當然吧。因為卷子雖然活在現在，而且與我依然保持著關係，但是卷子與我的連結，大部分都是建立在過去的共同體驗和記憶。與卷子這樣消磨時間，與同時回想那些記憶，幾乎是一樣的。我邊走邊在腦海中想著藉口，儘管並沒有人問我。

「不是走剛才來的路？」

「對呀，與車站反方向。」

路上十分安靜，與我們擦身而過的只有一個拿著購物袋的阿姨，和走路極慢的一對老人。我們要去的澡堂在住宅區裡面，而且入口處在稍微隱密的地方，所以剛住進來之後，好一陣子才發現澡堂的存在。我的觀念中一直抱著「澡堂是關西文化」這種不知真假的成見，而且以前去過的東京澡堂都不怎麼樣，所以進去時沒抱什麼期待。但是進去一看，可以說相當正統，室內有四座浴池，一座露天浴池，另外還有完整的三溫暖和冷水池，讓我大為驚豔。話雖如此，由於周圍都是住家，當然，大家的家裡都有浴室，真想泡大浴池的話，可以去超級大眾池，所以，我還想過，澡堂開在這種地方要怎麼經營啊。但偶爾去的時候，裡面總是人聲鼎沸，讓人體認到原來這個城區住了這麼多人。正好兩年前完成了大幅改建工程，此後人氣更旺，連鄰區、稍遠的城區，甚至幾個遠方城鎮都有泡湯愛好者來光顧。寬敞的休息室展示著創作者的照片、工藝品和填充玩偶等作品，但不知道是當地人做的，還是什麼小有名氣的藝術家，因而它也成為這一帶的小小熱點。

我本來以為夏日的傍晚到晚飯前的這個時段，澡堂裡一定空蕩蕩的，沒想到喧鬧吵嚷，人滿為患，彷彿與剛才馬路上的冷清有著完全不相關的規律。

「怎麼人這麼多啊。」

「對呀，很有人氣嘛。」

「這是新開的嗎？很乾淨呢。」

嬰兒趴在專用的嬰兒床上，大聲哭鬧著被大人擦拭身體，幼童搖搖晃晃四處亂跑，全新的液晶電視播放著節目資訊，還有吹風機的聲音混雜其中。櫃臺大嬸開朗的招呼聲，駝背老嫗們的笑聲、頭上包著毛巾，裸體坐在藤椅上聊天的女人們——更衣間裡充滿了婦女的活力。我們用了兩個相鄰的置物櫃後，脫去衣服。

我對卷子的裸體完全沒興趣，一眼都不想看。不過有沒有興趣是一回事，但是腦中掠過一個念頭：我必須多少掌握一下才行。這是因為這幾個月來，我們的話題一直圍繞著隆乳手術打轉，而這個主題的中心正是卷子的胸部，算是接近責任義務的基本關心吧。隆乳手術與卷子的胸部，儘管直到現在，我還是無法把這兩件事合理的連結在一起，但是卷子的胸部——讓她如此強烈的想做隆乳手術的根源——現在到底是什麼樣子呢？住在一起的時候，我們也去過澡堂多次，但是卷子的胸部長什麼模樣，別說是記憶朦朧了，根本一點印象都沒有。

懷著少許忐忑，偷偷瞄著卷子脫下衣服放進置物櫃的背影，與著衣時相比，卷子看起來又瘦了兩圈——這個衝擊瞬間把看胸部的念頭吹到九霄雲外了。

即使從背後看，兩條大腿相貼的地方都明顯分離，一彎下背，與背脊成組的肋骨，還有屁股上面的骨盤都隱約可見。雙肩薄削、頸部細瘦，因而顯得頭特別大。我合上不自禁半開的唇，舔了舔閉上，低下頭去。

「進去吧。」卷子用毛巾遮住前身說。我們倆走進裡面。

一團團白色蒸氣向我們撲面而來，全身立刻濕了，浴場內也相當擁擠，瀰漫著一股無法形容、只能說是熱水的氣味，偶爾從屋頂高處響起澡堂特有的「鏗鏗」聲。每當聽到這個聲音，腦海中一定會立刻出現巨大的防獸柵，想像著某個禿頭插進削尖的竹杆末端的情景。彎著背垂下脖子洗頭的人，泡著半身浴一面聊天的人、叫住想跑走的母親，一具具濡濕泛紅的裸體走過來又走過去。

我們在鏡子前拿了椅子和洗臉盆占好位子，在兩腿間和腋下淋過熱水後，泡進用紅色電子字幕標示「四十度」的大浴池裡。毛巾不可以浸在浴池裡，是澡堂的基本規則，但是卷子並不管它，用毛巾遮住前身，撲通一聲坐進浴池中。

「不怎麼熱呢。」卷子看著我說，「東京的澡堂都是這樣嗎？」

「不會，可能只有這個浴池這樣。」

「可是太溫了。這種水溫泡到死都無所謂。」

卷子泡湯的時候，把來去浴湯、出入浴池的女人裸體，宛如從上到下舔過一般，肆無忌憚的看個仔細，以至於一旁的我不得不向她投以關注的眼神，小聲的提醒「小卷，你看得太過火啦。」但是只有我一個人心頭七上八下，擔心對方過來抗議，卷子只是嗯嗯喔喔的回答，根本沒放在心上。我只好跟卷子一樣安靜的注視女人們的身體。

「那個，飛機這種玩意兒……」

為了轉移卷子貪看女人裸體的心思，我在浴池裡談起不相干的話題，有關幾種交通工具當中，飛機到底有多安全——譬如說，一個人呱呱墜地之後活了九十年，可以在飛機裡度過他的人生，即使飛機從來沒有落地也不會掉下來，它就是這麼安全。但是，即使在這樣高的機率下，飛機失事還是確實存在。我們人類該怎麼接受這樣的事實呢？我試著說了這個話題，但卷子提不起半點興趣，所以只好就此打住。話雖如此，現在這時候提起綠子的事，好像有點太沉重了吧。心裡正思忖的時候，入口處有個老太太慢吞吞的走了進來，看她的步伐不禁懷疑她所承受的重力或物理法則可能與我們不一樣。老太太駝著肥厚的背，像頭年老的犀牛一般，花了老半天才緩緩的穿過我們眼前，又用了更久的時間，拖著笨重的腳步往裡面走去。看來她的目標是露天浴池。

「你看到了嗎？剛才的粉紅色乳頭？」

卷子眯細了眼睛，望著老太太的背影說。

「嗄？我沒看到。」

「不簡單哪。」卷子嘆口氣，「全天然的呢，那種顏色在黃種人裡簡直是奇跡。」

「真的喔？」

「乳頭和乳暈沒有色差也很棒。」

「嗯，大概吧。」我隨便附合道。

「聽說最近可以用藥讓它褪色，變成粉紅色喔。」卷子說，「但是，這麼做沒有意義。」

「什麼藥？」

「先塗一種叫維他命A酸的藥，讓皮膚剝落，然後再塗漂白劑對苯二酚。」

「漂白劑？」我驚訝的反問，「皮膚剝落？」

「不是一下子整塊脫落，而是變成小碎片，慢慢的脫落，用那種維他命A酸的話。就是比較強烈的換膚啦。」

「也就是說，換膚之後再把漂白劑塗在乳頭？」

「對。」

「然後，就會變成粉紅色？」

「欸，只有一下下啦。」卷子眼神飄遠的說，「基本上，顏色深不都是因為黑色素嗎？是遺傳。就算對苯二酚能夠打敗黑色素，但人類的皮膚會新陳代謝啊。」

「細胞會定期更新？」

「對對對。現在出現在表皮、肉眼看得見的黑色素、褐色的這些，也許漂白之後顏色會變淡，可是反正還會長出來啊，從底下。因為皮膚本來就有黑色素嘛，這是不可改變的事實。所以，如果想維持淺色，就必須一直塗維他命A酸和對苯二酚，這怎麼可能做得到？做不到啦。」

「小卷你塗過嗎？」我看著卷子的臉。

「塗了啊。」卷子在浴池裡用毛巾緊緊壓住胸部說，「暴動。」

「暴動？喔，爆痛啊？乳頭很痛？」

「就是啊。餵奶也是，喔，那真是痛到想死的地步。寶寶又咬又吸，不但破皮出血還化膿。變得硬邦邦又黏答答，最後結痂。這種狀態下，每天被寶寶吸二十四小時，那真是痛到沒法形容。」

「喔。」

「塗藥的話，則是乳頭像火燒。」

「洗完澡出來，塗上維他命A酸，乳頭就像燃燒一樣痛，一陣一陣爆痛，大約痛個一小時。

等平靜下來之後，必須再塗上對苯二酚，這時候則變成劇癢，癢到受不了。就這樣周而復始。」

「然後，顏色呢？」

「嗯，當然是有淡一點。」卷子說，「差不多三個星期後吧，看了很感動。」

「用爆痛換來的。」我佩服的說。

「嗯，顏色明顯變淡了，我看著自己的乳頭都驚呆了。跑去服裝店裡，沒買衣服就進到試衣間瞄幾眼。真的太開心了。但是，」

「但是？」

「這膚色能夠維持下去嗎？」卷子搖搖頭，表情彷彿吃到什麼難吃的東西，「維他命A酸和對苯二酚價格又貴又很痛，還會發癢，簡直像刑求。而且必須保存在冰箱裡，有人說習慣了就好了，但是就算是習慣了也還要很有耐性。有些人都做到了，但顏色還是沒變淡。總之，我是做不到啦，三個月是極限。看到微微變淡的乳頭，也做過『說不定全世界只有我獨一無二，不用費心思就能維持這種粉紅色』的美夢，不過一轉眼就恢復原狀了。」

卷子對自己胸部的煩惱或說問題的鑽研，不只是大小，顏色也是一大重點。雖然不知道卷子是何時做的嘗試，不過我不禁想像起卷子剛洗完澡，就從冰箱裡將兩種藥膏擠在手指上，塗到乳頭忍受劇痛又劇癢的模樣。現在這時代，連高中生都不乏去做整型手術，所以，我想一定也有人覺得，乳頭灼熱有什麼了不起，但是我說的是卷子啊，為什麼都這把年紀了還要做那種事呢？

當然，我對自己的胸部並非不在意或未曾煩惱過。不對，說得精確一點，我不可能沒有想過。

我還記得自己胸部開始隆起時的事，不知不覺間出現了疙瘩狀的兩團肉，也記得如果稍一不慎撞到更會異常疼痛。小時候，每次和鄰居的孩子們打鬧偷看黃色雜誌上的女性裸體，或是電視上播出的成熟女人肉體時，也曾經朦朧的想過，有一天自己的身體也會像那樣玲瓏有致，長出那種曲線。

然而，結果並沒有。小時候的我對成年女人裸體抱持的模糊且唯一的印象，與實際上自己變化的身體，完全不一樣，根本兩回事。我的身體，並沒有變成我隱約想像的女人體態。

我想像的身體是什麼樣的呢？那是在黃色雜誌上出現的女體，說得露骨一點，就是一般人認為「淫蕩」的身體，挑起人們遐想的身體，激發欲望的身體，也許還可以說是具有某種價值的身體。我以為所有的女人長大之後，都會變成那種體態，可是我的身體並沒有成為那種類型。

人都喜歡美的事物，遇到美的事物，人人都想摸一摸，欣賞一番，如果可能，最好自己也變成那麼美。美好的事物有其價值，但是，總有人一輩子與美好無緣。

即使是我，也有青春年少的時代，但是，我並不美麗。從一開始就不屬於我的東西，我要如何從自己的內在去尋找、去追求呢？美麗的長相、美麗的皮膚，人人欣羨的、形狀姣好、淫蕩的胸部，從一開始它們就與我毫不相干，所以，我可能很早就放棄思考自己的身體了。

卷子又是如何？她到底為什麼想做隆乳手術，把胸部變大、讓乳頭顏色變淡呢？我試著思索，但是找不到什麼特別的理由，因為人類追求美是不需要理由的。

美麗，就是好，「好」會與幸福接軌。雖然人們對幸福有形形色色的定義，不過人只要活在世上，不論有意識或無意識，都在追求自己所謂的某種幸福。即使是走投無路，打算一死了之的人，也在追求名為死亡的幸福。幸福就是人類最小，也是最大動機的答案，小到不能再切分思考，所以當人說「我想變得幸福」，這種心情本身就是理由。但是，我不知道，也許卷子並非為了幸福這種含糊的原因，而有什麼更具體的理由吧。

我們各自在浴池裡發著呆，抬頭看到掛在牆頂上的時鐘，從剛才已經泡了十五分鐘了。但是，卷子說得沒錯，雖然溫度適中，但是身體好像暖不起來，池水溫溫的，再泡個一、兩小時都沒問題。

我偷偷瞄了卷子的側臉，看看她是否又在觀察女人們的身體，她皺著眉頭，專注的凝視著一個目標。

「果然水太溫了。小卷，我們先出去洗洗身子吧？」

「……不，」卷子低聲咕噥，靜默了一會兒。

「小卷？」

就在這時——卷子隨著「嘩啦」的水聲猛然站了起來，然後拉開毛巾，把光溜溜的胸部對著我。然後用空手道社或柔道社那種犀利的低聲說：「怎麼樣？」

「什麼怎麼樣？」

「顏色啦、形狀啦。」

「很小、很黑，但是很大。」等字眼刷的浮現腦中，但是我假裝沒看見。而兩人組中的一人擺出手扠腰，跨開兩腿的氣勢，俯看另一人的這個構圖，在別人眼裡是什麼感覺，這份擔心我也擱在一邊，只能快速的點點頭。

「大小不用管，因為我自己知道。」卷子說，「色澤怎麼樣啊？色澤，以你的眼光來看，會黑嗎？如果太黑的話，大概有多黑？你老實告訴我。」

「欸，並不算黑。」我不假思索的說了言不由衷的話，卷子繼續逼問：

「那麼，屬於普通的範圍囉？」

「欸，怎麼樣才算是普通呢？」

「你認為普通就行了。」

「嗄，我認為的普通？」

「對，你認為的普通。」

「可是，就算我回答普通，好像也沒有真正回答小卷想知道的問題啊。」

「你委婉的說也可以啦。」在卷子單調的催促下，我不得不回答。

「唔，不是粉紅色。」

「我也知道不是粉紅色好嗎。」

「喔，這樣。」

「是呀。」

然後，卷子緩緩的又泡進浴池裡，我們和剛才一樣，漫無目標的看著前方，可是卷子的胸部卻像是烙印在心眼般揮之不去。卷子的胸部、乳頭從水中嘩地猛然出現的景象，不知為何就像是尼斯湖水怪或大艦隊等龐然巨物從水底升起的畫面，以慢動作的模式反覆播放。

在那隆起程度可比蚊子叮過的乳房上，長著如同某種操縱桿、橫嶺側峰般立體的乳頭，或者可以說是用最黑的鉛筆——最黑的應該是10B吧，然後使勁的塗滿直徑三公分的圓形。總之，顏色非常深，超出想像的深黑色澤——我覺得姑且不論美麗、漂亮、幸福的說法，也許還是淡一點比較好。

「很黑吧。我的乳頭既黑又巨大，我知道，我這個並不漂亮。」

「哎呀，感覺因人而異嘛。而且，我們又不是白人，顏色深天經地義啊。」

我帶著「乳頭顏色那些沒什麼大不了、我根本沒興趣」的口氣這麼說，但卷子嘆了一口氣把我的一番用心完全抹消了。

「我啊，生孩子之前，並沒有這麼黑。」卷子說。「可能有人會說，不可能差那麼多。我這乳頭雖然是不漂亮，但是我發誓，以前真的沒這麼黑。你看看嘛，哪有這麼黑的，簡直像是奧利歐了嘛，那是零食耶，餅乾耶。可是，如果是奧利奧那還算好。它等於是那個嘛，美國櫻桃的那種超厲害的顏色，不是純黑，而是混合了紅色、很厲害的黑色。不過，如果真是美國櫻桃色也還好。其實是螢幕的顏色，液晶電視的那種，關掉電源後液晶螢幕的顏色。前一陣子在電器行看到，覺得這顏色我有印象，好像在哪兒看過，仔細一想，不就是我的乳頭嗎。

「然後呢，大小也是，怎麼說呢，只有乳頭的部分特別大，好像寶特瓶的瓶口。那時醫生還很認真的告訴我『不知道嬰兒的嘴巴含不含得住』，那可是看過成千上萬個乳頭的乳頭專家欸，他都這麼說了。而乳房卻是癟的，就像是撈金魚時，裝到半滿的塑膠袋，軟趴趴的感覺，你懂嗎？我現在的胸部就是那樣。有的人生了孩子也不會變形，有的會恢復原狀，各種各樣都有，但是，反正我是變成這種樣子。」

兩個人都靜默下來，一時無語。我的腦中縈繞著卷子的話，同時也在思考池水的溫度，這絕對沒有四十度C吧，那個顯示器一定有問題，等等。然後想到卷子的乳頭。從剛才的強烈影像衍生出各種思緒，像是如果用一句話來形容卷子的乳頭，那會是什麼，應該是「強大」吧。「小卷的乳頭很強大喔」這句話能夠成為讚美嗎？不行吧。但是，為什麼乳頭不能強大呢，為什麼不能很黑呢？漂亮啦、可愛啦，乳頭也不喜歡這種字眼吧。在乳頭的世界裡，強而黑的巨大乳頭難道不能掌握霸權嗎？這種時代會來臨嗎？會吧。

就在我胡思亂想之際，入口的門打開，蒸氣流動，兩個女子相偕走了進來——可是，第一眼就直覺好像有點不太對勁。其中一個是一般「女人體態」的二十多歲年輕女子，但是另一個人怎麼看，都像是男人。

沒有卸妝的臉、細長的脖子、胸部、腰部一帶，和留到背脊的金色長髮，一看就知道是女子，她的手勾著另一個——推高的頭髮、脖子到肩部發達的肌肉、粗壯的手臂，還有胸部雖然有隆起，但幾乎平坦一片，用毛巾擋著捏住股間的手，一同走進來。

我不知道這兩人第一次進來這兒，還是偶爾會來，至少我從來沒見過。但是，浴場裡的客人們瞬間僵住，彌漫著近乎凝結的空氣。不過那兩人似乎一點也不在意，金髮妹貼著推高頭，嗲聲嗲氣的說「早知道就把頭髮束起來」，推高頭前傾著上半身，坐在浴池邊緣點點頭，感覺在說「嗯嗯」。

兩人應該在交往，但是細節不清楚。不過從她們的神態來想像，金髮妹的立場是所謂的女性，女朋友，而推高頭是男性，也就是男朋友。

我的眼光有意無意的看向推高頭的股間部分，但是她用毛巾緊緊護住，又把手壓在上面，所以無法知道是否生了男人的性器。兩人身體緊挨著坐在池邊，正在泡腳。雖然明知這樣很失禮，不過我對那個推高頭實在太好奇，所以一下子伸伸懶腰，一下子拉拉脖子，趁機偷看她。

推高頭當然是女人，因為這裡是女子池。但是，外表還是個男人。肌肉結實的肩膀、有點裂縫的粉紅色乳頭和皮下脂肪的感覺，都還能找得到女人身體的痕跡，但是至少推高頭明顯看起來在扮演男人的身體與動作。

在我們從前工作的笑橋一帶，有許多類型的酒吧，所謂的「T吧」，就是被稱為「T」的牛郎在經營。

她們在生理上雖然是女性，但是自認的性別是男性，因而打扮得陽剛味，以牛郎的身分接待客人。如果是異性戀者，她們會以男性的角色與女性戀愛，例如，我聽說同樣在大阪，但價格設定與公關小姐等級都高人一等的北新地正統俱樂部，有人會動手術割下乳房，長期注射男性荷爾蒙使聲帶低沉、鬍鬚茂盛，甚至連生殖器等特徵都完全改變。不過笑橋的T吧，可能是金錢上的問題，並沒有人做到那麼正式的變性。雖然有些人會說「真希望有一天能做得到」，但是基本上絕大多數都只是用白布或專用護套將胸部壓平，穿上西裝，理個西裝頭，然後做出男性化的舉止動作。偶爾，有T牛郎帶著客人來酒吧喝酒時，不經意露出媽媽桑或其他公關小姐身上感覺不到的女人味。我不知道是從骨格還是肉感？或者是其他地方，但是她們不經意流露出的味道，比一般女人更強烈，除了女人味三個字，別無其他字眼可以形容。當我偷瞄著眼前的推高頭時，果然也感覺到她的身體飄出一陣一陣當時難以解釋卻真實存在的——在自己、卷子、媽媽和朋友身上幾乎察覺不到的「女人味」。

所以，我不能說對這一類人完全陌生，但是像這樣彼此在浴場裡裸裎相見，卻是頭一遭。一回神，先前周圍的客人大部分都出去了，只剩下我和卷子泡在浴池裡。

我開始坐立不安。明知推高頭是個如假包換的女人，有進女浴池的資格。但是這種狀況我覺得不太自然，因為，事實上我現在就覺得很不自在，還是說，有這種感覺的我才有問題嗎？再說，對推高頭來說，進到女浴場不會不自在嗎？男性心智的她，可以這樣走進全是女人的女浴池嗎？——等等，不對，我想錯了，正因為推高頭自己沒有任何問題，才能這樣堂而皇之的待在女浴場，我應該提出的問題是：「我們在這位推高頭面前展露裸體，真的沒關係嗎？」

既然她的自我意識是男性，也就是異性戀者的話，即使她本身沒有一絲興趣，我們的身體對她來說，也是異性。這與一般男人走進女浴場究竟有何不同？我把下巴浸到水裡，瞇細了眼睛盯視推高頭。最初的坐立不安，現在變成了明確的生氣。而且這裡又不是混浴場，兩個異性戀情侶明目張膽的走進女浴場，果然很奇怪。

我思考著應不應該把這件事告訴眼前的推高頭，畢竟這是個敏感的問題，而且不管事後會如何發展，一定都會演變成麻煩事。像這樣自己主動招惹是非，一般人眼裡一定覺得吃飽了沒事幹。但是，我從以前遇到這種狀況，如果覺得莫名其妙：「怎麼會有這種事」的話，便會因此耿耿於懷，而無法再沉默下去。當然這種事出現得並不頻繁，在人際關係上幾乎沒有發生過任何問題。可能是我在某些事物上有些偏執吧，讀小學的時候，參加活動回家途中，在電車上遇到新興宗教的信徒，笑著向我宣揚真理和神的存在，結果我跟他們演變成激烈爭論（當然最後得到憐憫的微笑），高中時在廣場上從頭到尾聽完右翼團體的演說，針對他們的矛盾窮追猛打，卻被他們招攬。如果現在我和推高頭說話的話，會是什麼樣的感覺呢？我繼續把鼻子以下都浸在水裡，在腦中進行演練。

——冒昧打擾一下。那個，我從剛才就很在意，你是男性吧？

——什麼！你找死嗎。

不對不對，這裡不是大阪，而且並不是所有體格壯碩、目光銳利的男人都會這麼回答，這是我先入為主的偏見，而且我的開場白也不太好。那麼，我該怎麼對推高頭開口才不會失禮，並且如實傳達我的疑問，以愉快的感覺質問我想知道的事呢？我像個準備鑽木取火的人，把意識集中在前額葉的一點，高速摩擦，等著它冒出煙來。暫且把推高頭設定為和善的好青年角色，然後在腦中展開虛構的對話，譬如說我這樣問她，她那樣回答，就那個議題吐槽，她又如何反駁，就在這時候，我發現推高頭的眼神也不斷往我這兒飄。

明明在意的人是我，怎麼連她也注意起我來，該不會是發現我偷瞄她，一氣起來，打算把我揍一頓吧。我一面如此思索，一面又朝推高頭瞄了幾眼，突然有種奇妙的感覺，好像推高頭的視線裡隱藏著另一層意義，是那個意義一直靜靜的凝視我，一種既非不安也非焦慮的情緒在看著我。金髮妹對推高頭說了句什麼笑話，看著她笑開的側臉，腦海中有個聲音說：這個人該不會是小山吧。

小山。山口——什麼來著，對了，是千佳，山口千佳，小山。小山。小山是我小學的同學，有段時間交情甚篤，她一向是團體裡第二把交椅。小山，她母親在運河的橋頭開了一家糕餅店，大家一起去玩時，偶爾會請我們吃點心。打開門，甜甜的香氣擴散開來。我們曾經算準大人不在的時間，偷跑進廚房裡玩。那裡堆放著銀色的打泡器和各種蛋糕模和刮刀，大碗公裡總是裝著滾滾白色或淡黃色泥狀物。忘了是哪一次，只剩下我們兩個，小山瞇起了眼睛，好像分享祕密似的，用食指從碗裡撈了一坨讓我舔。一直留著短髮，六年級時，在腕力比賽中打敗所有學生，成為第一名的山口，劍眉濃密，五官深邃，笑起來上唇幾乎貼到鼻子的模樣浮現在眼前。

「你在這種地方做什麼？」我一笑，小山堆起肩膀的肌肉說，好久不見。一看到他的膚色——蛋黃醬的氣味立刻彌漫開來，我們兩人盯視著碗公裡，它究竟有多柔軟呢？會是什麼樣的觸感呢？光看它的形狀無法想像得出，而小山的手指緩緩沉入其中。那時候擴散在我舌頭上、品嘗過好幾次的那個感覺醒了過來。「欸，你變成男生了喔。我們完全不知道耶。」我試著這麼說，但她沒有回答，只是在手臂上使勁，鼓起一個小疙瘩，於是那個隆起就像捏碎揉圓的麵糰般，從手臂上一塊塊的掉落，然後變成一個個小人，人數不斷增加，他們在水面跑步，在磁磚上滑行，把裸體的人們當成玩具，大聲喧鬧。回頭看看小山本人在做什麼，他把體育服捲在鐵桿上，沒完沒了的吊單槓。

我捏起一個在浴池裡玩耍的疙瘩搔她的癢，一面警告她，這不是你們玩樂的地方。但是，疙瘩們一點也沒放在心上，還是一再開心的揚起笑聲，在身體上爬上爬下，唱著〈我們不需要女人〉。不知不覺，散布在各地的疙瘩們全都集中到我身邊排成一個圈，其中一個指著天花板，大家一起抬起頭，上面是一整片森林學校的夜空。我們大家睜大了眼睛，看著無數顆閃爍不定的星星，大聲叫著，從來沒有看過這麼美的夜空。一個人用手上的圓鍬挖土，住在學校裡的小黑死了，挖好洞，讓小黑躺在洞底，牠的毛和身體都變得硬邦邦的，當泥土覆蓋在牠身上，牠就被送到遙遠的某地去了。我們痛哭不已，止不住的打嗝噙住了流不盡的眼淚。太陽反射的樓梯轉角，有人在談笑、模仿、回想。我們用盡渾身力氣大聲笑著，快脫落的名牌、快消失的黑板字跡。「重要的是，」一個疙瘩對我說，「不需要男人女人和其他」。那些疙瘩的臉，仔細一看彷彿在哪兒見過，全都是充滿懷念的面孔。但是因為光線的關係，從我的位置看不清楚。正當我更加凝神注視時，突然聽到有人在叫我的名字，一抬頭，卷子正一臉訝異的對著我看。推高頭和金髮妹早就不知去向。剛才還十分閒散的客人增加了，浴池和沖洗區都能看到許多裸體在蠕動。

今天，媽媽託我去水野屋，本來打算回家，臨時又往下到地下室，以前媽媽經常帶我來玩，景物依舊沒變，真讓人懷念。機器人小空。機器人小空還在呢，以前小空明明超巨大的，許久不見竟然變得這麼小，真驚訝。

很久以前，我曾經進到機器人小空裡面操縱，只要投錢進去，它就會緩緩移動。眼睛的地方有個小窗，從小窗裡看得見媽媽，但是外表看起來眼睛的地方是漆黑一片，所以媽媽看不到我的臉。現在，媽媽看我就只是機器人小空，從她的角度，我應該是機器人小空吧，但是，其實我就坐在機器人裡面。還記得那天一整個不可思議的感覺。

我的手會動，腳也會動，儘管我不懂方法，但是卻能讓很多地方動起來，真是奇妙。不知什麼時候開始，我待在自己的身體裡，住在裡面，這具身體背著我不斷的變化，它想怎麼變我都無所謂，不斷的變化，變化是黑暗的，那種黑暗沉積在眼睛裡。我不想睜開眼睛，因為不想睜開，所以睜不開的話，好可怕。眼睛好痛。

綠子

4 到中式飯館來的人們

「話說回來，這裡的菜色還真是多得一場糊塗耶。」

驚訝的卷子把眼睛睜得比平常大一倍，然後開心笑著說，「好多菜我都沒吃過。欸，可是那個阿姨不是一個人在廚房嗎？上菜的也是她一個人喔？」

她指著身穿白色既像廚師服也像制服，在店裡團團轉的阿姨說。

「對對，可是她動作很快喔。」

「經常有這種定食餐廳，明明菜單多得數不清，可是老闆就是能應付自如。」卷子讚嘆的說，「偶爾電視上也會報導，有的店同時賣燉牛肉、大阪燒、握壽司，真搞不懂平常是怎麼準備的呀。」

把貼在牆壁的一整排菜單看過一遍，再把桌上的菜單細心的研究一番後，我和卷子點了生啤酒、炒花枝等幾道菜，還有白湯麵和厚皮煎餃。另外再點了綠子指定的包子、豆腐做的卷麵等，大家一起分食。

這家中餐廳坐落在三十年老屋的一樓，完全可以用破舊來形容，從公寓走路過去只要十分鐘，價格超便宜又受歡迎，除了我們之外，還有一組全家福帶著吵翻天的嬰兒和四、五歲男童，一對中年男女看上去有一搭沒一搭的在說話，和幾個穿著作業服、大聲吸著拉麵的男人。門口旁擺的收銀臺像是上個世紀的產物，還有紅色和金色的華麗裝飾品。牆壁上掛著水墨畫和漢詩匾額，一看就知道是影印的，它的旁邊則是整體褪成淡藍色的啤酒海報，梳著過去流行髮型的寫真偶像穿著游泳衣、拿著啤酒杯，滿臉笑容的躺在白色沙灘上。地板油膩膩的有點滑。

阿姨帶我們就座之後，綠子從腰包裡拿出小記事簿，猶豫了一會兒又把它收起來，喝了一口倒在塑膠杯裡的水。吸拉麵的男人頭上設置的架子，因為油汙和年代久遠而熏黑，上面裝著一臺老舊的黑色小型電視，螢幕播放著隨時隨地都在播出的綜藝節目。綠子抿著嘴唇，稍微抬起視線，一臉乏味的望著人們的笑臉。啤酒放在桌上，玻璃杯鏘的發出碰撞聲，我和卷子乾杯。問綠子真的不要飲料嗎？她只是輕輕點頭，目光仍然停留在電視畫面上。

櫃臺的後面看得見廚房的狀況，穿著漬跡斑斑白色廚師服的老闆娘，一如平常的忙碌著。加溫的中式炒鍋升起白煙，丟入的食材發出爆裂的聲音，也聽得見煎餃的鐵板上大量水分一起蒸發的激烈聲。嵌在調理臺牆壁的電源開關黏附凝固油汙，從我們座位看不到老闆娘的腳，但腳邊用來裝青菜的笊籬已經骯髒發黑而且破了。流著涓涓細水到長筒鍋的水龍頭已經完全變色。這讓我想起，忘了是哪一天我和打工處小我三歲的男生來這裡吃飯。無意間說好了晚餐一起吃，我提議有個常去的餐廳，他便順著我的話說想吃吃看，但是進到店裡坐下之後，我注意到他的表情不太對勁，我點的菜他也幾乎沒有動過。事後問他原因，他皺著臉說，衛生方面實在無法接受，那塊擦炒鍋的布，是抹布耶，用那布擦完直接就炒麵了喲。是喔，我只回了這句，然後就陷入沉默。

「對了，九叔死了耶。」

「九叔？」我抬頭看了卷子的臉。抬頭的時機點，阿姨正好把一盤煎好的餃子砰的端到桌上。

「哪個九叔？」

「就是九叔呀。」

卷子喝了一大口啤酒說：

「靠假車禍詐騙那個，唱那卡西的。」

「啊！」我忍不住大叫一聲，連自己都嚇了一跳。

「你是說那個九叔死了啊？話說回來，我都不知道他還活著呢。」

「對呀對呀。他年紀一大把了，不過直到前一陣子才終於過世。」

九叔在笑橋一帶算是小有名氣，只要是那附近的餐飲業者，無人不知九叔這號人物。他的主要工作，基本上是輾轉在各小酒吧或夜店，幫愛好唱演歌的客人彈吉他伴奏，代替卡拉OK，以賺取小費。但是九叔還有另一個角色，就是假車禍詐騙。笑橋的酒店業隔著國道二號線分為南北兩區，南側以車站為中心向外擴展，以前我們，以及現在巷子上班的店都屬於這一區。北側以前有一家加裝鐵窗的老精神病院，所以街頭的氣氛或是熱鬧程度，南北有些不同。酒客也是，南側的人玩南側，北側的人始終待在北側，業者之間來往也不太熱絡。

但是，九叔卻能扛著吉他南北穿梭，他的琴藝不管在當時還是現在，都搞不清到底算精湛還是彆腳，總之從熟客到過路客，他都會為他們彈吉他賺點小錢。然後，偶爾想賺點花紅或是作個副業，他會看準平日交通量大的馬路變冷清的時間，等著較鄉下而非本地的車牌，讓車撞上自己小小身軀。九叔眼光精準，總能選到一撞到人便臉色蒼白、心慌意亂、跪在地上哭泣的善人，一副與其報警還是先送你到醫院吧，我願意用下半輩子來賠償你的表情。而且從來沒有聽他說過，因為保險公司或警察介入而引發問題。當然他會保持防護的姿勢，以免真的受傷，輕微碰撞再來個大翻滾，現場和解下收了對方顫抖遞出的慰問金——可以稱得上模範級的假撞車詐騙。

九叔個子矮小，讓人聯想到花生殼。凹凸不平的馬鈴薯型光頭，眼睛宛如魛仔魚乾一般小。牙齒有許多縫隙，說話帶著可能是九州哪裡的口音，而且還加上口吃。或許是這個原因，經常給人只會應聲附和的印象，與客人的對話也都結結巴巴、小心翼翼的說著單字或形容詞，從來沒有聽過他說出一個完整的句子。

儘管沒有像樣的談過話，但是對我們這些在吧臺後洗碗做小菜的酒店小姐女兒，他總是笑咪咪的，不會擺出大人的架子讓我們提心吊膽，這些地方讓我覺得親切。九叔上場從來不須事前聯絡，大約晚上十點或十一點左右，他就會背著吉他，活力充沛地從自動門跳進來。店裡熱鬧的話，他便立刻融入氣氛，愉快地幫酒醉客人伴奏，請客人把錢放進吉他的音箱裡。若是店裡門可羅雀，清閒甚或氣氛沉滯，他會露出一臉尷尬，垂頭喪氣的樣子，支支吾吾的鞠個躬，含有「改天再來」的意思倒退走出店外。有時候媽媽桑心情好，也會賞他一杯啤酒，他則是甘如美酒的喝下。

忘了是哪一天，同樣是沒有客人上門的日子，九叔開了門進來。

那時候，老闆娘和媽媽外出——可能是打電話到有交情的店，到那裡去拉客了。其他的公關小姐也不在，卷子當時正開始專心到燒肉店打工，所以也不在，短短的時間裡只有我和九叔大眼瞪小眼。那時候還不知道母親生病，所以我應該是小學六年級吧。

「媽、媽媽桑不在？」聽九叔這麼問，我回答「應該馬上就回來了」，隨即拔開啤酒瓶蓋，倒在玻璃杯裡，放在吧臺上。九叔連聲「謝、謝、謝謝」把啤酒一飲而盡。我又幫他續杯，九叔再次說著「謝、謝、謝謝」，稍微昏沉的坐在靠近包廂一角、公關小姐用的圓椅上，帶著介乎咪咪笑與咧嘴笑之間的慣例笑容，用兩手鄭重其事的將玻璃杯包住。無人的店裡充斥著令人發毛的寂靜，好像牆壁、沙發或是坐墊如海棉般吸入了我們倆安靜所產生的沉默，然後漸漸膨脹起來壓迫著我們。九叔和我都沉默著，電話也不響。

過了一會兒，九叔說了聲「多、多謝招待」，把吉他重新掛回肩膀準備離開，但是走到門前他驀地站定，怔了一會兒才緩緩回過頭，露出一副想到絕妙好點子的表情，凝視著我的臉，然後對著我說：「唱、唱歌，要、不要，要不要唱歌？」

九叔小眼凹深處的黑眼珠閃著光，我驚訝的反問：「嗄？唱歌？誰唱？」九叔頂了頂下巴指著我，然後喜不自勝的露出滿是縫隙的牙齒笑著。「唱歌唱歌」他一面說著，抓起吉他背帶，舉到比肩膀還高的位置卡鏘卡鏘的刷起絃來，然後迅速從髒汙的運動衫胸口拿了個小笛子，「嗶」的一響調整絃的音高。「宗右衛門，唱起來，宗右衛門町。」說完閉上眼睛，彈起表現滑溜顫音的序奏。

既是害羞，而且這發展太過突然，我站在吧臺後面扭扭捏捏的不知所措。「來吧來吧」九叔點著頭，一面幫我打拍子。他彈著前奏，衝著我笑說「沒問、沒問題，唱起來吧。」我使勁的直搖頭，心裡想，這麼突然怎麼可能會唱嘛，而且還是用吉他。然而不知道什麼原因，竟然戰戰兢兢的試著哼唱——過去早就聽客人唱了千百遍，但是自己從來沒有唱過的〈宗右衛門町藍調〉歌詞，不自覺的從嘴裡流出來。

九叔困惑的踉蹌了一下，一面用琴絃聲將我那勉強成調的歌聲一個個包覆起來，他張開大嘴笑著看我，一面配合呼吸要我照著這樣唱。一旦我忘了曲調與歌詞快停下來，九叔就在和音中撥奏主旋律引導，一次又一次點著頭，像在說「對了對了」。歌詞即使吃了螺絲，他也搖著頭要我不用在意。我全副精神看著彈吉他的九叔，努力照著音準發出聲音。

儘管搞不懂我到底會唱還是不會唱，但我與九叔唱完了整首〈宗右衛門町藍調〉。唱完最後一節「展開你那明亮的笑臉」，九叔猛地睜大他的小眼睛，卡鏘卡鏘的刷響吉他，很、很好、很、很好的開心大笑，然後朝著我拍了好久的手掌。我知道自己害羞得滿臉通紅，雙手摀著臉頰。九叔一直在拍手，我笑著掩飾自己不知是害羞、丟臉還是喜悅的情緒，又在九叔的杯子裡倒滿一杯啤酒。

「九叔怎麼死的？生病？」

「不是。應該是假車禍。」卷子從鼻子哼了一聲，「最近這幾年，大家都知道他身子骨不太行了，幾乎不再到任何店裡去了。最後見到他是什麼時候……？對了，車站旁的咖啡店，有玫瑰的那家。我看到有個人站在門口，還以為是誰，仔細一看是九叔啊。他變得好矮小，我嚇了一大跳。原本他就矮小，現在縮得更小了，嚇死我了。好久沒見他了，不知道他好不好，所以本想上前招呼。但是看到他走路歪歪倒倒的，我沒敢叫他。」

「他的吉他還在嗎？」

「應該不在了。」卷子喝了一口啤酒說，「然後呢，幾個月前……對了對了，聽說是五月底，晚上十二點左右，他在馬路上被車撞了。你知道吧，在寶龍前面，中式餐廳寶龍，我們以前常去的那家。九叔從寶龍出來，就在那兒死了。後來有次聊起九叔，有個客人說，車禍發生的兩小時前，他在寶龍遇到好久不見的九叔。我們問他，九叔當時看起來怎麼樣。客人說，他還是老樣子，和藹可親笑咪咪的樣子，喝了啤酒，胃口很好。接著就發生那件事了。只是這次他沒挺過。」

嗚哇的笑聲從電視中響起，我用筷子夾起有點變硬的餃子放進嘴裡。

「他好像身上也有病，不過最後九叔好好吃了一頓。」卷子說。

綠子對我們的談話毫無興趣，她微微抬著下巴，從剛才就維持著同一個姿勢，望著電視畫面。九叔的臉驀地浮現又消失，那膚色坑坑窪窪的頭又再浮現，兩手緊緊握著啤酒杯，小小的兩膝併攏坐在角落的模樣也浮在眼前。綠子點的包子送來了，看著包子沒有意義的白淨，渾沌的熱度和模糊的鼓脹，我的眼眶有些發熱，於是從鼻子大大吸了一口氣，挺直背脊重新坐好。

「好啦，包子來了，快吃吧。」

我從盤子裡拿起一顆熱呼呼的包子，看著綠子催促她快吃。綠子微微點頭，又喝了一口水，眼光轉向盤子裡的包子。卷子也伸手到蒸籠裡拿了一個。而綠子輕輕咬了一口包子的白色頭部，這個動作宛如一個暗號——空氣驀地和緩下來，然後，我抱著證明我沒有多想的心態，把整杯啤酒一飲而盡，再點了第二杯。隨後端來的豆腐卷麵、白湯麵和炒花枝把整個桌面占滿，電視的雜音、三人的咀嚼聲、喝水聲、杯盤碰撞聲等混合在一起，形成了熱鬧的感覺。

卷子向端菜來的阿姨說，她是從大阪來的，阿姨也應和的說，大阪有什麼什麼對吧，越聊越起勁。綠子也夾了一個剛才沒吃的餃子，大口嚼了起來。這個好吃，那個也不錯……我和卷子交相說著，卷子也續了一杯啤酒。我說的笑話把綠子稍微逗笑了，所以便問她「小卷去上班的時候，你都在幹麼？」綠子從腰包裡拿出小冊子，〈習題、看電視、睡到天亮〉。我又接著說，是喔，哎，小卷六點多出門，一點左右回到家，一下子就過了嘛。綠子點點頭，把撕成小塊的包子送進嘴裡。

卷子和老闆娘很投緣，興奮的說「這家餐廳超級讚」、「我很喜歡」之後，她大聲清了清喉嚨，看著我們狀似得意的說：「我每次回家之後，有件事一定最先做。」

「你們知道我最先做什麼嗎？」

「脫掉鞋子吧？」

「不是啦。」卷子不耐煩的搖搖頭，然後用異樣輕快的口吻說：「我回家第一件事，是去看這孩子的睡臉。」

綠子不自覺的露出詫異的神情，瞥了卷子一眼，然後又拿起一個新的包子，兩手的拇指壓在白色隆起的中央剝成兩半，對著包子餡端詳了半天。她在露出餡料的地方淋上醬油，接著再切成兩半，停了一會兒，再分成兩半，這部分也淋上醬油，仔細觀察變黑的地方。由於綠子在包子上一再淋上醬油，吸附了大量醬油的包子變成黑麻麻的，我也開始瞪著它看，想知道包子究竟可以吸收多少醬油。

「喂，」卷子出聲，想把我的視線從包子轉開。儘管剛才在澡堂裡已經把臉妝洗盡，但是卷子的臉已經泛出油光，在螢光燈下，皮膚的紋理粗糙，凹凸的毛孔形成坑坑窪窪的影子。然後卷子咧嘴笑道：「還有還有，你聽我說，我呢，覺得這孩子好可愛，所以有時候還會趁綠子睡著時親她一下。」她揮動著筷尖，笑容可掬的說著——彷彿在說「很抱歉一直瞞著你們，不過這可是我藏在心中的大驚喜喔」。別別別別別，我在心中打散卷子的話，轉頭看看綠子。綠子正露出凶狠的眼神，面對面的瞪視卷子。

綠子目不轉睛的瞪著依然咧嘴傻笑的卷子，在綠子臉上眼神顯得越來越強，越來越大，尷尬兩字都無力形容的尷尬令人只想逃跑，糟透的激烈沉默持續之後，卷子把手上的啤酒杯咚的放在桌上，吐出一句「幹麼」，幹麼啊你那眼神，卷子平靜的口氣對綠子說，你到底在幹麼。說完她又咕嘟咕嘟的喝起啤酒。

綠子的目光從卷子撇開，盯著掛在牆上的漢詩匾額一帶，然後打開小冊子，清楚寫下「噁心」，把它展開在桌子上，用筆在「噁心」的下面不斷的畫線，因為太用力，最後筆尖劃破了紙。又從醬油碟拿起放置已久的包子，撕成小塊吃進嘴裡。儘管包子吸飽了醬油，變成了黑色，她還是一口一口的吞下去。卷子盯著紙上無數條線和上面的文字，不再說話。

醬油，不會太鹹嗎？隔了一會兒，我問綠子，但她沒有回答。廚房依舊傳出煎炒的爆裂聲，隨著客人出入，也能聽到「多謝招待」、「謝謝光臨」的聲音。在電視溢散出帶有色彩的吵嚷聲音中，我們三個人一聲不吭的把剩下的餐點吃個精光。

為了錢的事和媽媽口角。上次大吵一頓時，我頂嘴說「為什麼要生下我」，後來常常想起這句話。我知道不該說這句話，但是就衝口而出了。媽媽雖然生氣，但沉默下來，事後感覺糟透了。

我考慮暫時不要和媽媽說話，因為一說話就吵架，然後又說出難聽的話，媽媽整天工作十分疲累，而且有一半，呃不，全部都是我害的。這麼一想我真不知道該怎麼辦，我想快點長大，努力工作賺錢給媽媽。但是現在我還做不到，所以希望能對媽媽好一點，但我連這個也做不到，有時候忍不住想哭。

畢業之後上國中，還要整整三年，不過，國中畢業後就能去找工作了吧。然而，就算能開始工作，我想一定也維持不了正常的生活，我必須有一技之長，媽媽就是沒有一技之長。一技之長。圖書館裡有很多適合我們思考一生工作的書，我會借來讀。唉——最近媽媽找我去澡堂我也不能去。為了錢吵架的前一次吵架，說完之後才「啊」的想到了，媽媽是因為工作才會那樣。媽媽穿著工作的衣服，而且還是紫色超華麗，縫著金色穗穗的那件，她穿著那衣服騎腳踏車，被男生看到了，他就開始在大家面前說媽媽的笑話。當時，如果我說「你胡說什麼，白痴啊，我揍你喔」就好了，可是，我卻在大家面前笑笑糊弄過去，咧開嘴傻笑。後來，我跟媽媽說了，最後媽媽很生氣，哭喪著臉扯著嗓門說，那有什麼辦法，難道叫我們不吃飯嗎。我忍不住說，誰叫你生下我，那是你的責任啊。

但是後來，我意識到了。媽媽生下我，不是媽媽的責任。

我長大以後，絕對不要生孩子，我已經下定決心。但是，好幾次我都想道歉，可是，媽媽時間到了，又去工作了。

綠子

5 夜裡姊妹的長談

回到住處，卷子表現得很開朗，好像什麼事都沒發生過，所以我也配合她，誇張的大笑，和她一搭一唱。朝綠子那兒偷看幾眼，她在自己的背包旁，把腳弓起來坐著，併攏的膝頭上放的不是先前的小冊子，而是另一本較大的記事簿，快速的寫著小字。

「好久沒和夏子這麼喝酒了。」卷子說著，從冰箱裡拿出幾瓶回程中在便利商店買的啤酒，排在茶几上。來喝吧來喝吧，我邊說邊拿出柿種花生和肉乾倒在盤子裡，把白天喝麥茶的玻璃杯沖洗一下，正準備倒啤酒時，響起了「叮咚」的陌生的電鈴聲。

「是我們家的？」我倆面面相覷。

「欸，不知道，剛才是電鈴在響嗎。」我說。

「對呀。」

接著又是一聲叮咚，看來確實是這間房子的電鈴。看看時鐘，晚上八點多，時間早晚不說，幾乎沒有人上門來過。明明是待在自己的屋裡，也沒做什麼虧心事，但我不自覺的放輕動作，躡手躡腳的穿過廚房，屏住氣息的從貓眼窺看走廊。廣角鏡片長了淡綠色的霉，所以看不清楚來人的身影，但是看得出是個女人。乾脆假裝不在家吧，不過這門這麼薄，肯定聽得見電視和我們的說話聲。我只好死心，小聲的回答：「來了。」

「不好意思，這麼晚來打擾。」

把門開了一條縫打量一下，是個女人的臉。髮型並非一般燙髮，而是感覺稍大卷的電棒燙，露出整個額頭。她是個五十到六十歲的歐巴桑，咖啡色眉筆畫的眉比真正的眉毛高了幾公分，穿著暗色但明顯褪色、膝頭鬆垮的運動褲，腳上套著應該是沙灘涼鞋的樣子。不過她的T恤倒是嶄新而雪白，大大的印著眨眼飛吻的史努比像，上面用英文寫著：「我將因你而完美」。什麼事？

在我問之前，歐巴桑已搶先說，不好意思，這麼晚來打擾。

「我是來收房租。」

「啊。」我短呼一聲，小聲的說「請等一下」，快速翻身看了下屋裡，走到走廊上背著手拉上門。

「是是是。」

「啊，現在有客人在啊。」歐巴桑裝出介意屋裡的態度。

「剛好親戚來。」

「時機真是不湊巧。因為，我打電話給你，你都沒接不是嗎。」

「對不起，我沒接到，剛好不方便。」我一面道歉，想起這幾天確實接到好幾次不明來電。

「對了，這個月如果再不繳，加起來就三個月沒繳了。」

「是。」

「現在至少給我一個月，我就當你幫了大忙了。」

「現在的話，實在不太方便。但是，這個月底我一定會匯到戶頭去。」我急忙答道，「那個，不好意思，您是房東的……？」

「我嗎？對對。」

房東的家在公寓一樓部分對面右側，正好是我的斜下方。房東是位先生，給人寡言沉穩的印象。住在這兒十年來，從來沒怎麼說過話。過去我也欠過房租好幾次，但是他從沒催繳過，我總是在心中合十感激。房東大約近七十左右吧，印象最深刻的是他騎腳踏車時背脊挺得筆直，幾乎以為他是不是戴著矯正器。以前除了房東先生之外，沒見過其他人進出。並非什麼特別的原因，但我總是覺得，他似未一直過著獨居生活。

「以前也都給你方便，希望這次能體恤我們一下。」歐巴桑大聲清了清喉嚨說。「我們家最近也不太好過，所以才來拜託你，這次不要再拖欠。」

「對不起。」

「那麼，你是說月底沒問題嗎？」

「對，沒問題。」

「好，我們當面說定了喔。拜託你了。」

她點了點頭，噔噔走下鐵梯。我等到完全聽不到歐巴桑的腳步聲，才回到房裡。沒事嗎？卷子倒著啤酒說，眼神在問：「什麼人哪？」

「是房東。」

「喔——」卷子笑著把啤酒倒入杯子。「催房租。」

「對呀對呀。」我故意做個鬼臉傻笑，說了一聲「乾杯！」喝下一大口啤酒。

「欠多久了？」

「呃，大概兩個月吧。」

「哇，催款催這麼緊啊。」一口喝掉半杯的卷子，又把啤酒加滿。

「沒啦，這是第一次，以前不時也會拖欠，但是剛才是我搬來這裡第一次被催，有點嚇到。平時都是房東先生出面，他那個人很和氣。剛才那個歐巴桑，不知道是誰。」

「來的是大嬸？」

「電棒燙，而且眉毛畫太高。」

「可能是從別處回來的吧。」卷子說，「我們那兒最近也遇到這種事，是我們的客人，大概六十開外吧。只有一個孩子，獨生子。那孩子剛上小學的時候，孩子的媽，也就是他老婆，跟別的男人跑了，一直分居生活了二十年，不過一直有聯絡的樣子。說是分居，其實也就只是不管她。後來孩子長大成年，老婆可能年紀也大了，再加上大叔本來是與父母同住，但好像高齡的爸媽都痴呆了，總之老婆就搬回家一起住了。缺席二十年的老婆。」

「噢——」

「哎，大叔有房子嘛，光是這樣就能省下房租了，而且老父老母的年金雖然不多，但是畢竟一個月也有幾萬塊，他是做水管工程的，收入也算穩定。所以他對走投無路、有意搬回來的老婆開出條件，『料理家裡大小事之外，還能好好照顧我爸媽到過世的話，就回來吧』。也就是『把屎把尿，和所有痴呆的照顧吧』。」

「大叔這招厲害。」

「厲害啊。」卷子齒間嘖了一聲說，「大叔和兒子這下好了，因為以後輕鬆多了呀，不用花錢就得到一個住在家裡的女傭兼照護員。」

「不過，孩子還小時就被拋棄，心情一定很複雜吧。這種事能盡釋前嫌嗎？倒是，他太太沒在工作嗎？」

「應該沒有吧，有收入誰要回去啊。」

「但是，離家又回頭的母親，很有可能生了病，什麼事都沒法做啊，這種情形也很一般。」

「的確。」

「到那個時候怎麼辦呢？你好意思再趕她出去嗎？」

「沒有考慮到那種地步吧。他大概只想到老婆應該會健健康康的工作到死，而且也擅長照顧病人。話說回來，」卷子又喝了啤酒說，「這裡的房租多少錢？」

「四萬三，水費全包。」

「也是要這麼多錢呀。即使一個人住，畢竟是東京嘛。」

「距離車站差不多十分鐘，大概就是這個價位。如果能再便宜一點就輕鬆多了。」

「我現在住的那屋，正好五萬。」卷子撐開鼻翼說，「最近終於不用晚歸了。不過偶爾也會遇到麻煩。明年綠子要上國中了，也要花錢。」

我朝綠子看看，她靠在房間角落的懶骨頭，與剛才一樣拿著筆、展開記事簿，以膝蓋作支撐。我拿了一把肉乾放在手掌上問她，要不要吃？她猶豫了一會兒後搖搖頭。我沒開電視，而是把桌旁一整堆CD的最上方的《巴格達咖啡館》電影原聲帶放進音響，按下播放鍵。在梆梆梆梆的前奏之後，確認潔維塔・斯蒂爾（Jevetta Steele）的歌聲流淌而出後調整好音量，才回到茶几。

「大概是我在燒肉店打工的時候吧，」卷子捏了一把柿種花生撒入嘴裡說，「媽媽過世的前幾年，感覺那時候家裡經濟最是吃緊。」

「家具上都貼了紅紙呢。」

「嗄，什麼紅紙？」

「來扣押的人。幾個男人來過家裡，到處物色可以換錢的冷氣、冰箱之類的，貼上類似膠帶的東西。」

「有過這種事？我都不知道。」卷子略顯吃驚的說。

「因為小卷你白天上高中，晚上在燒肉店，媽媽和可美外婆都不在。」

「他們是白天來的？」

「對，因為我在家裡。」

「不過，真要說起來就沒完了，全都是媽媽一個人在撐著呢。」卷子略帶佩服的說。所以她才早死啊，這句話來到嘴邊，但我沒說出口。

學校下課時間，大家在討論將來想做什麼。不過並沒有同學明確決定「想成為這個」，不論是我或其他人。只有像是「百合百合，你長得那麼可愛，可以去當偶像喔」，然後大家回答「嗄——」這樣的對話。

回家路上，我問小純將來想靠什麼賺錢，她說，繼承寺廟，小純家是佛寺，常看到小純的爺爺、爸爸作和尚的打扮，讓和尚披風翻飛著騎機車在街上跑。之前我問她，和尚要做什麼工作，她說主持葬禮、在法事上念經之類。我還沒有參加過別人的葬禮和法事，問她要怎麼做，小純說，就像高中畢業後全班集訓那樣，大家關在一起修行。女性也可以當和尚嗎？我問她，她說可以。

聽小純說，寺廟屬於佛教，佛教也有許多複雜的種類，最初釋迦牟尼開悟，弟子們也跟隨他修行，一直流傳到今天。而所謂的開悟，嗯，聽了小純的說明，以我自己的理解，就是修行到了最後，啪啦一聲，萬物為一，一為萬物，連思想都沒有了，萬物是我，我已經消失的狀態。另外還有成佛。我不太清楚成佛與開悟有什麼不一樣。反正，它們就是佛教的目標。葬禮上和尚念經，也是為了讓死去的人能夠成佛，變成菩薩。

讓我驚訝的是，聽說女人即使死了也不能成佛。這是因為，說得簡單點就是女人是汙穢的。古代的偉大人物寫下很多文章，解釋女人為什麼汙穢，為什麼不能成佛，所以，如果非要成佛的話，必須轉世投胎成男生。這算什麼呀，我太驚訝了。我問她，要怎麼樣才能變成男生，小純說，她也不知道。我跟小純說，小純你真厲害，相信這種沒道理的話，搞得氣氛有點僵。

綠子

綠子把背埋在懶骨頭裡，歪著上半身檢視著書櫃最底層藏書的書背。

書櫃下方收藏的是應該不會重讀的舊文庫版書，赫曼．赫塞、拉迪蓋（Raymond Radiguet）、夢野久作的字跡被陽光晒淡了。《蒼蠅王》、《傲慢與偏見》、杜斯妥也夫斯基、《賭徒》、《地下室手記》、《卡拉馬助夫兄弟》、契訶夫、卡繆、史坦貝克、《奧德賽》到《智利地震》，一本一本都是曠世巨作，但是集中到一處重新檢視這些書名時，卻對這超越害羞、進臻可憐的入門者陣容，升起無以名狀的情緒。即使如此，望著變色的封皮和書背，微微喚起了彷若被催趕被測試而讀的心情，讓我鮮明的記起長時間坐在水泥樓梯上變得又冷又硬的屁股，和隱約麻痺的雙腳。這麼一想，卻又湧起找一天再重新讀一次的熱情，真是不可思議。

這些文庫版書大多是住在大阪時期，一本一本從舊書店裡收集來的，但是福克納的《八月之光》、湯瑪斯・曼的《魔山》、《布登勃洛克一家》，這些都是來店裡的年輕男客送我的。母親與可美外婆過世之後——大約是我剛上高中的時期。那位男客是看到酒店放在馬路上的電子招牌，一個人上門來的，別說是長相，我連他的名字都想不起來。

他既不唱卡拉ＯＫ，不找人談笑，也不坐在有小姐陪坐的包廂裡，一個人坐在吧臺，啜飲著三千圓無限暢飲的兌水白馬威士忌。那位客人看到我有時在廚房的一角看書，便小聲的問我在讀什麼。當時的我並非特別愛看書，但是到店裡上班時，總會帶著從學校圖書室借的小說，在洗好碗或沒客人時打發時間。

在店裡，我自稱已滿十八歲，老闆娘教我們不要告訴生客，我和二十五歲的姊姊獨自生活，因為有些客人很無聊，老闆娘說。我和她徵得偶爾來店裡打工的卷子同意，只要客人問起年紀，就說是昭和五十一年生，比實際年齡大兩歲。母親幾年前因為乳癌病逝（這是實情），父親在當計程車司機。

剛好那段時間，我出現原因不明的殘尿感，去醫院也查不出異常，這種不知何時開始的困擾症狀，後來持續了好幾年。這麼說來，恰好同一時期，成為燒肉店員工，從早忙到晚的卷子養成了無時無刻嚼冰塊的習慣。卷子說，不管天冷還是想睡都停不下來，嘴裡不斷卡哩卡哩的咬著冰塊。

殘尿感的痛苦非比尋常，坐在馬桶上已經覺得再也擠不出一滴尿了，然而穿上褲子走到外面，馬上又覺得必須再回廁所去，它雖然近似尿意但卻又不是，總之尿道一帶老是有說不出的不舒服感，實在沒辦法靜靜待著。懷著鬱悶的心情坐回馬桶上，幾分鐘後使盡力氣擠出了尿，隨之而來的是宛如——把整個大阪所有厭惡、懶倦、焦燥、不安等情緒全部熬煮成液體，滲滿了整條尿布，然後一直穿著它的那種煩悶的不舒服感。這種情形一再發生後，我開始漸漸帶著書到廁所去，或是隨時隨地翻開書來看。讀小說順利的話，有時就能從這種殘尿感中解脫。

從來沒有客人或公關小姐和我談書，所以，那個年輕男客問我在讀什麼的時候，我大吃一驚，不自覺得把書藏起來。那個男人臉色臘黃，體型出奇的瘦，即使公關小姐對他搭訕「偶爾也來我那兒坐坐嘛」，但他也只是怯生生地哂笑。他幾乎從來沒有跟吧臺後的我說過話，但不知是覺得開心還是不開心，後來那男客不時會來光顧，一個人悄悄坐在固定的位置，總是喝著同樣無限暢飲的威士忌，待一小時就離開。

有一次，我問他在哪兒高就，他含糊地沒有回答，卻用在風中打顫的沙啞聲音說，自己幾年前在沖繩外海的波照間島做過體力活。男客悄聲緩慢的說，島上電燈很少，到了晚上，不論是海面、天空、地面或人都看不見。平時會有定期船會載運許多物品到島上去，一旦在黑暗的大海上看到船的亮光，男人們就會尖叫著踏著浪跳進海裡。我問，××先生（當時應該有叫出他的名字），你也跳進海裡嗎？我怕海，總是嚇得全身動彈不得，他回答。又說，在那兒工作了一段時間，卻因為一些小事的累積，而被其他工人夥伴們疏遠，最後被趕出了島。

下次再來時，男客抱著一只四處鼓脹凸起的白色手提包，裡面裝滿了中古文庫版書。宛如卡拉OK的音量都能令他站不穩的細瘦身軀，抱著塞滿書的簇新手提包，看起來就像是遺屬從火葬場回來時手中的骨灰罈。「不嫌棄的話，」他依然用幾未能聞的聲音說完，放下書走了。好幾本書裡還用細字寫了眉批或劃線。墨色極淡，若不凝神注視根本無法辨識。唯一聽得見的是海浪聲，幾乎無光的漆黑夜晚，我的腦海中浮現出男客把臉湊近書本，用鉛筆在不想忘記的詞句上劃線的樣子。

不管怎麼說，一下子擁有這麼大量的書，讓我樂不可支。我買了一只馬克杯作為回禮，放在店裡等男客下次來時送給他。然而，自此之後他便沒再上門。包裝好的馬克杯一直收在店裡的杯架中，後來到哪兒去了呢？

「但是都變褐色了，那些都是以前的書，現在看的主力都在上層。啊，都是灰。」

我移動到定睛注視書背的綠子身邊，拿出沙特的《親密》翻了翻。故事情節都已忘懷，但是印象中應該有一則與槍斃擦身而過的短篇故事，男人們並排在空無一人的廣場一景浮現在腦海，不是，這只是我從槍斃的印象自己幻想出的景象，也許故事中並沒有這個場景。後來怎麼了？不知道。我只記得某人最後的臺詞是「笑吧笑吧，開懷大笑」，快速翻著頁面查找，儘管十幾年沒有翻開了，它仍然印刷在頁面的一角。我看了一會兒把它歸回原來的位置，想起卷子說，綠子也喜歡看書，便說，如果有想看的，你就帶回家好了。綠子把背和後腦勺靠在椅墊上，靈巧的用腳和腰翻轉身體，靠近對側的書櫃。

「綠子，小夏在寫小說喔。」

卷子把喝空的啤酒罐攔腰捏扁說。綠子立刻轉過頭看我，睜大了眼皮顯然很感興趣。卷子又多嘴了，如此思忖的同時，我「沒有沒有沒有」的打斷卷子的話。

「沒在寫沒在寫。」

「幹麼這麼說，你不是有在寫嗎？」

「沒啦，雖然在寫但也沒在寫。不如說，寫不出來。」

「怎麼會，你不是很努力嗎？」卷子微噘起嘴，略帶誇張的看著綠子說，「綠子，小夏很厲害呢。」

「哪裡，一點也不厲害。」我略微煩躁的說，「怎麼可能厲害，寫作，八字都還沒一撇呢，只是興趣隨便寫寫。」

是嗎？卷子歪著頭衝著我笑。對卷子來說，只不過是四平八穩的一般話題，我的回答也許太強烈了一點。同時，我對自己說出的「興趣」兩字，感覺不太舒服，甚至可以說有點受傷。

自己寫的東西到底算不算小說，我不太有把握是事實，但是與此同時，自己仍然抱著正在寫小說的意志。這種意志很強烈，從旁人來看也許沒有意義，也許這種行為永遠也不會帶給任何人任何意義。但是，我自己不應該用這個字眼來形容自己從事的行為，覺得自己衝口說了無可挽回的話。

寫小說很快樂。不對，它和快樂不一樣，我並不是為了快樂而寫，而是把它當成自己一輩子的志業。我深深覺得自己只能幹這一行，即使自己並沒有寫東西的才華，即使沒有人要求我這麼做，我還是無法放棄這種想法。

我明白，有時候並不能清楚的區別出運氣、努力與才華的差別。而且說來說去，只不過是渺小的自己活在世上所發生的無足輕重的事，所以我也明白，不論寫不寫成小說，能不能得到認同，說真的，根本沒什麼大不了。在這有無數書籍存在的世界，即使不能拿出一本——哪怕只有一本——有自己署名的書，也不是值得悲傷或懊恨的事。這一點我也有心理準備。

但是，我總會想起卷子和綠子的臉。想起堆滿了待洗衣物的公寓房子、想起以前卷子背的或是綠子的、也可能是我的褪色合成皮紅色書包裡的無數橫紋。放在昏暗玄關吸飽濕氣、變得破破爛爛的運動鞋。可美外婆的臉，一起學乘法，沒有米時與可美外婆、卷子、母親四人將麵粉和了水做成糰子，在滾水裡煮得噗嘟噗嘟的跳——忘了什麼事開心，我們大笑吃糰子的情景浮現在腦海。撒落了西瓜籽的報紙濕了一大塊。回想起跟著可美外婆去打掃大樓的夏天，大家一起做零工，把洗髮精試用品裝進小塑膠袋的香味，涼爽的藍色陰影的溫度，老是在擔心媽媽還不回家的心情，以及看到媽媽穿著工廠制服笑咪咪回家時的心情。

我不知道這一幕幕的回想，和我想寫小說的意志有著什麼樣的關係。儘管我想寫的小說，應該與心裡的這些感傷沒什麼相關，但是，當我覺得快要不行了、好像寫不出文章的時候，它們總會浮現在我的腦海中。說不定就是因為我老是回想起過去，所以怎麼寫都沒辦法成功吧。不知道。不過，不知道這一點倒也算了，但是可美外婆不在了、母親不在了，留下卷子和綠子兩人，自己到東京來的我，奮鬥了十年拿不出任何成果，一想到沒能讓她們兩人生活得輕鬆一點，就覺得心痛不已。我感到丟臉、可恥。說老實話，我很害怕，不知道該怎麼辦才好。

我打了個大大的假呵欠，用食指指腹沾了點眼角滲出的眼淚，擦在臉頰上，接著又打了個誇張的大呵欠，一邊說，不知是不是啤酒喝多了，好睏哪，試圖轉變話題。「真的嗎？我一點都還不想睡耶。」卷子說著，又拉開另一罐新的啤酒。

「啊，我也喝。」

我逃開似的說了這句，走到廚房，兀自咕噥著「啤酒、啤酒」，打開冰箱門。

不太確定是否保持穩定冷氣的冰箱裡，像是物主忘掉的遺失物一般，悄悄的放著除臭劑、味噌、沙拉醬。不過，門的內側塞滿了雞蛋，最下一層還有十顆一整盒蛋還沒開。

因為上星期忘了之前買的還沒用完，又重複買的關係。先後買的蛋也許都臭了，看看標日期的小紙片，蛋架上的期限到明天，而整盒的蛋昨天就過期了。今明兩天應該吃不完這麼多蛋，不得已只好四處翻找超市塑膠袋，想當作裝廚餘的袋子，卻又找不到適當大小的袋子。不管如何，丟蛋的時候——是該剝了殼先把蛋汁丟掉，還是直接丟到廚餘袋，又或是不要剝殼整個丟掉呢。我一直搞不懂方法，正確的丟蛋方法。問題是，真有這種東西嗎。我把盒裝蛋放在流理臺旁時，聽到卷子的叫聲：「喂、喂。」

「夏子你走運，我的包包裡有起司米果，還沒開。」

「好極了。」

「不過肚子有點餓。要不然炒個菜或做點什麼吃吧？」卷子伸長脖子，探頭張望廚房。

「小卷，對不起，家裡什麼吃的都沒有。」我說。

「只有雞蛋。」

「真的啊。」卷子伸了個大大的懶腰，夾雜著呵欠聲說：「只有蛋喔。」

茶几上並排著卷子和我喝完的啤酒罐，已經累積了不少。在自己家裡這樣牛飲，給人一種奇妙的感覺。平常我和打工同事極少——頻率大約幾個月才一次——去喝酒，而且我本來酒量就不好。一喝了葡萄酒或日本酒就頭痛，而且也不覺得有什麼好喝。就算是勉強喝得了的啤酒，只要兩瓶五百ＣＣ，就會四肢沉甸甸的，渾身提不起勁。但是，今天不知道什麼原因，竟然遠遠超出這個量，卻一點也不覺得難過。當然，還是喝醉了，而且也不覺得多麼暢快，不過交雜著自己平時不太有過的未知感覺，好像還可以繼續乾下去。我問卷子，她也說還能繼續喝，所以我去了超商，又追加了七罐啤酒、洋芋片、魷魚絲，還有之前一直豫猶沒買，今天決定咬牙買了的六片裝卡芒貝爾起司。

打開玄關門，脫了鞋，卻見卷子朝著我做出安靜的手勢，用下巴指了指綠子。綠子緊緊抓著筆記本，蜷縮著身體在懶骨頭上睡著了。我從壁櫥裡拿出平常用的墊被，鋪在房間角落，從大阪帶來的被子鋪在它旁邊。

「綠子睡旁邊，那我就睡正中央吧。」我說，「小卷和綠子睡一起不太自在吧。明早起來，若是發現小卷在身邊，綠子大概會抓狂。」

我從綠子手中取下筆記本，放回背包，輕輕搖晃綠子的肩膀。她的眉間驀然皺緊，閉著眼默默爬到棉被的位置，直接倒頭就睡。

「這麼亮她也睡得著？」

「年輕嘛。」卷子笑道。「但是我們家基本上不也是開著燈睡覺嗎？」

「聽你一說，的確是耶。電燈總是開著等媽媽回來，然後才在棉被上吃飯。我常被烤香腸的味道熏醒。」

「對對，偶爾媽媽喝醉了，還把我們都叫起來，一起吃泡麵。」卷子笑著道。

「沒錯。大半夜的吃香腸或泡麵，所以那段時期我胖了很多。」

「哪有胖啊，你那時候還是小孩子呢。我那時滿二十了吧。」卷子搖搖頭，「那個時期，媽媽也胖了。」

「的確胖了。」我說，「媽媽本來很瘦，那時期胖了一大圈，就像穿了肉色內衣。我們常笑她，背後的拉鏈老是爆開。」

「媽媽那時候大概幾歲？」

「四十歲剛過吧。」

「過世的時候四十六歲，所以是在那之後。」

「對呀，沒錯。」

「一下子消瘦下來，很難想像一個人能瘦到那種模樣。」

話聊到這兒自然而然的頓住了，兩個人都在同一時刻喝起啤酒，兩個喉嚨都發出咕嘟咕嘟的聲音，然後再度沉默。

「這首曲子叫什麼名字？」卷子微張著嘴，抬起臉來，「很美的曲子。」

「這是巴哈的。」

「巴哈？哇——」

不知已循環幾次的《巴格達咖啡館》原聲帶播放出巴哈平均律鍵盤前奏曲一號，電影敘述美國西部熱氣蒸騰的沙漠中，有個無一不慵懶的咖啡館。某天，肥胖碩大的白人女子來到店裡，大家因而得到少許幸福。電影結尾時黑人男孩彈了這首曲子。寡言的男孩似乎一直背對著鏡頭吧，不太確定。卷子閉上眼睛，配合著旋律，微微搖晃著腦袋。卷子眼睛下方出現的不只是暗沉，而是凹陷，頸部青筋畢露，法令紋形成清晰的「八」字，看起來顴骨比想像中更突出。腦中不時浮現出母親過世前幾個月，反覆進出醫院病床和家中棉被、越來越縮小的臉龐，我反射性從卷子身上移開目光。

跟媽媽不太說話。或者應該說，根本不說話。

小純也有點冷淡。她也許覺得我在否定她，但我沒有，只是覺得有點奇怪而已。但是，現在這個氣氛下也不好解釋。媽媽最近每天都在研究隆乳手術，我假裝沒看見，可是那是在胸部裝進凸出的物體，變成大胸部啊。難以置信。說起來，到底為了什麼？我無法想像，而且覺得噁心，無法相信。噁心噁心噁心噁心噁心噁心，太噁心了。在電視上看過，也看過照片，從學校的電腦裡也看過，要動手術切開耶，整個切開耶。從切開的地方再塞進去耶，很痛耶。媽媽什麼都不懂。笨蛋，笨死了，笨死了。為什麼不用視訊或電話對話呢。前不久我聽說，可以免費用視訊談話，不用在雜誌或電腦上露臉。那個其實也很笨。媽媽笨蛋，笨死了笨死了笨死了，笨蛋。為什麼要隆乳。星期二開始眼窩好痛，不想張開眼睛。

綠子

「啊，結束了。」卷子瞇著眼睛看我的臉，「好曲子總是結束得很快。」

下一曲換成節奏開朗的前奏，卷子去上廁所。我把卡芒貝爾起司的包裝撕開，從三角形的頭咬了一口。如同小節慶般的曲子不到一分鐘結束，換成鮑伯．特爾森（Bob Telson）的〈呼喚你〉（Calling You）。

「店裡喔，」從廁所回來的卷子說，我掰開兩片相連的起司米果，從沒沾起司的部分咬了一口。

「最近問題重重。」

「媽媽桑不是還生龍活虎的嗎？香奈兒媽媽桑。」

「媽媽桑是還好，」卷子說，「不過，店裡頭痛的問題一大堆啊。我們店裡的招牌，放在大樓下面，很粗壯的那種。」

「粗壯？」

「很粗壯啊。用片假名寫著香奈兒，邊緣有一圈黃色的小燈泡。那個招牌呢，都是每天第一個報到的小姐，在開店前到樓下插上插頭通電。下面大樓的牆上有個電源的插座嘛，就在旁邊而已。所以，平時都插在那裡。結果呢，隔壁大樓一樓的香菸舖跑來說，那裡用的是他們家的電。」

「喔喔。」

「以前我們私自使用的電費，要我們一次付清。」

「那個電源插座是裝在隔壁大樓的牆壁上嗎？」

「對對。」

「外露的插座？」

「沒錯。一般看到插座，就插來用嘍。誰會去想插座屬於誰或是電源屬於誰啊？一般來說，電不都是屬於大家的嗎？」卷子啪啦啪啦的撕開肉乾包裝說，「媽媽桑火冒三丈，跟對方大吵一架。兩邊為了知不知道電源屬於誰爭執不下，然後又吵到該付但沒付的實際金額。」

「大概要多少錢呢？」

「我們酒店呢，光是香奈兒本身在那裡就已經開了十五年左右。所以，等於是一天插了幾小時的電，累積了十五年的意思。」

「哇。」

「對方要我們付二十萬現金。」

「欸？等等。」我欠身轉過身體，從書桌抽屜拿出計算機。「二十萬除以十五……一年一萬三千三百多……，再除以十二，一個月大約一千一百多……不過，突然要人拿出二十萬現金，真要哭死了。」

「就是啊，因為只有那裡有電源嘛。如果再吵下去，不讓我們用的話，那我們怎麼做生意呢。雖然不是什麼大事，但是對媽媽桑來說，一時之間去哪兒找二十萬啊，所以她真的氣壞了。其他還有小姐之間為了各種事吵架。坦白說，三個月之前，有個待了很久的小姐走了……喂，要不要看電視？可以開一下嗎？」

我關了CD，把電視遙控器交給卷子。按下開關，發出「噗」的微弱聲響後，電視畫面漸漸明亮，正在播出綜藝節目。電視機是我搬來這裡之後，在二手店用四千日圓買的。

「前一陣子第一次在電器行看到液晶電視，嚇死人了，薄得不像話。心想這得要多少銀子，一看，一百萬。誰會花一百萬買電視機啊，有錢人才會買吧。剛才在澡堂時也說了，畫面黑漆漆的。」卷子一面按著選臺鍵，看著我問，剛才說到哪兒了？

「說到店裡的小姐走了。」我嚼著肉乾說，「她叫什麼名字啊？待了很久嗎？比小卷還久的人？」

「對對，叫鈴鹿，待了五年多，是韓裔的女生。對店裡所有事瞭若指掌，其實整個店都是鈴鹿在操持，太久了吧。」

「鈴鹿待了那麼久，為什麼不做了呢？」

「鈴鹿辭職的兩個月前，來了個兼差的新妹妹。她是中國來的女孩，聽說是來留學的，不清楚她讀的是哪裡的學校，不過反正是為了求學才來讀這裡的大學。她說是看廣告來應徵的，而且也需要錢。」

「看到兼職雜誌的夜間版吧？暗色版面的那種。」

「對對，那孩子叫做金莉，長得很普通，髮黑膚白、清湯掛麵的大學生嘛。但是媽媽桑非常喜歡。」

「也是啦，笑橋找不到這種類型。」

「對啊，韓國女孩到處可見，中國女孩還是有點稀罕。但是，她也沒什麼才藝，基本上就只是坐檯而已。日本話也只會幾個單字，但是，客人反而覺得少見吧，對金莉特別吹捧奉承。光是這樣也沒事，但是有些客人對著鈴鹿說『歐巴桑，去遠點』嫌她的酒難喝，總之為了討好金莉而去數落鈴鹿。當然啦，鈴鹿是老牌了，對這種奚落也沒放在心上，只不過她對基本上只會坐檯的金莉，本來就沒什麼好感。媽媽桑看到氣氛這麼僵，就對鈴鹿說，人家剛來，連左右都分不清楚，你沒事多照顧一下吧。而她也表現出『也有道理，會努力看看』的樣子。」

「鈴鹿今年幾歲呢？」我問。

「三十多了吧？」卷子說。「反正比我年輕多了，不過，說起來也不算年輕了。而且她從以前就在酒店上班，過過苦日子，所以年紀都寫在臉上。第一次見到她時還以為跟我同年呢。

「有一次忘了是什麼時候，店裡一個客人也沒有，就只剩我們三人。媽媽桑還沒來，所以只有我們三人在，大家閒得沒事幹就隨便聊聊，問起金莉中國的事。像是『金莉中國字怎麼寫』、『安靜的靜，鄉里的里』。」

卷子學著金莉說日語的腔調說。

「問她，中國那兒還是很艱苦嗎？中國還是沒有錢嗎？真的還是穿著中山裝，一齊騎腳踏車嗎？或是問她，以前電視上說，中國人流行用雀巢即溶咖啡空瓶裝烏龍茶來喝，覺得很可怕，現在還是這樣嗎？然後，金莉便說，是呀是呀。現在他們說在辦北京奧運，那都是騙人的，只是一小撮人的事。大多數人還是很窮，過著苦日子。沒有錢只好去騙人，又沒有技術，所以上次四川地震裡，學校垮了壓死了好多孩子。廁所沒有門，我出生的農村，不論是馬路、房子、牛和人都在一起。大家都盼望、嚮往成為日本這樣清潔又富裕的國家。然後又聊到了政治的話題，好像是叫胡錦濤吧。我是不太懂啦，她說，現在是個大人物了，不過，她把手放在胸前說，『但是在我心中永遠尊敬的是鄧小平先生』。我們聽得一頭霧水，後來聊著聊著，又說起了金莉家裡的境況，她老家真的相當貧困。

「家裡弟妹共三人，最小的那個好像有點智障，爺爺奶奶都在，她說，一家想要脫離貧窮，只能靠念書，只能動腦筋。但是，金莉是女孩呀。爺爺說女孩子不用念書，要花錢的話，就花在男孩子身上。為了這事吵了很久，可是只有金莉才有翻身的可能性，金莉腦筋好，她心想學會了日文就能到日本賺錢，所以獨自開始學日文，一點一點的累積。她用的是舊教材學習，所以在店裡有時候對客人說『好吃驚！』，有時正經八百的說『令人景仰呢』，不過這些都沒什麼。『在那麼鄉下的農村，一個念書的人都沒有，媽媽爸爸到處奔走，被很多人欺負、謾罵，才辛苦的幫我籌到了經費。』金莉含著淚說。所以她很想努力學成畢業，好好的回去孝敬父母。學費花了很多錢，不過她說想在這裡盡量打工存錢，努力工作，因為日本是她執拗不屈才能來的地方。

「原來你也吃了不少苦啊，鈴鹿說著也哽咽了。好，我明白了，金莉，以後你就把我當成大阪的大姊吧，有什麼問題就說，她噙著淚說。然後，我們三人乾杯，互相攬著肩唱起松任谷由實的〈仲夏夜之夢〉。沒有客人光顧，而且意外的發現金莉相當懂得正宗的耍鈴鼓，手臂繞圈在大腿上輕脆敲擊，簡直就像是才藝比賽。不知為何耍鈴鼓的時候，她會露出燦爛的笑臉，目不轉睛的看著我，我一直沒搞懂，那種表情到底是恐怖還是有趣，……說到哪兒啦？喔，對對對，就在這種感覺下，我們三人玩到興致高昂時，聊起了時薪，所以鈴鹿問金莉，你坦白說了吧，你拿多少錢？這完全是違規的行為，薪水的話題一向是禁忌。但是，鈴鹿說，你有必須努力的苦衷，會不會被人抓了把柄？我在店裡算是媽媽桑的左右手，我幫你去談判，鈴鹿挺起胸膛說。於是，金莉回答：『我拿兩千。』」

「什麼？」

「什麼，哪有可能！」卷子說，「一聽到這個數目時，鈴鹿的聲音……就像雞快死前發出的叫聲。我以為她快死了。我也是那個時候才第一次聽到鈴鹿的時薪。」卷子說，「她拿一千四。」

「比金莉少六百啊。」

「而且那還是一年前，她死纏活纏的跟媽媽桑要求加薪，才勉強的加到一千四。」

「算得好精。」

「很精吧。」

那順便問一下，小卷你的時薪多少……這個問題我硬是吞了回去，接著問：「所以她就不做啦？」

「對呀對呀。一聽到兩千圓，鈴鹿的臉色蒼白得像色紙的背面，然後又整個漲紅，傻住了。金莉一點也沒察覺，還眼眶泛淚的說：『大姊，我們再唱歌，再唱好多好多歌！』然後輸入『survival dAnce』*2。鈴鹿一臉茫然的呆坐在圓椅上，金莉搖晃著她的雙肩，唱起日文亂七八糟的生存之舞。金莉的歌喉還真是有夠爛的，聽得都快神經錯亂了。然後，第二天，鈴鹿跑去追問媽媽桑，有點小爭執的樣子。後來，鈴鹿就沒再來上班了。

「媽媽桑說『那孩子從中國來，語言又不通，為了一家人才努力來這裡念書的呀。』於是鈴鹿也泛淚回嘴：『我也是從韓國來，為了家人在打拚啊。』媽媽桑又說『人家金莉年輕嘛，再爛也是個女大學生，有她的價值啊，沒有辦法。』鈴鹿想到在店裡打理上下，以前拚了老命又喝又灌的自己，真是情何以堪，忍不住哭了。」

---

2 譯注：日本歌唱跳舞團體TRF的單曲。

我想像著在〈survival dAnce〉振耳欲聾的音樂中，呈現瀕死狀態的鈴鹿被金莉攬著肩，被動搖晃著身體的情景。其實，我沒見過她們兩人，所以這種想像到底有幾分真實，我也很難判斷。

「然後警察來了。」過了一會兒，卷子說。

「鈴鹿挾怨報復嗎？」

「沒有啦。」卷子嘆了一口氣說，「經過這場風波之後，有女孩子來面試，兩個人。鈴鹿辭了工作，金莉也不是每天來，平常店裡就只有我、媽媽桑和五十幾歲的徹子，我們得把燈關得多暗才行啊？後來兩個女孩來，說是上同一間專校的好朋友，想來這裡兼差，每天都能來。總之，簡單的面談一下就讓她們來了。名字叫做希美和小杏，用的是真名。兩人活力十足又很開朗，各有各的可愛之處，也很會笑。

「可是，她們的頭髮變成布丁頭，金髮也乾巴巴的。一看就知道，讀專校什麼都是胡謅的。杏的側牙少了一顆，一笑起來後齒黑厤厤的全都蛀了。希美的頭髮總是黏在一起，感覺很奇怪，而且有時還有味道。從她們的坐姿、吃東西的感覺看得出來，應該是從小到大家裡沒人理的典型。雖然她們說父母都健在，不過很像是兩人到處閒晃，跟朋友或是男友住在那附近的感覺，而且包包裡有時也塞了髒衣服。不過，我們店裡人手不足，這種小地方也就睜一眼閉一眼了。而且她們都有來上班哪，很會喝酒，還會說，媽媽，我們會努力衝高業績！之類的話。很快就習慣，也不怕生。媽媽桑看著可愛，還說他們倆其實都是好孩子。

「後來，經過了兩個月，有一天，兩人都沒來上班，也沒有聯絡。以前她們從來沒有蹺過班，所以大家都有點納悶。可是第二天，第三天也都沒來，而且也聯絡不上。我們店裡感覺不錯，大家情同姊妹，所以打烊之後，有時會一起去吃烤串，也打過保齡球。那時候，雖然沒有質問她們，不過隱約感覺得出她們確實不是專校學生。她們說未來想開咖啡店，對美容師也感興趣，不過最希望的還是結婚生子，過幸福的生活。兩個都是不錯的孩子，也很努力。所以，如果她們想辭職的話，應該會明白的告訴我們才對。大家因而擔心不已。後來警察來了，簡言之，希美和小杏被脅迫賣淫。被男人。她們一直照著男人的指示接客。結果，希美呢，在笑橋的骯髒旅館裡，被客人打得遍體鱗傷。」

我看著卷子的臉。

「她傷得很重。」卷子瞪視著變皺的卡芒貝爾包裝紙良久，然後抬起頭，「旅館的員工叫來救護車，引起好大的騷動。警察到我們店來的一星期前吧，我們就聽那邊——醫院那邊說，旅館好像發生了什麼大事。怎麼會想到是希美。」

卷子吐了一口氣說：

「她呀，全身上下千瘡百孔，臉尤其嚴重。顎骨被打到骨折，別處也有凹陷，失去了意識。雖然抓到了嫌犯，但是說是吸了安非他命吧。就是那類無藥可救的小混混，還好沒死。」

我搖搖頭。

「後來警方介入，調查之後發現她在我們店裡兼過差。」卷子的嘴角微微抿了一下說：

「她其實才十四歲。」

「十四歲？」我看著卷子的臉。

「小杏十三歲呢。如果在念書的話是國一，警方來是問我們知道年紀才讓她們兼差嗎。說得更白一點，是不是用這一點來招攬客人。」

「怎麼會。」

「當然不可能有這種事，而且我們也沒想到她們會是國中生。」卷子搖搖頭，「她們身體高壯，真的完全不知道。小杏就此行蹤不明，不曉得到哪裡去了。」

「希美呢？」

「我單獨到醫院去看過她一次。」卷子拿起啤酒罐，一下子又改變主意放回茶几。「希美待在單人房裡，臉和肩膀都被繃帶一圈一圈包得密密實實，再用板子夾住固定。她的顎骨都碎了，不能吃東西。鼻子以下用鐵面具嵌住，用管子從小縫插進去輸入營養，用這樣的方式餵食。

「我一走進房間，她雖然不能動，但好像知道我來了，眼睛四周還是瘀青浮腫，但是一直閉著嘴『啊、啊』的想坐起來。我說，你不要動，就這麼躺著。然後我就這麼坐著，跟她說，不過你也真是不簡單唷。我想帶動一下開朗的氣氛，便說，你這不就是鐵面人傳說嗎，簡直是現實版的太妹刑警*3，她笑了，不過希美好像沒聽過太妹刑警是什麼。其他我說了些最近媽媽桑鬧的笑話，熟客中了刮刮樂的事。希美雖然不能說話，但是她的眼睛一直看著我，『嗯嗯』的聽我說。

3　譯注：和田慎二的漫畫作品，於一九八五年到一九八七年改編成電視劇，也改編成電影。一九九一年拍成動畫。

大概快一個小時吧，全在聽我說些無聊的閒話。

「我問她，我還會再來，有沒有需要什麼東西，要不下次來時我帶個溜溜球好了，說完她又笑了。我問她，媽媽有來嗎？希美的臉抽動了一下。聽媽媽桑說，她母親人在九州的樣子，問了年齡，聽說三十歲，所以希美是她十六歲左右生的孩子。聽說另外還有不同父親的小弟弟和妹妹，所以沒辦法馬上趕來。不過，她一定會來。那好，我說。我告訴她我會再來喔，準備起身離開時，她比劃了一下，要我把那邊的筆和記事簿拿給她。然後，她緩慢的用歪歪倒倒的字，寫了『對不起』，寫了『對不起店裡』。我跟她說，你在說什麼呀。我說，不用道歉啊。我說，你很痛對吧、很痛吧。她使勁的蹭腳。不要緊啊不要緊，沒關係、沒關係，很快就會好了。我說，希美，我們都挺你，別認輸啊。本想逗她笑的，但是淚水卻止不住。希美也哭了，淚水把繃帶浸濕了。而希美的腳，一直在摩蹭。」

最近只要專心注視就會頭痛。最近太陽穴一直抽痛，是因為太多東西進入眼睛嗎？從眼睛進入的東西會從哪裡出去呢？用什麼方法出去？變成語言，變成眼淚嗎？但是，如果是不會哭或者不會說話的人，沒有辦法把累積在眼中的東西散發出去的話，眼睛連結的地方全部、全部都膨脹起來、塞滿了東西，連呼吸都有困難，但它還是不斷膨脹的話，眼睛一定就會無法張開了吧。

綠子

我放下不知何時搗在嘴邊的手，看向睡著的綠子。然後兩人默默的喝著啤酒。盤中的柿種花生只剩下花生，柿種都吃完了。開著的電視播出北京奧運的時況，單調如電子音的笛聲響起後，游泳選手們一齊躍入水中的剎那。多名女選手穿著競賽用泳衣的滑溜背部，很有規律的從水面躍出、沉下，從左到右，從右到左，如同用身體切開水面般前進。

卷子手拿著遙控器變換頻道，沒聽過名字的本土樂團彈著吉他吶喊「最愛的人呀，請你在我的心裡幸福」，我們無意識的盯著演奏，沒一會兒又轉換頻道，接下來是新聞節目，評論者針對內閣改造而上升的支持率和秋季總選舉的可能性議論紛紛。而另一個節目對上個月上市的 **iPhone** 攻略製作了專題。我們誰也沒說話的注視著畫面，卷子又換臺了，看起來像是預算不多的地方臺節目，右上方超顯眼的標題寫著「大考目前時況」，鏡頭前出現的是明星私立學校放榜中找到自己號碼的孩子，與母親流下喜悅的眼淚與他緊緊相擁的畫面。母親帶著嗚咽顫抖的聲音說，「我們母子真的歷經千辛萬苦才走到這一步。」她用手帕按著鼻子，「是，我相信這孩子的能力，希望他以後能走上光明大道。」「什麼？當然是東大啊。」她強力的做了結論。看起來這段是過去的錄影，幾年後的現在再去採訪母子的現況。畫面接換到燒酒的廣告，接著是泡麵，痔瘡藥、滋補強身飲料。我們靜默的注視著，任由畫面一一變換流逝。

「喝滿多了呢。」卷子說，茶几和地毯上到處散置著啤酒罐，還有一些已經丟在廚房的垃圾袋裡。雖然我提不起勁去數數一共喝了多少罐，但是一定超過平常難以想像的量。即使如此，我並不覺得自己醉了，也毫無睡意。一看時間，已經十一點。

今天起得很早，我們睡吧。卷子說，她從旅行包中拿出睡覺穿的T恤和運動短褲換上，我去刷牙，接著換卷子刷牙。我在綠子的左側躺下，卷子伸長手臂關了電燈，在我的左側睡好。卷子的髮中微微散發出潤髮精的味道。

躺下來在黑暗中閉上眼睛，腦中一直持續著規律摺疊的感覺，無法入眠。身體漸漸感到燥熱，所以我在綠子與卷子之間，一再的小幅翻身。腳心灼熱發麻越來越重的感覺。頭腦雖然清晰，但是應該是醉了吧。我在悶熱的軀體間扭動身子吐出氣息。

色彩和花紋在緊閉的眼瞼下浮現、交錯又消失，而且一再的重複。消毒液的味道均勻的飄蕩在空氣中，我走在空無一人的走廊上。悄悄打開病房門探頭一看，仰躺在床上的是希美。她全身包著繃帶，看不出她的長相。十四歲。十四歲那一年，我第一次寫了履歷表，寫了附近隨便一家公立高中的名字，塗上藥妝店裡剩下一點點、出現孔洞的試用口紅，到工廠去，從早到晚檢查小電池的漏電。指尖沾到紫色的液體，滲到下面，永遠帶著藍色。洗碗槽堆滿了怎麼洗也不掉色的菸灰缸。香菸的煙、在腦中迴響不停的麥克風回聲、把啤酒箱搬到外面，媽媽伸出手鎖住上面的鎖，再蹲下來鎖下面的鎖。徒步回家的夜路，電線杆的陰影，自動販賣機的後面，朝我汙言穢語，滿臉奸笑的男人們，發黑的嘴、髒汙的褲腳、晃動伸來的手。我快步的走上大樓的樓梯。

漸漸的，我分不清什麼時候是否與別人說話，夢中見到的景象與記憶緩緩交織在一起，已經不知道到底哪部分是**真實**了。籠罩著一個個裸體的細霧其實有聲音的吧？高牆，分隔男浴池與女浴池的高牆，澡堂裡響起「鏘鏘」的防獸柵聲響，浸在浴池裡的眾多女人裸體都在看我，眾多乳頭也一齊看著我。蒸氣氤氳，我搓搓腳心，腳踝的皮老是皸裂，剝了又剝，還是剝不乾淨。媽媽的腳總是擦了粉，白皙皙的，趾甲變成褐色。可美外婆用沾了肥皂的手，幫我洗腳趾頭縫。燒開水時開開關的角度很重要，它有竅門的喔。卡擦卡擦卡擦，砰的瓦斯點燃聲。可美外婆的裸體，數數散布全身的血泡。這是什麼？血泡。把它擠破會怎麼樣？血會從這裡噴出來，可美外婆的血全部流出來，外婆就會死掉嗎？那時候可美外婆是怎麼回答的？聽我說，可美外婆，一定要好好保護血泡喔，要小心不要把它擠破，讓血噴出來喔。如果可美外婆死了，我該怎麼辦呢。可美外婆，你不要死，你不要死。可美外婆，請你永遠永遠在我身邊。別說那些話，一起吃這個吧，肚子空空什麼事都做不了。卷子每次帶回來的燒肉便當，都是甜甜的肉和被沾醬浸黑的飯。聽我說，小卷，剛才那兒有個像是遊民的人，不是剛才，很多地方都有呢。沒有家的人，無家可歸的人、沒有安居之所的人。我以為是爸爸，心裡咕咚了一下。小卷，站在那裡的人，如果蹲在那裡、衣衫襤褸的人是爸爸的話，小卷會怎麼做？你會帶他回家，讓他洗澡嗎？果然會這麼做？帶他回家，給他東西吃，然後該跟他說什麼好？小卷，九叔在我面前哭了。在媽媽的葬禮上，九叔皺著臉來，九叔拿了兩千塊來。熱呼呼的夏天，九叔淚漣漣的哭著。可美外婆，你記得我們常去高架橋下大叫嗎？你牽著我的手、牽著小卷的手，趁著電車經過，聲響最吵的時刻放聲大叫。電車，明天帶綠子去搭電車，搖著搖著，在小卷回去之前去哪兒玩玩吧，畢竟難得來一趟。綠子的頭髮好鬈好鬈，坐在電車上，頭髮好多啊，手指伸進去好像森林一樣，好像我一樣。為什麼你沒有帶書包呢？剛才坐在你隔壁的不是你爸爸和媽媽。喂，以前在電車上遇過你吧。幹麼笑成那樣。不是以前……啊對了……是今天早上的事……沒錯，是今天早上……奇怪，好像已經過了好久……報紙的廣告夾頁……房子的廣告、平面圖上畫了好多窗，小小的四方形、喜歡的窗……媽媽的窗、小卷的窗、可美外婆的窗，畫出大家喜歡的時候就能打開的窗吧。畫了之後，光線進來，清風進來，我就這麼睡著了。

6 世界上最安全的地方

即使如此，我用彷彿塞滿舊棉花的腦袋思考，今天是什麼日子。尾椎一帶有點濕濕的感覺。如果可以的話，實在很想繼續睡下去，但是沒有辦法還是起床到廁所去。

腦中顯現日曆，努力回想上次生理期畫圈的位置。那一帶。按照預定日期，怎麼早了快十天了呀。

回想起來，上個月和上上個月，近幾個月的生理期都慢慢的提前了。除了第一次月經來潮之後的幾年，約有十五年以上都像是用直尺畫線一般，維持標準的二十八天周期，然而這兩年開始不規律，不知道是不是有什麼因素。

「為什麼這麼久還沒尿完啊？」一面思索著周期，一面等待著連迷糊的腦袋都覺得驚奇的漫長解放。我呆呆的望著內褲股間的血漬，似乎與日本地圖有相似之處。大阪在這附近，這樣的話四國就在這一邊，所以那兒是我沒去過的青森。這麼說來，不只是青森，幾乎所有的地方我都沒去過，我茫然的想著，連護照都沒辦過。

從外面明亮的程度來看，應該還不到七點，空氣沁涼，夏日還沒有睡醒。眉心一用力便隱隱抽痛，宿醉發作，但是並不覺得難受，可能沒有那麼嚴重。從紙袋裡拿出衛生棉，撕去包裝，固定在股間。拉起內褲，沖水，回到房間。衛生棉鬆鬆軟軟的，好像股間的棉被，我自己也再鑽進棉被裡。

似睡似醒之間，朦朧的想到以後還有多少次生理期呢。月經還會光臨我的身體幾次呢？至今經歷過幾次生理期呢。這時「這個月也沒有受精呢」的句子，如同漫畫中說話框裡某人的臺詞般，映現在我的眼前，我凝目注視著它。沒有受精呢。對，受精嘛。是啊，沒有喔。別說是這個月了，下個月和下下個月，以及下下下個月，都沒有受精的計畫喔。我對著那個說話框淡漠的說明。沒把握的聲音在身體中迴響著漸漸遠去。一回神我又睡著了。

真正清醒過來時，見卷子不在身邊，一時有些糊塗，她到哪兒去了呢。啊，對了。我想起昨晚喝啤酒時卷子告訴我的話，「先去見見這裡的朋友，然後直接到銀座去，找我選定的那家診所洽談。東搞西搞的也許忙到快七點，晚飯再說吧。」

一看時間，上午十一點半，綠子已經起床，窩在棉被裡看書。我平時不吃早飯，所以漫不經心的，但是綠子還是小孩子，必須吃早飯。我向綠子道歉，綠子不好意思，我有點宿醉睡了回頭覺，你餓壞了吧，抱歉抱歉。綠子盯著我看了一會兒，指指廚房，做出「吃了麵包」的手勢。太好了，家裡什麼都沒有，有什麼吃什麼。我笑道，綠子點點頭，又繼續看書。

夏天清晨，窗口閃著平靜的光，伸了個大懶腰，身體的某處發出啪卡啪卡的關節聲。起床掀開棉被，被單上留下了圓圓一塊月經的血跡。唉，多少年沒有出這種差錯了。這幾年，雖說生理周期不規律，但是真的很久沒有這麼糟糕的結果。我在心裡嘆了口氣，拉開側邊的拉鏈，拆下棉被，把被單捲起來到浴室去。

月經的血用熱水洗的話，血漬會凝固去不掉，所以必須用冷水洗——這件事是誰教我的呢？既不是學校，也不是媽媽或可美外婆。我一面思索著，在臉盆倒了洗衣精，把大被單沾到血的部分捏起來浸在肥皂水裡，在血色暈開的水中洗滌時聽到聲響，一回頭綠子站在背後。

我蹲在地上轉頭抬眼看著綠子說，綠子，今天去遊樂場玩好嗎？然後接著說，昨晚弄髒了，現在在洗。綠子靜默著沒有回答，似乎在觀察我的手和被單的動作。搓揉被單令人難為情的聲音，與臉盆裡水花飛濺的聲音在狹窄的浴室裡響起。血一定要用冷水才洗得掉呢。我檢查著肥皂泡中血漬是否洗掉，過了一會兒又回頭，與綠子對視。綠子晃晃腦袋，不置可否的回到房間。

接著要寫關於卵子，今天才學到的知識。卵子與精子結合叫做受精卵，如果一直沒有結合的話叫做無精卵。這部分我先前已經了解，受精不是在子宮內部進行，兩者是在一個叫輸卵管的管狀部分結合，成為受精卵之後，進入子宮進行著床。

但是，這裡我就不太明白了。不論哪一本書或是畫，卵子是用什麼方式，從卵巢中跳出來，到達手一樣的輸卵管呢？書上只寫了卵子從卵巢中跳出來，但它是怎麼樣進入長得像手掌一樣的輸卵管呢？書上寫了卵子從卵巢跑出來，怎麼進去的呢？卵巢和輸卵管中間的空間要怎麼辦？為什麼它不會跑到其他地方去呢？

還有，我不知道該怎麼想才對。第一，受精之後，決定那顆受精卵是女性時，還沒有出生的女寶寶的卵巢中（那時候就已經有卵巢了，好可怕），類似卵子根源的卵細胞有七百萬個，據說這個時期是最多的。然後，這些卵細胞會漸漸減少，到寶寶出生時，剩下一百萬個，也不會新增。接下來越來越少，到了我這個年紀，月經來的時候，約有三十萬個，所以，只有其中極少的部分會健康成長，然後變成可以受精、可以懷孕的卵子。這實在好可怕，好驚人。從出生之前，我的身體裡就有了可以生產人的細胞，而且數量龐大。從出生以前就能生產。而且不只是書裡這麼寫，實際上在我的肚子裡，現在正在發生。出生以前生出來的東西，在出生以前的體內，好想把它摳破，好想把它刺破喔。這到底是什麼東西。

綠子

剛好遇到暑假，遊樂場裡遊人如織，熱鬧非凡，但是並沒有擁擠到摩肩擦踵的地步，反倒是昨天東京車站的人口密度比較高。來來往往的人們都保持適當的距離，臉上都掛著開心的笑容。

全家福、臉龐還帶著稚氣的學生情侶，還有笑聲與激動尖叫幾乎沒有分別的多人團體。女孩們手牽著手歡聲大笑，男子扛著重裝備，正經八百的查看地圖，好像打算接下來去登山。年輕母親們推著掛滿許多行李的嬰兒車，大聲呼喚急忙跑在前面、眼神輝映著好奇心的孩子，長椅上坐著好幾個正在舔冰淇淋的老人。地面上的人們躍動著、吃著、等待著，交雜著各式各樣的音樂和歡笑聲，冷不防從頭頂奔過的雲霄飛車發出轟然巨響。

我不確定綠子想玩哪些項目，不過我有無限暢玩的免費券。在服務處換到免費通行證，「要套在手上。」我說，綠子依然靜默，向我伸出被太陽曬黑的細瘦手臂。我把塑膠圈環在綠子手腕上，謹慎的測量粗細，確定剛好後固定。綠子也動動手腕檢查鬆緊度，然後遮住陽光瞇起眼睛。

「這陽光已經不只是烤，而是燒焦了吧。」我說，「就算要忍耐，還是應該穿黑色長袖來才對。」

之前沒有查看今天的最高氣溫會到幾度，但是這麼熱肯定超過三十五度C吧。日正當中，沒有任何遮蔽熱力的東西，白花花的陽光毫不留情的照射在攤販的房簷、噴出涓涓細水的幼兒遊樂場、入場券賣場的招牌、人們的皮膚和巨型遊樂設施的鐵製表面上。小攤旁的長椅上坐著兩個身穿同款迷幻花紋繞頸肩帶露背裝，她倆開心笑著互相為對方的背塗防曬乳。

「我這人哪，曬一次太陽會黑三年呢。」我看著兩人組，對綠子說，「你看，繞頸肩帶露背裝，滿可愛的。」

綠子對繞頸肩帶、防曬乳和露背裝都興趣缺缺，只知道看著地圖，抬起頭，一面確定遊樂設施的位置，不時回過頭作手勢告訴我「走這邊、這邊」，渾圓額頭上梳不盡的細髮因汗水而黏貼，臉頰微微泛紅。

「要玩這個嗎？」

綠子最先選的是海盜船，模擬巨型大船的遊具，看公告要等二十分鐘。從外表看，雖然漸漸加速，但基本上只是前後搖擺，並不覺得太激烈，但是大錯特錯。忘了何時，我本以為只是巨人版的盪鞦韆，也許沒問題，而上去玩了一次，結果後悔莫及。被甩到上方再落下來時，心窩就像被打中擴散開來的感覺，那種無以名之，只能說道盡尖叫精髓的玩意兒，應該有個說法吧。那種直湧而上的感覺到底在身體的什麼地方發生呢？它究竟是什麼呢？每當想起那種感覺時，我就會想像從高樓縱身而下的人。在撞擊地面之前，雖然只有短短幾秒，但那就是他們最後體會的感覺嗎？人們「哇」的短促尖叫聲後，發出地鳴般轟然聲響的雲霄飛車急馳而過。

在小攤買了水和橘子汁，躲到不知名的樹蔭下坐在長椅等待，沒多久，綠子回來了。神情與去的時候沒有兩樣，所以我問她：「咦，沒去坐嗎？」綠子搖搖頭，「坐了？」綠子狀似無聊的點點頭。「喔，怎麼樣？一般？」但她沒有回答，快步往前走去，像在說「下一個，那邊」，我急忙跟上去。

寫寫關於胸部。我多了本來沒有的東西，膨脹了起來。這兩個隆起非我所願，為什麼會變成這樣？為了什麼目的？它從哪裡來的呢？為什麼不能一直平坦下去？女生當中，有人會互相炫耀，故意跳一跳，比較胸部的搖晃，對自己的大胸部感到自豪又得意。男生們愛女生開玩笑，大家都變得那樣，這到底有什麼好高興的？是我有問題嗎？我討厭，討厭胸部隆起，討厭極了，討厭死了，然而，媽媽卻打電話跟別人說她想隆乳。我想聽她和醫院的人說話，便悄悄的靠近偷聽。她們說通常都是「生了孩子之後」，「餵了母乳所以才」怎樣怎樣。每天都打電話。笨蛋，幹麼要恢復生產之前的身材？既然這樣，當初不要生就好了嘛。媽媽的人生如果沒有我，一定會更好吧。大家都不要生下來的話，什麼問題都沒有。沒有快樂，沒有傷心，一切都回歸一無所有的初始，什麼都沒有。雖然卵子和精子的存在不是人的錯，但是，我覺得人類不用再把卵子和精子結合在一起吧。

綠子

「OK，綠子，我們吃點東西吧？」

我們在地圖上找出園內幾個飲食中心和小店，選了最大的地點往那方向去。大概是因為中午尖峰期已經過了，店裡還有不少空位。我們在店員的引導下就座。綠子從腰包拿出小冊子，放在右手旁。用店員送水來時一起端來的濕毛巾擦擦臉。我倆各自湊近了菜單反覆思量，最後我點了炸牡蠣蓋飯，綠子點了咖哩飯。

「綠子，你好強喔。」我佩服的說。

結果，綠子自抵達遊樂場開始的兩個半鐘頭，完全沒有休息，不斷的玩各種遊樂設施。綠子快速查核每項設施的排隊時間，以便盡可能在最短的時間坐最多種設施。綠子偏愛所謂尖叫系的刺激項目，光是看著雲霄飛車發出不祥的卡答卡答聲往上升，我就從尾椎附近開始起雞皮疙瘩。我向排隊的綠子搖搖手，不時用手機拍照，然後用手遮陽，凝目看著綠子坐進遊具用皮帶固定，朝著天空越來越小，直到無法辨識她的身影為止。我小跑步追在綠子後面，從遠處看著她在高處旋轉，以極快的速度穿過巨大的軌道上，光是這樣就令我心驚膽跳。

「你的三半規管真厲害，坐那麼多項目，臉色一點也沒變。」我一口氣喝完杯子裡的水說，綠子微傾著頭看我。

「三半規管啊，你知道吧，有的人坐車不是會暈車嗎？三半規管在耳朵的最裡面，負責控制人體的平衡。所以旋轉得太嚴重，或是車子在蜿蜒的路上彎來彎去，與平常的節奏不同的話，經過一段時間，眼睛或耳朵進入的訊息，與三半規管擁有的訊息有偏差時，就會想吐。綠子會嗎？完全不想吐嗎？」

綠子喝了一口水，若無其事的點點頭。然後打開小冊子，注視著白紙的部分良久後，緩緩的動了筆。

〈為什麼大人要喝酒？〉

綠子把冊子朝向我，一時靜默不動。為什麼大人要喝酒？我試著思考這個問題。

為什麼大人要喝酒呢？我除了啤酒其他酒都不喝，而且也鮮少覺得好喝，一喝就醉，還會頭痛欲裂。但是，我也有一段那種時期，那是怎麼回事呢？到東京後的幾年，記憶有點模糊了，總之那段時期經常喝到吐。在酒店花車上買了一點都不覺得好喝的廉價酒回家，一個人獨自飲醉，喝完大約有兩天時間無法動彈，什麼都不吃，在棉被裡度過憂鬱的時間。事事不順，每天就像是漫無目的的堆積同樣形狀和顏色的四方形，現在儘管也沒什麼變化，但是那時確實有些不同，是段一想到就受不了的時期。雖然我不會再重蹈覆轍，但那的確也是我，當時確實得若不喝酒一天都活不下去。

「也許，喝醉的時候，會感覺自己不再是自己。」過了一會兒，我對綠子說。那聲音不太像我的感覺，我清了幾次喉嚨。

「人活在世上，一直都在當自己對吧。從出生以後，一直都是。大家感覺太吃力了，所以才想喝醉吧。」我把想到的字眼如實的說出來，「活在世上會遇到很多事，但是，人還沒死以前只得繼續活著對吧。只要活著，人生就會延續下去，所以，有時候必須有個暫時避難的地方。」

我吐出胸中的氣息，看看四周。

店內廣播呼叫著我們不懂目的的號碼，店員們在桌子和花車間快步來去。隔壁座位的小女孩被母親罵了，但是女孩好像無法接受的樣子，皺緊了眉頭，頑固的閉緊嘴巴。梳得高高的兩綹頭髮拂過小小的唇邊。

「避難是想逃開自己。」我自顧自的繼續往下說，「也許想逃離的是自己心中——時間、回憶都包含在內。有些人光是避難還不夠，他們甚至不想再回到原來的自己，也有人選擇死亡。」

綠子仍靜默，凝視著我的臉。

「但是，大半的人死不了，所以只能一再的喝酒，避難。不只是喝酒喔，人們也會用很多方法避難。雖然自己也覺得幹麼這麼做，但是有時實在受不了，卻又無能為力嘛。不過，也不能一直這麼喝下去，身體會搞壞，周圍的人也會為你焦急擔心，再三的勸你。大家會說很多道理，但是讓人更難承受。」

綠子像在遠眺般瞇起眼睛看著我，我不發一言，注視著已經沒有水的杯子，然後漸漸覺得自己說的話好像文不對題。綠子緊握著筆，紋絲不動。小小的太陽穴冒出了幾顆汗珠，微微顫動著滑下皮膚。

「您久等了，」店員帶著開朗的聲音將餐點送來。這位女子露出燦爛的笑臉，不住晃動著耳邊的圓形金色大耳環，手腳伶俐的將食物排好，「您點的餐都到齊了。」她用輕快的聲音確認後，用指尖將收據捲成一圈，插進圓柱形的透明架，又邁開利落的步伐，回到廚房去。我們默默的吃起各自點的午餐。

媽媽睡覺之前都要吃藥，趁媽媽不在的時候，我偷看了它是什麼，結果是止咳糖漿。最後一次看到，是昨天晚上。然而今天少了一半以上，都是媽媽喝的嗎？她又沒有咳嗽，為什麼要喝糖漿？媽媽最近瘦了好多，上次下班回家時，明明是深夜，或許正因為是深夜吧，她說騎腳踏車摔車了。我想問她「沒事嗎」，但是我正在禁言中不能說，好難過。好想問，媽媽，為什麼要喝止咳藥，好想問有沒有受傷。好想問，會不會痛。然後，在電視上看到美國那兒的某個地方，一個爸爸說在女兒十五歲時要送她去做隆乳手術作為禮物，實在莫名其妙。而且美國那邊，做過隆乳手術的自殺者，比沒做過的多三倍耶。媽媽知道這件事嗎？如果不知道，那真是糟糕透了。她知道的話，也許想法會改變。必須找個機會把這件事跟她說。我必須問她，為什麼要做那種事。我敢問嗎？胸部這種事，我敢說嗎？不過，好想全部、全部都試試看。

綠子

「差不多該回去了吧。」

太陽沿著軌道開始沉入西方的天空，落在那一帶的深影不知何時變成模糊不清的淡色，驀然間暖熱的風拂過皮膚。人們手拉著手，呼喚著名字，時而相倚時而分開的踏著徐緩的步伐，往出口走去。

「綠子，都玩夠了嗎？」

我對攤開地圖、正在確認今天玩過的設施的綠子說，她沒看我，點了好幾次頭。我們也加入隱約成形的稀疏人潮中，緩步前進。

右手邊看見摩天輪。藍色轉淡的天空帶著微微的黃色。我瞇起眼睛，那個大輪子從這裡看彷彿是靜止的，但是摩天輪當然還在動。看著它緩慢移動，好像期盼在天空、在時間、和注視它的人們記憶中都不留下任何印象的樣子，我隱隱有些心痛。綠子站在我身旁，也在看著摩天輪。過了一會兒，她拍拍我的手臂叫住我，我轉頭一看，綠子指著摩天輪。要搭嗎？我問，綠子用力點頭。

搭乘處有兩組情侶，情侶中的男生先坐進緩緩通過眼前的座艙，女孩的手讓他牽著，裙襬飄然飛起，靈巧的也跳進去。

「綠子，我在這邊的柵欄旁等你，你去吧。」說完，我正想走開時，綠子一直搖頭。什麼，怎麼了？我問。綠子指著摩天輪然後看著我的臉，意思是要和我一起搭。

「誒，我也上去？」

綠子堅定的點點頭。

「哎呀，我不敢搭耶，連鞦韆也不行，會頭暈呢。」我解釋道，「還有，我很怕高。我不敢搭飛機，以後也沒打算搭呢。你覺得我行嗎？」

盡管費盡唇舌解釋，綠子還是不聽。我從胸口深深吐出一口氣後死心了，向管理員買了單獨一張票，與綠子一起進入門內，走上只有一名負責開關門的管理員所在的大升降臺。綠子不知為何放過了好幾個座艙，然後無法理解她依據什麼樣的法則，等到她屬意的座艙來時，快速滑進門裡。我慌張的伸出兩手，抓住把手，在腦中小聲尖叫著把身體塞進去。霎時摩天輪大幅搖晃，四腳朝天一般跌坐在座位上。穿著制服的管理員關門上鎖，揮揮手笑著說「一路順風」。

摩天輪按著固定的時間，在固定的軌道上移動，座艙緩緩的上升。我抬高頭，視線保持水平，只遠眺逐漸廣寬的天空，盡可能不看到下方。綠子把額頭貼在窗口，凝神注視著地面，然後又滑動臀部，移動到另一側窗口，也是一樣貼著臉看窗外。綠子梳高的馬尾，各處都有些變形，許多垂髮在頸項邊柔軟的垂在肩膀上。她的脖子細長，也許身上的T恤稍微寬大的關係，肩部看起來更薄。從裙褲伸出來的腳晒得很黑，兩塊小膝頭有些白白的脫皮。綠子一手靠在腰包，另一手輕輕扶著窗，俯視東京街景。

「小卷差不多快回來了。」我對她說。綠子的臉依然朝著窗外，沒有答話。

「小卷說今天要去的地方在銀座，銀座是在……呃，那邊，啊，是這邊。」

對自己所在的位置，或說根本對地理本身毫無興趣的我，隨便指著一個方位說。凝視著大廈密度特別高的部分，草率的向綠子說明「我猜應該是那一帶」。

「玩得很過癮吧？」我說，綠子轉頭看我，同意的點點頭。她的鼻頭和臉頰上部都被太陽晒得略微發紅。帶著暮色的藍灰，此景讓我想到很久以前——我還小的時候，好像也曾像這樣坐著摩天輪俯瞰街頭，好像緩緩的上升到藍灰暮色擴散的天空。卷子在我身旁嗎？是媽媽帶我們去的嗎？可美外婆呢？我努力回想坐在位子上，母親向我揮手的臉、可美外婆皺紋滿布的手，可是它到底在記憶裡的何處——越是搜尋越是變得模糊不清。小鳥在上空畫出圓弧，然後消失不見，聳立在遠處的大廈籠罩在白霧中。小時候的我是與誰一起看著漸漸轉藍的天空和街景呢？試圖回想的過程中，我對自己的記憶漸漸失去了信心。也許並沒有坐過吧，我想。只是氣味、顏色或心情相似的部分重疊，所以才有這種感覺，很久以前也許並沒有跟別人像這樣看著天空和街道轉藍的景象。

「好美呢，」我找話對綠子說，告訴她我突然想到的事，「而且，你知道嗎？摩天輪非常安全喔。」

綠子看著我的臉，停了一會兒搖搖頭。

「小時候有人告訴我的，忘了是誰了，摩天輪從側面看很單薄，就像射到天空的煙火、空蕩蕩的。怎麼看都覺得它容易搖晃，很可怕。萬一有什麼事，它一定第一個倒吧。但是，不論再強的風、再大的雨，或是發生大地震，它都不動如山，摩天輪可以巧妙避開朝它而來的力量，絕對不會倒塌。」我說，「聽到這件事時，我還是小孩子，所以我真心認為，既然這樣大家都生活在摩天輪上，不是很好嗎？以摩天輪為家，大家都從相同的窗子揮手，用紙杯電話與隔壁的座艙對話，傳遞長繩子晒衣服。因為我那時還是小孩子，常常把它畫出來，到處都是摩天輪的世界。發生地震、颱風也很安全，所有人都一樣平安的世界。」

我們默默的望著窗外。

「綠子，你和小卷坐過摩天輪嗎？」

綠子似是而非的動動脖子。

「是喔，小卷太忙了是吧。」

綠子瞥了我一眼，再度把眼光轉向窗外。看著綠子的下巴附近，我突然想起母親的側臉，生病之前的、還健康時結實有肉的母親側臉。高挺的鼻子微微彎曲，長長的睫毛，臉頰有個小小的凹痕。那是什麼，我問。媽媽笑著說，青春痘擠破就會變成這樣，所以不能擠喔。綠子也許比小卷更像媽媽，我想，而且，雖然這是顯而易見的事，但是綠子從沒見過我母親，也沒有見過可美外婆，而且可美外婆和媽媽也同樣，從來沒見過綠子——我怔怔的想著這件理所當然的事。

「我在綠子現在這個年紀時，媽媽死了。」

為什麼想說這些話呢，我尋思著，開始說道：

「可美外婆死的時候，我十五歲。小卷二十二歲，呃，是二十四歲的時候。我們沒有錢，所以在社區的禮堂舉行喪禮。什麼都沒有，也許是最不花錢的喪禮吧。不過可美外婆的遠房親戚請來了和尚，幫我們做了整套儀式。那部分的錢總有一天必須還給人家。」

綠子瞄了我一下，然後又轉向窗外。

「房子的租金因為是公營住宅，只要兩萬圓，勉強可以繼續住。小卷那時已經是大人，也就是成年了，所以，我們不用分開。如果小卷和我的年紀接近，兩人都還是孩子的話，雖然我不太清楚，不過我們可能會被拆散，分別送到不同的孤兒院去吧。」

綠子臉對著窗，一動也不動。最遠的大廈避雷針尖端，閃爍著紅光，閃光的間隔讓人想到安靜呼吸的生物。我凝視著它好一會兒。

「我是小卷帶大的，」我繼續說，「我們倆相依為命，媽媽走後，可美外婆走後，是小卷扛起了一切照顧我。我們倆一起去洗盤子，每天吃小卷上班帶回來的烤肉便當。」

窗外的薄暮越來越擴大，像是仰望著數萬片重疊拖曳綿長的薄軟蕾絲，在這黃昏中，遠處周邊有無數的光在閃爍。忽明忽滅的光點，令我想起出生後幾年生活過的小港鎮。夏夜裡，多艘帆船從晦暗海面的遠方駛來。人們躁動著，孩子們繞著有生以來第一次看到的白皮膚洋人，興奮的跑來跑去。文字快看不見的招牌上，微髒的電線杆上，店家屋簷下，固定船的繫纜柱上——熟悉的港鎮各處，幾顆電燈泡連起來變成一大球，在夜風中搖曳——我把光點看成了它。

「我那時是幾歲呢，大概是幼稚園的時候，到可美外婆那兒之前，我們住在離海很近的地方。幼稚園不是有遠足嗎？我們是去摘葡萄。綠子，你摘過葡萄嗎？」

綠子搖搖頭。

「摘葡萄，」我笑了，「我只記得，在幼稚園裡從來沒有期待過任何事，但是不知為何，卻非常期待著去摘葡萄。從好幾天以前就開始期待了，坐立不安，自己還做了類似書籤的東西，每天想著摘葡萄到底是什麼樣的。真的是屈指數算般的期待摘葡萄的日子。

「但是，最後沒去成。遠足需要另外花錢，我們家沒那個錢。現在想想，也不過是區區幾百塊錢而已。總之，早上起床後，媽媽說『今天請假』。我想問為什麼，但是不敢問，因為肯定是沒有錢。而且每天早上，爸爸基本上都在睡覺，所以我和小卷都必須安靜不能出聲，連吃拉麵都不能發出聲音喔。

「好，我知道了，今天待在家。剛一說完，我的眼淚便一串一串流下來。淚水流不停，傷心得連我自己都嚇一大跳，但是，不能哭出聲來，所以我躲在房間的角落，咬著毛巾哭。你別看我這樣，小時候什麼事我大多都能接受，但是不知為什麼，只有這件事我覺得好委屈，淚水不斷的湧出，連我自己都納悶，為什麼會哭成那樣，為什麼那麼傷心。當然我根本沒摘過葡萄，也不知道要怎麼摘，而且我也並不特別想吃葡萄。為什麼會哭得那麼傷心呢？我現在不時也會想，葡萄到底是什麼。

「不過，後來我稍微想通了。一串葡萄放在手心上時，有一點特別的感覺，不是嗎？葡萄一顆顆擠在一起，有時候很小很小一粒，大家緊緊相連著，就怕掉下來。可是，既不是因為重也不是因為輕，它還是會撲簌簌的掉下來。這種感覺很特別，哈哈，不是嗎？因為哭得那麼傷心，所以才覺得特別，還是因為覺得特別，才會哭得那麼傷心，我到現在還沒搞懂。

「然後呢，快中午時，媽媽去工作，爸爸難得不在家，我咬著毛巾躲在角落裡縮成一團哭。小卷那時候幾歲呢？我一定讓她很頭疼吧。她想盡辦法來鼓舞我，但是我還是哭個不停。

「既然這樣，『夏子，你閉上眼睛。』小卷說，『等我說好才能張開喔。』她說。所以我弓起雙腿，把眼睛靠在膝蓋上哭泣。大概過了幾分鐘吧，小卷來到我身邊，『眼睛別張開，閉著眼跟我來。』她握住我的手，拉我站起來，走了三步之後說『好啦。』

「我睜開眼睛，櫥櫃的抽屜上、架子的把手上、電燈的燈罩上、晒衣服的繩子，各個地方——都夾著或掛著襪子、毛巾、面紙或媽媽的內褲，總之屋裡找得到的東西都掛在上面了。現在我們兩個人一起摘葡萄喔，小卷說。夏子，這些全部都是葡萄，所以我們兩人一起摘葡萄吧。然後她抱著我，把我舉高，你看，摘到啦、摘到啦，她說，一顆，兩顆。

「我在小卷的懷裡，伸長了手摘下襪子、摘下內褲，全部都摘下來了，然後拿起到處破洞的笊籬，把它當作籃子，將摘下的東西放進去。還沒採完呢，這裡有，那裡也有喔。小卷說，她使勁的抱住我，努力讓我摘葡萄。我既開心又難過，但還是一顆一顆的摘下來——雖然不是能吃的葡萄，也不是長得圓圓一粒，但這就是我的摘葡萄回憶。」

綠子仍舊默然的看著窗外，不知不覺間，我們的座艙已經越過最高點，大廈群漸漸變高，逐漸接近的地面上，閃爍著無數的光。

「我幹麼告訴綠子這些舊事呀。」我笑著搖搖頭。過了一會兒，綠子握緊了筆。

〈因為是葡萄色的。〉

綠子指著暈染成一片淡紫的窗外，看著我的眼睛，然後瞬即轉回去看窗。往懷念之處、往尚未見過之處展開的天空，散布著像用指腹拖出痕跡的碎雲。縫隙中逸散出微光，溫柔的紫色、淡紅、濃淡的深藍色車邊。凝目細看可以看到遙遠上空吹的風，伸出手，好像可以碰觸到包覆世界的膜。天空反射著色彩，如同無法再次重現的旋律。

「真的耶，顏色和葡萄一樣呢。」我笑了。

一天即將結束，座艙發出小小的卡答卡答聲緩緩下降，看得到升降臺上，與剛才相同的管理員正在向我們招手。座艙抵達，門打開後，綠子一個箭步跳下。午間的熱氣已經散去，汗水在皮膚與T恤之間冷卻，地面已充滿了夏夜的氣息。

7 所有熟悉的事物

前往診所前告知七點左右會回來的卷子，結果過了八點也沒回來，到了九點還是沒回來。幾次打電話到她的手機，但是在通話鈴響起前就切換到留言錄音，是電池沒電，還是故意關掉電源。「喂，小卷，很累吧。我們有點擔心，聽到留言請回電。」我留下訊息，按掉通話鍵。

在東京三個人的最後一頓晚飯——話雖如此，他們只住兩晚，「最後」兩字有點太誇張了。總之，吃點好吃的吧，難得來一趟，坐上電車到哪兒去吃都行，有沒有特別想吃什麼呢？本想等卷子回來後，跟她討論決定，但是偏偏卷子到現在還沒回來。我也考慮過帶著綠子到超市，買些食材做點簡單的菜先墊墊肚子，可是家裡沒有米，而且這麼晚了，老實說也提不起勁來做菜，再加上我本來就非常不擅下廚，也許菜做到一半，卷子就回來了。我對綠子說，小卷快回來了吧。

等她回來，我們到昨天去過的中式餐館，叫些別的菜吃，然後在書架前尋梭，看看有什麼書可以送給綠子。綠子打開筆記本邊寫邊等，但是十分鐘過去，二十分鐘過去，一個小時過去，卷子還是沒有回來。

「綠子，我們去超商看看吧。」

等到九點十五分，我在字條上寫了「去超商」，留在茶几上，考慮了一會兒，沒鎖門就帶著綠子出門了。

暖熱的夏夜空氣帶著微微濕氣，夾帶著雨的味道。幾年前在百元商店買的沙灘拖鞋底磨薄了，柏油路凹凸不平的觸感傳到了腳底。我想起踩到碎玻璃，刺破鞋底，一下子扎進腳窩，然後血流如注的景象。綠子走在我前面，她的腳又直又細，白襪拉到膝蓋下方，看起來簡直像人骨。剎那間，現在正在寫的小說——怎麼樣也寫不好，擱置了好幾週的小說突然閃過腦際，不禁陷入沮喪。

超商開了冷氣，冷得彷彿令毛孔瞬間縮緊，我們在店裡繞了一圈，把架上陳列的商品一一看過。綠子面帶憂鬱的跟在我身後，就算停下來也沒有拿任何商品。不要吃零食嗎？冰淇淋呢？綠子沒有回答我的問題，頓了一下才緩緩搖頭。明天早上吃麵包吧，晚飯還是再等一下小卷好了。我說著，拿起了六片裝的吐司麵包。「嗶啵！」隨著自動門清亮的聲音，幾個小孩子一擁而入，貌似家長的人跟在後面互相說著話走進來，其中幾個人臉頰漲紅高聲大笑，大概是喝了酒。他們好像接下來要去放煙火，進來買不夠的份。晒成焦炭的孩子們擠在收銀機旁的花車周圍，挑著堆放的煙火開心的吵鬧。綠子從稍遠處注視著他們。

「綠子，我們也來放煙火吧？」

我向她提議，但綠子沒有動。孩子們出去後，探頭看了一下花車，堆著一些小包裝的煙火和一整袋煙火組合。有仙女棒、旋轉煙火、降落傘煙火和雷神。小時候放煙火的記憶，夜裡的風把蠟燭快吹滅了，我和卷子用手掌小心護著，注意著煙花末端點燃火。火藥的味道，小火花射出的聲音，擴散的灰色煙霧中幾個被照亮的臉龐。一回神，綠子站在身邊。煙火有好多種喔，我說。綠子瞄了幾眼花車，嘴角用力的抿著，專注的挑選。過了一會兒拿了一束火箭煙火。綠子你看這個，有點恐怖。我笑著拿蛇型煙火給她看。她嘴唇微張，露出了牙齒。然後綠子一一拿起認真觀察，我們買了一包五百圓的煙火組合回家。

到了十點，卷子還沒回來，雖說這裡是東京，就算再不熟悉，也不可能忘了車站的名字，而且從車站到我家只要沿著路直走就能到，所以我並不擔心。如果真發生什麼問題，只要打電話給我就行了。若是手機沒電，到處都有賣攜帶用電池。所以，她到底是手機掉了，還是錢包掉了，或者是有什麼不想聯絡我的原因？又或者發生了意外或牽連到什麼事件嗎？有沒有可能陷入意識不清的狀態呢？

想像了各種情況，但覺得每一樣都沒有現實感。在這人擠人的東京，如果出了什麼事，在某個地方不論用什麼形式，都能聯絡到我。再怎麼說，卷子都快四十歲了，也是個成年人，沒有音訊只意味著她**本人沒有聯**絡而已，別無其他可能。所以就算卷子太晚回來也沒什麼大不了。但是，綠子當然不懂得這麼想，看得出她就像接雨的杯子水位越來越高，漸漸坐立不安。即使不說話，也不斷傳達出內心開始僵硬起來。

玄關門外只要響起上下樓梯的聲音，或是稍有聲響，我們就會反射性的抬起頭來，但是，發現不是卷子只好等聲音過去。這種情形重複了好幾次。我將電視的音量開到最小，盯著手機螢幕，每隔幾分鐘就按下郵件收信鍵，確認沒有任何傳訊。

「我說綠子啊，你一定肚子餓了吧，別再忍了，要不要吃麵包？」我這麼說時，綠子依然把下巴靠在弓起的膝蓋上，含糊的搖搖頭。隨即她突然半站起身，目光認真的凝視著我，彷彿要做什麼重大宣告，但立刻又改變主意，坐回原來的位置，抱住膝蓋。「你的動作嚇了我一跳。」我真的嚇到了，所以這麼說。綠子輕咬下唇，鼻子輕輕吐了一口氣。

「小卷要去的地方，叫什麼名字來著……雖然說在銀座，但是在銀座的什麼地方呢。」我喃喃自語的說，試著回想和卷子討論診所的對話內容，但是，除了銀座這個地名之外，想不起任何名字。

什麼名字呢，小卷有說診所的名字嗎？我閉上眼睛，集中精神從各種枝微末節思考線索，但只能想到——很受歡迎，說明書黑底燙金印刷，走夜店風格。

「綠子，你不會剛好知道醫院的名字吧？」我問道，不用猜也知道她搖搖頭。也對，你怎麼會知道呢，知道的話就太厲害了。我盡可能用愉悅的心情對她笑道。

儘管如此，卷子在做什麼呢？她去了醫院嗎？沒去醫院嗎？她到底在哪兒呢？驀地腦中浮起了個愚蠢的念頭。不不不不，不可能有那種事，從想像到常識，我都否定了它的可能性——難道卷子才來東京一次就突然決定動手術，把所有的事做完嗎？不不不不，再怎麼說也不可能去接受諮詢，就直接進手術間，絕對不可能，這與拔蛀牙不能等而視之。然而即使我知道它不可能，但是既然想到，我難免會有點不安。我趁綠子不注意時將手機連上網路，用「隆乳、不用過夜」搜尋。

幾秒鐘後，最上方顯示出「ONE DAY！隆乳」的標誌，我點進去一看，「病患負擔最少的日歸型隆乳術！當天的流程在此」幾個字映入眼簾，跳入整體統一為粉紅色的網頁，上面寫著：「病患到院：上午十一點↓諮詢：上午十一點半↓手術：中午十二點半↓休息：下午一點半↓回家：下午兩點↓購物ＯＫ！」果然有啊，當天完成……我在心裡嘀咕，悄悄的把手機折疊起來。

電視上，藝人們在鮮豔色調的攝影棚裡玩猜謎。每個人發言畫面都會打出大大的字幕，儘管音量轉小，幾乎聽不見他們在說什麼，但是電視還是吵得驚人。綠子眉心蹙緊，彎著膝蓋一動也不動。

「綠子小姐，現在一定有很多事在你的腦袋裡轉呀轉的吧。」我說，綠子抬起頭來看我。

「但是，所有的擔心都是多餘。」我瞇起眼睛。「說老實話，這種狀況下呢有一種 JINX 魔咒，就是不管擔心還是什麼，預料都會失準。我自己也體驗過預測一定會失準的魔咒，因為我的人生活到現在，全都應驗了，屢試不爽。心裡預料的事，絕不會發生。」

我假咳了一聲後繼續說：

「例如地震。地震可以說是這種定律的代表性範例之一，以前發生過地震，你也遇過地震吧？但是，正是因為發生地震時，沒有一個人——全世界這麼多人當中，沒有一個人在那秒想到地震這件事，所以才會發生。地震這種東西會看準人們預料的微小縫隙闖了進來，所以才會出乎意料啊。」

綠子一臉深思的望著我。

「譬如說現在。現在沒有地震對吧？那是因為至少有我們兩個人在聊地震啊。」我說，「當然，我們沒有辦法證明地震來的時候，沒有人在思考地震，但是就因為不能證明，大家各自有著自己小小的魔咒，又有什麼關係呢？」

綠子對我說的話思考了很久，然後好像突然很在意定律這件事，綠子身體顫抖著想要站起來，結果又只站起一半，緊緊抓住我T恤的一角。「幹麼，你又要去哪？別嚇我啊。」我笑道，從書桌抽屜裡拿出電子字典坐下，插好電。這是幾年前在商店街抽獎機抽中第三獎的獎品，雖然沒有螢幕發光的功能，但是相當方便，我常常用它。

輸入「JINX」，文字顯示出來，出現「人們認為與因緣有關的事端，原本指不吉祥的事。」的說明。我接著再輸入「因緣」，這次，狹長的螢幕排滿了句子，瞬間變得漆黑一片，「事物誕生的內在原因為因，外在原因為緣。讓事物、現象起滅的諸多原因，或是事物、現象的起滅。前兆。」我凝神念出來，綠子不時點頭，縮起下巴。然後帶著深思的表情拿走電子字典，按了幾個鍵輸入文字。注視著畫面，重新看過一遍之後——恍然大悟的抬起頭，目光閃著光芒。看來她是把自己想的念頭在腦中轉換成文字，然後一一檢視有沒有錯，然而又驚異於自己思路企及之處，於是把眼睛睜得更大，再次凝視手上的電子字典。怎麼了？我問，但綠子帶著莫名激動的表情一味的搖頭，什麼也不回答。我在電子字典上隨便查找單字。

「你看，『綠』和『緣』這兩個漢字很像呢。既然如此，下一個就來查查『緣』吧。喔——，原來如此，下一個查旁邊的『怨恨』。你看，這個字看起來就感覺得到怨恨，真糟糕。可怕，怨恨就是恨，懂了。但是它比『恨』這個字好像多了兩倍，可以說是威力還是殺傷力吧。來讀例句。『挾怨殺人』，有聽過，常有這種事。那接下來查『殺人』，這個也很常見，每天都在發生，也許應該說，現在這一秒鐘某個人正在某處被殺害……你知道嗎綠子，人在殺人的時候，比如他用菜刀殺人，這時候菜刀的方向，也就是菜刀刀刃朝上拿，或是朝下拿，可以決定殺意的有無，或者是成為強弱的證明。在法律上這是相當重要的佐證呢。其實，我一個朋友——」說到這兒，我想到這個故事過程有點複雜，而且相當長，所以改變主意，鼓勵綠子查一些更陰森的字，像是非常恐怖的字。

殺戮、業火、慄然、暗澹，一回神，我們兩個人幾乎頭碰頭的靠在一起，專心看著電子字典的小小液晶畫面。

「那下一個查……不過，我常常在想的不是死去或被殺，而是，現在這一秒鐘內比方說被人拷打，世上真的有遭到五馬分屍，或眼睛被剜出來的人嗎？不是開玩笑或想像，現在這一刻，在這地球上的某處的確存在著這種極度痛苦的遭遇吧。那我們可以想一想還沒有發生的痛苦吧。譬如說，全身被火焚燒的人好了，牙齒被拔光的人呢？可能也有。那麼，有沒有人被撓癢撓到死呢？即使不是撓癢，有沒有可能下毒讓他笑呢？像是毒藥之類的。討厭，大笑而死，這種死法最討厭了，簡直是噩夢。其他呢……」

我從輸入電子字典的文字，把想像的情景如實說出來時，綠子抖動般的搖搖頭，要我別再說下去了。好吧，我回答。當我們再次屏住氣息，頭靠頭的注視著液晶螢幕時，突然爆出驚人的巨響，彷彿有什麼與這間房子一樣大的東西落在屋頂上，或是攔腰撞擊一般，成了我們倆今晚最大的驚嚇，毫不誇張的跳了起來，反射性的互相手抓著手回頭一看，卷子站在那邊。關了燈的漆黑廚房後方，卷子站在大門兀自開著的玄關落塵處。走廊螢光燈的灰白光線朦朧的浮映出她的輪廓。

稍許的逆光讓我們看不清她的表情，不過馬上就知道卷子喝醉了。她既沒說話，也沒有搖晃，更沒有熏天的酒味，但是卷子醉了。而且不知什麼原因但很清楚的感覺到，她喝了不少。果不其然，卷子拖長了聲調說「我回來囉。」邊說邊想脫鞋，但她沒注意鞋已經脫下來了。見她不斷搓著腳踝，頻頻跺腳，想脫下根本沒有的鞋子。「小卷，鞋子已經脫了，」我對她說，她才拿「我腳癢」為藉口，若無其事的走進房間。

「我們擔心死了，怎麼不打電話回來？」

我責問她，卷子眉心用力，撐開眼皮的盯著我看。額頭上有好幾條粗粗的橫紋，眼白略微充血。

「電話的電池沒了。」

「在超商也買得到嘛。」

「那麼貴幹麼買。又不是笨蛋。」

卷子說完，將皮包丟在地毯上，腳底噔噔噔噔的走到懶骨頭的位置，兩手一攤，便趴了下去，好一會兒動也不動。本來我張口就想問「到底到哪裡去」，臨時緊急煞車硬把話吞回去，用力清了一下嗓子，但沒想到那聲音響得超出預期，我怕聽起來像是帶有質問味道的清嗓子，為了表示這清嗓子不帶任何意義，於是又追加的清了一次。不料這次喉頭卡住打了個嗝，我想掩飾過去又假咳了一下，結果真的有痰哽住的感覺，不覺劇烈的喘起來，硬是咳了好一會兒。趴在懶骨頭上的卷子等我咳嗽平息後，只把臉轉過來打量我。眉毛不見，下眼皮的眼線暈染開來，烏青的黑眼圈變得更深、更濃。顴骨附近散布著睫毛液的纖維碎屑，皮脂與粉底液混合在各處分離，形成了花花的斑點。

「去，去洗把臉好嗎。」

我不自覺的這麼說，「臉髒了隨他去吧。」卷子說。綠子拿著電子字典，從房間角落觀察我們的對話。那時候，我腦中閃過——卷子該不會去見了綠子的父親，也就是她的前夫呢。這是因為昨天晚上，卷子提到她會去見這裡的朋友，但是以前從來沒聽說過她在東京有朋友，而且就算是普通往來的程度，有這種熟人在東京的話，一定會在我們的對話中偶爾出現。但是，這種人物的話題從來沒出現過，也就是說，卷子並沒有東京的朋友。

那麼，卷子是跟誰喝酒喝成這副德性呢？從卷子的性格來說，她不太可能獨自喝到爛醉，卷子和我一樣，除了啤酒，其他的酒都不太能喝，卷子的酒量雖然不像我那麼差，但是，她並沒有那麼喜愛喝酒。再加上明知難得見面的妹妹和女兒在家裡等她，而且她自己說七點多就會回來的。

也就是說，恐怕發生了什麼預料之外的事。她見了預期外的人，並且在預期外的行程中，預期外的喝了這麼醉。那麼，預期外的對象是誰呢？坦白說，卷子雖然在酒吧上班，天天都要應付客人，但基本上她很認生，遇見陌生人稍微談幾句還行，但很難想像她會突然一起去喝酒。也就是說，單純而簡單的考慮一下——卷子在東京喝酒的對象，除了前夫別無他人。

但是，我並沒有逼問卷子的意思。連「為什麼喝得那麼醉呀，欸，跟誰嘛跟誰嘛？」這種帶著玩笑口氣的問法都不想。卷子跟誰到哪裡喝酒，是卷子的自由，與我沒有關係——當然話是這麼說，不過我完全不是抱著尊重卷子的想法，她既然說了和以前的女性朋友見面，與那些朋友聊了什麼，吃了什麼，那些人現在在做些什麼，這些我全都有興趣聽。然而，對於卷子的前夫，別說是想知道了，不論他們之間有什麼往來，兩人以什麼樣的心情說了什麼話，對於過去和現在有什麼樣的關心或反省，我一點興趣都沒有。我也不知道為什麼，我對卷子前夫絕無一絲個人情緒，也毫無任何感想，不僅如此，他的長相我幾乎都想不起來，也沒有任何記憶。然而，即使作為妹妹，必須傾聽卷子的某些感情或糾葛，但只要起因於前夫——男人的事，我一點都不想聽，也不想涉入。所以，我沒有作聲。

「總之，先去洗澡吧。」我說，「對了對了，我們去買了煙火喔，剛才在超商買的，明天你們倆就回去了嘛，所以，我想今晚我們三人放個煙火吧。」

卷子依然趴著，動了動脖子，只嗯了一聲表示「有在聽」，但沒有回答。

她的雙腳像免洗筷一樣伸得直直的，看得見腳心。從姆趾根部裂開的絲襪，一直脫線到腳踝。纖維下的腳跟就像放久的粉餅，有一條條皸裂。小腿肚完全沒有鬆弛的肉，令人聯想到魚乾的硬肚子。

從房間角落注視著我和卷子的綠子，把電子字典放在桌上，走到廚房去。她沒開電燈，什麼也沒做，只是站在黑暗中的流理臺前，目不轉睛的看著我們。我也不自覺的走到廚房，站在綠子身旁，從這個角度眺望整個房間。

與平常無異的房間裡，牆邊看得到書櫃，右後方的角落有張小桌，正前方有窗，晒成奶油色的不起眼窗簾從來沒更換過。窗簾下就是身體蜷曲在懶骨頭上的卷子。電視的畫面中，許多東西在走動。

過了一會兒，卷子兩手伸到地毯，像做伏地挺身似的撐起膝蓋，慢慢變成四肢爬行的姿勢，左右搖動著脖子，宛如是某種復健運動。接著發出呻吟般的嘆息，慢吞吞的站起來。我們目光相對，卷子的神情比剛才清醒多了，她瞇起眼睛朝我們看了一會兒，然後整個腳心貼在地上，拖行了幾步，來到房間與廚房的分界點靠在柱子上，抓了抓髮際線，然後對綠子說話。

卷子的口吻在我聽來，還是有些口齒不清，也就是醉鬼的說話方式。這讓我有些心驚，因為即使是我們同住的時候，以前一起喝啤酒，她也不曾這麼明顯嘮嘮叨叨的說醉話。卷子這種姿態我從來沒見過。我隱隱擔心卷子最近在大阪會不會也是這種狀態，卷子和綠子在一起時該不會經常這樣醉醺醺的吧。腦海裡想像著卷子醉得意識不清，躺在地上發牢騷，而綠子在一旁默不作聲的情景。但是，現在卷子這種狀態，質問她有沒有常喝醉也沒有用，所以還是噤口不語。

腳邊有個為了放煙火而拿出來的水桶，沒什麼特別的塑膠藍色水桶。為什麼家裡有水桶呢？我驀地想起這個問題。當然是我在百元商店或某處買的，但沒有用過，看起來還是全新的。凝神看得久了——眼前的水桶彷彿變成了長相奇妙的怪東西。這是什麼玩意兒，水桶本體的屬性被分解掉了，我漸漸看不懂站在那裡的那玩意是什麼了。以前看著文字，也有過幾次這種類似陌生感，但是對物品有這種感覺是第一次。我看看身旁的煙火，確實是煙火無誤。我略略放下心來，煙火，我認識它，這是煙火。思索著這個念頭，我又一一確認廚房裡所有不值一提的物品。卷子說話了，一抬頭，卷子走向綠子，凶巴巴的說，丫頭，你不跟我說話的話，我也無所謂啦，不在乎啦。

「怎麼一副靠自己生出來，靠自己活下去的表情！」

卷子吐出一句連最近午間電視劇都很少聽到的臺詞，又繼續說，「我是沒關係，我無所謂，我沒關係，我無所謂。」

無所謂什麼呀？卷子只是重複這句話。綠子撇開臉，瞪視著乾燥的水槽裡。我在心裡嘆息，她一定很煩悶吧。卷子再往前一步，湊近自己的臉，強硬的面對綠子決意轉開的臉。孩子，她說道。

「你總是不聽我說的話，總是把我當傻瓜，當傻瓜也行啦。」

綠子扭動身體，想把卷子推開，但是卷子不由她抗拒的繼續說：

「你如果不說話，不願意說話，就用那本小冊子什麼的，把想說的話都寫在上面，反正你拿手嘛，可以啊。你一輩子都這麼寫好了，寫到我死，寫到你也死好了。」不曉得怎麼講到一輩子那麼遠的事，卷子的口氣更加強烈，綠子縮起脖子，把臉頰靠在肩頭。

「你到底想搞到什麼時候啊。」

說到此時卷子抓住綠子的手臂，綠子激烈的揮開卷子的手，一使勁，綠子的手「啪」的一聲打中了卷子的臉，手指戳到了眼睛。好痛！卷子尖銳的大叫，兩手摀住了臉，淚水從卷子的眼中滲出，呈現睜不開眼皮的狀態。她用指腹壓住拿開，一再的眨眼，但還是沒辦法順利張開。淚水如同湯汁般潸潸而下，在臉頰的陰影中發出濕黏的光。綠子緊緊握住筆直垂下的手，痛苦的緊閉雙唇，凝視著摀住眼睛淚流不止的卷子。

唉，在這當下，卷子和綠子都窮於言辭啊，我心想。而且，這麼近距離看著兩人互動的我，當然也窮於言辭，窮於言辭，言辭、言辭、言辭，這兩字直在腦袋裡打轉，什麼話都說不出來。什麼話都說不出來。廚房漆黑一片，飄著淡淡的廚餘臭味。我想著這些無關緊要的意念，凝視著綠子的臉。她大概咬緊了牙關，臉頰浮起微微的肌肉痕跡，表情緊繃眼光發直。卷子手遮著眼俯下頭，吐出痛苦的呻吟，看著這兩人——我不知道自己在想什麼，不知不覺的伸手到牆壁的開關，近乎無意識的打開了廚房的電燈。

啪嚓一聲，螢光燈閃了幾下後大放光明，清楚的照映出在廚房裡互相依偎而立的我們三人。這廚房不只是熟悉，幾乎已成為身體一部分，現在卻顯得蒼白而更加老舊。灰白單調的螢光燈浮映出各個角落的同時，卷子瞇起了紅通通的眼睛。綠子握緊的拳頭貼在自己的大腿上，目不轉睛的盯著卷子頸部一帶，接著，她「呵」的大大吸了一口氣，霎時——對著卷子發出聲音。媽媽，綠子說，「媽媽」兩字的發音與意義從綠子口中發出來，我不覺轉過頭看她。

媽媽，綠子再次用大而清亮的聲音，呼喚近在身邊的卷子。卷子也一臉驚訝的看向綠子。綠子抓緊的兩手微微顫抖，看得出她是如此緊繃，彷彿稍有外力加諸其上，就會飛彈而起，然後瞬間崩裂。

「媽媽你，」綠子使勁擠出聲音說：

「你說實話。」

綠子只說了這句，但像是用盡了九牛二虎之力，肩膀微幅的上下抖動，微張的嘴唇輕輕顫動著，還聽得到她彷彿想阻擋什麼似的嚥下口水的聲音。我不知道如何逃離體內越來越膨脹的緊張。然後，綠子用游絲般的聲音再說了一次「說實話」。那聲音才剛傳來，卷子「哈」的吐了一口氣，然後大聲狂笑起來。

「拜……哈哈哈哈，討厭，你在說什麼啦，拜託，到底是什麼實話？」

卷子衝著綠子笑，誇張的搖搖頭。

「夏子，聽到沒？嚇了一跳吧，她說實話耶。聽不懂什麼意思，拜託你翻譯一下好嗎。」

卷子繼續笑著，聲音好像從喉嚨深處硬扯出來一般。不行啊卷子，不能把自己的不安和別人的控訴就這麼糊弄過去，現在不是笑的時候，這不是正確答案。雖然心裡這麼想，但我沒有說出口。綠子在卷子的笑聲中，兀自低著頭沒說話。肩膀上下的幅度越來越大，我猜再下去就要哭出來了。但是，綠子猛然抬起頭，把我放在流理臺準備丟掉的蛋盒，以迅雷不及掩耳的速度掰開，然後右手抓起蛋，用力往上一揮。

啊，要破了。才這麼想時，綠子的眼中淚如泉湧——真如同漫畫裡畫的淚水般噴湧出來，她把拿蛋的右手砸在自己頭上。

隨著生疏的「咕嘎」一聲，蛋黃四溢，砸在腦門上的右手搓動般一再的敲打，蛋液在頭髮裡起了泡泡，到處刺戳著碎裂的蛋殼，流入耳孔的蛋黃滴下來。綠子的手掌在額頭上摩搓，淚珠一顆顆落下，然後又拿了一個蛋。為什麼，她忿忿的說，要做手術，一邊說著又和剛才一樣砸頭，蛋白和蛋黃混合著從綠子額頭流下來。她既沒擦掉也沒理會，又拿起蛋。生下我身體變成那種樣子也是無可奈何，不是嗎，媽媽卻寧願忍痛做手術，為什麼。她朝卷子小聲吶喊，用力的把蛋砸在頭上。

我很擔心媽媽，但是想不透，且，又不告訴我。我心疼媽媽，可是不想變成像媽媽這樣。不是這樣。綠子嚥了一口氣又說，我也想早點給你錢，努力長大，給媽媽錢。然而，我好怕。很多事我都不懂。眼睛痛，眼睛好難受。為什麼必須長大不可。好難受、好難受。既然會變成這樣，不要生下來不就好了嗎。所有的人都不要出生的話，什麼事都沒有了嘛、什麼事都沒有了嘛——她哭喊著，這次兩手都抓起蛋，同時砸向腦袋。蛋殼散布在頭頂，T恤的領口沾滿黏稠的蛋白。鮮黃的汁液黏在肩頭和胸口。綠子呆站著，發出我有史以來聽過人類最大聲量的號啕大哭。

卷子沒動半步，在我身旁彎著背，看著啜泣中混雜著嗚咽的綠子。然後像猛的清醒般，叫了聲「綠子」，握住綠子布滿蛋液的肩。但是綠子「不要不要」的激烈搖晃肩膀，所以又放開手，兩手懸在空中無法動彈。卷子肩頭微微起伏，盯視著半身凝結了白色和黃色，仍在哭泣的綠子，既不能觸碰，也不能接近。然後，她從蛋盒裡拿出一顆蛋，朝自己的頭砸去。但是可能是角度的問題，蛋不但沒破還滾到地上。卷子慌忙想接住，最後趴下來蹲住，在靜止狀態下將頭對準了蛋砸破，然後旋轉壓扁。卷子臉上黏著蛋黃和蛋殼站起來，走到綠子身邊，再拿一顆蛋，把它砸向額頭。綠子流著淚睜大眼睛，然後又拿起一顆蛋，朝著太陽穴砸過去。蛋液咕溜的流下來，蛋殼也滑落。卷子接著兩手持蛋，以 ONE TWO 的節奏左右開攻，滿臉是蛋的回頭問我，還有沒有蛋？沒了，不過冰箱裡還有。聽我這麼說，卷子打開冰箱門，拿出蛋，陸續用頭打破。兩個人的頭漸漸變白，也都發出腳底踩碎蛋殼的脆裂聲。蛋黃與透明散溢的蛋白在地板形成了小水塘。

「綠子，實話是什麼意思？」

砸破所有的蛋，沉默了一陣之後，卷子沙啞的問道。

「綠子，實話是指什麼？綠子想知道什麼實話？」

看著縮起身子哭泣的綠子，卷子平靜問道。但綠子一味的搖頭，說不出話來。蛋液黏乎乎的滴落，開始在兩人的頭髮和皮膚、衣服上凝固。綠子依然飲泣不止，使盡全力也只能小聲的說「說實話」。卷子搖搖頭，悄聲對哭到全身顫抖的綠子說：

「綠子，綠子，你覺得有什麼實情沒說對吧，你覺得，大家都有沒說的實話吧。可能大家認為每件事一定有什麼實情才對是吧。但是，綠子，有些事並沒有實情喔。有些事背後什麼都沒有。」

接著卷子又娓娓說著什麼，但是她的聲音我聽不清楚。綠子抬起頭，「不是這樣、不是這樣」的直搖頭，很多事、很多事、很多事，她連續說了三次，然後崩潰般趴在廚房地板上，繼續放聲哭泣。卷子用手指揩去黏在綠子頭上的蛋，幫她一次又一次把黏答答的頭髮挽到耳後。相當久的時間裡，卷子只是靜默的拍著綠子的背。

綠子

媽媽說暑假進入八月，過完盂蘭節之後有個小休假，所以想去夏姨那邊。第一次去東京，我有一點點開心。假的，其實非常開心，搭新幹線也是第一次，而且好久沒有見到夏姨了。可以見到夏姨！

然後，昨天晚上，媽媽說夢話把我吵醒了。我以為她在說什麼好玩的事，她卻大吼一聲「給我啤酒」，我嚇了一跳，一會兒流了好多眼淚，直到天亮都沒睡著。我討厭難過的心情，也討厭別人的難過心情，如果不用難過該有多好。媽媽好可憐。真的，一直好可憐。

綠子

卷子和綠子都睡著之後，我打開綠子的背包，拿出大本的筆記簿，然後在廚房流理臺的電燈下翻閱。筆記裡寫了許多字句，塞滿了無數個小小四方塊畫的圖畫。綠子的文字在灰色暗淡的燈光下，忽隱忽現的抖動。但是越是注視，我越不知道到底抖動的是我的眼睛，還是上方的光。在不確定到底什麼在抖動的狀況下，我花了二十分鐘把它細細看完。看完之後又重頭再看一遍，然後回到房間，收進背包裡。

結果，我們沒放煙火，第二天早晨，卷子和綠子回去了。

「再住一晚嘛。」

明知道她不可能答應，但為防萬一還是再問一下。果然卷子回答：「今天晚上要上班。」然後驀然轉向綠子問：「你可以自己在這裡多留久一點呀。反正還在放假，這也很正常呀。」綠子說要和媽媽一起回家。

等兩人收拾行李的時間，我眺望窗外，停車場裡並排停著熟悉的車，相同顏色的馬路筆直延伸出去。我想起前天綠子出去散步，就是從那裡走回來的。想到那時從這個窗口，從這裡可以看到呢，看到綠子摸著腰包走來呢。兩條竹竿一般的細腿一步一步向前跨出，筆直的走著。我不覺有種預感，雖然這光景如此平凡，但未來我恐怕會不時的回想吧。現在，綠子、卷子和我的確還待在這裡，然而我總覺得她們已經在我的回憶中了。回頭一看，綠子正花時間綁自己的頭髮，我說，讓小卷幫你綁不好嗎，她說，我已經會自己綁了，含著黑橡皮圈的嘴唇在使勁。

我拿起卷子的旅行包，綠子背上自己的背包，一起走下公寓的樓梯。與前天三人一起回到這房間時沒有任何不同。我們走在同樣高溫火熱當中，與別人交錯，揮著汗水穿過各種聲音，在電車的搖晃中來到東京車站。

卷子與在月臺發現她時一樣化著濃妝，在新幹線進站前還有一點時間，我們瞧了瞧紀念品店、看看堆在小攤平臺上的雜誌，然後坐在可以查看車票和時刻表的長椅，還是和前天一樣，無意識的望著一波一波從後方不斷湧出的人潮。我說，小卷，要喝豆漿。

「豆漿？」

「豆漿呀。多喝豆漿吧。豆漿有很多成分，有益女人的身體。」

「我沒有喝過豆漿。」卷子笑。

「我也沒喝過，但我會開始喝。綠子也喝吧，和小卷一起喝。」

還剩五分鐘的時候，我拿了五千元鈔票給綠子，說「對了對了，用這個買點什麼吧。」綠子吃驚的瞪圓了眼睛。卷子擔心的搖搖頭，這太多了，不用那麼費心啦。

「沒事。」我笑說，「因為以後會變得更好。我會更努力，我們都會過得更好。」

卷子噘起皺巴巴的嘴，盯著我的臉看。然後做出拿筆寫文章的姿勢，「對吧，一定成，一定成。」說完皺起整張臉笑了。卷子的笑容中有可美外婆，有母親，用令人懷念的臉龐對我笑。而且，過去兩人一起哭一起笑的一路走來——一發現我，一定向我跑來的卷子、穿制服的卷子、騎單車的卷子、守夜期間閉著眼睛哭的卷子、從薪水袋拿出鈔票幫我買校內便鞋的卷子、生綠子時在產房呆坐床上的卷子，總是在我身邊——那麼多個時刻的卷子朝著我笑。我眨了好幾次眼，假裝打呵欠。

「時間差不多了，」卷子看看時鐘說。多保重，我把旅行包交給卷子，綠子站起來輕輕跳了一下，把背上的背包調好位置。

「對了，綠子，昨天最後沒有放煙火。那個我會收好，避免潮濕。我會收藏好，明年，我們把它全部放掉。」我說完，立刻又搖搖頭，不對不對。

「不用夏天也能放啊。冬天，春天，只要見面，隨時想放都可以放煙火，隨時喔。」

我說完笑起來，綠子也笑了。

「那等天氣變冷了，冬天來放。」

啊，沒時間了，卷子說著與綠子穿過驗票口，往月臺前進。綠子不斷的回過頭揮手，即使似乎看不到了，她仍倏地露出臉來一再的揮手。我也一直揮著手，直到真的看不到兩人的身影為止。

回到家，突然睡意襲來。走路的時候光是呼吸，皮膚與肺便充滿了熱度，原本想一到家就沖個澡，但是冷氣一開，不到五分鐘汗水就漸漸收乾消失，宛如什麼事也沒有發生過。卷子在懶骨頭上形成的凹陷還維持原狀，綠子坐的角落還放著幾本文庫版小說，都還沒動。我撿起書收進書櫃，如同昨晚卷子的動作，趴在懶骨頭上擁住它。渾身是蛋的卷子與綠子，我們三人將地板擦了一遍又一遍，黏答答的廚房紙巾堆如山高。不斷揮著手的綠子，滿臉笑靨的卷子。漸漸變小的兩人背影。眼皮每隔一秒重疊一次，手腳漸漸發熱，在額頭的深處漫無目標的看著意識的碎片飄動之間，我睡著了。

在夢裡，我坐在搖晃的電車上。

不知道電車要往哪裡走，人沒那麼多，屁股底下被座位布面的絨毛扎得又刺又癢。我穿著裙褲，手上什麼也沒帶，一直看著晒得黝黑的手臂。手臂一彎曲，肘部內側形成的皺紋，看起來更黑。淡藍色的坦克背心有點大，前傾或舉手時，也許側面會看到最近才凸出的胸部，不過我想，應該是自己有問題才會在意那種事。

一到站，人們上上下下，電車裡的人漸漸多了起來。我的眼前坐著一個女人，眼睛下的皮膚鬆弛，臉頰有著淡淡的陰影，不是太年輕的女子。與我同樣烏黑的硬髮挽在耳後，不時轉過頭看著後面窗外的風景。那是去迎接卷子和綠子的我。三十歲的我縮起肩膀，避免自己的身體接觸到隔壁的人，兩手靠在陳舊的托特包上不敢動。粗大的膝蓋因拘束而彎曲，渾圓的模樣看起來很熟悉。對了，那是從可美外婆遺傳來的。坐在眼前的我，真的很像某張照片中笑容滿面的可美外婆。

電車門打開，爸爸走了進來，穿著灰色作業服的爸爸，坐在我身邊，小聲的說，馬上就到了，今天是我們父女倆出門的日子。卷子和媽媽在家裡，今天是我和爸爸兩個人出門的日子，我沒敢問要到哪裡去，安靜的坐在父親身邊。人們魚貫而入，兩腳膝蓋之間插入了男人們的腳。車廂中的人越來越多，好像每個人的身體慢慢在膨脹。車站到了，爸爸抱起我，讓我坐在肩頭上，身高只比我高幾公分的爸爸，把我放在肩頭上站起來，這是我第一次碰觸爸爸。爸爸小步小步的走在擠得水洩不通的人潮中。他緊緊抓著我的手腕，讓我坐在他矮而小的肩膀。我們在絲毫沒有察覺到的人群間一步一步的往前走，被擠回來，停住，站穩，然後再往前走。車門開了，有人笑著在揮手。爸爸肩頭扛著我，一溜煙的坐進滑過來的座艙。座艙安靜無聲的朝著越來越藍的天空上升。越來越遠的地面人群、樹木，和零零星星開始點亮的光，在薄暮中閃爍。我坐在爸爸的肩上，目不轉睛的注視著它們。

在冷氣機源源不絕的冷風中醒來。

一看溫度，降到二十一度C，我起身把冷氣關掉，雖然有做夢的印象，但是眨了幾次眼睛，它便消失無蹤了。送風口傳來呼——的關閉消氣聲後，溫熱氣流立刻自四面八方襲來。夏日的陽光將窗簾照得白亮發光，外面傳來孩子怪叫般的笑聲，和車子駛遠的聲音。

我進浴室脫了衣服，把黏在內褲上的衛生棉撕下來呆看了半晌，幾乎沒沾到血。把它用衛生紙包住丟進垃圾桶，再打開新的衛生棉包裝，安裝在內褲的股間，方便待會兒馬上能穿，然後把它放在浴巾上，走進淋浴間洗個熱水澡。

熱水如同猛然撐開的傘一般，從無數的洞穴噴飛而下。變冷的腳尖一陣陣抽痛，肩膀彷彿從內側破裂般麻痺，大腿和兩臂起了大顆的雞皮疙瘩。熱水打在我的皮膚上，讓它溫暖，淋浴間的小空間與我之間的分界漸漸融合為一。即使蒸氣瀰漫成白霧一片，但由於眼前的鏡子有防霧功能，所以，我仍然能看到自己的身體。

我挺起背脊收住下巴，立正站直。稍微移動一下，臉以外的一切都映在鏡子裡。我目不轉睛的望著它。

正中央是胸部，有兩坨與卷子那對沒什麼差別的微微隆起，尖端是兩粒褐色的乳頭。低處的腰部曲線粗而渾圓，肚臍四周圍繞般的長出贅肉，還有幾條鬆弛的橫線，形成漩渦。夏暮的陽光從沒開過的小窗射入，與螢光燈微微交錯中，這具裝著我、看起來像我的軀體，像永遠飄浮在光線中，不知從何而來，也不知要去往何處。

第二部

二〇一六年夏～二〇一九年夏

8 你的企圖心不夠

「我打個比方好了，如果你老公的腎臟生了病，像是腎衰竭那類的毛病，身體就快不行了嘛。而你自己有這個條件可以給他一顆腎臟，不給他就會死掉的時候，你會把自己的腎臟給你老公嗎？」

午間套餐的點心都已吃完，杯子裡的冰塊也融成水，差不多該解散的時候，彩矢說。

以前打工同仁的午餐聚會。雖然我們並非交情特別好，是怎麼發起的呢——對了，幾年前優子的婚禮把大家聚在一起，重逢之後就在當時的核心人物彩矢的號召之下，像這樣一年聚個幾次。一方面是覺得我們大致同年，不久之前還在書店一起工作，不過算一算也快十年前了呢。話雖如此，這幾年大家的面貌都有了不少改變，平常也沒有什麼來往，所以席間的氣氛也是有一搭沒一搭的，外人看來恐怕也看不懂這是什麼樣的聚會吧。大家明明各自都在忙，但不知何故每次五個人都到齊，從來沒有人缺席過。

願意把自己的腎臟捐給快死的丈夫嗎？還是不願意？

看來除了我之外，大家都結婚有了「老公」，甚至有人也有了孩子。對前打工同仁的現在來說，彩矢問的問題相當有危機感，接下來又會展開一波熱烈的討論。

不知道耶，不想耶，因為……大家一邊這麼說，一邊對別人的意見感到驚訝，感同身受的頻頻點頭。優子注意到飲料喝完了，機靈的問：「要不要再續點一杯？」好呀，大家說著，又都點了相同的飲料。夏子怎麼樣？他們看著我，我只好回答，喔，我喝水就好。

耳邊聽著大家的主張，但是我耿耿於懷的卻是剛才吃完的午餐。這到底是誰選的——今天的午餐要吃這個。當然，我們吃的是今天才第一次知道的法式薄餅，一點也不像主食的食物，像床單一樣的薄薄一片，不知算是零食還是點心，難得一次外食卻結束在這種玩意兒上，實在很難讓人服氣。因為它是法式薄餅的專賣店，沒有任何法式薄餅之外的菜單。這種玩意兒吃再多片肚子也不會飽，而且說起來這究竟是什麼，從擠上鮮奶油的那一刻起，它就不能算是午飯了吧。

「——的原因，我會捐給他。」

坐在最裡面的吉川說。吉川小姐跟我一樣三十八歲，印象中她的老公是整骨師，小她兩歲，有個年紀還小的孩子。也許喜歡自然派作風，她總是素顏，穿著淡色寬鬆的衣服。自從認識順勢療法之後——雖然我聽了幾次也沒聽懂它的原理，不過每次見面，她都會給我一顆號稱可以治百病的糖。吃這顆魔法糖，不但不用讓小孩接受預防接種，甚至也不用看醫生。大家知道吉川這種作風，聽到她願意捐腎給瀕死的老公，其他成員宛如合音般發出「對啦，也是」表示同意。

「剛才優子說『再怎麼說也是一家人』，但我只是單純認為，他得去工作養活我們，如果他死了，我們現下就沒辦法過活了。」

彩矢聽了吉川的話，點點頭說「我懂」。

這幾個人當中，在書店工作期間最短的應該是彩矢，和我共事的時間只有一年吧。她是個美人胚子，到哪兒都是目光焦點，與來書店拜碼頭的新銳男作家搭上關係，告訴我們後來出的小說主角是以她作為藍本。沒過多久，她和另一個交往對象之間有了孩子，於是結婚，成了家庭主婦，現在有個兩歲女兒。丈夫繼承了家裡的房仲公司，全家人一同住在一棟大廈裡，公婆幫忙出錢，自然對家裡的事也管東管西，每次聽她與公婆的攻防戰，簡直如臨現場。

「哎，雖然挨一刀不好受，但一想到如果他死了，以後我得一個人養活全家，那給他一顆腎也是沒辦法的事。話說回來，如果我老公死了，我就馬上收拾走人，就是那個什麼……死後離婚，把該拿的全都拿了，跟他們家一刀兩斷，切得乾乾淨淨。」

「彩矢，你真有一套。如果是我的話，平常生氣是家常便飯，『拜託你快點去死』的想法也不是一兩次。不過畢竟是自己小孩的爸爸嘛，還是得讓他活著才行。」優子嗤嗤笑了起來。「哎喲，怎麼說呢，雖然夫妻吵吵鬧鬧，但是如果跟了一個連腎都不想給他的男人，我看她自己也不用當女人了。」

「的確有這種例子呢。」吉川點頭道，「讓人感嘆孩子的爸到底是什麼樣的人。那種人生，該有多麼不幸。不過，家家都有本難念的經，但是孩子還是最重要的，必須好好教養才行。」

話題告一段落，一如慣例，負責結帳的彩矢利落的統計之後，續點飲料的人付一千八，我付了一千四，走出店外。

這一帶都變了呢，他們在排什麼？我們一路聊著信步往車站走去。走到澀谷的超級大十字路口一帶，大家紛紛揮著手說「那麼下次見，常聯絡喔」互相道別。彩矢、優子和吉川去搭井之頭線，我和另一個——總是給人待在一旁笑著附和印象（今天也是）的紺野要坐田園都市線，所以我們同行到車站。

八月，下午兩點半。強烈的陽光下，任何東西映在眼中都是白花花的，大樓與大樓之間的藍天就像點擊一下被著色的電腦畫面，顏色飽滿均勻，沒有一點斑駁。光是站著，鼻孔一吸入空氣，全身的皮膚就徐徐地吸入熱氣，所有的一切都反射出暑氣。

信號燈一變，眾多人群便前進，交叉，交錯。路上的年輕女孩們膚色若雪，大概是流行吧，大家都穿著淡色喇叭裙，腳上穿著宛如高蹺一般的厚底繫帶鞋，很多女孩的眼睛下方都化著鮮紅暈染妝，大家的黑眼珠都特別大。

「紺野小姐，你往哪個方向？」我拿毛巾按住額頭。

「溝之口。」紺野小聲的回答。

「啊，你從以前就住在那裡嗎？」

「大概兩年前搬過去的，因為外子工作的關係。」

我記得紺野小姐也有個年幼的孩子，三年前開始復出工作，轉到另一家店面。但不知道她丈夫從事什麼工作。個子嬌小的紺野比我矮一個頭，呈八字下垂的淡眉，大顆虎牙令上唇翹起，即使不說話也給人含笑的印象。走到車站雖要幾分鐘，但是以前幾乎從未和紺野單獨並行，仔細想，雖然在聚會上見著了面，但是私下也沒有互動過。無來由的尷尬氣氛讓我不太自在，挖空心思思索著有什麼話可以聊，於是提起了剛才大家聊得很熱烈的捐腎話題。

「紺野小姐也屬於願意捐的人吧？」

「不是啊。」紺野瞄了我一眼說，「我不捐。」

「喔，是嗎？」我也轉頭看了紺野的臉。

「嗯。」紺野點點頭。

「咦，」我說，「可是，不捐他會死耶？」

「我不捐。」

紺野不假思索的答道：

「我不給他，如果要給我老公，不如直接扔掉。」

我不知道該怎麼反應她這樣的回答，只好隨便含糊帶過，「也對，畢竟是外人。」

「跟是不是外人無關。」紺野說。

我們穿越馬路，走下通往地下的階梯，朝著驗票口前進，全身四處冒出的汗形成一條線流下背脊和側腰。

「紺野小姐去溝口，我現在要去神保町，反方向。」我說，「那就先告辭了，等彩矢的聯絡吧，下次應該是冬天了。」

「大概吧，不過我可能不會再來了。」

「欸，是嗎？」

「嗯，」紺野臉上仍然掛著微笑說，「因為大家都是笨蛋。」

我沒開口，紺野笑著說，「那些女人，都是無可救藥的笨蛋啊。」

一說完，她舉起手「再見嘍。」紺野通過驗票口消失在車站內。

推開神保町角落的咖啡廳門，便看見仙川涼子的背影坐在窗邊的位置。她察覺到我進來，轉過身微微舉起手。

「很熱吧。」仙川小姐愉快的說，「今天是從家裡來？」

「不是，今天和朋友有個聚會，在澀谷吃午飯。」我坐到裡面的位子，用手巾按按太陽穴和頸脖說。

「夏子小姐會和朋友見面，真難得。」仙川帶點揶揄的口氣，露出大門牙笑道，「不過，很久沒見了，上次見面的時候，還沒這麼熱呢。」

仙川涼子是大型出版社的編輯，第一次見到她，是距今約兩年前。我們定期見面，就現在進行的長篇小說進展狀況或內容互相討論。她四十八歲，比我大十歲左右，原本在雜誌部工作，後來製作童書，四年前轉到現在的圖書部門，負責過的幾個作家，連對現代作家不太熟悉的我都讀過好幾本他們的書，那些作品中有幾本得了大獎。一頭短短的黑髮露出整個耳朵，笑起來時，整個臉到處都是皺紋，但是看起來莫名的討喜。她沒有結婚，獨自住在駒澤的大廈。

「怎麼寫都好像寫不完的感覺。」

她都還沒有開口問我小說的事，我就不打自招的主動起了話頭，把放在桌上的水咕嘟咕嘟的一飲而盡。仙川眼中帶笑，打開菜單問我要點什麼。我點了冰紅茶，仙川也一樣。

二十歲那年我決定寫小說，而來到東京。過了十三年，在我三十三歲時，也就是距今五年前，我在一家小出版社主辦的比賽中得了座小文學獎，總算是正式出道成為小說家。然而，即使作品得了獎，也沒有發行，當然更不可能成為話題。接下來的兩年間，只是不斷的把寫好的東西讓男責任編輯審閱，反覆的退稿重寫，那段時間過得苦不堪言。

除了寫小說，時不時有都市資訊雜誌來邀稿，無論再怎麼瑣碎的稿子，我一向都抱著全力以赴的決心接下來。但是那位男編輯似乎壓根兒不認為我的作品有任何值得嘉賞之處。

例如，他最常掛在嘴邊的話是，想像不出讀者是什麼長相，或是你不懂人性是怎麼一回事，又或是，你沒有真正被逼入死角過，總之，我們每次會面都是這種情形。剛開始，編輯說的話都是金科玉律，覺得一定有他的意義在，但久了之後，漸漸萌生疑問，最受不了的是他說的話與作品無關，而且又臭又長令人昏昏欲睡。我不再把作品給他看，對方也沒有回信，兩方的距離逐漸拉開了。最後一次對話是在電話上。突然某個深夜的電話那頭，男編輯似乎相當醉了，說了許多對小說的看法後這麼說道：

「趁著這個機會我跟你老實說了吧，你啊，缺少當作家最重要的要素，那種當作家正確的企圖心，你不夠啦。你又寫不出貨真價實的小說，更不可能當上貨真價實的作家。我早就想跟你說了，不過現在一次說清楚。你做不到啦，做不到。話說你已經幾歲啦？當然，年紀和文學沒有關係，雖然沒有關係，但還是有一點吧？還是有關係。看看那些坐三望四的人，你覺得以後這個人還會寫出什麼大作嗎？不可能啦。以你來說，就是這種感覺。我的意思你懂吧。我可是專業的，這算是預言。」

那一晚，我幾乎無法成眠，接下來的一星期，那個男編輯的話和聲音一直在腦中迴盪，做各種事都無法集中精神。經過了好多年才終於開始的寫作生涯，也許就要到此結束了——一想到此，心情便無比低落。

接下來的幾個月十分痛苦，悶悶不樂、漫無條理的過日子。除了打工之外誰也不見，幾乎不出家門一步。但是，有一天正當我照例回味著男編輯最後那通電話——驀然間，一種近似憤怒的情緒，發出咕滋咕滋的聲音——我清楚的感覺到它真的發出聲音，從喉嚨底部的下方湧了上來。

那傢伙算什麼東西！我這麼想。趴在懶骨頭的我抬起臉跳了起來，猛地睜大眼睛，血液漸漸集中到眼球，彷彿即將蹦出，不知滾到哪兒去一般。那傢伙，這次我試著發出聲音，算什麼東西啊那傢伙——說完，我又把臉埋進懶骨頭，這次從肚子裡大聲咆哮。聲音在墊子和臉之間微微震動又被吸收進去，大叫了幾次，全身的力氣都虛脫一般，我俯臥著無法動彈。

過了良久，走到廚房倒了一杯冷麥茶，一口氣喝光，我回到房間一一打量著書架、書桌和坐墊，一面深呼吸。也許是心理作用吧，感覺眼前所有物體都變得更明亮。這麼說來，那個編輯很愛用貨真價實這幾個字，經常掛在嘴邊。如果我說「我不懂」，他答道「那我告訴你答案」的話，我一定會很開心——愚蠢，那些對話、那些時間，一切的一切都愚不可及。我把杯子使勁放在茶几上，發出「叩」的聲響，那一刻，倏地從心底明白的發現，一切都無所謂了，我決定忘了那個男編輯的存在。

過了一年，一個小轉機降臨到我身上。

電視的資訊節目介紹了我第一次出版的短篇集，幾個知名藝人眾口一致的稱道，結果那本書賣了超過六萬本，成了暢銷書。

對閱讀一向見解獨到的藝人神情激動的發表感想：「書裡描寫的死後景象，以前完全想像不到」，還有偶像女明星眼眶泛淚說「想起已經不在的親人，淚流不止」的場面，更有人連聲嘆息，雖然很渺茫，但書裡的確寫出了希望。

那是我將出道作品和舊稿、剛寫成的短篇，再加以擴充完成的連續短篇小說。找了個不太可靠的管道，好不容易才出版的作品集，既沒有引人入勝的概念，初版的發行量也不到三千本——這麼說好像有點過分，不過那家小出版社的人把我當作浮出水面轉瞬就會消失的泡沫，全無任何期待，與經人介紹的編輯之間也沒有太多互動，關於內容也沒有太多討論，他只是讀了稿子說，這個月應該來得及出，所以就出吧，像是為了填補什麼而出版的書。說得含蓄一點，包括我在內，誰也預料不到這樣的作品竟然有幾萬人想讀。

就結果而言，書的暢銷雖然令人欣喜，但是同時心情也變得複雜起來。也就是說，書之所以暢銷，還是因為在電視上受到藝人的讚美，假如，假如書有「實力」這種東西的話——雖然我不知道到底有沒有——那它與這次的結果，在本質上似乎沒有關係。

而當這本書一發行，仙川涼子立刻跟我聯絡上。兩年前，和今天一樣是個八月的大熱天，仙川涼子來到我家附近的咖啡廳，自我介紹之後，她停頓了一下，用小而通透、穩健的聲音對我說：

「所有短篇的所有出場人物，都是亡者，在另一個世界，這些亡者都徹徹底底的死了。因此，你並沒有把死亡描寫成所謂的終點，但也不是意味著重逢或重生。我覺得這個創意很好。大地震之後，許多讀者把它當成某種療癒而大受感動，我想對這本小說來說也是好事。不過，我希望你把它們全部忘掉。」

仙川說完，喝了一口玻璃杯裡的水。我盯著仙川靠在杯邊的指尖，等著她往下說。

「那本小說好在哪裡？是有如落款般個人鮮明印記？還是設定、主題、點子？或者是亡者，還是地震之前或之後？都不是。是你的文章，文字好，節奏感，它帶有強烈的個性，而且最重要的是帶著繼續寫下去的力量，你的文章裡有這種力量。」

「文章啊。」我說。

「這本書能走紅真的很棒。」仙川繼續說，「可是那些五年沒看過一本書，聽了藝人宣傳，湊巧拿起來看的讀者，只是姑且先買來放著而已，這種小說寫了也沒有意義。暢銷當然也很重要，但是，讀者更重要。我希望你能接觸到更刁鑽、更窮追不捨的讀者。現在這年頭，已經很少人願意看書了，即使如此還是有些愛讀書的讀者，我希望你能認識他們，那些對不可捉摸的事物、未知的事物，不自禁感到興奮的讀者們。」

「你說的這些，」我思索著說，「怎麼說呢……是指真正的文學、真正的讀者，對嗎？」

店員端了水瓶來，幫我們各自的杯子倒滿。仙川沉默了一會兒，又繼續說：

「舉例來說，我們彼此語言相通，對吧，但是其實，彼此說的話卻不太能夠溝通。語言相通，但是說的話卻不通，我想這就是最大的問題。我們大家活在一個語言相通，但說話無法溝通的世界。

「忘了是誰說的，『與世界絕大多數的人都無法成為朋友』——這真是至理名言。所以，追尋說話能溝通的世界——願意側耳傾聽，將話語作為線索，努力想理解你接下來想說的話的人們，尋找、找到那樣的世界真的非常困難，我認為它幾乎與運氣不相上下。就像是在乾涸的沙漠裡四處尋找滲流的水源，直接關係到存活的運氣，不是嗎？當然，被電視上的藝人推薦，而賣出幾萬本也是運氣的一種。對沒有才華的人來說，也許這樣的運氣比較好，哪怕只有一次也比沒有好。但是，我在說的是更扎實的、有持續力的、強大到足以信賴的運氣，長年支持你創作的運氣。我可以為你的作品準備這種運氣。與我合作的話，我們可以一起創作出更好的作品。所以——我才來找你。」

我一時沒有說話，喀啦一聲，玻璃杯裡的冰塊融化了，仙川靠在杯墊的手背，清楚的浮凸出剛才沒看見的血管。

「對不起，一見面就說這麼窒悶的話題。」仙川道歉，「不過我想開門見山的說清楚，以免以後後悔。」

「別這麼說，」我說，「我很開心。」

聽我這麼一說，仙川明顯露出如釋重負的表情。她閉上雙唇，好像聽取教誨般頻頻點頭，看在眼裡，我不禁懷疑也許這位小姐雖然能清楚表達自己的想法，但其實跟我一樣緊張。

「我第一次遇到像你這樣，會針對作品說出自己想法的人。」

「你的家鄉在大阪吧？」仙川突然帶著大阪腔的聲調說話，然後微笑，「真親切。」

「仙川小姐也是大阪人嗎？」

「不是，我是土生土長的東京人，不過我母親是大阪人，所以，大阪腔名副其實是我的母語，在家裡大家都說大阪腔，感覺有點像雙語家庭。」

「我之前都不知道。」

此外，我們又聊了些只有大阪才聽得懂的話或措辭，這半年來鋪天蓋地的報導，成為熱門話題的 **STAP** 細胞新聞，以及面對這個問題，竟然在十天前自殺的研究人士，和他的論文手寫字是多麼的漂亮。

「對了。」仙川說：

「夏目夏子這個名字，是你的筆名嗎？」

「是我的本名。」

「這麼巧。」仙川瞪圓了眼睛說，「是因為結婚冠夫姓嗎？」

「我沒有結婚，父母由於種種因素，在我十歲時隨了母姓。」

「喔喔。」仙川點點頭，「我猜令堂也許是把自己的姓作為女兒的名字吧。」

「自己的姓？」我反問，「你是說夏目的夏嗎？」

「是啊。」仙川說，「一般人大概都會這麼想吧。」

「這……我真的是從來沒想到過呢。」我有點忐忑的說。

「我自己雖然沒有結婚，不過據我所知，很多女人因為冠夫姓失去自己的姓而感到難過。不過，說不定你母親並沒有那些問題，只是喜歡夏這個字。」

之後我們閒聊了一小時左右，各自談起最近讀的書，交換了電話號碼。然後我們不時見面，談工作，也談其他的各種話題。

「怎麼了？」仙川打量著我的臉說。

「沒有，我只是想到與仙川小姐認識到今天，已經兩年了呢。」

「真的耶。照這種步調，轉眼一輩子也就過了。我們、所有人一眨眼就要死了呢。」仙川說完笑了，咳了一會兒。

「我最近老是跑醫院，全身倦怠，即使睡覺休息也消除不了。醫生看了之後說是嚴重的慢性貧血。」

「要多補充鐵質啊。」

「對呀。醫生說，貧血的話必須補充鐵蛋白，而不是鐵質，我那時才第一次知道這個常識，最近工作穩定了一點，不過接下來又要增加了。」仙川喝口水，休息了一會兒說，「時間一轉眼就過了呢。」

「確實。」我笑了，「想到現在二〇一六年，實在是很驚人，我來到東京過了十八年了。嚇死人了。」

「是啊，夏子小姐，小說怎麼樣呢？」

仙川驀地轉移話題，所以接下來不得不談起小說。話雖如此，關於小說也並沒有非討論不可的事，我也不曾寫到一半請她看過，所以幾乎沒有具體的內容。因為這個緣故，我不是沒想過，與編輯不時見面好像沒什麼意義，但是，在她委婉的主導話題下，我自言自語般娓娓回答現在正在寫哪個部分的過程中，竟然把原本雜亂無章而停滯的部分整理清楚，領悟到問題所在，有時還會發現自己都沒有意識到的脈絡，這一點真的非常感恩。我們並沒有約定什麼，與上次見面時一樣，聊了約一個半小時後，揮手道別。

到了接近黃昏的時刻，日光強烈得令人吃驚。冒出熱氣的柏油路看起來扭曲變形。一想到再這麼下去，不知道哪年哪月小說才能完成時，不知哪兒來的黑色液體開始沉積在眼窩深處，好像所有物體都變得灰暗破落。我連連嘆息往租屋走去。

在東京生活了十五年的三之輪公寓決定拆除後，三年前我搬到了三軒茶屋的這個租屋處。房東伯伯心肌梗塞過世，家人因為遺產稅的問題，決定拆屋整地出售。離開住慣的城區和房子雖然有點膽怯，但是一搬過來，擔憂便煙消雲散了。也許是因為窗簾、懶骨頭、茶几、餐具、地墊，在三之輪用的家具，幾乎全都沒變，位在小公寓的二樓，隔間也很相近（房租六萬五，貴了兩萬日圓），所以不太有差異感吧。

勉力睜開因天氣太熱而惺忪的眼睛看向時鐘，剛過五點。我逕直走進浴室，打開幾近冷水的蓮蓬頭，從頭頂直沖而下，淋了好一會兒。身體立刻冷卻下來。用浴巾包住全身時不經意聞到一股游泳池的味道。那是氯的味道吧？還是浴巾包裹身體時產生了什麼嗎？沒有塗均的水泥地在許多地方顯得粗糙，腳心總是灼熱。歡笑與水花、笛聲，只剩下最後幾分鐘的自由時間，手腳沉甸甸的，眼皮下垂的下午。我心裡想著，如果就這麼沉沉睡去，應該很舒服吧。那樣的夏日宛如前世記憶般遙遠，但是全都發生在這具軀體上，想起來都覺得不可思議。

點開昨天和今天都沒打開過的小說檔案，最近決定好好的補充睡眠，但不知是不是睡不夠，醒來時仍是全身倦怠，一整天頭腦昏昏沉沉。但是離睡覺時間實在還早，不管怎麼說，現在才傍晚五點，做頓晚餐吃一吃打發時間也可以，但是可能太熱的關係，提不起什麼食欲。打開出現在電腦畫面正中央的檔案，看到最後一段文字，真想直接關閉。我嘆了一口氣，打開空白檔案，決定先寫下週截稿的連載散文專欄。

有登在地方新聞社早報三張稿紙量的接力日記，四頁女性雜誌小專欄的日常雜事，小出版社經營的促宣網站上寫些有趣書籍的心得等。這些邀稿雖然都已定好最低頁數和稿費，但是寫長一點也沒關係。有時也會向幾個文藝雜誌投短篇小說，只是現在手上有這三個連載，這一年又在醞釀長篇，所以沒辦法寫得很頻繁。其他不時也有些類似短文的零星邀稿找上門。

基本上，我目前的生活大略就是這樣，辭去書店工作之後，支持我相當久的派遣兼差也只維持著登記在案、隨時可以回歸的狀態，不過，現在光靠書寫工作，日子好歹都過得下去。

我時常覺得像是一場夢。居然可以把時間花在寫稿上，讀讀書、寫寫字就能勉強當作工作，居然只需要把腦筋花在寫作就行了。想起過去的日子，這種生活豈不如同夢境般虛幻嗎？豈不像是極好心的整人節目嗎。這麼一想，我的心頭總是不免怦怦然，但是——。

沒錯，但是，大概是這一年吧，還是更早以前呢。當我像這樣坐在電腦面前，走在往超商的夜路上，躺在睡前的棉被中，怔怔的看著桌子上只要自己不去動它，就永遠不會移動的馬克杯時——總之，每天當中，都會驀地出現這個「但是」。

這個「但是」的後面，可以連接很多東西，這許多東西一直從稍遠的距離凝視著我。由於這道視線的關係，長久以來，我一直懷揣著既不到焦慮、煩躁，也不致崩潰的心情度日，我自己對這一點非常清楚，但是我卻無法正面的迎接那道視線。因為，我害怕。因為我隱隱知道，如果仔細思索凝視著我的那個，到最後會得出一個結論，那種事不會發生在自己人生中。所以我轉開視線不去想它。然而這麼做卻令我漸漸分不清，我到底遠離了不安的核心，還是更加走近了它。

我嘆了一口氣，從抽屜裡拿出筆記本翻開內頁，大約半年前，我獨自喝著啤酒醉後寫下的備忘，既像是詩又像是短文的東西。第二天，在茶几上發現那幾乎像是塗鴉般寫下的文字時，因為羞愧又難堪等在種種意義上難以忍受的心情，很想立刻把它扔掉，可是又捨不得丟。更丟臉的是我還不時拿出來翻看。

這樣過下去真的行嗎　人生
寫作很開心　感謝人生的
發生在我人生中的
美妙插曲
但是，我能這麼走下去嗎　一個人唷
這樣一路的走下去嗎　沒騙人
如果我寫　寂寞　是真的在說謊　但是並不是這樣
我可以繼續獨自奮鬥
雖然沒關係　但是不見他真的行嗎

我真的是
我真的不見他行嗎 不後悔嗎
不是別人，而是我的孩子
你能說你不見他嗎
永遠這樣不相見

啊——，我低喃了一聲，而且那聲音比想像更低，更沙啞，心情也更晦暗了。

我合上筆記本，收進抽屜，打開瀏覽器，從書籤中打開幾個不孕治療的部落格，從有更新的新文章開始讀起。這幾個月沒有脈絡的閱讀這類文章，不知不覺成了一種習慣，雖然有些無感的專有名詞，但是讀的過程中，自然而然也能掌握文章的意思。

大費周章的檢查細節、過程中的疼痛、與婆婆的互動、從醫院回家與丈夫會合後吃的食物，或是「這種日子為什麼還得和小姑商量她的婚事？」有的部落格在文章的最後貼上仰頭看天的照片，也有的附上可愛的插畫。看著路上的母親與寶寶時的苦澀心情，別人無心的一句話。建議午餐時段去泰國餐廳，因為幾乎看不到兒童或嬰兒，可以鬆口氣。然後又想起這十天沒看成瀨的臉書，猶豫了一下，今天還是不看了。

窗外還亮著，一看時間還沒到七點。

我讓電腦休眠，走到廚房做了納豆飯，好整以暇的把它慢慢吃完。今天已經沒有心情做任何事，所以打算放慢每一個動作，好打發入睡之前的時間。然而越是花時間咀嚼，越是放慢每一個動作，時間卻反而變得更長，好像時針也走得更慢了。當然，不管吃得再怎麼慢，納豆飯也是幾分鐘就吃完了，所以洗好碗筷，就再也沒有別的事好幹了。我只好一動也不動的躺在懶骨頭上。

如此躺著不動，常常會想起兒時的情景。雖然視線所及、地點和時間都不一樣，但是，從這個位置注視的視線卻是相同。此外，最近經常想起媽媽和可美外婆，媽媽在我現在這個年紀時，已經有了十四歲和五歲的孩子。五歲的我從沒想過我與母親只剩下八年的緣分，而母親肯定也想像不到，自己再過八年就不在世上了。

如果母親早十年生下我的話，就能多相處十年吧。但是，那就得要在十四歲時生下卷子，這太不切實際了，我獨自笑了起來。後來我又想到今天的事。法式薄餅，對了，我吃了法式薄餅，咖啡色，餅面上擠了奶油花，味道已經想不起來了。搞不好從一開始就沒有味道。我聽到優子在說話，有了孩子之後，都無緣吃這種美食了，真開心。有了孩子，每天吃的不是麵就是飯哪。喔，是啊，我心想。我雖然沒有孩子，但是，**我不想吃這種玩意兒**，跟有沒有孩子一點關係也沒有。

「那些女人，都是無可救藥的笨蛋。」紺野說過的話浮現腦際。接著突然又想，不如打個電話吧。想起紺野穿過驗票口進站的背影，她的右手邊看得到一個小女孩的身影。對了，紺野小姐也有孩子。突然又想起自己也有腎臟，**我至少有腎臟**，只不過這對腎臟沒辦法加入談話。我輕輕嘆了一口氣。接著又想到仙川涼子。小說怎麼樣？沒有進展，也不知道寫不寫得出來。如果直接了當的這麼說，會怎麼樣呢？是說「怎麼樣」又是什麼意思呢？沒人理我的時候明明那麼痛苦……真覺得自己太任性了，更驚訝自己的想法，我有什麼資格挑剔？可是仙川小姐那種獨特的逼迫手法——一面表示對創作有著最大程度的理解，其實卻是緊迫盯人的態度。她的嘆息，她的沉默——一想起她的每一個動作，就感到煩躁，眉根緊皺。好累。這麼想時，腦中有個聲音在說，你根本一事無成，還說什麼大話。你的企圖心不夠。那個男編輯。企圖心是什麼東西？你所說的企圖心和我究竟有什麼關係呢？為什麼當初不反駁回去呢？話語和意識宛如一波又一波的對抗般，在腦中團團轉。好累。全都給我滾。沒有這些人該有多好。沒關係，本來就沒有這些人。不用擔心，你是孤身一人——好累。根本一事無成還說什麼大話。最後，我靜靜的躺在棉被裡，直到深夜都沒睡。

9 小花簇擁

「夏子，你好嗎？對了，應該說恭喜你。」

稿子實在沒有進展，不知不覺開始整理書的時候，卷子打了電話來。

「咦，恭喜什麼？」

「助學金。」卷子愉悅的聲音說。「通知，早上寄來了喔。噹噹——，夏子女士，恭喜您，助學金好像全數繳清了耶。」

「咦，這個月嗎？」

「對呀對呀。另一筆在不久前也清了。是什麼來著——啊，這裡有寫，是日本學生支援機構。而今天送來的是大阪府育英會的那筆。所以兩筆貸款都繳清了。我念給你聽。」

話筒另一端傳來紙頁摩擦的聲音，卷子清了清喉嚨，朗聲念出了來信。

「呃，『由本機構貸予上述獎助生編號之助學金已全數還清，特此通知。感謝您協助獎助金的還款，還款內容如下，敬請查照。盼望您今後也繼續體諒、支持助學金事業。二〇一六年，八月。貸款金額 六十二萬圓』——就這樣，繳完啦。」

「謝謝。」我站起來走到廚房，在杯子裡倒入麥茶，「不過，這繳了幾年啊？二十年？對了，正好二十年吧。」

「另一筆好像金額也相同。」

「是啊，有段時間丟著沒理，有段時間為了每個月還五千，拚了命賺錢呢。終於繳完了，真好。」我說，「不過，催款信也發得很勤，我覺得與孩子相關的公家單位不應該發這種東西，還告知查封凍結呢。我這輩子再也不想看到催款信了。創傷太嚴重了。」

「不過，這張還款證明設計得和獎狀一樣，閃亮亮的，感覺像是雅致的生日賀卡。」

「這算哪門子祝賀呀。」

我用鼻子哼了一聲，即使如此，一想到貸款全部還清，還是感覺神清氣爽。

「但是，孩子想讀書就得借錢，未免太辛苦了。高中的學費就這麼高了，上大學的話——對了，小卷，綠子也申請了吧？這種獎助金？」

「是呀。」卷子說，「一筆要還的獎助金，另一筆不用，靠著這兩筆錢勉強過得去。離畢業還有一段時間，不過已經在考慮要找什麼工作，或是其他出路了。雖然她好像很喜歡念書。」

即將滿二十歲的綠子，現在念大二，每天從大阪和卷子兩人生活的家，到京都的大學上課。今年四十八歲的卷子一如十年前，仍然在笑橋的同一家店工作。早就過了耳順之年的媽媽桑，因為膝蓋不好，每星期只來店裡兩次，靠著卷子操持，好不容易才把酒店撐住。酒店的工作從小姐的面試到工作時的照顧，酒類的訂購和收貨、營業額的管理等，工作量雖然增加，但還是越來越蕭條，薪水幾乎沒有調整過。雖然表面上整家店都交給她管，但是，沒有未來的支薪公關小姐，不，在這世界裡應該說是高齡公關小姐才正確，到底還能幹多久這種日日買醉的夜間工作呢——不久前，卷子喝醉後意志軟弱洩漏的口風。

「店裡怎麼樣，順利嗎？」

「是啊，還是老樣子。」

卷子雖然依然過著沒有保障的公關小姐生活，但是它也有好的一面。即使要申借獎助金的貸款，但是綠子進了大學就讀，我也姑且有了工作的目標，而且最重要的、最重要的是，現在，我和卷子，當然還有綠子，身體都很健康，一點毛病都沒有，這真的是件值得感恩的事。忘了多久以前，有段時期卷子暴瘦，但這幾年漸漸開始長肉，現在感覺像個平均五十幾歲的女性了。與某年夏天宛如吃剩的雞翅膀，只剩皮包骨的她判若兩人。不禁覺得不管經歷過什麼，人的身體還是會變的。坦白說，那段時期我隱隱想過，就算卷子幾年內過世都不足為奇。想起這段往事，心裡又想，不要不知足了。

「……對呀，我很努力耶，因為等我老了絕對不要給綠子造成負擔！……夏子，你有在聽嗎？」

「嗯，我在聽。」

雖然卷子說的是平常的口頭禪，不過後面卻沒有接下去。

「……夏子，你最近是不是有點低落？」

「嗄？」我連忙說，「不會吧，我讓你有這種感覺嗎？」

「唔，好像開啟了『疲累模式』，說起來這可能是夏日倦怠。」

「疲累模式，卷子，這個詞已經不流行了。不過，我很好啊，很好。工作也很順利，每天都很感恩。元氣滿滿。」

「滿滿也不流行了吧。」

「對了，綠子在幹麼？現在是暑假吧。」我不覺有點侷促，於是改變話題。

「她現在和同學春山去旅行。忘了是哪裡了，總之去某個島看繪畫或雕刻。兩人用打工賺的錢去的。」

「他們倆好交情很久了吧。」

「他是個好孩子。」卷子感嘆的說，「春山也是苦過來的孩子，所以互相理解彼此吧，而且兩個人也都視對方為好友。雖然說得有點早，不過她告訴我，畢業以後想一起住。」

「一直熱情不減嘛。」我笑著說，「希望往後也能這麼親密下去。」

掛了電話回到房間——家裡除了我沒有別人，當然會如此——我發現從我的位置看出去，所有的事物——從幾個小書堆、旁邊放了資料的小紙箱、懶骨頭凹陷的位置、書桌上的眼藥水、筆直垂落的窗簾，甚至連凸出的面紙形狀，都沒有絲毫變化，不禁嘆了一口氣。

八月底，強烈的陽光甚至令人感覺它想把夏天發揮得淋漓盡致，我有種錯覺，自己待在沒有出口的夏天已不知多少年。

還是無法集中精神在小說的後續上，我瞪著閃著白光的窗簾發呆，一面回想剛才卷子的聲音。聽她說綠子去旅行了，去某個島看美術展什麼的，所以我猜，也許是去直島那一類的地方。還沒有見過綠子交往兩年的男友春山，不過，這個卷子也稱讚的男孩待在綠子身旁，而且是個畢業後便想住在一起的對象，真好呢。我呆呆的想著。

現在，對他們而言，兩個人就是全世界吧——我把它化成語言來思索，它與因為年輕所以眼中只有彼此、容不下其他的心態有點不同，那是個對彼此強烈的心意，直接轉換成對世界強烈信賴的世界，不是嗎？那是個越是凝望彼此，越是滿足於強大而柔軟的誓約的世界。而且那個誓約是為了實現而存在，絕對不會破滅，沒有一絲懷疑，可以完全信任，是那樣的世界。

我並沒有實際看過綠子與春山在一起時的樣子，但是在電話中聽她說過。如同卷子所說，綠子聊起他就像是自己的閨密，她的聲音開朗的流轉起伏，活潑生動得連我都忍不住莞爾。綠子雖然長得一副可愛的臉蛋，但是她對流行的化妝或時尚不太感興趣，再加上有點強勢的關係，幾乎沒有時下小女兒家的感覺，與春山之間直爽乾脆的感覺，也許很大一部分是綠子性格所導致。

我試著想像綠子和春山一面說著既不是那樣，也不是這樣，花著無所謂的時間，走在無所謂的路上，聊著只有兩人才懂的話。然後，自然而然的與記憶中的自己交疊在一起。十九歲的、二十一歲的、二十三歲的——我身邊，總是有個靜靜聆聽我說話的成瀨。我們的關係雖然無人知曉，但曾經無比親密及死心塌地的共度一段時間。他是我高中時代的同學，從十七歲開始，到我赴東京三年的六年間，我們是一對情侶。

如果自己有一天會結婚的話，對象一定是成瀨。或許應該說，不論我要不要結婚，我都一心一意的認為我們會永遠在一起，沒有任何懷疑。成瀨與我往來過無數封信，我們談自己的喜好，也聊自己的恐懼。放學後，為了必須趕時間去洗碗打工，不得不揮手道別時，我傷心得幾乎垂淚。我不知想過幾次，如果我是尋常家的一般女孩，就可以和成瀨相處得久一點。成瀨也總是鼓勵我，快點長大吧，我也會努力，你放心，那個時刻很快就會到來。是成瀨教我認識閱讀的美妙，他有志成為小說家，讀了很多小說，而我讀到成瀨寫的作品時十分佩服，也讓我知道寫這種文章的人會成為作家。只要我們兩個人在一起，就有說不完的話，不論遇到什麼事，去到什麼地方，我都不怕。我傻傻的認為，我們會這樣一起生活下去。

但是，事與願違。我到東京過了三年，得知成瀨和別的女孩子睡了，而且睡了很多次。大受打擊的我驚慌失措，用盡所有想到的言詞責備成瀨。我問他，喜歡那個女孩嗎？成瀨搖搖頭，垂頭喪氣的說，並沒有喜歡的感覺，而且也與對我的感情沒有關係，他只是很想跟女人睡而已。我為之語塞，噤口難言。那時候，我與成瀨之間已經沒有做那件事了，最後一次做愛是三年多前的事。

我曾經喜歡成瀨，很想一直和他在一起，也認真的想過就算經過幾十年，未來我還是想和成瀨說很多話，體驗各種事物，一起活下去。但是，另一方面，我並不喜歡和成瀨做那件事。

我有心想對成瀨好，覺得只是自己不懂方法，必須在這種事上多努力，盡量用積極的態度思考。但是不管經過了多久，就是不習慣。並不是身體覺得痛，但心情有種難以言喻的忐忑難安，脫光衣服仰躺，抬起眼睛時，就會在天花板或牆壁的角落等稍有距離的地方看到好像有人盡情塗鴉般的黑色漩渦。成瀨每次扭動身體，那些恐怖的黑漩渦就會不斷變大向我逼近，後方宛如有個黑布袋將我的頭完全套住，不管過了多久，性愛都不能帶來快感、放心和滿足感，只要裸身的成瀨壓在我身上，我就會立刻變得孤獨無依。

但是，我沒辦法向成瀨坦白這種心態，平常我們無話不談，想說什麼也從無顧忌，但是一旦說到床笫之事，我就無法坦率表達自己的感覺。並不是害怕成瀨嫌棄，所以我才忍耐，並不是那類的因素，而是我主觀的認為，我必須迎合成瀨——或應該說是男人——性愛上的需求。並沒有人教我這個觀念，也不是自己刻意這麼想。但是，不知從何時起，只要男人，自己喜歡的男人有這種渴望，我莫名的就覺得身為女人的自己就應該照單全收。

但是，我卻辦不到。與成瀨裸裎相見，接納他的時候，心情就會漸漸晦暗，不知道自己到底在做什麼，甚至流下淚來。有時心底會想，乾脆就這麼死了算了。有時也懷疑，與心愛的人做愛這麼痛苦，一定是自己有毛病。我有意無意的問過幾個周圍的女性朋友，但是她們都沒有這種問題，有的一天做好幾次，而且還顯得樂在其中。我無法體會她們對性的欲望，和享受性愛的心情。而且聆聽查閱了許多說法中，我發現大家天經地義的互相擁抱、想做愛、想讓對方撫摸、想讓對方進入——這種話語所表達的欲望，我自己卻一點也沒有。

像是牽牽手，希望他在身邊等想法，我也會有，與他分享真正重要的心情時，在一起時，強烈的感受喜歡對方時，胸口一帶都會暖暖的，那時我會很想與他一起分享。但是，從那一刻開始轉變成那種氣氛時，肩膀就會瞬間緊繃，身體也會僵硬蜷縮起來。不論經過多久，在我心中，愛戀的情緒與性愛總是無法連結，完全是兩回事。

我登入臉書，按下成瀨的主頁。我已不再喜歡成瀨，也完全沒有所謂眷戀的情感，偶爾回想過去，心情也不會變得苦澀。五年前——，是的，在東北大地震發生的兩個月後，成瀨突然打電話給我之前，我完全不知道成瀨在哪裡、做些什麼。

電話鈴響，螢幕顯示成瀨的名字時，我一時還反應不過來到底發生了什麼事。成瀨？是那個成瀨？霎時我還以為成瀨死了。心臟噗通噗通的激烈跳動，同時我按下了接通鍵。

「我是成瀨。」電話的那端，成瀨說，「好久不見，好嗎？」

「都好，不過，你是成瀨？」

「嗯。我以為你一定換了電話號碼，沒想到沒變。」

「喔，是啊。」我按捺著胸口的悸動回答，「電話號碼一直在用。」

「是喔。」

二十三歲分手以來，第一次聽到成瀨的聲音，從手機裡聽到的，是我熟悉的成瀨聲音，它十分清晰，沒有些許雜音或模糊，宛如我們之間經歷的十年，從來沒有存在過。成瀨的聲音聽起來近在咫尺，好像昨天才說過話的某人，繼續再談的感覺。

「我還以為你該不會死了吧。」

「死了我怎麼會打給你？」成瀨笑笑說。

「不是，我以為你死了之後，有人看到手機，用它來通知我。」

然後，我們就像多年未通音訊的朋友一般互相問候，聊起自己的近況。成瀨知道我在寫小說，但是他說，他對看書不再感興趣，所以沒讀。那種小事，沒關係啦，我也說。然後又談到地震。成瀨結了婚，這五年都住在東京，但是地震發生，得知核電廠爆炸，十天後帶著懷孕的太太疏散到宮崎縣。

成瀨告訴我，這次的核電廠意外有多麼危險，放射性物質的半衰期、政府出示的安全標準和見解是多麼的荒腔走板。哪則報導騙人，哪個資訊正確，媒體的誰是御用學者，誰值得信任，我們該怎麼做，接下來可能會進行的掩飾動作，關於可能發生規模達數千人到數萬人的甲狀腺癌，關於不可能排除汙染。成瀨的話語中帶著少許的激動。

「喂，你聽懂了沒？」成瀨明顯煩躁的口氣問，「從剛才就只會嗯嗯哼哼的。」

「沒有，我沒有那個意思。」我說。

「我在說大海不能用了，什麼都不能吃了，喂，日本沒有海產會是什麼狀態，你懂嗎？不只是食物，連文化都會消失啊。」

我不知道該如何回答，關於地震和核電廠爆炸，我有自己的看法，成瀨說的話我也可以理解。只是他說的這些主張與成瀨的組合，總覺得有點不搭調，有說不出的違和感。用強烈的口氣指責核電廠和政府無能的成瀨與我熟悉的聲音不一致，宛如另一個我不認識的人。

「對了，」成瀨說，「你不是在哪裡寫專欄嗎？讀書心得之類，可有可無的東西？」

成瀨大聲咳了一下。

「現在是寫那些風花雪月的時候嗎？你也算是個搖筆桿的人了吧？在那種媒體上寫東西不是嗎？這種重大時機，應該寫些更有意義的文章吧，網路上也可以啊，很多人在找資訊。你到底懂不懂？」

成瀨說的是我定期在報紙連載的文章，他讀的是我已經就地震寫了好幾次之後的東西。我解釋自己並不是沒有寫，讀者一直看類似的訊息也會很吃力，所以他看到的算是休工期，以我自己的想法寫些日常事務的文章。但是成瀨不接受，責怪我即使如此還是不夠認真。「連我都在臉書或部落格上持續更新資訊。你去遊行了嗎？連署呢？這個節骨眼，你到底在做什麼？」他說。

我不太記得後來是如何掛斷電話，只是到最後與他有些口角，彌漫著難以形容的緊張氣氛。成瀨停頓了一會兒，這麼說：「以前我就覺得，你對你不想做的事，絕對不會去做。漠不關心的事，永遠都不關心，所以現在仍然孤獨一人吧。我覺得你適合獨身吧。」

掛了電話之後，過了好多天，成瀨的最後一句話還是在腦中縈繞，我開始去看成瀨的臉書和部落格，那裡面從上到下密密麻麻貼滿了成瀨在電話裡說的話，頻繁的更新同樣的報導。幾個月後，從那裡知道寶寶平安誕生。

看到剛剛誕生便已帶有成瀨影子的男寶寶照片時，我竟有種不可思議的感覺。當然，這寶寶與我一點關係都沒有，但是，這寶寶的存在，成瀨參與了一半，這一點不知為何讓我感到非常神奇。我不知道成瀨的妻子，這個寶寶的母親是什麼樣的人，但是是她和成瀨做了以前我和他做的事，才會有這個寶寶。想到這兒，我有些心慌意亂。

本來生下這個寶寶的人，說不定應該是我——我並沒有這麼想，不是那方面的奇思異想。但是，為什麼有一會兒出現類似心驚膽跳的感受，我自己也不知道。也許我只是驚訝，明明我和她都同樣有過做愛的行為，卻導致這麼不同的結果吧。而這種驚訝，也許與我沒有和成瀨之外的人做過愛有關係。也就是說，當我想像自己懷孕或有寶寶，對象一定都是成瀨。因為對我來說，只有成瀨是唯一一個與我做過愛，有可能帶來寶寶的人。

既然如此，我也有萬分之一的可能性生下成瀨的孩子嗎？沒有，那是不可能的。我可以馬上回答，絕對不可能。不論在年齡上、在經濟上，還有考慮到我的想法，都絕不可能發生這件事。性愛對我來說那麼痛苦，我抗拒得不想再做第二次。最後，因為這個因素，我才與曾經深愛的成瀨分手。那麼，如果過了一段時間，後來再相遇的話呢？既然那麼愛他，有可能與成瀨舊情復燃，與他生下孩子嗎？現在聽說不用經過性愛，也能用許多技術懷孕，我有那種可能嗎？

那次之後，成瀨再沒有跟我聯絡過，每次點進成瀨的頁面，小寶寶漸漸長大，成了小孩子，後年的春天就要上小學了。內容以日常話題和照片為主，關於地震、核電廠意外或放射性物質的部落格，最後一次更新已經經過兩年以上。我對成瀨已經沒有半點思念或想法，然而，看著他天天變化、成長的孩子照片，我心中就會湧起類似不安、心慌意亂的感覺。

我有可能生孩子嗎？那種時候會來到嗎？既沒有喜歡的男人，也無意喜歡男人，更何況根本不想與人做愛的我，有可能生孩子嗎？我開始思索這個問題。譬如說，精子銀行？我抱著好玩的心態在網路上查過，不過，網頁上寫的每一條都完全不切實際，宛如虛構的小說。已婚夫妻視狀況需要採用精子捐贈是受到認可的，但未婚的女子不在此列，那麼到外國去看看吧？連英文都不會說的我，行嗎？我讓電腦螢幕休眠，離開書桌，抱住懶骨頭閉上眼睛。

想要孩子的時候，就是人渴望什麼的時候嗎？經常有人說「想要心愛的人的孩子」，那麼「想要對方的孩子」與「想要我的孩子」這兩者之間，究竟有什麼不同呢？話說回來，有孩子的人一開始就比我更懂得某些擁有孩子的意義嗎？大家都具有我所沒有的、類似資格的東西嗎——我嘆了一口氣，深深的把臉埋進懶骨頭裡。遠處傳來蟬鳴聲，正當我數著蟬聲的數量時，電話發出「噗——」的震動聲。過了一會兒拿起一看，是綠子傳來的LINE。

〈哈嘍，夏姨。現在要去看莫內，好美呀。應該說，好大。〉

之後又傳了幾張照片來。大概是剛才卷子掛了電話後跟她說，傳個LINE給我吧。

第一張照片拍的是小花簇擁的花壇。

淡色的小花散布開在濃淡的綠葉間。

猛一看雖然都是名不見經傳的花，但是大多是單瓣的花。這些零星散放的小小花朵，讓我想起一件洋裝，那是我十歲時，母親與可美外婆大家一起買的，只有領口和袖口挖了圓洞的飄逸無袖洋裝。我記得是大家一起去超市時，發現花車裡堆了好多件花樣相同顏色相異的洋裝，大家站在花車前面品頭論足了好久，所以店裡的阿姨說，三件三千五，買四件的話算我們三千，考慮了半天才買下。懷著興奮的心情回到家，我們大家立刻換上新衣，看到彼此的樣子捧腹大笑。不知是開心、滑稽還是害羞，總之大家笑成一團。最後，那件洋裝成了我們的主力，是我們最常穿的衣服。

母親和可美外婆死的時候，雖然棺材裡只能放進這件一到夏天、兩人幾乎天天穿的洋裝，但是，我和卷子實在捨不得放進去，我想起有一次穿著自己那件去和成瀨約會時，他說很好看。那件衣服是便宜貨，我還擔心會被他笑，沒想到卻得到他的讚美，當時開心極了。我們洋裝的花色，與綠子傳來的花朵照，真的非常相似。第二張照片拍的是綠子站在草間彌生的紅黑南瓜裡。第三張是綠子背對大海，海風將頭髮吹到臉上的照片。鋪滿藍色彷彿會就此裂開的晴空下，久違的綠子笑得非常開心。

〈辛苦了。我聽小卷說了唷。好玩嗎？倒是這個花壇，好像莫內的畫喔。莫內色調〉

〈對呀。莫內莫內。看起來就像莫內。因為這裡是莫內展啊〉

〈我沒去過。下次你再告訴我經過〉

〈瞭。想看的地方太多了，這次時間可能不夠，後天回大阪喔。再聯絡——〉

接著又傳來綠子與春山的合照。兩人站在大型白色紀念碑前，對著鏡頭抿嘴而笑。春山戴著眼鏡，緊緊抓著背包肩帶下方，一笑起來眼睛下垂的表情，給人溫和的印象。綠子坦克背心配短褲，好像去沙灘的打扮，頭上戴著寬緣紅帽。

我把電話放下站起身，看看窗外。黃昏了。怎麼還是黃昏啊，我心想。然後走到廚房，做了簡單的通心麵，端到茶几，打開電視，正好是七點鐘的新聞節目。主播念誦了今天發生的各類新聞，幾天前在滋賀縣林道發現的屍體，已查明身分。八十五歲老先生因誤踩油門，開車衝進家電量販店，所幸無人受傷。回顧里約奧運。關於天皇生前退位。今天的世界如同昨日，充斥著各種各樣的問題。天氣預報。明天注意突然的傾盆大雨，也要小心中暑。然後節目進入特別報導。

「──現在未婚女性面臨了一個問題。未婚，沒有伴侶，有可能懷孕、生產嗎？這時網路上出現了一種選項，就是精子網站。免費提供精子的男性們，他們的目的是什麼？另外，決心冒著風險也希望懷孕的女性，究竟有著什麼樣的背景？讓我們揭開真相。」

女主播不疾不徐的說話聲後，畫面打出了標題：

「徹底調查　精子捐贈的種種」。

我把手中的叉子放下，注視著畫面。

接下來的一個小時，我幾乎紋風不動的維持同樣的姿勢，看著畫面直到節目節束。然後立刻回到電腦，搜尋從節目中得知的幾件事。一回神時已經過了幾個小時，嘴裡乾燥苦澀，頭也很痛。喝了好幾杯麥茶後，又去沖了個澡。鋪好墊被，但是躺下去卻沒有睡意，情緒莫名的昂揚，起來上了好幾次廁所。剩下的一點通心麵已經凝固在盤子裡了。

10 從下一個選項中做出正確的選擇

「一開始當然害怕呀。因為說不定有可能突然被帶到哪裡，或是在我身上搞什麼名堂。」

臉部打上馬賽克的女子正在回答訪問，略帶咖啡色的及肩短髮，穿著格紋襯衫，外面套著白色薄毛衣。她像在做貼畫般，謹慎的一個字一個字說。

「剛開始我沒有太認真思考，我還是不相信，用那種方法真的可以懷孕。而且……從那種沒見過又不認識的人身上……獲得那個……精子，是精子對吧。自己也覺得真有人會這麼做嗎。不過，」說到這裡，女子停頓了片刻，像是確定了什麼似的點點頭。

「不過……我沒有別的辦法，而且也沒有時間了。不論要我做什麼，我……我想要自己的孩子。」

然後，畫面轉到提供精子的男子訪問。這位受訪者同樣也以馬賽克處理。短髮，穿著蘇格蘭格子襯衫，配上米黃色卡其褲。說話的時候頻頻搓著手指甲，從聲音或體型來看，不太說得準年紀，大約是二十七、八歲或是三十出頭的感覺。

「動機，純粹是助人為樂。眼前就有為這問題困擾的女性啊，所以，如果我能幫上忙的話，我很樂意效勞。大概是這種想法……什麼？喔，你問我會不會意識到那是自己的孩子嗎？當然會啊。對，當然，我自己還沒結婚，沒見過女方，也沒有生活過，無法想像，可是，自己捐贈的精子，能讓那位女士感到快樂、幸福，這也是事實。」

我按下影片的暫停鍵，坐在椅子上伸直身體。

看過那集特別報導後經過了十天，我將第二天上傳到網路的同一節目，反覆看了好幾遍。節目的內容大致如下。

在日本，最早使用第三者的精子進行不孕治療，是在距今六十多年前，到目前已有一萬多人誕生。在醫院裡接受這種治療的，只有正式結了婚，接受過一般不孕治療的夫妻，男方有無精症等男性不孕的症狀。但是不接受沒有伴侶卻想要孩子的未婚女性，當然同性戀情侶也不可能。這一點我也知道。

而這幾年間，在網路上出現了個人提供精子的網站。這些人是無償義務活動，所以單身女子和同性戀伴侶的詢問度大增。他們雖然接受車馬費或見面咖啡館等的費用，但是一概不接受禮物或報酬，以這樣的態度奉獻。而且捐完後，不負擔任何責任，也不參與生育。某天，一名希望懷孕和生產的近四十歲委託者點選了基中一位。她在咖啡店收到了男人的精子，用在東急手創買的簡易注射器，自己將它注入子宮。第二次注射後懷孕，然後平安的產下孩子，成為單親媽媽。節目以這兩人的訪問為主，後半段中，專家說明自己注射可能引起感染的風險，進而指出倫理性的問題。

我也搜尋了精子捐贈網站研究了一下。如同節目所說，約四十個熱門網站中，大多是看一眼就知道不對勁的假網站，或者是看起來應是個人心血來潮發出的訊息。我用只在東北大地震發生時登入，現在幾乎沒有使用的推特搜尋，這裡也有幾個用「精子捐贈」的關鍵字連結的帳號，不過，全都是像「精子.com」或「love精子軍」等導引到成人色情的胡鬧網頁。

在這其中有個強調公益、非營利團體組織精子銀行，令人有點意外。這裡是個耗費金錢、用心經營而設立的網站，提供精子時出具的證明書，也是從血型開始，各種感染病症的檢查報告、明示癌遺傳基因無異常的基因檢查報告，還有大學的畢業證明等等——總之會提供捐獻者的相關參考資料。這網頁寫的如果是事實，它應該已有相當的成果。

相關書籍我也買了好幾本，但是，還沒有出版過女子以那種方法懷孕生產的書。多數都是在醫療機構接受完善的捐贈精制度生產者的手記或訪談，其他也幾乎是這類生殖輔助醫療歷史與最尖端的技術和討論。

節目裡女子談的體驗，和這許多本書所寫的內容。

這裡面談的真的與現實中的我有關係嗎？

看完節目那一夜，因為太興奮而無法入睡，煩惱了一年多的事和不安，雖然並非有了解答或是機會，但是感覺上好像可以探觸到它了。不過，過了一段時間冷靜下來，也並非沒有感覺到那種興奮在一圈一圈的縮小。

與素不相識的男人在咖啡店見面，接受他在廁所或某處排出的精子，或者是用冷藏快遞的方式，將只知道其健康數值或畢業大學資訊者的精子當天運送到府，然後以東急手創賣的注射管，自己注入子宮，懷孕生下孩子——我不覺得自己做得到。電視中的女子真的完成了這個過程嗎？如果相信她的話，恐怕意志力強烈得有些異常吧，我誠實的想。光是讓陌生男人的精子進入體內，怎麼說都無法辦得到。

但是，我想，那些對我而言幾乎等同於虛構，但是在歐美，真的有女性自在的利用精子銀行生產。即使在日本，過去也有數不盡的人藉由這種技術誕生，現實中，也有同樣多克服難關的女性存在。認為它辦不到只是一種偏見。

但是，坦白說，我無法抹去抗拒感，精子的出處是否會有問題呢？從醫院正式取得的精子，與個人網站的男子取得的精子。陌生男子的精子這一點上，兩者都一樣，但是，兩者之間感覺還是有一點不同，到底是差在哪裡呢？大學附屬醫院提供的精子絕大多數都是醫學院男生的精子，至少在提供之前，都經過幾個專門機關的檢查。雖然並沒有公開，但是至少有跡可循，也有人間接知道那是誰的精子。

至於個人網站的志願者，不可能性立刻大增。是因為交流的地點在咖啡店，讓我心裡有點疙瘩，還是說問題出在東急手創這個太輕易出現的商販店名？又或者是自己注射的ＤＩＹ行為與生命的誕生之間，本應該是關係最遠的兩件事，卻在此結合，所以才感到不安嗎？或者該不會是學歷這類的資格問題。我自己並沒有這種價值觀，向來也不介意別人的學歷背景，但是一旦說起基因，就會出現所謂的品牌判斷嗎？

不管怎麼說，最大的問題還是對對方完全陌生。那麼，究竟什麼才叫做真正了解對方？所有努力做人的夫妻，所有做過有可能懷孕的性交的伴侶，可以說他們真的了解彼此嗎？那是不可能的——就在我胡思亂想之際，突然感到糊塗，我到底是在思考誰的什麼事啊？驀然間，我覺得一切都好無聊，因為這種事太不切實際了。不可能不可能，向陌生男子索取精子，然後生下孩子？這絕對不可能。別說我自己的生活未來怎麼樣都還沒有著落，怎麼可能當得了母親呢？孩子又不是生下來就算完事了。我有個沒有年金沒有保障的酒店老姊姊在大阪，還有個接下來要花很多錢的外甥女，我自己也進入必須考慮自己衰老，和周圍人們步向老年的階段。這種年紀還想生孩子？從哪個角度來想都不可能。全方位的超級不可能。——這樣的興奮與失望，在我心中來來去去了好幾回。

然而，女子在節目說的話，卻一直在我腦中盤桓不去。她的雙手緊握在腿上，然後按住胸口，一個字一個字的這麼說：

「……我很高興這麼做了。真的。能夠生下這個孩子，真的太棒了。還好我勇敢的去做了，才能見到這個孩子。我的人生也因此圓滿了。」

她的聲音裡透露出從心底感受的幸福——我不知道該怎麼稱呼才好，但是她洋溢著光采，令我忍不住瞇起眼睛。我閉上眼，在心中反覆咀嚼她的動作和話語。她吸吸鼻子，說到一半還有點哽咽。我想在馬賽克後面的她，一定眼眶泛淚了。還好做了，真的。能夠見到這孩子——那時候，打了馬賽克的女子臉上，霎時看起來像母親的臉。年紀尚淺的母親咪咪笑著，量多的黑髮又厚又密，就算是一隻小黑貓躲進去都看不出來。她對著誰說呢？真的太好了，還好我勇敢的去做了。帶著緊繃的笑臉說，我的人生也因此圓滿了。——下一秒鐘，將手按在胸前的人換成了我，那時候拿出勇氣，真是太好了。能夠見到這個孩子，真是太高興了——我一臉心滿意足的表情，看不出孤獨的待在房間裡想像那個情景，手臂中則抱著柔軟的小寶寶。

＊

如同過往的所有夏天，不知什麼時候熱氣退去，吹來的風中微微的感受到秋的氣息。天空像是對著我揮手般越來越高，雲朵伸展變薄，就像誰的影像般消失不見。薄料長袖開始有了些許寒意，到了在家裡也要穿襪子的季節。

我一天又一天的繼續書寫進度遲滯的小說。

由於故事錯綜複雜又很長，若是問我這是什麼樣的小說，我也很難回答。不過，簡單說的話，首先，它是以大阪某虛構城區為背景，描寫日薪工人生活的群體故事吧。主角是逐漸蕭條的城區裡，成員幾乎都步入六十歲的黑幫中某個手下的十幾歲女兒。另一個主角是住在附近，在女性經營的新興宗教團體中長大的同齡女孩。自從暴對法*4實施以來，政府對黑幫的取締日趨嚴密，組員的女兒從小時候上幼稚園、小學開始，就在他人的歧視中長大，相對的，宗教團體的女兒由於宗教理念的關係，並未提出出生證明，所以沒有日本國籍。不久後，這兩個女孩有了往來，兩人離開廢墟，飄流到東京，牽扯到某個事件裡的故事。

這幾天我絞盡腦汁在解釋黑幫組織的部分，從保護費的結構、業務的種類、武器的調配、真實發生過的復仇戰細節，和支撐它的黑幫倫理、階級制度與稱呼，以至於他們的年收入為止。我做了太多考察，也花時間看動畫或讀資料。每次查對細節就要停下手，抓不到節奏。話雖如此，有時看著歷代老大的訪問或抗爭的影片，會著迷的忘了時間。很想用我自己的方式重現那種氛圍，但是難度相當高。

現在筆下正在寫的，是「剁小指」的一幕。這是做錯事的組員剁掉自己手指，以負起部下的責任，或者與敵對勢力和解的規矩，帶有反省的意思，現在幾乎已經沒有這種習慣。但是我所寫的時代，這種規矩還十分流行，通常會用冰塊將小指頭冰敷到沒有感覺，再放在砧板上用日本刀

4 譯注：全名為「防止暴力團員不當行為等相關法律」。

一切兩斷。我寫到有些組員怕自己受不了疼痛，還到醫院協商全身麻醉再進行。當然還有很多地方我都不了解，例如，斷指的去向，或是有沒有規定一個人最多剁幾支手指。研究起來曠日廢時，按照計畫，明天開始要寫宗教團體的部分，描寫教主過去在研究單位開發的藥品經緯，然而怎麼趕都趕不及，只好不斷延後。我嘆了一聲，回到前一陣子買來作為參考，但只讀了一點點的新書《黑幫與安樂死》上。

靠在懶骨頭上，專心看了兩小時，驀地一看手機，留了一條仙川涼子來電的紀錄。這麼說來，最近她傳了好幾封郵件來，我都沒回。最後一次收信至今過了幾天啊？一星期嗎？更久嗎？我猶豫著要不要給她回信，但是又把電話折疊回去。

「喂喂喂，夏子小姐。」

第三次答鈴音之後，仙川小姐開朗帶點詼諧的聲音說，「太好了，找到你了。最近怎麼樣？」

「喔，沒事，有在進行的感覺。雖然動作很慢，但是最重要的是持續不輟。」

「我明白我明白。」

「不好意思這麼晚才回電，一時疏忽了。」

「沒關係呀。」

仙川小姐找我，是為了告知我拜託她找的資料。先前請她幫忙找地方村落或小鎮上傳教者引起的犯罪或審判的資料，她好像找到幾份代表性的資料。有時間的話交給你，仙川說，然後提到我現在正在讀的資料。

「前不久出來的那個，想繼續混黑社會確實需要體力，好像很難捱呢。其他的金源，像是演藝界或者是投資的路徑都斷了。」

「對呀。」

「就算他想洗手不幹，但也不可能重回社會。身體漸漸衰老，最後不知怎地就死了的感覺。讀著讀著有點心酸。」

「是啊……如果能巧妙的寫進小說裡就好了。」

談話又偏離到各種話題，說到某文學獎頒獎典禮後的第二輪、第三輪酒會上。所以，仙川喝得相當醉了，後來被一位年長的女作家呼巴掌。

「你是說，她打你的臉？」我吃驚的問，「打臉？作者打編輯？」

「就是呀。」仙川不知為何口氣有些羞澀，「我也是完全醉了，雖然不至於爭執，但好像是有些口無遮攔。」

「不對不對不對。」我說，「這未免太悲慘了吧。都這把年紀了，應該說，工作對象都是成年人了，還被打，實在過分。」

「唔——」仙川一副置身事外的態度沉吟道，「她是合作很久的作家，我剛進公司，就受她照顧——大約二十年以上了吧，她也很疼愛我。本來以為我們互相都很了解，那天晚上，我們兩個都喝得很醉，才會這麼離譜。」

「那個時候，周圍的人怎麼看？」

「不知道……大概都是『別這樣別這樣』的態度吧。」

我沒有讀過那位女作家的作品，不過，她名氣響亮，只要看書的人都知道她的名字。我既不知道她是什麼樣的人，當然也沒有見過面，但是以前在某本雜誌上看過、留在記憶裡的面容，實在難以想像，所以我略略震驚。她個子嬌小，頗有女人味，一向以兒童文學和奇幻之間的作品聞名，在繪本方面也出了不少熱門作品。

「這麼不愉快，下次見面時要怎麼面對？」

「正常的面對。」仙川清了清喉嚨說：「什麼也沒發生過的樣子，像以前那樣。」

「不先表示歉意嗎？」

「唔，反正彼此之間有一定的默契，就算不說也明白。而且也談作品的內容——對作家來說，這是最重要的一部分。」

我還想問下去，但是仙川笑了笑說，哎，這件事就到此為止吧，把話題轉到「夏子小姐最近進行得如何」。「我……」才開口就頓住了。因為日復一日做著相同的事，實在沒有什麼可說的，話題只剩下閱讀的資料。但是，猛然間腦中掠過一個念頭，不如告訴她這幾個月斷斷續續占據我思維的那件事——這幾個月一直盤桓在我腦中的那件事，用別人的精子懷孕這件事在我腦海來來去去，但總是揮之不去。但是，我沒說，這話題太私人了，而且太輕率，我根本不知道該從何說起。

我應和著仙川的話，一面打量整個房間。黑幫和宗教團體的資料旁，好幾本捐精和生殖醫療相關書籍的封面映入眼簾。最近剛看完的是經由捐精而誕生者的訪談。

受訪的人有些共通點，第一，他們都不知道血緣上的父親是誰。而且其中有兩個人在長大的過程中，父母都沒讓他知道真相。這個治療當初和現在都是祕密進行，沒有向親友告知，所以生下的孩子當然不可能知道事實。也因此，現在有將近一萬名當事者不知道自己的身世。

然而，有些人某天偶然間發現了事實，他認知中的父親與自己毫無血緣，從小到大都被蒙在鼓裡，不知道自己的其中一半是從哪裡來的。作者整理了每個人訴說體驗的訪談或座談會，從它的主旨在在傳達出它對當事人是多大的衝擊，並且帶來多深刻的失落感和痛苦。

訪談中最後一名男子現在還在尋找父親。

依照進行手術的大學附屬醫院，已經找不到任何可以照會的紀錄，主治醫師也過世，除了知道捐精者是當時與醫院有關的醫學生之外，沒有其他線索可循。男子在訪問的最後，舉出了幾個母親與自己之間有些遺傳並不相似，也就是說可能是遺傳自父親的特徵，公開向大眾呼籲。

「母親個子矮小，我的身高一百八十公分，個子高大，而且我單眼皮，和雙眼皮的母親也不一樣。此外，我從小就擅常長距離跑步。所以，在××大學醫學院就讀，身材高大、單眼皮，而且擅長長跑，現年五十七歲到六十五歲間的人士，有沒有人有頭緒呢？」

這句話在我心中迴盪。

不管他是父親或者是誰，為了尋找自己的某個獨一無二的人，卻只能仰賴這些有說等於沒說的特徵。想到這裡，我的心都揪起來。身材高大、單眼皮、擅長長跑，有沒有人有頭緒？——這些話是對誰說的呢？是對哪裡說的呢？腦海中浮現出一個男子佇立在空無一物、廣闊無盡的茫漠中的身影，一時間，我的眼光無法離開那篇文章。

「……的關係，要不要去採訪看看？」

回過神來，意識到仙川涼子的說話聲，我把電話筒換到另一隻手說，「採訪，好啊。」

「光是聽他說可能就很有趣。地點在仙臺，若想要當日往返也不是不行，不過既然難得去一趟，就在那裡過夜吧。」

「啊？可以過夜嗎？」

「因為是採訪呀。」仙川說，「而且，夏子小姐只向我要過一次資料，我什麼忙都沒幫上。如果你要求在高級溫泉旅館閉關一個月，那就有點難了。但是在仙臺住一晚這點小錢，你就讓我付吧。宗教的部分喔，雖然有些地方需要提高警覺，不過祈禱師好像比較願意聊。當然啦每個人的想法不同，不過撇開內容不談，秋季天高氣爽，去那裡吃吃美食，養精蓄銳一番，到年底就可以衝一波的感覺。夏子小姐覺得怎麼樣？」

「唔，衝一波，有道理，我明白了。可是有需要採訪嗎？找書應該就可以應付吧？」我含糊帶過。

「我知道夏子小姐不喜歡外出，不過偶爾調整心情也不錯呀。」聽得到仙川大大吸了一口氣，「對了，我差點忘了告訴你。下個月初，有個朗讀會，你要不要去？」

「什麼朗讀會？」

「由作家朗讀作品。」說完，仙川大聲咳了一下，「——啊，對不起。對了對了，就是由作家朗讀詩歌或小說。大概是十年前吧，很多地方開始舉辦朗讀會——就是reading。大多是配合作品的發行舉辦的活動。讓客人聆聽作者朗讀，也有簽名會。有時之後還會有懇談會之類的活動，喝喝酒什麼的。」

「哇。」

「下個月比較大型，場地應該可容納一百人左右吧。會邀請三位作家。我負責的作家也有一人會來，滿好玩的，夏子小姐也來嘛。我想向你介紹一個人。」

「好是好，不過，會賞巴掌的，我還是敬而遠之好了。」我笑道。

「不會啦，我一定替你挨她打。」仙川也笑著說。

掛斷仙川涼子的電話，我打開電腦，查看電子信箱。只有幾封廣告信，沒有回信。

三星期前，我向兩個電子郵箱發了信。一個是在查詢中聲稱資訊量最多、成績最豐富——的網站上，找到看起來最正經的網頁。

我用新申請的 Gmail 帳號，在空白的四角框裡坦白的寫下想詢問的內容。本人三十八歲，單身，而且沒有另一半，所以沒有資格接受醫療單位提供的精子，但是，我很想有孩子。正好這時找到了「日本精子銀行」網站，「我正在認真的考慮，能不能請你教我，若是想接受精子捐贈的話，今後該如何進行。」

但是，過了快一個月都沒有回信，又過了十天左右，我另外申請了一個帳號，從那裡傳信過去，可是一樣石沉大海。

我又寫訊息到另一位個人提供精子的男性部落格，雖然他也沒有回信，不過我沒放在心上。雖然傳信時心裡混雜著興奮與焦慮，不過就算他回信，我應該也不會去見他，那既不是慰藉，也不是好奇心，根本是沒有意義的行為。

我從抽屜裡拿出筆記簿，在「日本精子銀行」和「個人提供」畫線刪除，接下來只剩下兩個選項。

- 丹麥精子銀行，威爾克曼（Willkommen）
- 沒有孩子的人生

我注視著自己沒把握的字跡，然後再次嘆了一口氣。

威爾克曼也是我搜尋網路和書籍時得知的丹麥精子銀行，若說這一家是老店，可能有點誇張，但是它已經經營數十年，是世界聞名的機構，它會公開成果，設備也經常升級到最新版本，除了對提供者的精子做定期性感染篩檢外，也會進行染色體檢查和基因檢查，以確定有沒有重大遺傳疾病的因子。在可能的範圍內，不論多小的擔心可能性都不放過，只冷凍沒有問題的健康精子，收入銀行中。結果錄用率僅一成，也就是說，假設有十個男人申請提供精子，實際上只有一個人能登錄為捐獻者，名副其實的窄門。威爾克曼過去已向超過七十個國家提供精子，建立了一套不孕夫婦、女同性戀情侶、還有像我這種沒有對象的獨身人士——不論是誰都能在網路上預訂的系統。

網站貼出精子捐贈者詳細的背景資料，血型自不必說，還可以選擇眼珠顏色、髮色、身高等條件，進入搜尋的話，就會顯示滿足希望條件的捐贈者。如果出現感興趣的捐贈者，還可以知道更進一步的資料。精子的價格約二十幾萬日圓，送到之後自行注射。當然，並不保證一定會懷孕。而且，威爾克曼與其他精子銀行不同的地方，也可以算是它的特色吧，是可以選擇匿名或具名的精子。總之，孩子長大之後，若想知道自己父親的背景，可以查詢。女同志伴侶大多選擇具名精子，家庭內已有父親角色的不孕夫妻，則大多選擇匿名精子。

越是了解威爾克曼，越是懷疑自己為什麼要寫信到「日本精子銀行」或「個人提供」等來路不明的網站，並且傻傻等待。怎麼看，最適合我的只有丹麥這家才是。不過，原因很簡單，因為我只看得懂日文。威爾克曼所在的丹麥語，我一個單字都不認識。英文只有國三水準，現在完成式以後的文法都沒有印象，沒法用英文自在書寫，也不知該怎麼深入的對話或表達。不對，也許根本不用表達，只要在希望的項目上打勾就解決了，而且不論在世界哪個角落，最短四天就能收到從哥本哈根寄來的冷凍精子。

我離開電腦，在地毯上躺下。空氣涼颼颼的，所以把腳邊的毛巾被拉上來蓋到小腹，兩手放在肚子上。一味的思索精子，那麼我的卵子又如何呢？二十八天周期的月經基本上一成不變，每個月都正常的來，不過年齡上也有很多變數，所以很難說。

我打開電視，心不在焉的看著播放的節目。氣象預報員不斷的回頭看背後的大型天氣圖，專心的解釋明天開始天氣會如何變壞。拉上的窗簾漸漸變得暗沉，窗外的夜晚即將到來。突然間我想到，未來的歲月我還會在這個時間注視黃昏的暗青多少次呢？獨自的活著然後死去究竟是什麼樣子呢？不論待在哪裡，看著什麼，我都會像這樣一直待在某個地方嗎？

「那麼做，不行嗎？」

我悄聲問道，但是，當然沒有人回答我的問題。

11 在腦海裡見到朋友，所以今天很開心

但是，今晚的朗讀是怎麼回事？我是第一次來聽作家閱讀自己作品的朗讀會，雖然我完全沒概念，這究竟是什麼樣水準的朗讀會，不過比起水準，更重要的是我壓根不了解舞臺上在進行什麼。我知道他們會朗誦作品，但是，比方說第一位男詩人好了，他是位年過八十的名詩人，但是聲音太小，口齒不清，再加上突然咳嗽不止，宛如急病發作般抓著椅背頻頻中斷，現場看得人冷汗直冒。

第二位男士好像是小說家，穿著可可色的毛衣外套，鼻下留著小鬍子，長長的頭髮在後腦勺綁成一束。年齡大約四十歲上下吧。他用沒有起伏的平淡聲調，自顧自的念著不時穿插佶屈聱牙的文章，而且不尋常的單調念誦，冗長到讓人不免擔心何時才是盡頭，令人想起錄放音機播放無

限迴圈的佛經。一回神，我發現腦海裡正想像著「叩、叩、叩」的木魚聲，努力的找到節拍。偶爾旁敲側擊，有時三連拍，花了很多心思，但是它還是沒完沒了。不知是害羞還是故作姿態，又或是原本就是這種性格，由於他一直低著頭的關係，嘴老是對不到麥克風，工作人員進來調了好幾次位置，但是立刻又偏掉了，最後只好放棄。

進入十一月後，連續好幾天宛如冬季的寒天，因而不得不穿著厚毛衣出門，但卻成了苦刑。會場內不尋常的高溫悶熱難耐，腦袋呆滯到可笑的地步。這段期間還在繼續念經，背脊流下的汗就像不祥的預兆，偏偏這個節骨眼上，既沒帶毛巾也沒有手帕，我撐開今年以來最大的眼睛，左右張望，難以置信的是，所有人都絲紋不動，專心一意的看著舞臺。坐在我左右兩側的兩名女子，更是眼皮沒眨一下的盯著念經作家，眼神幾乎要鑽出洞來。更難以置信的是，其中一個戴著蓋到眉毛的毛線帽，另一個脖子上圍著安哥拉毛圍巾。好熱，好難受，還是聽不懂他在讀什麼，如果現場有人突然站起來，吶喊出這股滿溢的鬱悶感，一定能像龐克搖滾客一樣活下去吧——思索著這些沒有脈絡的念頭，我淺淺的吐氣，一再調整坐姿，但是終於忍耐不下去了。雖然還有一位來賓，但是當念經結束的剎那，會場的燈還沒亮起前，我立刻站起來，欠身快速離開會場，坐在廁所旁的階梯上發呆。

「辛苦了。」

會後，我走到出口旁站定，仙川涼子從遠處小跑步過來。「怎麼樣，我幫你選到好位子呢，既不遠也不近的感覺。」

「嗯，距離感相當奇妙。」我向她點點頭，「我有種不知哪裡的某人漸漸融解的感覺……話說回來，你不覺得會場很熱嗎？」

「喔？會嗎？」

「我幾乎汗如雨下。」我做出拉開毛衣領讓風進去的動作，「昏昏沉沉，又熱又悶。對了，仙川小姐坐在哪兒呢？」

「我算是協辦單位，所以在舞臺側邊看。」

「原來如此。」仙川似乎沒有發現我中途離席，稍稍鬆了口氣，「我雖然是第一次參加，不過，從某種意義來說，朗讀亂精采的。」

「就是啊。雖然散文也很好，但是詩歌果然還是，氣場超強呢。」仙川面飛紅霞，滿意的直點頭。

我心裡琢磨著不如就此告辭吧，但拗不過仙川的執意邀請，只好叨擾她一頓。一看時間，晚上八點半，秋夜空氣清澈，每吸一口氣都彷彿發出颼颼的聲息。聚會所在的居酒屋，距離舉行朗讀會的青山書店活動會場走路約十分鐘，沿路的表參道，映入眼簾的盡是閃閃發光的燈飾，我與仙川一面欣賞各種商店的櫥窗，一面前進。

「完全進入聖誕季節了呢。」仙川抬起頭說。「是我的錯覺嗎，好像一年比一年早呢。」

「幾年前，感覺都是十一月月底才開始，但最近，好像萬聖節一結束，隔天就開始進入聖誕節模式了。」

「好美喔。」仙川笑逐顏開，「我喜歡黃色多過那邊的藍色，我是說燈飾。夏子小姐，你看，就是那個，叫LED燈吧。那邊的藍和白色有點冰冷感，我還是喜歡黃色。」

半路上到藥店買了眼藥，後來有點迷路，所以我們到達時，聚會已經開始了。大約十個人坐在長桌前歡聲暢談，我與仙川點頭招呼後，在角落的位子坐下，點了飲料。

第一位上場的詩人，在最裡面的位子靠牆而坐，雖然沒有與人交談，但是看上去滿臉笑意。他的旁邊隔著一個人坐在中後方的是第二位上場的男作家，聚會才剛開始，他卻已經滿臉通紅了。來聚會的人不知是編輯還是會場相關人員，但是大家似乎都自來熟。當然，除了仙川以外，我一個人也不認識。

我與仙川喝著啤酒一邊閒聊，把烤雞肉褪出竹串當成下酒菜，與幾個人寒暄一下，各別自我介紹。其他的座位也有團體客進來，整家店裡鬧哄哄的，相應之下，我們這桌的聲量也漸漸變大。

過了快兩個鐘頭，大家毫無意外的醉得差不多，笑聲也變得更大了。不過還是有人一臉認真的在談正經事，我則聽著換到我隔壁位子的女編輯在談最近暢銷的成人著色畫。坐最裡面的老詩人拿起桌上的小酒杯，閉著眼睛不動，不知是睡著了還是在瞑想。我有點擔心他的狀態，在這麼嘈雜的環境中，是不是不舒服，還是不在乎，所以不時偷偷瞄著頭頂光亮、應該是負責老詩人的男編輯，他向我微笑的點點頭似在說：「沒問題，正常運轉中。」

大夥兒各自隨心所欲的聊著喜歡的事，所以聽不出誰在說什麼話，不過，從剛才就說話盛氣凌人的男作家，現在更帶激情的說話聲傳進了耳裡。男作家的健談與剛才念經朗讀時判若兩人，面紅耳赤的說得口沫橫飛。從偶爾飄過來的字句，似乎在談中東的紛爭。細節我雖不清楚，但是似乎是他正對著坐在隔壁的高齡女編輯講述自己的主張。

「……那是相當詳細的一份報告，全世界也應該要察覺到美國的傲慢了才對。不，當然，就算再敗壞它也是美國。話是沒錯，但是敗壞的方式有許多種，它以什麼方式，什麼原因而敗壞，我覺得該說的話，還是必須義正辭嚴的說出口。」

男作家大力的搖搖頭，微微舉起手上的酒杯，像是進行什麼儀式般一飲而盡。接著一臉深思的啜了一口酒的女編輯立刻幫他斟滿的酒，「或許我是這麼想的。」他又繼續往下說。在周圍幫腔聲中，男作家的情緒越來越高昂，話題也漸漸歪樓，或者說是有了或大或小的變化，轉變到文學對政治或恐怖行動能夠做什麼。我和仙川一直坐在角落，所以並沒有太注意聽，只是隨意的聽著，一邊說著其他的話，不知不覺叫了第四杯啤酒。這時，我聽到男作家說：「這個狀況，從文學這個角度來說嘛，我在推特上也寫了，早就被我預言中了。

「雖然讀者不太了解我的作品，不過，譬如說敘利亞的狀況，或是剛才說報告裡寫的狀況等，我早在十年前，全部都寫過了。」

男作家一說完，大家的聲音瞬間停頓。但是，女編輯馬上感嘆的說：「對呀，您對文學和小說家都有先見之明，不管受不受到大眾喜愛。」不知是誰接了一句「就是啊」，男作家又把紅酒一口喝乾，「再說，」他傾身向前還想繼續說時，不料下一秒鐘，另一個聲音打斷了他：「說這些沒有用的話，」女人的聲音清晰可聞，「也不怕丟臉的說個不停，可是那麼多年過去，也沒寫出一本像樣的小說。」

這句話一出，現場頓時鴉雀無聲，我也看向聲音來處。

「說什麼預言呀，你寫過什麼，預言了什麼東西我是不知道，不過，你剛才念的那份報告，寫了傳到網上的那個人，實際上去過敘利亞對吧。結果你待在舒服的房間裡，把它看了一遍，然後厚著臉皮在推特上說，我以前就預言過，吹牛也要打打草稿好嗎。要不然，你就去敘利亞一趟？去檢視看看自己預言的精確度怎麼樣吧。基本上，你說那些話到底有什麼意義？也不會有人讚美你，只不過是利用別人的工作，滿足自己廉價的自尊心罷了。」

這番言論既像是即興發揮的臺詞，或是意見的抒發，我霎時懷疑，它會不會是剛才朗讀會——在我離席之後，舞臺上演了什麼話劇的續篇。或者是與男作家交情甚篤的某人開玩笑說的話。然而並不是，說話者是剛才仙川小姐介紹寒暄的女作家遊佐理加，看起來既不是話劇的續篇，也不是好交情的玩笑話。

幾秒鐘的沉默中，其他客人的喧鬧聲如同過去的回憶般在遠方響起，然後，有人開口道：「對了，說起來」，提起了不相干的話題。隨即，另一個人接著說：「有聽過耶」，幾個人聽了笑起來。男作家一聲不吭的喝著紅酒，緊繃的氣氛著實持續了好一陣子，我在心裡半尖叫的想「不行不行不行不行，這實在太尷尬了」，可是上次仙川涼子不是說，她在這種聚會上被人甩巴掌嗎。莫非這個行業的人也許認為，這點芝麻小事就和早飯前打招呼的程度差不多。但是，如果真是如此，這又不是在去笑橋的路上，雖然我對個中玄機不太了解，不過這些人也太厲害了——我七上八下的喝著啤酒暗暗觀望，但是幾分鐘後氣氛便平靜下來，彷彿什麼事也沒發生過。

仙川又叫了啤酒，拿著端來的啤酒杯，與遊佐理加旁座的女子點個頭，換個位子，隨即便聽到兩人的笑聲。我拿起還剩半碗的燉豬下水，用筷尖一個一個夾起來吃。猛然想到抬起頭時，老詩人半張著嘴，如同埃及壁畫裡的人物般完全睡著了。與鄰座的男編輯目光交會時，他還是和剛才一樣「沒問題，正常運轉中」的點點頭，我也點頭回禮。

好不容易散會，男作家與旁座的女編輯不知何時消失了蹤影，其他人也各自鳥獸散。仙川招呼我說：「同一個方向，我送你吧。」遊佐理加也在一旁，她住在目黑區的綠丘，我們三人便共乘一輛計程車。

仙川坐副駕駛座，住三軒茶屋的我最先下車，所以坐門邊，遊佐理加坐裡面。

「話說，理加小姐，」告訴計程車司機目的地和次序先後之後，仙川一臉驚奇的說，「我懂你意思，我真的懂，可是……」

「我有說錯嗎？」遊佐理加笑道，「從一開始就聽不下去，說來說去都是同一套東西嘛。而且一個男作家到處『預言預言』的，現寶般說個不停，實在很煩人。一下子『預視』，一下子『預言』，什麼玩意兒？他愛怎麼說都行，可是這一年聽他說了幾次啊？退一萬步想，如果是別人指出他預言也就算了，一般人會得意洋洋的說著這種無足輕重的事嗎？說起來，今天的朗讀會，我真的搞不懂意義在哪裡。幹麼這麼好面子……不過，朗讀本身是不錯啦。倒是那傢伙最近在電視、推特上煞有介事的說個不停，但是私下壞透了。因為他叫一個編輯走路，一個女孩子。你知道嗎？聽說了嗎？」

「知道，他女朋友嘛。」仙川回答。

「對，一看到有美女進公司，火速更換執行編輯，然後隨便找各種理由把她叫出來，拉著到處跑，又叫她進房間去拿稿子。一般都是直接傳郵件不是嗎？明明是性騷擾、職權騷擾、言語霸凌三管齊下，還自以為在談戀愛，我看他腦袋真的有問題。出版社也不應該，那種作家砍掉算了，開什麼玩笑！」

「我明白，不過理加小姐今天有點喝太多了。」仙川嘆了口氣，「感覺豁出去的樣子。」

遊佐理加的作品我沒讀過，但是當然知道她的大名。

她的年紀應該比我大一點，作品多次被搬上銀幕，偶爾去書店時，她的新書都堆成一疊擺在最好的平臺上，所謂當紅作家之一。而且幾年前她獲得直木獎的時候，剃平頭抱著嬰兒進入記者會現場，引發輿論譁然的情景，都還歷歷在目。

杏仁眼外帶銳利的單眼皮令人過目難忘，一身灰色的運動衫配牛仔褲，足蹬運動鞋，再加上比小平頭更短的光頭，當時遊佐理加走上講臺的模樣，我也在電視新聞節目裡看過。雖說年輕的話，倒是頗有美術大學生或藝術家那種調調，但是她不是那種風格，乍看時宛如霧裡看花，幾乎沒有任何足以看懂她的要素，畫面醞釀出令人少許不安的違和感，「這小姐究竟是何方神聖啊」。但同一時間，又覺得那副打扮很吻合這位初次在新聞中看到的女子。

為什麼會這麼吻合呢——當時，我看著畫面中遊佐理加細細思索，才發現她的頭形非常漂亮。後腦勺有個完美的弧型，臉型較窄，額頭又大又圓的向前突出，鼻梁直挺挺的，讓人感受到意志的強韌。雖然並不是典型的美女，但是臉部的每個部分都充滿了躍動感，讓人印象深刻。那副有如機靈小動物的立體五官，微妙的營造無所顧忌的風格，讓我當時十分佩服。此外，她偶然的談話或是應答所表現的特質，也非常吻合她的風貌。記者詢問她關於帶寶寶到記者會的想法，是不是「隱含著伸張女性權利和主張的訊息」，她笑著回答：「訊息？沒有沒有，什麼訊息都沒有。我是單親媽媽，剛才家裡也就我們兩個，除了我之外沒有別人帶，所以只好把她帶來。」另一個記者又問「光頭很有個性，有什麼特別的原因嗎，還是某種理念？」遊佐回嘴：「你的髮梢得很漂亮，這有什麼特別的原因或是理念嗎？」逗得全場大笑。她笑容可掬的補充道：「不好意思接下來有點瑣碎，不過這不是光頭，它叫做寸頭，你們想怎麼看都無所謂，不過名稱很重要。」

與這位遊佐理加坐在同一輛計程車的後座，是一種奇妙的感覺，不過並不覺得不自在。遊佐理加靠在座位的一角，微微面向我，不時瞥著窗外，與仙川聊天。她的頭髮現在留到肩膀下，黑棕融合的髮梢帶著微光。我不確定與她攀談好或不好，反正一時也找不到時機插入仙川與遊佐理加的談話，便默默的聽著兩人說話。

「你和仙川小姐合作很久了？」

過了澀谷站，進入二四六號線，經過道玄坂上的十字路口時，遊佐理加對我說。

「沒有，啊，不過我們認識也有兩年了。」

「仙川小姐有點脆弱對吧。」遊佐理加促狹的笑了，仙川咳了兩聲，一面從副駕駛座轉過頭來瞪了我們一眼：「在本人面前有這樣說的嗎？」

「也對啦。」遊佐理加笑道：「就算是事實，也不該當面說。」

「才不是事實呢。」仙川小姐驚奇的搖搖頭笑了，「理加老是拿脆弱來形容別人呢，對嗎夏子小姐。」

「請問，剛才的那一齣，就這麼結束了嗎？」

我問遊佐理加。

「結束的定義是？」遊佐理加直到這時才直視我的目光。窗外照進來的夜色與街燈在遊佐理加的臉頰落下陰影，形成流動的斑點。我有點四肢癱軟，該不會是醉得比我想像的還厲害。

「我是說，剛才遊佐小姐說的那個人，他一句辯解都沒有，所以是承認囉？」

「對啊。」遊佐理加點點頭，「不過，我們幾乎是第一次見面，突然聽我評批他，可能嚇到了吧。搞不好事後想起來，氣得齜牙咧嘴。然後到處去說『那個女人腦袋果然有問題』之類的。」

「還有機會和他見到面嗎？」

「誰知道呢。」遊佐理加意興闌珊的說，「應該會吧。平常作家之間見面的機會不多，不過，老實說我根本不參加朗讀會的。倒是夏——夏目小姐，對吧？夏目夏子小姐。」

「是。」

「筆名嗎？」

「不是，是我本名。」

「真厲害。」遊佐理加笑道，「不過，今天對你來說真是個災難，來參加這種莫名其妙的朗讀會。反正一定是仙川小姐帶你來的吧？」

「是的，她邀請我參加。」

「你覺得怎麼樣？」遊佐理加不懷好意的笑笑。

「完全聽不懂。」我誠實的回答。「不過會場座無虛席，我真佩服大家，他們都好厲害喔。」

「就是呀。」遊佐理加開心的揚起笑聲說，「真的。雖然我也上了場，不過我打從心裡這麼覺得。我們這些既沒有學發音也沒有其他技術的外行人朗讀，他們竟然能耐著性子聽完，真的了不起呢。我深刻反省後，下次再怎麼樣，我也不上場了。」

「別開這種玩笑了好嗎。」仙川吃驚的笑道。

「我是第一次參加朗讀會，」我也笑著說。「朗讀會上聽不太懂也沒關係嗎？所有人都文風不動，應該有抓住他們的注意力吧。觀眾們都是讀者吧，他們聆聽口齒不清的朗讀，到底目的何在呢？」

「像是一種義務嗎？」遊佐理加露出一排整齊的牙齒笑道。

「什麼義務？」

「我不知道，像是作為文學信仰者的義務？」

「這種狀態下，權利又是什麼呢？」

「譬如說，」遊佐理加樂不可支的笑說：「周圍過著幸福人生的全是沾滿世俗氣息的笨蛋，相反的，自己多年來過著既不受認同也沒有回報的生活。但是，這絕對不是自己運氣不好，或是沒有才華，之所以過得不順遂，全因為自己是明事理的人，所以有心安理得的權利——有理嗎？我問你，你知道朗讀會上，客人最想聽到作家講什麼話嗎？」

「我想不到。我光是待在那兒都如坐針氈。」

「還用說嗎？當然是『接下來是最後一段朗讀』呀。」

我和遊佐理加笑了，仙川過了一會也困窘的笑了。

計程車在三軒茶屋的二四六號線邊停下，我道了謝下車，車門砰的一聲關上，轉眼開走。從皮包裡拿出手機查看時間，十二點多。

信箱的收信匣裡有個陌生的名字。紺野利惠。紺野利惠是——啊，是紺野小姐。除了例行聚會之外，在書店工作的舊同事從來不曾聯絡過我，而且這位紺野小姐個人來信也是頭一遭。

〈好久不見，最近好嗎？前一陣子見面時天氣還很熱呢！有點冒昧，不過明年年初我就要搬家了〉來信一開頭便這麼寫，又說因為種種因素，紺野一家人決定搬到先生的老家和歌山縣，希望離開前能與我吃頓飯。

〈如果有空的話，希望能在年底前見面。我去三茶也無妨，請撥冗回信。另外，我有個不情之請，請別告訴大家我要搬去和歌山的事，若能幫我保守祕密，至感幸甚！〉

為什麼只傳信給我呢？為什麼不能對其他人說呢？再者，為什麼搬家這件事只告訴我？——把信讀了好幾遍，心中浮起了幾個疑問，但也懶得再細細思量。最後一次見面是在夏天，我已忘了當時談了什麼，只記得後來去了神保町。想到這裡朦朧的記起那天中午吃了法式薄餅。仙川涼子穿著原色的寬鬆棉襯衫，坐在深紅色的舊沙發上。後來說了什麼來著？說起來談了什麼具體內容？——我尋思到此，腦際閃過正在寫的小說，胸口頓時一陣下沉、暗淡。我把手機丟進皮包底，數著腳步走上回公寓的路。

開了鑰匙走進去，影子交疊的房間感覺冷颼颼的，帶著冬天的氣息。地毯被腳底沾濕，應該是冬天的味道吧。但是剛才走在外面的時候並不覺得，所以只有這個房間有冬天的味道嗎？當氣溫、白天陽光的深度、夜的成分漸漸變化，幾種條件齊備時，滲入書本、衣服、窗簾和其他許多東西的冬天氣味，就會一起散發出來嗎？就像突然想起什麼似的。

十一月，就像相同形狀、相同重量的白箱子筆直排列在一起般度過了。早上八點半起床，吃了吐司麵包，坐到電腦前工作，午餐靠通心麵淋速食醬料打發，再回到工作。傍晚做做伸展運動，晚上吃納豆飯配醬菜。洗完澡，上網瀏覽不孕治療者的部落格，看起來大家還是反覆的時好時壞，偶爾有新的部落格登上排行榜也會看一下，大家都在「可能不行了」、「但是還不想放棄」的拉鋸心理中努力，但是，我連起跑線都還沒有站上去，這種時候，我也會心血來潮打開成瀨的臉書。

朗讀會的第二週，遊佐理加傳來郵件，信上寫著，怎麼想都覺得大費周章的寫信不如打電話來得輕鬆，如果有機會的話，我可以打電話去嗎？又說，如果嫌麻煩不用出來也可以。我在回信裡附上電話號碼，十分鐘後她便打電話來了。

「多謝你給我電話號碼。」遊佐理加說，「欸，我讀了你的小說。」

「我的嗎？」我大驚說道。

「只讀了一本，很好看。雖然叫做短篇集，但其實是長篇吧。」

「獻醜了。」

「客套話就省了吧，我們倆同年呢。」

「真的嗎？」我又吃了一驚。「我以為你比我大幾歲。」

「按學年的話，我早你一年，不過同一年生。」

「其實，我也訂了三本遊佐小姐的小說。」

「是喔。」遊佐隨口回道，彷彿與她毫無相干，她想了一會兒說：「對了，你可不可以別叫我小姐，直接叫遊佐，我聽了比較順耳。我該怎麼稱呼你？」

我說怎麼稱呼都行，她輕輕哼了一聲。

「那我叫你夏目好了，只叫名字的話，好像女子排球社團的感覺。」

「的確有社團感，雖然我沒參加過。」

「言歸正傳。你的那本——小說，剛才我也說了，很好看，讓我想起《吹笛河》，你該不會很喜歡《吹笛河》那本書吧？」

「我沒看過。」我說。

「真的嗎？」遊佐說，「一個村民經歷數代不斷死去的故事，時間長得令人昏倒，不過小說本身倒是沒那麼長。」

接著又說到方言。遊佐問我，「你說大阪腔，但是沒有打算整本小說都用大阪腔寫嗎？」我告訴她，我從來沒想過用大阪腔寫小說，她開始聊起她對關西腔、尤其是大阪腔的想法。

「大阪腔真的是太精采了。」遊佐說，「我去大阪的時候，看到三個女生興高采烈的說個不停。與其說看到，應該是聽到吧。如果寫成文章，就是敘述文連接著不同觀點的臺詞，不同的時態全部混在一起，嘰哩呱啦的說個沒完，速度又快而且不停的笑，然而對話還是能持續下去。那種大阪腔和電視上看到的完全不同。電視節目畢竟已調整成電視的調性。真正大阪腔的對答，目的已經不是交流或單純的對話了，而是一種比賽。而且自己不但說，還擔當觀眾的角色。該怎麼形容呢，不是有一種說書嗎，說書。」

「說書？」我跟著遊佐的話說。

「對對，關西腔就是為了說書而進化的語言吧……唔不對，進化還不足以形容。剛才說的說書，作為一種目的，為了達到最完美的說書形態，所以，把語言的體質——比方說音調啦、文法啦、速度等元素，漸漸畸形化了。最後，訴說的內容也更加畸形化。」

我對大阪腔從來沒有深思過，所以只能聽著遊佐的話，在心裡頭納悶。

「總之，我真是五體投地。我有很多說方言的朋友，本來覺得方言頂多就是方言，和外國話不一樣。但是，我真是太膚淺了，想法完全錯了。到底發生什麼事啦，又或者說，是我們自己沒察覺到它的奧妙？」

我也沒注意，我答道。

「不過呢，更進一步想，我覺得很厲害的那種對話，如果把它寫成文字，譬如像是小說，它能夠完美重現嗎，我覺得那又是另一回事。」遊佐說。

「也有大阪腔母語者用大阪腔寫文章啊，我讀過不少喔，想看看轉變成文字會怎麼樣。但是還是不行，行不通。讀過各種各樣的文章，我才明白它跟是不是母語者幾乎沒有關係。實際的形體與文章的形體，也就是文體啦，完全是兩回事。不用我說你也知道，文體是創作出來的。所以創作時最重要的是，耳朵好不好。」

「耳朵好不好。」我跟著複述。

「是呀是呀，」遊佐說得不亦樂乎，「重要的是聽懂支撐對話的節奏或是叫生物節律的玩意兒發出的聲響。然後把它置換成另一種東西的技術。這種技術呢，我就把它稱為耳朵好不好。也就是說，谷崎。」

「谷崎？」我說。

「對，谷崎潤一郎。」遊佐一字一字說，宛如念著眼前寫的文字。「我是說『春琴』。既不是『細雪』、『卍』，也不是貓或昆蟲，而是『春琴』。當然谷崎並不是關西腔的母語者。」

「但是，他的那些，不太算是大阪腔，而是關西腔吧。只有臺詞裡才出現不是嗎？」二十幾歲時讀後就未再拾起的《春琴抄》，已是記憶模糊，細節雖然想不起來，但是——春琴見佐助笨拙不靈巧，總是啪啪賞他巴掌的景象，宛如自己在甩他巴掌般，鮮明的反饋在手掌、手臂和腦海裡。這也許與她說的那玩意兒有關係。

「所以，」遊佐笑說，「我的意思是，把實在的大阪腔或關西腔如實寫出來或不寫出來並沒有關係。即使從頭到尾都用標準語來寫，或是用別種語言來寫，都可以充分重現我所說的精采。我說的畸形化，也許就是這麼回事。」

「真有這麼厲害？」

「對呀，就這麼厲害。」遊佐操著不太準的大阪腔說。

後來，遊佐不時會打電話來。

她的電話大多在我準備休息的時候打來，我們以每星期一次的間隔通話。晚上背景也會出現孩子的聲音。她告訴我孩子今年四歲，是個女兒，名字叫庫拉。我說這名字很少見呢，遊佐說與外祖母的名字相同。她也同樣在沒有爸爸的家庭長大，母親是保險推銷員，經常不在家，一起生活的外婆代替母職照顧她。母親在遊佐二十歲時再婚，與他人另組家庭，遊佐與外婆兩人相依為命，直到十年後外婆離開人世。我提起自己也一直和外婆住在一起，才發現我們倆的外婆都是一九二四年生。她問我外婆叫什麼名字，我回答是片假名的可美，遊佐讚嘆的笑道：「頗有大正時代的味道。」

此外，十一月最後一個星期天，仙川要我和遊佐去她家，請我們吃晚飯。仙川住的大樓，外觀看起來相當高級，門口當然有條門廊，還有個小門。客廳大概有十坪左右，而且鋪著十分高級的大型地毯。

臥室附有衣帽間，家具的品味、氣息、材質，當然與我住的地方截然不同，腦中浮現偶爾看過大樓廣告上詩意的文案。仙川把她聲稱最近學會的羅宋湯倒進碗裡，切好從某個名店裡買的麵包，再切了外國牌子的奶油，放在每個人的小碟子裡。吃到最後還是嘗不出裡面放了什麼的法式凍派、珍貴帶點酸味的奶油、色彩繽紛形狀多變的豆子沙拉等，桌上擺滿了我平常不吃，甚至根本沒吃過的各色菜肴。我們一面吃一面話家常。

遊佐說，今天我讓母親來家裡住，所以痛快的喝。我小口啜飲著啤酒，但是腦中卻是浮想聯翩。

像是仙川涼子真的是獨居在這麼高級又寬敞的房子嗎？或是想要住在這種房子，每個月到底需要多少錢，又或是歸根究柢來說，出版社員工的年收入到底有多少。還有雖然之前從來沒有提過，不過仙川現在有沒有交往的人呢？還是說以前有過？遊佐為什麼獨自扶養孩子，孩子的爸爸是什麼樣的人？她的懷孕和生產是怎麼安排的。還有，即將五十歲的仙川涼子，對於自己膝下無子有什麼想法呢？她過去對孩子有什麼想法，還是沒有想法？——我一面附和兩人的談話，一面在心裡思忖，如果自然提起這些事該多好。可是她們的話題老是繞著最近出版景氣淡、兩人各自看了什麼書和工作相關的事，完全不提個人。說到一半，仙川不時咳嗽，問她是不是感冒了。她解釋，沒那麼嚴重，不過有氣喘的老毛病。小時候經常發作，長大之後好了大半，但是如果工作累積太多壓力，就會突然嚴重起來。接著話題又轉到健康，一會兒排毒果汁，一會兒替代療法。說到這兒，我又想起來了，遊佐打開下載到手機的「壽命預測軟體」，三人一起玩。結果出來時，遊佐與我同樣九十六歲，仙川六十歲，大家一起捧腹大笑。「喂，都是你們這些小說家讓編輯折壽。」仙川喝了一口紅酒，調侃的笑道。

偶爾，卷子也會打電話來。

午後稍過不久，照例從「現在有空說話嗎」開始，說起店裡新來的女孩子，電視上看到的養生方法、在永旺夢樂城（AEON MALL）遇到十年不見的酒店老同事，但是她得了糖尿病，現在以輪椅代步，說起附近的某某太太清晨到鄰近操場運動時，發現老男人上吊的屍體等等……卷子如同現場實況轉播，興致高昂的一個接著一個話題說下去。然後說，最近全是這種鬱悶的事。上吊欸，夏子，不是在樹上或是那類的地方，而是籬笆。沒那麼高的一般籬笆，繫上毛巾，用毛巾上吊呢。毛巾哪是用來上吊的？是用來擦臉的不是嗎？他是從哪裡學到還是發現這種方法的呀，是吧，小夏？人到底為什麼生到世上來呢？她哀嘆了一會兒，到了快要掛電話時，又稍稍換了口吻道謝說：「就這樣，夏子小姐，謝謝您這個月也撥款過來。」第一本書出版，開始有零星的邀稿之後，我便開始每個月匯一萬五到卷子的帳戶。一開始卷子總說：「不用、不用那樣，你自己生活也很辛苦不是嗎？幹麼還匯款給我？」堅持不肯接受。但我不願退讓，「有什麼關係嘛，我自己想這麼做的嘛。」她才回答，既然如此，要不然我收下來幫綠子存款，你說怎麼樣。雖然不知道綠子曉不曉得這件事，不過隱約覺得她還是別知道比較好。

進入十二月，出門時毛衣外得要加件外套了。人行道旁等間隔種的銀杏樹，樹幹變得深黑，風也逐漸增加了寒意。走進超市，最醒目的位置排滿了火鍋湯底和柚子醋，一旁堆成小山的白菜散發出異樣的白，看著看著漸漸搞不清自己到底在看什麼了。超市擠滿了尋找晚飯食材的人們。

母親一手牽著穿幼稚園制服的孩子，另一手推著嬰兒車選食材，與我交錯而過。孩子使勁的跟母親說話，而母親以笑容回應。寶寶不知是不是在睡覺，嬰兒車上面全被遮陽蓋包覆，穿著白襪的小腳從柔軟的毛巾被中伸出來。我想像著自己推著嬰兒車，到處走走逛逛的模樣，想像自己牽著孩子的手，說明蔬菜和肉的景象。最後，我買了納豆、蔥和大蒜、培根走出店外，但不想直接回家，所以便提著裝食材的塑膠袋，在三軒茶屋車站附近閒逛。從大馬路的岔路通往一條小巷，隨處可見小酒吧、居酒屋、二手衣等的招牌。

這樣漫無目的的信步走著，開始聞到自助洗衣店大型烘乾機烘衣物時混合著熱氣的獨特氣味。抬起頭，前方有棟貌似澡堂的建築，經過小自助洗衣店再往前幾步，確實是間澡堂，我在門口前站定。這裡離我家並不遠，可是我竟不知道這種地方有間澡堂。住在三之輪時，偶爾也會去澡堂泡澡，搬到這裡之後一次也沒去過，說起來，我連去趟澡堂的念頭都沒有。

澡堂門口沒有人進出的動靜。

從外觀來看屋子十分老舊，各處的破損一目了然，但是卻飄著濃濃熱水的味道。我掀開褪色的門簾走進裡面，區分男女的兩道木門、兩門之間的柱子掛著每日一頁的日曆。低矮的天花板斑駁剝落。木屐櫃上的黃色木牌幾乎都掛著沒動，水泥地上一雙鞋也沒有。我脫了運動鞋走進裡面，一個老太婆雖然坐在櫃臺裡，但是腰部彎得厲害，她朝我瞥了一眼，小聲咕噥道，四百六十圓。

更衣間裡一個人也沒有，原本應該是白色，但已泛黃整體變成奶油色的電風扇，臺面露出鐵鏽的大型鐵製體重機，必須把整個頭伸進去的頭盔式吹風機，椅子上的坐墊全部龜裂，地板鋪著斷裂的草蓆，洗臉臺旁放著年代久遠的藤椅，在一旁的桌上，孤伶伶的放著霧面玻璃的小花瓶，看起來像是別人忘了帶走的遺失物。

我站的地方是任何澡堂都有的更衣間，隔著一片玻璃的後面是浴場，那裡確實熱氣蒸騰，現在只是剛好沒有人在，等一下客人就會來吧。應該是這樣，但是那裡——與我以前天天報到的澡堂，與我去過的澡堂都完全不一樣。它是種與有沒有人氣、陳舊不陳舊沒有關係的不同變化。我穿著外套，站在空蕩的更衣間中央，覺得好像被遺棄，在皮肉逐漸脫落、風化的大型生物骨骸中，我自己也變成蛻下來的空殼，那是種前所未有的空虛感，如同看著別人被某個失誤害死卻只能束手無策的心境。

以前——真的是以前嗎？一家人去澡堂的日子，真的發生過嗎？可美外婆和母親還活著，我和卷子都還是小孩子，在裝了洗髮精和肥皂的洗臉盆上掛了毛巾，歡笑著走過夜路，在似可碰觸的熱氣中泛紅的臉頰，全家人雖然沒有錢，卻活得踏實、無話不談的日子。沒想過要說出來的各種情緒。在氤氳熱氣的後方總是充斥著女人，小寶寶、幼兒、老太婆和各種女子脫光了衣服，在髮上搓揉泡沫，泡進熱水，暖和身子。無數的皺紋、挺直的背脊、下垂的乳房、光潤的皮膚、剛出生未久的四肢、深斑淺斑、肩胛骨的柔和隆起——那麼多軀體有的為了不值一提的小事說說笑笑，有的懷揣著焦慮擔憂過著一天又一天，那些女人都到哪裡去了呢？那些女人的身體後來怎麼樣了呢？也許，大家都不在了，就像可美外婆一樣。

我穿上鞋走到外面，櫃臺的老太婆只輕輕動了下頭，穿了多年的運動鞋髒兮兮的，顏色已像是沉鬱不祥的陰天。我漫無目的的信步閒逛，冬天凜冽的空氣混雜了烤肉的煙，強烈刺激眼睛的光四處閃爍，擦肩而過的男人們發出「嘩」的低聲笑語。我攏緊大衣領口，聳起肩膀，換一隻手拿塑膠袋。人們用各種速度走路，擺出形形色色的表情，穿著形形色色的衣服，一面想著或沒想著形形色色的事，用各種音階的聲音說話。而街頭有著無數的文字，沒有一處沒寫文字，標幟、出租房屋介紹、商店招牌、菜單、自動販賣機商標、金額、日期、營業時間和藥品功效。即使不想看，那些文字彷彿也會自己跳進我的眼中。太陽穴微微抽痛，我發覺自己的身體涼冰冰，走出家門時和走出澡堂時明明還不覺得冷。於是我把塑膠袋勾在手臂上，捏捏兩手確認一下，但指尖冰得出奇。冷空氣像是填滿了外套和裡面毛衣纖維的縫隙，侵蝕皮膚，不久融入血液運行全身，讓我變得更冷。

驀地抬起頭，前方吸菸區一帶，看到有人蹲在地上。

幾個人在香菸的煙霧籠罩中圍著菸灰缸，他們旁邊，正好是大樓間窄巷的暗處，另一個人蹲坐在幾輛自行車斜插放置的陰影附近。菸客們並沒把自己身旁的那個人放在心上，繼續吐著菸談笑，或是彎著脖子注視著手機。這些人在幹麼呢，應該不是小孩子吧。我不由自主的向那個影子走近。

蹲坐在地的是個男人，身材如同小學生般嬌小，油脂和灰塵凝結在似乎幾個月、甚至幾年都沒有洗的灰髮上，髒到不能再髒的作業服下，穿的是同樣髒汙的兒童室內鞋。男人彎著腰，朝著地面一一按壓著什麼。我再走近一點，才看清楚他在做什麼。男人按壓的是香菸的菸頭，他從吸菸區備好、加了水的菸灰缸裡，拿出結塊的菸頭，壓在細格子的排水溝鐵蓋上，把裡面的水壓乾。男人既沒戴手套也沒有任何工具，菸蒂被融在水中的尼古丁和焦油染得烏漆麻黑，在陰影中閃著黏呼呼的油光。男人緩緩移動重心，用力壓出水來，再用更慢的動作，將壓完後只剩渣滓的菸頭，放滿整個塑膠袋，然後束緊袋口，動作重複了好幾次。我不知道站在那裡看了他多久，也許有兩分鐘吧。突然那個男人抬起頭，緩緩轉過來看著我。我們目光相對，他的臉與衣服頭髮一樣髒，臉頰清瘦形成被削去的陰影，眼皮凹陷像兩個洞，嘴唇微張，看得到不整齊的門牙。夏子，好像有人叫我。夏子，彷彿聽到他的聲音。心臟怦怦的跳，太陽穴裂開般發疼。男人兩隻小小的黑眼睛凝視著我，我也無法從他身上轉開視線。夏子，男人再次輕聲叫我。儘管試圖回憶，但是應該已不存在記憶中的那道聲音，瞬間將我帶回到過去。海潮的氣味，防波堤的石塊，如同黑暗的呼吸般高起又碎裂的硬波。大樓窄小的階梯，生鏽的信箱，堆在枕頭邊的雜誌，髒衣服山，酒醉的怒吼。媽媽呢？男人沙啞的嗓音更低聲的說。我已經退後一步。媽媽呢？男人再次小聲的問我。她早死了。我咬著牙說。男人似乎不太理解我說的話，只有黢黑的臉對著我，用像被塗掉的暗淡眼睛茫然的注視我。男人瘦小纖細，看起來已不再有什麼力氣，弱不禁風的樣子，好像連那邊的幼稚園小朋友都打不過。可是，我畏懼這個男人，呼吸變得淺而急促，心跳激烈的撞擊胸口。你媽死了？男人目光空洞的說。他沙啞的聲音繼續說話，你做了什麼——他說了什麼，我一下子會意不過來，眨了好幾次眼睛試圖鎮定下來。你做了什麼，男人對著我說。喉頭掠過碾壓般的疼痛。鼓膜發出喳、喳的聲音。我做了什麼呢？心跳大得讓身體不禁前後擺動，難以抑制的憤怒在鎖骨附近打轉，如同體內的血液沸騰逆流，自己只能被那潮流推著前進般憤怒。你這傢伙，我好想大吼一聲，從後面將那男人踢飛，好想抓著他的肩膀，把他強拖硬踹一番。可是我什麼也沒做，什麼也沒能說。我畏懼這個人，儘管他又瘦又弱，再也掄不起拳頭也沒力氣吼叫，即使如此，我還是害怕。我只能靜靜的看著他，然而，不知什麼緣故，我的手上確實留下抓住他的衣服、將他往後推倒的觸感，確實留著哭著揍他的肩膀、踢中他胸口的感覺，無法鬆開不知何時握緊的拳頭。我不可能有這種想法，不可能。我沒有對眼前的這個人做任何事——我搖搖頭，一再的告訴自己。而那男人又微張開嘴，我凝視注意時，聽到了「為什麼沒幫她」的聲音。那聲音比剛才更微弱，乾癟的低聲並沒有傳到我站的地方，但是它卻像是在我耳邊輕語般鮮活的響徹整個腦袋。媽媽，為什麼沒幫她，男人再次說道。為什麼沒幫忙，為什麼幫不上忙。男人的話在我心裡變化、分枝，我看到男人的眼睛周圍滲出黑液，那液體變成好幾條黑線垂落臉頰，不久後如同致命的斑塊擴散到整張臉。就在這時——左側倏地亮起強光，尖銳的金屬聲拔高響起。我嚇得抬起頭，只見自行車就快撞上之際停住，騎車的女子瞪圓了眼睛，半怒斥的丟下一句「很危險欸」離去。我轉回視線，那個小個子背對著我，繼續剛才的未完的作業。旁邊升起了幾道白煙，幾個人和剛才一樣還在抽菸。

我閉上眼睛，把嘴裡含的口水一口吞下。嘴唇又乾又痛，用舌頭舔了舔，裂得更深了。我快步穿過那地方，又閃又躲的盡量不撞到人的往前走。一到轉角便右轉，轉了好幾次，然後在我看到的第一家店，用身體將門推開。

身體還是冷冰冰的，即使不脫外套的呆坐著也沒暖意，然而我還是把加了冰塊的開水一飲而盡，並且請他再倒一杯。店裡呈細長形，最前方是咖啡店，裡頭好像在賣衣服和小飾品。牆上掛了幾件黑色搖滾T恤，這麼說來，的確帶有舊衣店特有的甜懶灰塵味。不知架在哪兒的喇叭，播放著超脫樂團（*Nirvana*），歌名我想不起來，不過放的是《從不介意》（*Nevermind*）專輯的第三首。穿著灰色舊防風外套，兩耳滿布耳環的年輕女店員過來點菜，我點了熱咖啡。兩手手背刺了大小不一的星星圖案，像是孩子畫的。然後我想起不知誰說的，熱帶國家的飲料或食物即使是熱的，也會冷卻身體，我其實也不想喝咖啡，但是又不知道還有什麼可以點。

從剛才開始，嘴唇便灼熱疼痛，用手指觸摸才知道嘴唇好幾處破皮了，痛得我想要護唇膏，在嘴唇裂縫上來回塗個幾圈，順便把整張臉都塗滿，痛得我想問剛才的耳環星星店員有沒有帶護唇膏。但是，當然不能問這種事。舊衣店沒有賣口紅，而且口紅只能一個人用。聽著寇特・科本（Kurt Cobain，超脫樂團的主唱）永遠纖細的歌聲，嘴唇的刺痛感也越來越嚴重，但又覺得那也無所謂了，又思索起嘴唇的痛到底算什麼。嘴唇的痛到底是什麼在痛呢？接著想起了成瀨。十八、九歲時，有段期間兩人只聽這張唱片，儘管我並不特別喜歡龐克或油漬搖滾。在我們開始聽的不久前，知道了寇特・科本死亡的消息，但是當時我們沒有意會過來，因為喜歡的樂手大多都死了。曲子來到了〈鋰〉（Lithium）。「腦海中與朋友見到了面，所以今天很開心」，寇特・科本彷彿二十年前一樣的唱著。不對，「彷彿一樣」的說法不太對，我心裡想著，應該是完全一模一樣。死去的人和留下的資訊不會有任何變化，他們只是在同樣的地方吶喊著同樣的歌詞，直到所有聆聽的人一個都不剩為止。我記得讀過，他死的時候，女兒還在襁褓中，成長的過程中沒有人教她讀書寫字。有一個用槍轟掉自己腦袋、永遠年輕憂鬱的父親是什麼心情呢？

咖啡過了很久都還是熱的，即使含在嘴裡，一點一點的流進喉嚨，心情還是沒有平靜的跡象。只有寒意少了幾分，所以我把外套脫下，捲成一團放在旁邊，吐出胸中沉積的氣息。嘴唇加速似的隱隱抽痛，每當剛才抽菸區的場景快要甦醒時，我便輕輕搖頭閉上眼睛。我想像一塊虛構的白布，用虛構的右手指尖捲起，吹進虛構頭腦的每個角落，不論是變成長段、出現龜裂，還是膨脹凸起的部分，都小心翼翼的將它磨平。我嚥下口水，手指專心的來回搓摩，可是不論過了多久，那塊虛構的布上還是有痕跡，腦袋裡永遠沒能變乾淨，很難完全抹去。我捏起盤裡的方糖啃了一口，不論舔還是不舔，它的甜味都還是一樣擴散到舌頭上，虛有其表的甜。

驀然想到，打個電話給卷子吧，雖然沒有事要說，但只想和卷子說說話，說什麼都行。不過今天是上班日，這時間卷子已經出門了。綠子不知道在做什麼，上次用 LINE 通訊是多久前的事了？她和春山在一起嗎，還是現在是打工的時段？我拿起電話想給綠子發個 LINE，遲疑了一會兒又放棄了。

打開信箱，幾家報社寄來的電子報，其中夾雜了紺野小姐的來信。上個月收到信之後，我回信說年底前見個面吧，但是卻沒有說定任何細節，我像是從指尖放走什麼東西似的，快速滑動手機，打開報社的來信。報導的標題和介紹、促銷廣告等一一映入眼簾，我不經大腦的讀著畫面上出現的文字。今天世界又發生了形形色色的事，川普總統勝選後已過了一個月，但是對全世界民眾的衝擊仍未冷卻，即使是日本，許多專家學者也嘗試各式各樣的解析，投稿各式各樣的文章；媒體報導了斯德哥爾摩舉行的諾貝爾獎頒獎典禮，那些報導中偶爾夾帶了促銷訂閱的廣告。後面還有專欄和推薦報導。什麼是不會虛度人生的生氣方法——憤怒控制？預防諾羅病毒感染，在家也能做的因應之策。接下來有活動和集會介紹，有資產活用的研習會，有只限女性參加的名散文家談話會，有攝影展。然後，手指停在下一個標題，眉頭縮緊，眼睛睜大，那標題寫著〈新的「親與子」，以及「生命」的未來——思考精子捐贈（ＡＩＤ）〉。

標題下方說明了活動概要。

「在日本，從六十多年前開始，便實施精子捐贈（ＡＩＤ）作為不孕治療的一環。據說到目前為止，已經有一萬多名以上的人誕生。但是目前仍有很多爭議，法律也不完備。今後技術發展日新月異，價值觀也趨於多樣化，第三者參與的生殖醫療究竟是幫助了誰。我們現在真正應該思考的是什麼？會中將請到致力於這個問題的當事者逢澤潤先生，與大家談談『親與子』以及『生命』該何去何從。」

逢澤潤——這個名字好像在哪裡聽過。在哪裡？在哪裡見過呢？我確實在哪裡見過這三個字的排列。我認識，我認識這個名字。逢澤潤是誰呢？我把手機面朝下放在桌上，注視著咬掉一口的方糖，在腦海中一再的顯示逢澤潤三個字。精子捐贈、當事人、逢澤潤——這時，一個背對著我挺直站立的男人身影在眼前浮現。

「身高一百八十公分，身材魁梧，單眼皮，與母親明顯的雙眼皮不同。從小就擅長長距離賽跑。」——是那個人。「單眼皮，擅長長距離賽跑的人，現年五十七歲到六十五歲的人。有沒有人有頭緒？」——是那本書。幾個月前從採訪靠第三方捐贈精子誕生者的那本書中，知道了他的名字。我完全想起來了。是那個靠著不算特徵，但十分瑣碎的線索尋父多年的人。我點進連結，查明時間和地點，將畫面截圖保存在相簿裡。

12 快樂的耶誕

會場位於自由之丘站走路幾分鐘的小型商業大樓的三樓，大會議室般的簡素房間，掛在中央的白板前放了一張椅子，一旁的小木桌上架著麥克風，折疊鐵椅環繞它呈扇狀排列。十五分鐘前我到達時，準備的六十個座位已坐滿八成，我把包包放在最後一排的角落位子，然後去洗手間。回來時，隔壁坐了個女人，四目相交下互相點頭為禮。隨意環視了房間，我看起在入口拿到的傳單，按預定的流程安排，前半為逢澤潤講話，後半則和與會者交互討論。

過了一會兒，一眼即可認出的逢澤潤走了進來。

身材高大，米色卡其褲配上圓領黑毛衣，手上什麼也沒拿。他輕輕點頭，在椅子上坐下，用指尖把遮到眼睛的瀏海左右分開，然後揉了好幾次眼睛。個人的特徵如同先前的自述，眼睛細長單眼皮。他拿起麥克風，說了聲「午安」。

我反射性的覺得，那髮型好像網球選手啊，中分，在耳朵附近剪齊，極為普通的髮型，我也無法解釋為何它讓我想到網球選手，但是莫名的就是那麼想。可能是髮際線有點立起的關係吧。逢澤潤一面注意著麥克風音量，感謝大家的到來，他的聲音既不高也不低，沒有明顯的特徵，但是說話的方式頗能留下印象，咬字也清楚，聲音洪亮，不過整體來說，速度柔和再加上獨特的停頓，感覺像是在聽某人的喃喃自語，就像在無人房間的角落畫著色畫的說話方式。

逢澤潤從他自己的經驗談開始講起。

逢澤潤一九七八年生於栃木縣，逢澤潤十五歲時，五十四歲的父親過世，他與奶奶和母親三個人生活，直到他離家讀大學為止。三十歲的某一天，奶奶告訴他「你是我沒有血緣的孫子」。向母親求證時，母親坦白說，她在東京的大學附設醫院接受ＡＩＤ治療、懷孕生下來的孩子。之後，他想盡了辦法尋找親生父親，但至今依然下落不明。

接著，話題轉移到ＡＩＤ的現況。

舉例來說，在美國等地已建立了系統，用ＡＩＤ產下的孩子若想知道自己的身世，可以使用它，但是在日本，幾乎很少人知道ＡＩＤ這條途徑。雖說已有一萬五千人、甚至兩萬個孩子靠這個途徑來到世上，但是，日本有此認知的人寥寥無幾。絕大多數父母並沒有向孩子說清楚，大多的模式都是偶然間發現。而且，說明這種重大事件叫做「身世告知」（Telling），最理想的狀況是全家人聚集，度過快樂時光的時候向孩子告知，但是事實上，大多是在父母病危的狀態，或是趁著去世的機會告知。這種做法對當事人造成很大的影響，而且，得知身世之後，當事人不乏產生被蒙在鼓裡的不信任感和憤怒，感覺自己不是來自於人，而是來自於東西。靠ＡＩＤ誕生的許多人都懷著這種痛苦。

「以前的ＡＩＤ治療，和選擇這種途徑的父母並沒有想像過，生下來的孩子未來對自己的身世會有什麼想法。」

說完這段話後，逢澤潤說：

「還有，許多捐精者並沒有深刻思考過，比方說大學附設醫院等設施，醫學生只是照著主管的話，幾乎像是以捐血的感覺捐出精子。幸運的是——當然法治上的改善還有很長的路要走，但是，最近，慢慢有些醫院認為無法忽視孩子有了解身世的權利這部分，而退出ＡＩＤ治療。但結果是，包含我在內的當事人都收到了許多指責，要我們不要再說了，進行ＡＩＤ治療的醫院減少的話，很難做不孕治療，也不能生孩子了，要我們別多管閒事。

「但是，我認為最重要的，應該是為孩子著想不是嗎？懷孕、生產不是終點，孩子未來還有人生要過。而且孩子想知道自己身世的時刻一定會來臨，他會想知道自己是誰與誰的孩子。當他想知道自己的身世時，一定要讓他能夠知道，至少，這個主張我想堅持下去。」

逢澤潤的話說完後進入短暫的休息時間，沒多久開始討論。剛開始誰也沒開口，經過一陣無以名之的沉默，一位女士微微的舉起手。麥克風傳給這位坐在入口附近的嬌小女士時，她點了下頭，開始抒發己見，不過，並不是可以與大家討論的話，而是講述自己長年累月進行不孕治療的痛苦，由於得不到丈夫的協助，目前仍不知是不是男方不孕，也很茫然未來要怎麼走下去。大約是這樣的內容，女士的發言看似告一段落時，與會者零零落落響起了掌聲。

接下來，另一位女子舉手，也仍然是相同的內容。由於不孕的原因出在丈夫身上，自己無論如何都想生孩子，所以對AID有興趣，不過沒辦法告訴丈夫等云云。然後，又有一個女子舉手，她把黑髮在後面挽成一綹，夾著木紋髮夾，留出瀏海，身上穿著皺巴巴的外套。接過麥克風後，她「吭吭」的敲了敲，確定有開機。

「為人父母的意思，」她大聲咳了一下，想除去喉嚨的阻礙，「——為人父母的意思，是不顧自己的一切，只求以孩子的幸福為優先的想法。這就是資格。但是AID技術如同剛才所說，難道不是百分之百來自於父母的自私嗎？原本生孩子應該是大自然的安排才對。醫生們也很自私，他們把生命的重要性視為次要，說白了，這種作為根本是實驗。他們想試試自己的實力，或說自己想看看能做到什麼地步。所以，我反對這種技術。不久前也有討論借腹生子，只要拿得出錢，就能借用貧困女性的身體，讓她產下孩子。這種做法等於是剝削啊。我認為應該有人出來說清楚，那種做法不是治療，它大有問題。」

女子似乎有點激動，坐下時發出砰的一聲，掌聲比剛才略遲疑了一下才響起。我想問她，是否有哪個母親生產不是出於自私，但還是算了。逢澤潤坐在椅子上，兩手交握的放在膝頭上，應和著那女子的話一面點頭。但是他的表情像是心不在焉或是沒聽進去，看起來若有所思。

「我想說，」又有一個女子舉手，她長著圓臉，淡黃色的毛巾披在藏青色的洋裝外，頭髮鬈得很漂亮。看起來既像是與我同一世代，但說她大十歲卻也不為過，總之從容貌看不出年齡。雙手手腕掛了好幾圈能量石念珠。

「我是這麼想的，想像力很重要。」

她微笑的看著每一位參加者，準備朗誦自己的詩作般開始說。

「如果用ＡＩＤ產下的孩子有了障礙怎麼辦？孩子成長的過程中，不能建立家人的關係怎麼辦？

「未來兩夫妻說不定會分手，如果到那個地步，用ＡＩＤ生下的孩子會怎麼樣呢？

「做父母有沒有做好心理準備呢？

「我希望考慮施行ＡＩＤ的人，能仔細思考這一個部分。然後……生下來的生命，應該都是一種緣分才來到這個世界上吧。

「人在做，天在看，老天爺都看得一清二楚。對於有決心、守本分的夫妻和家庭，祂就會賜給你孩子。家人是最最重要的。

「孩子要在愛與責任的環境中成長，即使是ＡＩＤ這種特殊的治療，孩子全都是……不論什麼樣的生命，都是生命。我不否定生命，謝謝。」

女子說完，輕輕將雙手合在臉前，笑容滿面的向參加者鞠躬。參加者也像剛才一樣為她鼓掌。就在下一刻——雖然很後悔但是太遲了，我反射性的舉起手，拿麥克風的女子往這邊過來。

「剛才您說的話，似乎並不只限於希望做ＡＩＤ的人吧。」我說，「譬如說，孩子如果有了障礙，或者是不能與家人建立親密的關係等等，還有夫妻分手會怎麼樣。這些狀況不只限於AID才會發生吧？不論什麼樣的父母都應該考慮這些狀況不是？再來提到上天？您說上天看到守本分的家庭或家人，還有有決心的夫妻，就會賜下孩子，這個想法會不會太粗糙了？什麼叫做守本分的家庭或家人？舉例來說，既然上天賜予孩子守本份的家庭，為什麼會發生虐待事件？為什麼孩子會被父母殺害？」

然後，我發現自己說得越來越大聲。

所有的人紛紛朝我瞄了幾眼，我無法相信自己會在這種場合刻意說出這種話來，甚至感覺自己的心跳之大，足以搖晃整個會場，臉頰驀然發熱，我低下頭凝視著自己的膝蓋，試圖鎮定心情。女子過來，我把麥克風還給她。

雖然在腦袋裡生氣、犯嘀咕是常有的事，不過，實在難以想像我會在一群陌生人面前發言。我以前確實有這種傾向，不過那都是十幾二十歲，年代久遠得我已經想不起來的事了。脈搏跳得我胸口發疼，熱意燒到了耳背去，手指也在微微顫抖。而剛才的女子坐在距離稍遠的位置打量我，獨自咕噥著「可是虐待那些，也是孩子的試鍊嘛。」聽到試鍊這個詞，我不覺抬起頭，但是並沒有回答她。逢澤潤看著我們針鋒相對，只點了幾次頭，對我的意見並沒有表示感想，拿起送回來的麥克風說：「怎麼樣，還有哪位想要發言嗎？」

以討論為名義的感想發表會結束後，活動應該就此結束，半數的人走出會場，剩下的人聚成幾個小圈圈開始暢談。我的臉還熱熱的，好不容易才讓心情平靜下來，坐在椅子上假裝查看手機上的信箱，但是腦海中仍然塞滿了剛才的情緒。

不論怎麼想，我都十分後悔，根本沒有必要向只表達自己世界觀和心情的人嗆聲或是說明自己怎麼想，早知道閉嘴不理就行了。但是，我並不覺得自己說錯話，即使是現在，對那女子說的話，我仍然難掩憤怒。不僅如此，即使我叫自己別再想了，剛才的對話依然恣意的不斷在腦海中重現，讓我回想她話中的細節，因而更加忿忿難平。

我朝女子的方向瞥了一眼，幾個女生圍著她談得很開心，突然揚起笑聲，好像對我，對剛才的交鋒一點也不在意。什麼玩意兒嘛，我心想。這個集會到底是什麼會啊，當然發言的只有幾個人，而且也不知道參加者各自的立場是什麼，但是，整個會從一開始就帶有不認同的調調，根本不是在探討ＡＩＤ。當然，因為身為當事者，也是最先講演的逢澤潤有這種傾向，所以整體的氣氛也自然跟著走了，我讀過採訪集，所以早有心理準備，但是怎麼說呢，感覺到有點不知所以的空虛。

走出會場等電梯時，感覺有人靠近，是逢澤潤。逢澤潤一站到我身邊，身高比想像得還高。仔細一想，成瀨與一百六十三公分的我只有幾公分的差距，以前幾乎從來沒有這麼近距離的看到高個子男人。

逢澤潤手上提著黑色棉布包，身為主持人或集會主角的人，卻比參加者更早離場，令我有點意外。四目相接之下，我向他點個頭，逢澤潤也點頭回應。我以為他會對剛才的對嗆說些什麼，但逢澤潤什麼話也沒說。電梯停在九樓不動，一直沒下來。我鼓起勇氣對他說：

「今天是我第一次參加。」

「剛才您是最後一個發言，」逢澤潤道，「感謝您。」

「我說的話也許牛頭不對馬嘴，對不起。」

「沒有那種事。」

然後話就接不下去了。電梯還停在九樓。

「逢澤先生，」我說，「經常舉行這種會嗎？」

「不是我辦的。」

逢澤從包包裡拿出傳單交給我說，如果有興趣的話。傳單右上方用小迴紋針夾著名片，極普通的名片紙上寫著，逢澤潤，「從當事人角度思考ＡＩＤ會」，沒有電話號碼，只記載了電子信箱帳號和網站的ＵＲＬ。

「這是ＡＩＤ當事人集合的活動。傳單上的是明年初的學術研討會，有專家、醫療界人士和我們的代表——這麼說好像有點誇張，總之本會的發起人會上臺。如果您有興趣的話。」

逢澤平淡的說明，像是在念誦書架上不感興趣的書背文字。

「逢澤先生也會出席嗎？」

「不，我基本上負責行政作業。」

「我讀過專訪的書。」我說。

「謝謝。」逢澤輕輕點頭，極公式性的道謝，他的目光沒離開電梯的燈，把包包從左手換到右手。電梯開始動了，降到八樓，一看到燈降下來，我突然有種被催促的心情，心跳也加快。當電梯燈顯示四樓時，我開口道，那個……。

「我想做ＡＩＤ。」我說，「我沒有結婚，也沒有對象，所以從一開始我就是單親媽媽，不過我想做ＡＩＤ。」

開啟的電梯裡一個人都沒有，我們默默的進去，逢澤按了一樓鍵，電梯立刻到達地面，門開時，逢澤潤按著按鈕，示意讓我先走。

「我太冒失了，不好意思。」

「不會，這個會的性質就是這樣。」逢澤搖搖頭，頓了一會兒才說：「您單身的話，那就是國外囉？」

從威爾克曼的網站——這個詞驀地浮現在腦中，不過我沒能說出口，我不知該怎麼回答，默然無語的時候，逢澤大概是接到來電吧，他從褲子口袋裡拿出手機看了一下畫面，然後放回包包。

「希望你達成心願。」

說完，逢澤邁出步伐，在第一個轉角消失了身影。

我朝著車站，走在十二月的清新空氣中，一看時間，三點半剛過，馬路角落堆起混雜黃色、褐色或紅色的枯葉，偶爾颳起風便隨之飛舞，空氣和風都有冬天的寒意，但是陽光很溫暖。

這是我第一次來自由之丘，大概因為星期天的關係，步道上遊人如織，有的坐在長椅，有的吃東西，也有的帶孩子玩，或是帶著從沒見過的大型犬散步，也有人進出面向步道的許多商店。嬰兒車也很多。剛開始我計算擦肩而過的車子，但超過七臺時放棄了。不知哪兒飄來烤可麗餅的甜甜香氣，聽得見笑聲交錯，母親大聲呼喚小孩子的名字。

走了一會兒，看見一棵大耶誕樹，人們圍成一圈拿起手機拍照，也有人拿著筒狀鏡頭的正統照相機在拍照。樹上掛滿了燈飾，儘管是白天，四處都閃著黃色光芒，於是我才發覺今天是耶誕節。背後爆出哇──的歡笑聲，轉身一看，幾個穿著白色褲襪，梳芭蕾舞髮型的小學女生開心的互相嬉鬧。連耶誕節都要跳芭蕾啊，我如此想著。

穿過平交道，來到車站前，我在第一張看到的長椅上坐下。公車和計程車沿著圓環緩緩回旋進入，斜前方的商店花車疊放著耶誕蛋糕，旁邊有幾個聖誕老人裝束的男女店員正在招徠顧客。我拿出逢澤給我的傳單，看了一會兒他夾在上頭的名片後，放進皮夾裡，接著看起傳單。學術研討會會在明年，也就是下個月二十九日，在新宿的××中心舉行。逢澤所說的專家、大學學者和從事不孕治療的醫師等講者名字都列在上面。免費入場，名額兩百人。下方記載著主辦者、會場地址與電話號碼、各種申請方法。

我把傳單折成兩折收進包包，無意識的望著人們進出車站驗票口的動靜，接著又把帶在身上的訪談集拿出來翻看。整本書從頭到尾我看過兩遍，但已經不知道多少次一想到時，便隨便翻到某一頁開始讀。雖然也是理所當然，不過不論什麼時候讀，書裡寫的其實都是以ＡＩＤ生下的孩子的體驗、痛苦和掙扎。不論讀幾次，還是如第一次讀一般，強烈感受到迫切。

照一般的想法，我想，我想做的事是不可為之的事吧。**不可為之**的最大原因，也就是說，以ＡＩＤ誕生的人最痛苦的事，就是父母長期隱瞞了真相，一直欺騙自己，直到父母生病或是恰巧某個事件，才在某一天無預警下得知，因此大受打擊，覺得自己過往的人生都是一場騙局。他所信任的一切、自己的基礎從腳底開始崩塌。

但是，我想，我不會做這種事。如果我接受ＡＩＤ而懷孕、生下孩子，我一定會一五一十的告訴孩子，絕不隱瞞。剛開始的時候，我的確認為，把陌生人的精子放入體內，是個天方夜譚，更何況，用這種方法懷孕生下孩子，實在太不現實了，怎麼想都認為自己不可能接受這種事。但是在我做了許多功課中，在時間流逝中，我漸漸懷疑，它真的不尋常嗎？

例如，現在這年頭，與哪個陌生人做愛已經不是什麼稀罕事了吧？人們相當自然的接受才剛認識的人把性器放進自己的性器裡，不是嗎？故意不避孕的男人如過江之鯽，就算是行事謹慎，也有可能漏出體液啊。另外也有人和來歷不明的人有了一夜情，偶然懷孕生下孩子呀。這種事是好還是壞，合不合乎常理，如果把這些想法另當別論的話，這麼一想它也算不上是驚世駭俗的行為。

過去，不論是搭訕，交友網站、還是砲友，反正把性愛想得很隨意的男人，基本上不都是那樣嗎？有幾個男人敢斬釘截鐵的說，**在自己不知道的地方絕對不可能有自己的種**。

沒錯，從一開始就父不詳的模式，其實多得不可勝數。找不到爸爸或根源的孩子，並不只限於ＡＩＤ，過去還有很多。所謂的養子難道不用算進去嗎？棄嬰保護艙*5也是吧。如此誕生長大的孩子，並不是所有人都陷於不幸吧。事實上，在美國出版收集當事人心聲的書中，有一名女同性戀伴侶的女兒，便十分驕傲的告訴大家她是以ＡＩＤ誕生的。另一位男孩說，他不認為有任何問題，因為對他來說，這是很自然的事。當然，在歐美，利用第三者的精子或卵子誕生的孩子有串連組織，也建立了讓他們可查詢捐獻者的管道和網絡，所以不能單純的比較，但是很多孩子樂觀看待自己的身世卻是不爭的事實。

問題的癥結，我想，在於說謊和矇騙吧。假設，我在威爾克曼選擇了「非匿名捐獻者」，將來孩子想見他父親的話，基本上是聯絡得上的。當他還小的時候告訴他：「我決定獨自生下你，所以從丹麥請他們寄來生命原料的二分之一。」等他大一點，再更詳細的告訴他為什麼選擇這個方法，這樣不行嗎？不好說吧。

如果，自己也有這樣的身世，譬如說，我的父親並不是親生父親的話。

如果母親告訴我，她是用這種方法懷孕，生下我，不知道父親是誰的話，如果從一開始就誠實的告訴我的話——這個假設也太假設了，已經失去假設意義的假設，雖然一定會嚇到吧，然而以我的立場，再怎麼說也是我的立場——心底深處應該還是會有一點點釋然吧。會嗎？我不知

5 譯注：baby hatch，讓無法養育嬰兒的家長匿名將嬰兒放置其中，之後有特定人士來帶走照顧。

道。

總而言之，我想，到最後也許還是必須生下來，才能了解那孩子有什麼感受。既然如此，我會盡最大的努力，讓生下來的孩子覺得自己誕生是幸福的，這樣不就好了嗎？我所能做的，就只有這件事，不是嗎？還有另一件事，我的定期存款帳戶裡——現在存了七百二十五萬圓，我把版稅慎重的存起來，不論發生什麼事都不動用而累積的金額。從小，家裡的錢包最多只有幾千圓，我是在過一天算一天的家庭裡出生長大。借款不少，存款沒有，空空如也，斷電斷瓦斯更是家常便飯。相比之下，我現在的生活該有多安心啊，說得更坦白點，一般三十多歲青年的家庭，七百萬的儲蓄並不算多，不過，只要每天節省度日，我有信心能維持母子兩人簡樸的生活。也許會生病，也許會遇到意外，也許沒有親戚——生活中有無數變故，若是煩惱起來將會沒完沒了，不過，這些煩惱就算是一般的夫妻，或是離了婚的單身父母，或是從一開始就是單身母親，只要活在世上不都同樣會有嗎？

眼前一對年輕男女開心歡笑的走過，穿著同款皮夾克的夫妻推著嬰兒車，一手拿著咖啡，同樣開心的走著。

真的是耶誕節到了呀，我心想。即使只是坐著不動，但手腳卻都使不上勁，即使腦海裡思緒總動員來鼓勵自己，但現實中的我卻坐在長椅上無法動彈，只能呆呆的看著幸福歡笑的人們來來去去。希望你達成心願——我想起分別時逢澤潤對我說的話，甚至連那時候他看我的目光表情、說話的聲調等小事都記得。希望你達成心願，這句話連諷刺都不是，我心裡明白它只是對無關係、無關心的人完全無意義的反應罷了。但不知為何這段連對話都算不上的小事，卻一直停留在腦海中揮之不去。

我看得到街頭和人們，但是好像外界卻看不見我，而電車通過發出的轟鳴聲就像在這兩者之間畫上一條清晰的粗線。我的身體開始發冷了。

轉乘電車到達三軒茶屋時，車站前只有一個月前裝飾的小燈在閃爍，這裡不太感覺得到耶誕節。車子按著喇叭，以固定的速度在幹線道路奔馳，所有人都匆忙的走來走去，街頭和人們似乎都沒有過節的心情。

我走在往租屋的路上，尋思著已經有好長時間沒有過耶誕節了呢。雖然那已經是很久以前的事，但我和成瀨應該一起度過好幾年的耶誕節，然而現在我連有沒有吃過耶誕蛋糕都不記得了。我們一定互贈過禮物吧，但送了什麼禮，我也想不太起來。

我對耶誕節記憶最深——或說最能想得起來的，是我們打工的小酒吧，飄滿天花板的氣球。不論什麼樣的店，年底年初都是生意最興隆的時候，所以每年耶誕節前後三天，所有公關小姐總動員將店裡裝飾得熱鬧非凡。裝飾品用了很多年，所以全都沾滿了灰塵和油漬，不過也姑且搬出不太大的耶誕樹，營造氣氛，另外推出銀色紙盤上擺了冷雞肉等冷盤類食物，卡拉ＯＫ免費點三首，在平常飲料費外加收兩千五百圓的派對費（我負責割下圖畫紙製作票券）。

派對費中包含一個遊戲，那就是「刺氣球」。這些氣球也是全體小姐總動員，從白天開始將一個個裝了紙籤的氣球吹大，用大頭釘固定在天花板上，直到把整個天花板遮住為止。雖然不記得全部有幾個氣球，可能我們吹的數量遠超過一個人一輩子吹的氣球吧，剛開始還有閒情邊吹邊聊天，吹了兩個小時之後，累得臉頰肌肉輕微痙攣，誰也沒心情說話了。

紙籤裡有卡拉ＯＫ十首免費券、無限暢飲券，或寫著其他可有可無的紀念品或號碼，不過頭獎是有馬溫泉兩人住宿券，所以心情愉快，醉得兩頰通紅的客人們，都拿著尖端有針的棒子，抬起頭伸長手臂，砰砰砰的刺氣球。現在想想，雖然是近三十年前的事，也覺得一把年紀的大人刺氣球到底有什麼好玩的，但是，氣球刺破的時候，小姐和客人都像小孩一樣高聲歡呼、拍手叫好，曾經因為針不小心碰到，把別人看中的氣球刺破，因而客人彼此互看不順眼，大打出手，不過整體來說還是留下熱鬧的印象，十分奇妙。

第二天，大家再繼續吹氣球，把刺破減少的氣球補滿，作業結束到開店前休息，小姐們有的化妝、有的抽菸、有的去咖啡館、有的去買晚飯吃的便當。我躺在沙發上，看著平常昏暗的天花板飄滿了氣球。看著平時充滿香菸味、醉客和酒瓶的店裡，裝飾著五彩繽紛的氣球，總覺得有點好笑，即使如此心情還是開心、愉快的。我仰望著天花板，百看不厭的望著氣球，直到有人叫我「差不多該進來裡面了」為止。

察覺包包底下的手機在響，打開一看，是卷子的 LINE。「耶誕快樂！現在要去上班。夏子去樂一下吧。」插著貼圖的訊息之後，傳了一張照片，戴著耶誕帽、化濃妝的卷子，和化了更濃的妝，染金髮，同樣也戴著耶誕帽的女人，臉貼臉，中指和食指交叉做出和平標誌，看來應該是新進的打工妹。「她叫優優，是新面孔！」

我邊走邊注視著那張照片，過了一會兒停下來，打算回訊說：「這打扮真適合小卷！」不料畫面轉變成電話來電，大大顯示著「紺野利惠」。我嚇了一跳，不覺接起電話。

「喂？夏目小姐嗎？我是紺野。」

「是，我是夏目。」我把電話靠在耳邊。「不好意思，冒昧打電話給你。」紺野開朗的聲音說，「現在方便說話嗎？這麼突然，真是抱歉耶。」

「沒關係啊。」

「今年再幾天就結束了，所以我想打電話問候一下。搞了半天我們連日程都沒訂。」

「是是。」我頗有同感的說，「對呀對呀，日子就這麼過了，聽你一說才想到原來已經年底了呢。」

「是啊，下個月我就要走了。但我有件東西想交給夏目小姐，不過不是什麼貴重的東西就是了。」

「有東西？交給我？」

「是呀。」紺野說，背景響起通知電車發車的響亮鈴聲，接著是車子行進的聲音，蓋過了紺野的聲音。「——啊，對不起，很吵喔。」

「我聽得見。」

「是這樣的，我不抱希望的問問，夏目小姐今天等會兒會不會剛好有時間？」

「今天？」我驚訝的說。「今天，你是指現在之後的時間嗎？」

「對對，算是我心血來潮吧，雖然有點誇張。不過，我是想說不定今天剛好可以——實在太勉強了吧，抱歉抱歉，就當我沒說吧。」

「不，」我說，「我可以喔。我接下來正準備回家而已。」

「真的嗎？」紺野大聲的說，「不會吧，那我們去吃飯好嗎？」

我與紺野約好三十分鐘後在三軒茶屋會合，於是搭電扶梯到胡蘿蔔塔（Carrot Tower）二樓，進蔦屋逛逛出租DVD打發時間，對面也有書店，不過，現在提不起心情看看有誰寫了新書。店裡放著華麗的音樂，一聽就知道是耶誕歌曲，各種明星的照片和新作電影做成了海報和立牌，從四面八方跳出來，但是我一個都不認識。

在店裡轉了一圈，不知道還有哪裡可看，我走下一樓在雜貨店看看小東西，或是邊走邊欣賞熟食櫃裡花團錦簇的美食。烤雞閃著麥芽糖色的光，紅與金色蝴蝶結包裝的蛋糕盒堆積成塔，手上提著購物袋的許多人正為今晚物色著還沒買到的東西。我決定走到屋外等紺野，不知何時太陽下山，四周已完全暗了下來，西方的天空只殘留著微微的亮度。紅燈在冬天的暮色中像是染濕了般發光，黑色的小鳥在大樓間的狹窄天空畫弧飛行。過了一會兒，有人在叫「夏目小姐」，回過頭去，一眼看到她嘴唇深處隱約可見的大虎牙。紺野小姐，我也回應道，記得夏天見面時，她還是短髮，現在留得相當長了，在腦後梳成一綹。紺野小姐的白皮膚從黑圍巾中浮突出來，幾乎令人驚嘆「怎麼會這麼白」，甚至眼睛周圍都顯得有些發青。

「我已經辭去工作，不過留了很多東西在公司，所以今天去拿，也順便道別。一整天都在忙這個。」紺野說，「倒是耶誕假期竟然能搶到位子，真是幸運。是因為時間還早嗎？」

「不用和家人一起過節嗎？今天可以出來喔？」我問，紺野從菜單中抬起臉搖搖頭。

「今天沒關係，他們去我先生的老家。」

我們去的是一家賣日本酒的和式居酒屋，店裡儘管幾乎客滿，但十分安靜。明明牆上凌亂貼著手寫的菜單，店員也穿著花俏的短褂，服務態度也給人吆喝系或連鎖店的感覺，不知為何卻有著這麼沉靜的氣氛，這才注意到所有的客人都是情侶。大家全都湊近了臉說著只有自己聽得見的話，難怪不必大聲嚷嚷。

「喔喔，那真是辛苦了——工作算是告一段落了嗎？」

「是啊，謝謝你。」

我們拿起剛送來的生啤酒乾杯，紺野一口氣喝了半杯。

「喝太快了吧？很能喝喔？」我也喝了一口問。

「我可不是蓋的喔。」紺野吸了一口氣，帶點調侃的說，「雖然馬上就醉了，不過還能繼續喝喔。如果卯起來喝可以喝一升吧，紅酒的話可以連喝兩瓶。」

「我只能喝啤酒，平時也都不喝。」

紺野喝完了一只中杯，又點了續杯。我們吃著前菜炸豆腐，看著菜單又點了培根菠菜沙拉和生魚片拼盤。我們倆當然是第一次這樣喝酒，也是第一次單獨見面，但是才剛開喝不久，紺野看上去便十分放鬆，而且不知為何我也一樣。紺野時而認真研究菜單，喃喃的自言自語，時而對我的回答瞪大眼睛，或是對自己開的玩笑大笑，看著紺野——可能因為她個子非常嬌小，突然間喚醒了國中時在教室、社團或走廊無所事事的時間，而不是在居酒屋裡，對這個見面次數都數得出來的她，不像只是一起工作幾年的打工同事，而有了認識多年的懷念老友的錯覺。

「上次見面是夏天吧，後來也沒有聚會的聯絡了。」我說。

「嗯，」紺野點點頭，「不過，聚會要有還是有啊，只是有時候是不同的組合，並不是集合所有人。」

紺野臉上有幾分尷尬的表情，我一看就懂了，不同組合的意思，恐怕是只排除我的聚會，原因應該是我沒有孩子。大家習慣性的聊起小孩的時候，必須特別顧慮到我的心情，所以我的存在是個麻煩。我打開菜單假裝想點菜，試圖改變話題，紺野說：

「我沒告訴你嗎？我不會再參加那個聚會了。」

「好像上次回程中聽你說過一點。」

「對啊，我覺得浪費時間，不過發現時太晚了。」

「對了，紺野小姐你那時說了『笨蛋』。」

「我有說嗎？」

「說了。我現在才想起來。你說大家是無可救藥的笨蛋。」

「確實沒錯呀。」紺野喝了一大口啤酒說，「夏目小姐也這麼認為吧？大家裝出感情很好的樣子，其實只是在監視別人是不是過得比自己好。像服裝啦、鞋子啦、老公的薪水啦、孩子的功課啦。都一把年紀了，心態還跟鄉下女校生一樣。」

「不過，大家看起來都樂在其中啊。」

「因為大家喜歡嚼舌根嘛，而且主婦太閒了。那裡面還在打工的只有我，所以，被她們狠狠的踩在腳底，說什麼只不過是打工族又不是女強人，生了孩子還在工作真能幹，或是很有毅力喔之類的話。」紺野用筷尖畫著小圓圈。

「為什麼要搬家？」我問，「搬到哪兒，愛媛嗎？」

「和歌山。」紺野眉毛挑高的看著我，「和歌山、愛媛好像沒什麼差別，不過我接下來生活的地方是和歌山縣，『那是哪裡呀』的感覺。」

「有什麼特別的原因嗎？」

「我先生的老家在那裡，」紺野說，「他得了憂鬱症，沒辦法再上班了，所以才回老家去。」

「他做什麼工作？」

「一般的上班族。幾年前身體狀況漸漸失常，變得不敢坐電車，而且失眠，所以就搬得近一點，在溝之口，可以騎自行車或是走路上班。但是最後還是不行。憂鬱症典型的狀況。」紺野把空的餐具放到桌角說，「但是沒對外人說。」

「回老家的話就和家人一起住嗎？」

「應該是，我老公他們家經營土木工程，他是獨生子，就等於長子了，壓力很大喔。婆婆個性強悍，事事都要橫加干涉，每隔一天就會打電話來，或是寄關東煮過來。結果兒子得了憂鬱症，她無法接受，先是呼天搶地的大鬧一番，然後罵我這個媳婦，說她兒子沒那麼軟弱，一定是我把他逼的，反正就是那類的情節。最後說給他薪水，坐坐辦公桌。」

「紺野小姐是東京人嗎？」

「我自己是千葉人，不過，我和我姊姊出嫁之後，家裡只剩父母，所以他們就回我父親的故鄉名取，一方面照顧我爺爺奶奶，是在仙臺那邊。父親很早就過世了，只剩母親留在那裡，不過大地震後房子倒了，幾乎全毀，地震這種狀況很常見吧。姊姊結婚後一直住在埼玉，所以接了母親過去，現在住在那裡。不過，對女兒抬不起頭來吧。我姊姊天天發 LINE 抱怨，母親也寫了沉重的信給我。當然啦，從我姊夫的角度來看，雖說是丈母娘，但畢竟是外人，一個只有微薄年金、不知道腦袋在想什麼的討厭老太婆吧。家裡還有孩子，所以要求我這個妹妹在經濟上支援一下。我哪有錢啊。母親也是不會做人，難得說句話，就只會說『早知道地震時死了倒好』。姊姊成了夾心餅乾，腦袋也變得怪怪的。每天就是這種感覺。」

我看到紺野的啤酒杯空了，問她接下來要喝什麼。紺野說點日本酒好了，我則又點了中杯啤酒。

「這些家常瑣事，平時想說也沒處說不是嗎？像是自己怎麼想，家裡的狀況，錢的狀況。所以覺得今天滿奇妙的。」紺野有點難為情的說，「基本上我只在網路上說。」

「網路？社交網站？」我問。

「對呀，大家都在推特上寫，從育兒啦、對老公的怨言啦什麼都有，久了就類似社團那樣的關係，互相加關注，不只是吐苦水，比較像互相鼓勵。」

「紺野小姐也寫嗎？」

「寫得很勤奮呢。」紺野將送來的日本酒倒進酒杯裡說，「不過當然是匿名啦。那邊多得是鬱卒的老人，貼的全是黑特文，叫它為地獄也不為過，不過，偶爾自己的想法被轉推幾百次，也會覺得爽極了，好像一切都有了回報。現在我的跟隨者有一千人以上——不過跟寫書的人沒法比。」

「沒那種事。」我說，「我只是兩年前出了一本書而已，現在完全寫不出來。」

生魚片拼盤送來了，我們在小盤裡倒了醬油，它比想像中更豪華，我們發出了小小的歡呼。看著一片一片鰤魚和鮪魚赤身，互相讚嘆著「看起來真可口」，紺野喝光了整壺酒，又點了一壺，新酒送來後，徐徐倒進酒杯，吸了一口。

「你剛才說女兒放在老家，是指和歌山那邊？」

「嗯，」紺野停頓了一下說，「我老公一點忙都幫不上，這裡房子解約和搬家，我一個人處理還快一點，所以上星期就把她寄在那邊，可以說先搬過去吧。這樣可以省了交通費，分在兩地過了年，等明年年初搬好了家，我再過去。」

「你先生多大年紀？」

「比我大三歲，明年三十八吧？還是九？不知道，反正大約是那個歲數。」

「憂鬱症，一般來說母親會是原因之一。」

「有可能。不過，我也不太確定。你知道嗎？得了憂鬱症，人生就沒希望了。」紺野笑道，「哪裡都去不了了。我們家這位是閉門不出，也不洗澡，醫生開了藥之後有好一點，但是未來會怎麼樣誰也不敢說，不知道該怎麼辦。」

「婆婆對你女兒怎麼樣，她會好好幫你照顧嗎？」

「那部分呢，因為畢竟是兒子的女兒，基本上都還滿疼愛她的，婆婆的立場不希望我和女兒留在東京，因為這樣不就逃離她的手掌心了嗎。所以她吩咐我們讓兒子和孫女先搬回去，我再跟進。她可能覺得兒子夫婦一起回家當然最好，只有兒子回鄉很沒面子吧。本來，如果只有我老公一個人的話，是不能搬回老家的。」

「為什麼？」

「男人不能孤伶伶的回家鄉呀，常有人這麼說。妻子帶著孩子回鄉探親很正常吧，但是不太會聽說丈夫沒帶妻子，只帶孩子回鄉的吧？因為不能這麼做。結了婚有了孩子，若是不表現出夫妻感情美滿的形象，據說會很丟臉，無處容身。如果沒有女人在，很難跟自己的父母、家人溝通。思想很落伍吧。男人就應該坐鎮在客廳或哪裡，家裡全都讓女人去張羅，真是令人傻眼。」

「跟孩子分離不會捨不得嗎？」我問。

「我也沒想到，自己竟然放得下。」紺野思索了一下說，「本來以為會有點想念吧，結果還好耶……不過，如果是父親的話，這種分別很正常啊，像是出差的時候也見不到孩子。」

紺野盯著快滿出來的酒杯表面看，停頓了一會兒才說：

「我愛女兒，她真的很可愛，可是，怎麼說呢……我有好幾次覺得，我和她緣分很淺。」

「緣分？」我問。

「對，懷孕和生產的過程雖然很順利，但是產後我卻變得很虛弱，現在的話，也許會當成產後憂鬱治療，可是幾年前還沒有這種認識，但是我老公什麼也沒做，不只如此，還對我說了很刻薄的話：『女人家生產不是天經地義的事嗎？哪有像你這樣一天到晚喊辛苦，太誇張了。』又笑說：『懷孕生產不都是很自然的事嗎？我老媽和其他人大家都能生得好好的，你太誇張了啦。』」

「原來如此，」我把啤酒杯底少許的啤酒喝完。

「那時候我就決定了，哪一天這個男人得了癌症還是什麼病，痛得死去活來的時候，我一定要站在旁邊俯看，笑著說同樣的話：『癌症、疾病都是很自然的事呀，大家都體驗過，你幹麼這麼誇張的喊苦喊痛。』」

紺野從鼻中用力噴出氣來，看著我的臉微微一笑。

「不過，我女兒小時候很乖巧，不太需要費心，所以我大都睡得很好，身體也慢慢恢復正常了。不過從那時候起，我們夫妻的關係已降到冰點，非必要的時候，連話都不想說，反正我老公幾乎不在家裡，所以等於是家中分居的狀態。在這種時候一般人可能會覺得『只有孩子是我心靈的支柱』，或是『只有孩子站在我這邊』之類的。但是，我並沒有這麼想。偶爾和女兒獨處的時候，我還會感受到自己很不自在。」

「不自在？」

紺野啜了一口日本酒點點頭。

「我愛女兒，也很寶貝她，這份心意並不是騙人的，為了女兒，我什麼都願意做。但是，另外一方面，該怎麼說呢——我常會想，我和這孩子相處的時間不會長久，或是大概沒什麼緣分吧。這孩子可能很快就討厭我而離開家，而我可能也就順其自然的接受吧。這都是我經常會有的念頭。哪天，我們母女就會變成稀鬆平常的那種親子關係吧。

「我自己以前討厭我母親，真的討厭她。我考慮過各種的原因，像是一時的情緒或是反抗期，也煩惱過我這個人也許特別薄情吧，也許人格有什麼問題吧。因為，人家不是說不論是受到多麼嚴重的虐待，孩子還是全心全意的愛著母親不是嗎？但是，即使我沒有受過肉眼可見的虐待，父母像一般人把我養大，可不論怎麼想，我就是討厭自己的母親。」

「沒有什麼特別的原因嗎？」

「如果要說原因的話，也許所有的事都是原因。」紺野把酒杯喝光後說，「譬如說，我父親是那種典型鄉下暴君，我們不需要知道世上有男尊女卑或是鄙視女性這種字眼，因為我們眼前就有個活生生的例子。我們是在不敢開口的狀態下長大。小孩子又是女兒，所以他根本不把我們當人看，我母親的名字，一次也沒有聽他叫過，都是叫『喂』或是『老婆』。一點小事就發脾氣，揍人摔東西都是家常便飯，我們總是看父親的臉色，瑟瑟發抖。不過，他對外人都很親切，深得地方的信賴，當上町內會會長。母親也是沒出息，整天像個傻瓜跟在父親後面，從洗澡水、打掃到煮飯的照顧他。甚至最後還照顧公婆直到他們離世。他們可沒留下什麼遺產喔——對了，我母親就是個『帶屄勞動力』。」

「這字眼太難聽了吧。」我說。

「會嗎？我母親真的就是『帶屄勞動力』呀，如假包換，『帶屄勞動力』這詞太精準了。」

「連當個『生產機器』都不行，還得要勞動就是了。」

「對呀，真的就是這樣，這樣活著，怎麼可能幸福呢。就算是昭和時代好了，但是即使是小孩子也看得出來。永遠對她頤指氣使，隨便想揍就揍，沒有允許，不能做喜歡的事也不能出門，簡直是奴隸嘛。只不過是跟他結了婚，為什麼必須受這種對待？我覺得母親一直在忍受這種折磨，連一句委屈都不敢說，老是傻乎乎的，我在猜她是不是因為擔心我們，所以寧可犧牲自己，也要保護家人或是孩子，我是這樣想過。所以，我暗暗發誓，等我長大之後，一定要把母親從那裡救出來，我真的認真想過，長大後要讓母親離開這個混蛋父親，放她自由。

「可是，有一次，忘了何時了，我們還小的時候吧，我和姊姊、母親三個人聊著天，不知怎的說到『父親和我們小孩哪個重要』的話。我完全不知道為什麼會問出這種問題。總之，我就是問了。哪邊比較重要，大概是問她如果誰死了會怎麼樣之類吧。然後你知道她怎麼說嗎？她不假思索的說『那當然是你爸爸比較重要啦』。她完全沒有猶豫，一種理所當然的感覺這麼說。我真的是啞口無言。我們張著嘴巴整個傻掉，真的連眼睛都沒眨一下。我和姊姊都以為她會生氣的說：『為什麼問這麼無聊的問題，哪邊比較重要，當然是你們啦。』但是，答案竟然是那個父親。而且她後來說什麼你知道嗎？她解釋『因為孩子以後還可以再生，你爸爸只有一個啊。』一臉害羞的表情呢，她真的是這麼說的。

「這句話打擊太大了，大到我和姊姊之間從此不曾說起這個話題。那打擊並非來自她選擇了父親而非我們，而是我母親是心甘情願與那種父親、那種男人在一起，真的是很大的打擊，我實在難以置信，張口結舌說不出話來。直到現在，我時時在想如果她能說『這麼想也許對不起你父親，不過我恨不得殺了他，每天痛苦、怨恨，盼著哪一天我們三個人一起離開，現在只能忍耐，但總有一天我們母女三個重新來過』，那該有多好。如果母親有這種想法，為了與她一起對抗，我願意做任何事。雖然我還是個孩子，但是為了保護母親，寧可與父親打個你死我活。然而，現實卻非如此，儘管我不想相信，但是別說是忍耐了，別說是逃走了，別說是對抗了，母親根本從來沒想過離開父親、離開那種男人啊。她還喜孜孜的說『因為你爸爸只有一個啊』，她真的這麼說呀。」

我把喝光的啤酒中杯移到桌邊，向店員重新點了日本酒，也請他再拿一個酒杯來。

「……所以，我好像變得不太認識母親了。雖然她還是老樣子，一如往常的守在家裡，被父親斥罵毆打，或是一臉傻笑，正常的對待我們，可是，我覺得她似乎成了個陌生人。我知道站在那兒的是自己的母親，從小到大一起生活的母親，然而卻覺得她是個陌生人。我們會說話，也一起生活，可是心裡卻想著，這人是誰啊，到底怎麼回事啊？」

新點的日本酒送來，我們輪流倒進杯子啜飲，感受熱酒通過喉嚨滑進胃裡，紺野雖然說話條理分明，但是耳朵、臉頰和眼眶都染上了紅暈，看來是醉了，我也開始覺得手腳輕飄飄的。店員走過來問我們要不要加點小菜，我打開菜單讓紺野看，她用滲著血絲的眼睛湊近著笑說：「那就點些醬菜吧。」「好耶。」我也笑了。

「夏目小姐不是只能喝啤酒嗎？」

「今天好像沒關係。」

「是喔。」

我們端起酒杯一飲而盡，然後幫彼此斟酒。

「如果，」過了一會兒紺野說，「過了年，我沒去和歌山，結果會怎麼樣呢？」

「你是說留在這裡？」

「該說是留下呢，」紺野視線落在手巾上說，「還是消失呢。」

我沒吭聲，拿起酒杯往嘴裡倒。

「……想是這麼想，不過我還是會乖乖的去啦。」紺野吸了一口氣，衝著我淺淺一笑，「即使如此，到了這把年紀，我還會思考人生究竟有什麼意義之類的問題。就像剛才說的，家裡關係這麼冰冷，再加上其他各種紛爭，簡直像生活在紛爭當中，總是爭鬧不休。每天煩得要命，真巴不得離家出走算了。即使在房裡，也感覺只能充耳不聞，幾乎沒有任何快樂的記憶。所以我小時候總是在想，為什麼要把我生下來，為什麼必須活下去？什麼親子啦，家人，我受夠了，從心底裡厭煩透了。所以我清楚的知道，這就是所有的原因，讓人痛苦的元凶。我是說小時候啦。

「這個感受深深的刻在心裡，明明刻在心上了，明明發誓這輩子絕對不要與別人有瓜葛，自己永遠當個孤獨的點，我是真的這麼想的，可是卻又走進這個狀況裡，結婚、懷孕、生產，參與了別人的人生。哈哈，本來我們已經是兩條平行線，對彼此都不再關心了，但是今後我還是得繼續照顧這個憂鬱症老公，在和歌山那裡，還得為了拿生活費，聽他父母的酸言酸語，下半輩子都得這樣過日子啊。然後照護老公的父母，照顧家裡，哈哈——那我不成了十足的『帶屄勞動力』第二代嗎？」

紺野盯著自己的手指頭，微微一笑。「所以，」

沉默了片刻，紺野說：

「就像我對我母親的感覺一樣——我想，女兒也會一樣的怨恨我吧。」

謝謝惠顧——的叫聲響起，看見顧客出去的同時，又有兩人一組的新顧客走進來，兩人都戴著耶誕帽。

「離婚，和女兒兩個人生活就好。」

過了一會兒，我說。紺野看著我的臉，視線又轉回手指頭，輕輕笑道：

「不可能。帶著孩子在書店打工，每個月賺的錢還不夠付房租呢。」

「也許會很辛苦，不過，你應該這麼做。」

「不可能。」紺野看著我的臉，「靠著雙薪養孩子都這麼困難了，一個人工作同時照顧孩子，真的是太難了。」

「去申請養育金或補助金，當然會很吃力，可是也有人這麼……」

「那是有工作的人呀，」紺野打斷我，「那是有一份正式工作的人才辦得到的事，有高級職業的人，可以在有相當保障、正經的地方工作的人才辦得到的事，或是娘家有財力、有地方回去的人。但我呢，什麼都沒有，什麼資格都沒有，前兩天才剛把兼差辭了呢。一小時工作得汗流浹背，但一千圓都賺不到的兼差呢，為了讓新來的年輕人熟悉工作，被上頭要求減班的兼差呢。他們說，沒有任何資歷、帶著孩子、年近四十、如同垃圾般的老女人，是找不到工作的。我養不起孩子，就我們倆母女的話，活不下去。」

「可是，」

「夏目小姐，你不懂啦。」

店員過來，把裝了醬菜的碟子放在桌上，醃漬黃瓜、大頭菜、茄子堆成小山。接著，另一個店員拿了個放著紙籤的大盒子過來，說可以抽耶誕禮物。我們倆靜靜的把手伸進洞中拿了一支籤，但是都沒中獎，接過下次可以用的九折優惠券後，我夾了一塊醬菜。

然後，我們轉變話題，聊起別的事，接著又加點了日本酒，繼續喝下去。我表演從資料中得知黑幫小百科，模仿 YouTube 上看到的聚眾鬧事場景，紺野則比手劃腳，樂不可支的說明搬家公司的估價如何馬虎，我們誇張的大笑大驚，試圖抹除剛才尷尬的氣氛，也說起午餐會成員和共同朋友的八卦，還討論為什麼大多藝人得了癌症或重病時，不選擇正確治療，而轉向民俗療法或布施等非科學的方向呢。每當我們大叫「別騙了」或是拍手時，似乎酒精便在全身繞行。

不知不覺醬菜碟撤了，酒壺裡的酒沒了，一看時間，十點十五分了。我們要了開水，一口氣吞下，結帳時分別付了四千五百圓後走出店外。

夜晚很冷，車站前到處光明燦爛，充滿了異樣的朝氣，宛如待會兒即將開始遊行似的。紺野和我都醉了，我們搖搖晃晃的走著，來到往車站地下道的階梯前，紺野猛地回頭，凝視著我的臉。她的眼珠充血，因為犬齒而稍微翻起的上唇乾燥發白。她說，今天臨時約你，謝謝你願意出來。

「好像醉得滿厲害的。」

「能坐電車嗎？」

「能。從這裡有直達車。」紺野緊緊閉上眼睛，使得整個臉都皺起來，然後，用力眨了好幾次眼睛說。

「從車站到家的路走得了嗎？」

「行。筆直的一條路。」

「不會吧，應該有點彎曲吧。」

「哪條路都是筆直的呀。對了。」紺野說到這裡，把手伸進包包裡窸窸窣窣的掏摸了一番：

「──我說有個東西想給你，是這個。」

紺野的手上握著一把銀色剪刀。

「你可能不記得了，是好幾年前我們還一起工作的時候，所以相當久了吧。夏目小姐看到這把剪刀，對我說，它好漂亮。」

「我記得。」我說。

打工時代，不論到哪兒，我們身上總是放著原子筆或美工刀，從紺野的圍裙胸前口袋裡，經常看到一縷銀色。我想起有次我向她借來使了使，那剪刀的手把和刀刃之間，刻著美麗的鈴蘭圖案，紺野一向把刀刃插在小小的黑皮袋裡，小心保管。所有同事拿的都是辦公室的塑膠剪刀隨便用用，看到紺野用自己買的剪刀細心作業，不禁升起一種遇到好東西的感受。

「那是紺野小姐非常寶貝的剪刀吧。」

「我用了很久，所以有點變黑了。」紺野泛紅的眼睛笑了，「我辭了工作，在家裡也用不上。」

「用得上。」

「不不，」紺野搖搖頭，「我記得你稱讚它好幾次，所以我希望讓給你用。」

銀色的剪刀吸收了夜光，在紺野的手中微微閃亮著。那時候，我才注意到紺野的手小得出奇，抬起臉看著紺野的全身，雖然本來就知道她比我小一個頭，但是重新端詳才感覺，紺野比我想像得更嬌小。從大衣邊緣露出一雙細腿，筆直得幾乎沒有長肉，讓我想像出我應該沒見過的紺野少女時代，眼前浮映出在傍晚的強風中微微傾斜、背著大書包、手握肩帶、必須垂下頭才能勉強前進的紺野背影。她彎著彷彿快折斷的細頸，背著遠比身體大得多的紅色書包，要去哪兒呢？

要回到哪兒呢？少女紺野走在沒有人的柏油路上。

「紺野小姐，」我說，「再去下一間喝吧。」

「今天不能再喝了。」紺野笑著搖搖頭：

「都醉成這副德性了。」

紺野揮揮手走下樓梯，看著她漸漸遠去的背影，我好幾次都有股衝動想追上前去，拉著紺野再去哪裡喝一杯，但是，我只能怔怔看著她越來越小的背影。

回到家，躺到懶骨頭上頭痛欲裂，閉上眼，黑暗中沒有形狀的波浪屢屢襲來，心情宛如在滾沸的鍋中來回翻騰的麵條。

我繼續閉著眼睛，等待睡意到來，不過不知經過了多久，也搞不清楚自己到底睡著了沒有。只是一回神，我翻了好幾次身，好像看著無法判斷是夢還是真的影像中醒來。這就是睜著眼睡覺啊，我想。寒意襲人，我拉過卷起的棉被，但蓋在身上一會兒又感到悶熱窒息，於是又把它踢開，然而身體一冷又把它拉回來。揮出去的手指碰到冰冷的東西，凝目一看，是紺野給我的剪刀，它不知何時從包包裡滑出來，銀色靜靜的吸收夜的寒氣，發出冷冷的白光。右手執起剪刀抬起頭看，天花板飄滿了五彩繽紛的氣球，我站在圓椅上踮起腳尖刺氣球，每刺破一個並沒有掉出紙籤，而是漏出某個人的聲音。耶誕快樂！誰的聲音？氣球就像機器製造的肥皂泡泡，絡繹不絕的增加，把平日看慣的天花板遮住。胸口好悶，無法呼吸，但是，那氣球像雲海般起伏、膨脹，我不覺看得目眩神迷。我腳尖使力，伸直手臂，用剪刀刺破氣球。耶誕快樂！我們再也見不到面了吧，紺野在夜色中揮著手。刺破氣球、消失，無聲，但是氣球增加的速度太快，我重心不穩差點從圓椅上跌下來。那時候有人抓住了我的手臂，低頭一看，是逢澤潤。他把我扶回椅子上，指著另一個氣球。我重新拿好剪刀，伸直手臂。耶誕快樂！一個、再一個，我不斷刺破氣球，希望你達成心願，逢澤潤中分且整齊分段的髮流對我呢喃。漣漪般的髮流似乎正溫柔的猶豫著，該直接變成羽毛，還是變成被浸蝕的石頭圖案。會變成哪一種呢？想成為哪一種呢？就在這當兒，我漸漸分不出到底是髮流，還是卡拉ＯＫ逐漸擴大的回音聲波，希望你達成心願——，然後，我落下剪刀，跌入了夢鄉。

13 複雜的命令

年假與平常無異的度過，二〇一七年。除了與卷子、綠子在 LINE 上互道恭喜之外，只收到四張賀年卡片，一張是去年只去了一次的接骨院寄來的，其他三張來自連載作品的雜誌編輯部和報社。

休假結束，恢復正常上班之後，仙川涼子打電話來。我暗忖她也許要談小說，肩膀有點緊張，但仙川絕口不提小說，只說明天有事要到三茶來，問我要不要一起吃晚飯。我們在車站前碰頭，吃了豬排飯。仙川小姐年底燙髮，換了髮型，我讚她很好看（真的很好看），她瞬即羞紅了臉說，沒有啦，因為太亂了，一面不停的撥著頭髮。然後我們走進附近的咖啡店，聊些無關緊要的話。我嚴陣以待，不知她是不是刻意顧左右而言他，尋找切入談小說的時機點，不過她似乎並沒有這個打算，沒見過她吃甜食的仙川小姐難得在咖啡之外又點了提拉米蘇，開心的邊吃邊聊。

和遊佐也用電話聊了幾次，她告訴我從年底到年初之間，兩母女得了流感，好幾次如同看見地獄，哀嘆全付精神都放在今年預定春天出版的小說校訂稿與連載小說上，一點時間都抽不出來。

「書，你不是去年夏天才出的嗎？篇幅比較長的那本。」我略略吃驚的問。

「喔，對呀。不過，這工作就像踩腳踏車，沒有空休息啦。」遊佐笑道，「明年起報紙也要開始連載了，到底誰有空寫嘛。」

「真厲害。」

新一年的新一個月就這樣過了。

每天繼續寫著連自己都不知道能不能寫出來的小說真的很累，雖說手上有幾個連載，而且我從一開始沒沒無名，只不過兩年多前一本書稍微暢銷了一下，所以有時候我也在想，現在可能沒有人記得我是誰了吧。即使是仙川小姐，她不提小說確實讓我鬆了一口氣，但也不禁會沮喪的想，她該不會已經放棄我了吧。

每天像是找藉口似的讀資料、寫筆記，不斷重寫同一個段落，書店每天擺出幾十本新書，新作家一個接一個誕生。梭巡的不孕治療相關部落格有增有減，但還是有很多寶寶誕生。隨時隨地都有人認識不同於昨日的人生和感情，然後踏出新的一步，但是，我仍然一成不變，只是蟄伏著，一秒一秒的被拖離那些不自覺會對光芒瞇起眼睛的大事。

工作的空檔、晚上睡覺前，我便會反覆讀著逢澤潤的那篇專訪。雖然在網路上搜尋，會跳出他所屬的那個會的網站、社群網址和代表人的專訪報導，但是有關逢澤自己的資訊卻是零。那是本名嗎？還是活動時用的假名？不得而知。只有一張在過去研討會報告中使用的照片，在角落——雖然他低著頭看不見臉，但是從髮型和身高找到像是逢澤的人。逢澤所屬的會的網站雖然可以找到當事人投稿的文章，但是追溯過去的文章，似乎並沒有刊載逢澤的作品。

我打開手機中的月曆，輕敲整個月唯一有記號的二十九日，那是上個月逢澤告訴我研討會舉行的日子。我打算參加，但是一想到當天，心情便有些低落。雖然我必須了解更多那些當事者、像我這樣沒有後路，只能從ＡＩＤ感受到一絲可能性的人，或者是那些反對者的心情或想法，但是一想到去年耶誕節那場會，心情便鬱鬱難平，漸漸不敢確定我到底該不該去。

然而，我想，我不是還有問題想問逢澤嗎？雖然從專訪書、耶誕節那天的談話，大致了解逢澤對ＡＩＤ的想法，但是，我還有其他想問的問題。譬如說，用ＡＩＤ誕生的人被蒙在鼓裡活到現在，因而對受騙深受傷害，那麼，如果從一開始就據實以告，毫不隱瞞的話，他會有什麼感覺？如果保障孩子接觸捐獻者個人資訊的權利，他會贊成這門技術嗎，還是不會？不知自己身世的人不只限於ＡＩＤ，其他還有很多，他們與這種狀況有什麼不同之處嗎——許多問題在腦中浮現又消失，什麼樣的問題問當事人比較妥當？什麼樣的問題不該問？我越想越不明白，但是，最後還是決定去參加研討會。

會場已有許多人，感覺與上個月完全不一樣。會場雖然沒那麼大，不過，也是個能容納兩百人的大廳，圍繞舞臺呈扇形排列的座位，已經坐了五成以上。我坐在最後一排的角落位子，等待研討會開始。

第一個節目是專家演講，講題是「日本非配偶者之間人工授精的現狀與問題」，他運用PowerPoint，說明三年前秋天自民黨草擬的生育補助醫療相關法案，與過去各項審議會上的成果，並且從多重角度指出日本在生殖倫理上的討論與法律建立如何落後，呼籲政府盡速改革。

第二節，也是專家上場，敘述除了一般以ＡＩＤ的方法，還有用丈夫生前抽取而冷凍起來的精子生產後，孩子的認知問題，和國家如何對待以捐卵、代理孕母出生的孩子。他舉出過去發生的法院審判事例，說明經過和結果，並且落實沒有任何事比生下來孩子的福祉更重要，不能把人當成生殖的工具，應排除商業主義，保護人性尊嚴等的主張。

兩段節目結束後有十分鐘的休息，聽眾們紛紛起身四處移動，舞臺旁有幾個相關人員在整理麥克風的動線，調整臺上的桌子和椅子，但是沒有看到貌似逢澤的人物。會場入口的服務臺也沒看到，他說他平常負責行政作業，所以大概是更新網站、臉書等的宣傳性工作，因而今天沒有到場。我從包包裡拿出寶特瓶裝的茶，宛如要確定液體潤澤喉嚨般緩緩的喝下。

第一個專家說到一半時，我的太陽穴便陣陣抽痛，第二個專家才剛開口說沒幾句，我已經快忍受不了腦袋固定不動、靜坐聆聽的姿勢。這些日子睡得很淺，好幾次半夜清醒。我隨意的環顧四周，人們開始回到座位，會場的照明有了變化，告知第三段即將開始。那是研究員、當事者與醫療人士的三方對談。比較起來，這一段對我而言最為重要，但是會談開始，聽著研究者說了十五分鐘還沒有打算結束的主旨演說，頭痛越來越嚴重。我知道他們說的話都很重要，可是實在坐不住，便離席出去。

走出會場，在洗手間仔細的洗了手，然後看看鏡子裡的自己，那副容貌真是慘不忍睹。未經整理的頭髮沒有光澤，看起來又乾又澀，細心畫過的眉毛，左右的比例有點奇怪。粉底也塗了，但是雀斑和暗斑看得一清二楚，效果完全沒有發揮。這粉底是幾年前買的，油汪汪的也許腐敗了。看著自己氣色差，皮膚沒有彈性的暗淡臉龐，我思索著它與什麼相像。是煮茄子，而且像的不是皮，而是與軟綿綿的淡綠色果肉如出一轍。實在想不出眼前這個女人會誕生新的生命，好像想像的只是虛幻。接著我把手撐在洗臉臺，花了長時間伸展脖子，發出喀喀聲。然後我再次仔細洗了手才走出去。空蕩蕩的走廊盡頭，放置服務臺桌子的門廳長椅上坐著一個男人，是逢澤潤。

如果要去搭電扶梯，就必須經過那張長椅，我抓緊了包包往前走，正猶豫著要不要打招呼時，目光與他相接。我反射性的向他點頭，逢澤停了一會兒也低下頭。我思忖著只能硬著頭皮經過時，逢澤開口向我說話：

「您真的來了呢。要離開了嗎？」

逢澤的口氣比上次在電梯前時溫和很多，他手上只有一個放了咖啡的紙杯，沒有看到包包，穿著和上次同款的黑色毛衣，焦褐色的棉布長褲和黑色運動鞋。

「本來是想聽到最後。」

「太長了是嗎。」

「逢澤先生不進去裡面嗎？」

可能是只有一面之緣的人毫不猶豫的叫出自己的名字，逢澤也許有點意外吧。他靜默了片刻，然後才說，今天負責休息室周邊的工作。

「喔，我姓夏目。」我介紹自己，「雖然沒有名片，」

我從提包裡拿出自己的書。

「我是個寫小說的。」

逢澤臉上略顯驚奇，他挑高眉毛看著我：

「你是作家嗎？」

「作品還只有這本而已。」我說，然後把書遞給逢澤說，如果有興趣的話。逢澤伸手接過書。真厲害呀，邊說邊看著封面，然後又看到書背上的書名，接著連內封面、書腰上的文字都細細閱讀後才抬起頭。

「真厲害，寫書這種事，我連想都沒想過。」說著就想把書還給我，我再次補充說，如果不介意的話。

「可以嗎？」

「是的。」我點了幾次頭。

逢澤拿著咖啡和書，向右邊挪過去，空出一人份的座位讓我坐，我點點頭在長椅坐下，和逢澤一樣，默默的望著他手中的書。我很緊張，朝旁邊瞄了一眼，視野看到逢澤的頭，他把手撐在膝蓋上，彎著身體快速翻著書頁。從中央分開的頭髮和上次一樣，漂亮的向後方流動。就近看時，他的頭髮比想像中更細，沒有自然鬈，非常乖順的頭髮。我想起自己在鏡中沒有光澤的鋼絲頭。

「今天心情很好嗎？」

「嗄？」逢澤吃了一驚似的抬起頭。我有些焦慮，好像必須說點什麼話，本想說「今天的感覺跟上次不太一樣」，結果竟說出這句沒頭沒腦的話，我一時羞紅了臉。心裡思忖著，得說幾句話補充一下，但又怕說出什麼不中聽的話，結果什麼都說不出來，逢澤也沒出聲。過了一會兒，一個把編織帽戴到耳邊的六十歲太太，像是傳動帶運載的行李般，喀嗒喀嗒的從電扶梯上來，來到樓面，從我們眼前緩緩通過。

「你可能不記得，」我說，「我們一起搭電梯時，我冒昧向你說一些話，就是，我在考慮做AID。」

逢澤對此沒有說什麼，過了一會兒只點了一下頭。逢澤並沒有露出明顯不悅的表情，但是可以感覺得到因為不快而產生的困惑，內心裡一定暗暗訝異這個人為什麼對不認識的人說自己的私事，或者為什麼一個勁的說個不停。這很正常。如果是我，我也會這麼想吧。我深深吸了一口氣，繼續說。

「也許你會感到掃興，這個人為什麼要說這些事。」

「沒有，」逢澤說，「我雖然負責行政作業，但是畢竟是這個會的相關人員，而且這種機會常常會有——夏目小姐是關西人嗎？」

「是的，大阪人。」

「剛開始，我沒有注意。大阪腔會看狀況說嗎？」

「我沒有特別意識到這點，不過在正式場合，或是嚴肅說話的時候，就會用標準語吧。」

「原來如此。」逢澤點頭，「可能我那方面也跟這個有關係。」

「我那方面？」

「就是剛才你說的好心情。今天會有形形色色的人來，接下來還會開懇談會，我會與人們在一定的時間內談話，所以也許有些緊張。」

「你一緊張，就會心情好？」

「外表會變好。」逢澤笑了，「上次——是耶誕節吧，在自由之丘的那次，我確實有點心不在焉。」

「並不是心不在焉，」我說，「而是若有所思的感覺。」

「你一九七八年出生，那跟我一樣大。」逢澤看著書封折口的個人資料，「不過——你真行耶。我這話說得有點多餘，不過，小說全部都是由文字構成，而且是一個人獨立完成對吧。這是我生平第一次遇到現實中的小說家。」

「若是能成為名副其實的小說家就好了。」我聳聳肩，然後又是一陣沉默。我想到必須說的話，便開口道，逢澤先生平常——我想問他工作方面的事，但是，腦中又閃過突然問人職業很失禮吧，若是他自己開口的話就沒有問題，於是又陷入沉默。我送他書是因為讀了專訪聽了演講，我片面的了解了逢澤的身世，這樣似乎有點不公平，不過，這當然只是我自己感覺不自在，跟逢澤一點關係也沒有。但是，逢澤意會到我想問的問題，便說，他是個內科醫師。

「您是醫生啊。」

「對，」逢澤說，「話雖如此，我並沒有固定的上班地點。」

「沒有固定上班地點的醫生，」我跟著他說，「也就是說，基本上是個沒在工作的醫生嗎？」

「也可以那麼說，不過，某種程度不工作就沒辦法生活吧。」逢澤笑道，「最早在醫院上班過，不過因為種種原因，所以現在是各地跑。」

「也就是說在很多醫院上班？」

「對，我去登記，有需要就會徵召我，就像是派遣打工的醫生，像是新學期的季節就負責健診，還有國家考試的補習班講師等。」

「我以為醫生都在醫院裡工作。」我說。

「工作的時候，大致都一定在醫院裡工作。」逢澤笑，「只是我沒有隸屬的單位。當然也有醫生到了六、七十歲，還是有專門幫人健診的醫師，過著過一天算一天的生活，不啻是一大鼓舞。」

「那也就是說——是時薪制？」我驚訝之餘順口說出腦中想到的意念，立刻察覺自己思慮不周，而縮起肩膀。「——對不起，問了您工作上的事，還說到薪資的問題。」

「沒關係。」逢澤開心似的笑了，「也許是我的偏見，對大阪人來說，好像很自然會提到錢？」

「會嗎，這不太好說耶。」我焦急的說，「但是，對於東西的價格，是計較得很厲害，也許是吧。會說這值多少啊。」

「喔，真的嗎。會用『值多少啊』來問啊。大約是兩萬上下吧。真的沒有人手，緊急的時候可能三萬。」

「一天嗎？」

「不是，時薪。」

「哇哇哇。」我驚訝的忍不住跳起來，大叫一聲。「時薪兩萬？那、那工作五小時，不就十萬圓了？」

「不，並不是每天都有，有時是半天，並不穩定，而且沒有任何保障。」

「這……醫師執照果然無可匹敵啊。」

接著又是一陣沉默。怎麼看都是我把話扯遠了，該問的也問了，但是，說出具體金額的是逢澤，不是我啊。這些辯解在腦海裡打轉，逢澤喝了一口恐怕已冷掉的咖啡，我也拿出寶特瓶喝茶。

「請問，」我鼓起勇氣，想把這一個月自己想到的問題坦白對他說：

「上次的會我去參加了，您的訪談書我也拜讀了，也想像了各式各樣的情況，我覺得想像應該跟現實分開。其實，我有很多問題，想再問逢澤先生。」

「你是說，想問當事人吧？」逢澤說。

「是的，」我點點頭。「很抱歉，我知道這些問題與逢澤先生一點關係也沒有，但為了思考未來自己要怎麼走——雖說是未來，也沒有什麼時間了。」

「你看過書，也讀過針對這個問題的報導了吧。」

「是，不過沒有讀那麼多就是了。」

「都是重複的內容。」逢澤說，「那是因為我們活動的主旨，希望不管什麼立場，都能關心AID和它的當事人。如果還有什麼問題，請跟我聯絡。」

「謝謝。」我垂下頭。

「也謝謝你的書，」逢澤看了一眼手中的書，「夏目夏子小姐——你喜歡夏這個字嗎？」

「那是我的本名。」我說。

「真的嗎？」

「真的。」

會場的門打開，大量的人群隨著吵雜聲蜂擁出來。一個女子映入眼簾，她穿著及膝的黑洋裝，頭髮在後面綁成一束，眼光東張西望，似乎在找人，一發現逢澤，便向我們走來。個子嬌小，全身線條纖瘦，鎖骨清楚的浮凸，彷彿可以一把揪住。白皙的肌膚從鼻子到臉頰間，長了濃淡相間呈橢圓狀暈開的雀斑，它的形狀和煙霧般的色澤，令我想起不知何時在圖鑑上看到的星雲。那模樣似乎在哪兒見過，我們互相點頭為禮。

「這位是夏目小姐，上次——應該說是去年了吧，她有來自由之丘那場討論會。」

「你該不會是最後發言的那位？」女子看著我的臉說。

「喔，我想到了。上次她在會場裡遞麥克風，所以兩位見過一次。」逢澤點點頭，「她是善小姐——和我一樣都是當事人，同樣在我們會裡，算是同事吧，或是會員。」

「你好。」我站起身打招呼。

「我姓善，」善百合子給我名片。

「夏目小姐是小說家呢。」逢澤拿起我的書秀給她看。

「這樣啊。」善百合子瞇起眼睛看了一下封面，只用嘴角擠出微笑。

「只有一本而已，」我辯解似的微微搖頭，「——上次的會我也去了，不過還想多聽聽逢澤先生的見解。」

「是採訪還是？」善百合子略偏著頭看我。

「不是，我在考慮ＡＩＤ，所以想就這件事問問他的意見。」

善百合子緩緩眨了下眼睛，盯著我的臉好一會兒，然後輕輕點了一次頭，瞇起眼睛微笑。她的表情帶著奇妙的壓迫感，我彷彿成了等待老師下命令的孩子。但最後她什麼也沒說。

「你該過去了，老師們都在房間裡。」

善百合子對逢澤說完，輕輕的向我行注目禮後走了。逢澤看了下手錶站起身，垂下頭說，那我要回休息室去了。

「郵件，」我說，「上個月你給我的名片上有電子信箱地址，我會把問題寄到那兒。」

「好的，就這樣。」說完，逢澤向外走去，在人潮混雜中，兩個人的背影很快就看不到了。

二月暖日連連，小說還是老樣子，不過看著窗口照進來冬日的沉靜陽光，心情好像也平靜了不少，偶爾與卷子打電話聊天打屁，也和綠子在 LINE 上通訊。綠子談到新開始打工的飯店狀況，還擺出最近看過的書拍照給我。

與逢澤也用電子郵件通了好幾回信。我寄信過去後，他回信告訴我，已經開始讀小說，讀完之後會寫心得給我。我因此又回信感謝。與上次在門廳前說話時的印象相比，逢澤來信的文筆簡單，比起第一次見面時有親近感，我不太能掌握到他的情緒，不知道用什麼樣的口氣寫郵件比較好。

那一天，兩人在門廳前談話時，逢澤表現的和氣，也許是身為醫者的親切，對病人的關心之情等出於職業性質的對應吧。接著，又浮現出善百合子的臉，雀斑如星雲霧靄般散布在鼻頭到臉頰間，他說那位也是當事人。她幾歲了呢？看著地毯上的陽光，怔怔的思索著這些問題。突然我想起逢澤找不到的精子捐獻人——逢澤的親生父親是醫學院的學生，也就是說，照一般的想法，逢澤當醫生的機率確實比較高，我如此想著。

第二個星期二的晚上，剛洗好澡，茶几上的電話噗滋滋的震動起來，打開來電畫面，是仙川涼子。看看時鐘，晚上十點多了。接起電話，仙川說工作剛結束，現在人在三軒茶屋的車站前，從口吻聽起來，仙川顯然醉得不輕，我剛洗好澡，頭髮也還沒乾，還是告訴她已經準備睡覺，回絕掉比較好，一時有點猶豫。不過，感覺仙川不知是故意沒意識到別人的狀況，還是心裡有譜卻還是打電話來，所以最後我還是答應了。我告訴她，先隨便找家店坐坐再 LINE 我，我吹乾頭髮就來，然後掛了電話。

她去的是車站旁的地下酒吧。白天去超市時經常經過這棟建築，從來不知道這裡面有家酒吧。走下陡梯有道沉甸甸的鐵門，用肩膀推進去，店裡一片漆黑，令人納悶有必要弄得這麼黑嗎。四處桌面上都點著小蠟燭，燭光微微搖曳。就酒吧而言應該是生意最興隆的時段，但是客人只有小貓兩三隻。問我一個人嗎，我答與人有約，然後便看見仙川坐在最裡面的位子。

一見面，仙川便合手一再的道歉，笑著說，在這種沒常識的時間約你出來，真是抱歉，不過很高興你來了。在昏暗的光線中，仙川的臉上帶著深深的陰影，配合著燭火不時的晃動。仙川面前已經放著裝了威士忌的玻璃杯和水，我點了啤酒。

「是說，這裡不會太暗嗎？」我說。

「不會，這個時間反倒是暗一點好。」

「會嗎？感覺好像在什麼坑洞或洞穴裡。」

「的確，蠟燭就像火把。」

「不過，我的外套底下一身優衣庫的家居服，這種亮度也許剛好糊弄過去。」

「呵呵，不過，以這種感覺來看，應該是全身吉爾．桑達*[6]（Jil Sander）系列？或類似的？有什麼關係嘛。這種叫 Normcore*[7] 風吧，一個在女性雜誌的同期同事說的。」仙川開懷的笑著，喝了一口威士忌。

仙川說，她在二子玉川與作家餐會吃到剛才，一般來說出版社與作家聚餐都是從晚上七點左右開始，但是那位作家早睡早起，而且超級愛喝酒，再加上他一坐下就很難起來，所以吩咐編輯們下午四點在現場集合，最後喝得比平時還晚。我問她到底喝了多少，仙川說她沒數，也不記得。她的口齒還算清晰，但是眼神發直，身體的動作也隨著說話節奏變得誇大。總之，不論從哪個角度看，她都已經收工，或者說喝到太 high 的狀態。我笑說，還是回家比較好吧。別說那種話

6　譯注：德國的極簡派設計師。
7　譯注：隨意穿搭。

嘛，仙川開玩笑的說，但是黑眼珠呆滯不動。我默默的喝了啤酒。

雖然特地把我叫出來，但仙川找我並沒有非得今天談的要事，也沒有提起小說。我對這一點有些在意，而且微微受傷，但是，反正小說是件沒有進展的工作，聊著沒有宣洩作用的事，彼此都痛苦，所以暫且擱下。

仙川談起了她的家，說的內容只要稍微聽一下就知道她出身富裕，我連連發出了感嘆聲。像是她從小身體虛弱經常住院，所以請了好幾名家庭教師，在單人病房指導她讀書，或是家裡有個到了旺季必須三名園丁作業的庭院，浴室是大理石地板，有一次撞到頭縫了五針，每到雨天傷痕就會隱隱作痛。又或是以前父母有個沒上鎖的保險箱，裡面胡亂塞滿了一束束鈔票，小時候她和堂姊妹把那些鈔票當成樂高堆高或推倒之類。不過，現在好像沒什麼錢了，仙川笑道。

「那、那些財產以後全部都是仙川小姐的吧？」

「因為我是獨生女嘛。」仙川瞇起眼睛，緩緩喝下威士忌，但是馬上又大咳起來，我等著她咳完，「——啊，威士忌嗆到了，嗆到了。」

「還能喝嗎？」

「可以、可以。呃……剛說到哪兒了？喔，如果父母死了的話，」仙川喝口水點點頭，「是呀，應該會留給我吧。但是，今後還要照護他們，未來也許要進老人院，這些都必須考慮進去，所以有可能搞到反目成仇的地步。而且留下那麼大但充滿惡趣味的房子，到底誰要住？如果在二十三區內的話還可以考慮，可是在八王子郊外耶。」

「不過，若是有什麼萬一，至少有個不用付房租的地方，感覺心裡踏實得多。」我老實的說。

「是啊，如果我有小孩的話，想法可能會不同吧。」

小孩，這個詞從仙川口裡吐出的瞬間，我立刻假裝沒事地附和道：「小孩啊——」然後裝出不經意的態度——好像這不是什麼大不了的問題，我只是隨便問問——問道：

「你對孩子有過什麼想法嗎？」仙川盯著已經沒酒的杯子，然後猛然想起似的「麻煩一下」大聲叫來店員，又點了一杯威士忌。她用雙手將剛燙的頭髮往後撥，笑著嘆了一口氣：

「不是我自己想要孩子或是不想要孩子，我自己投入了全副精神在過日子，所以，我的步調——怎麼說呢，最自然的說法就是，好像沒有讓孩子進入的空間啊，而且工作又很忙。」

我喝著啤酒，一面附和。

「只要活在世上，就必須盡可能去處理眼前的事。像工作嘛，你知道，若是想做的話，永遠做不完，尤其是上班族更是如此，如果不是生病啦，或是一個不小心懷孕了，沒有發生這種非被打斷不可的狀態，生活幾乎不會有任何變化。以我來說，人生中就沒發生過那種事。」仙川用雙手的手指緩緩揉著眼眶四周說：「所以，我並沒有決心不想要孩子就是了。」

我點點頭，喝了一口啤酒。

「不過，我想就順其自然吧。女人本能的想生孩子，或者是基因會下命令之類——我不知道有沒有人還會說這種話，但是，以我個人來說，完全沒有這種感覺。每天就是埋頭忙著非做不可的工作，一直到今天，就只是這樣。但是，如換個角度想，沒有孩子比較順理成章吧？我是這麼覺得啦，因為，只要像以往那樣過日子就行了呀。」

「這樣說也沒錯。」我說。

「就是呀。」仙川笑著說起大阪腔，「不過……我可能也想過。」

「想過什麼？」

「我可能想過，說不定明天就會發生一件翻轉整個生活的事情。」

仙川閉起眼睛，輕輕的搖搖頭。

「我有想過，說不定就是像懷孕那類的事。雖然想得很含糊。有一天我也許會發生、會遇見那種事。自己的人生在某一天，也會像發生在所有人的人生裡那樣，發生那樣的事情。我的確這麼想過。但是，那個『有一天』，一直沒有降臨到我身上。」

仙川沉默了半晌，注視著自己放在桌上的手指，然後抬起頭來微笑說：

「夏目小姐，你也一樣吧？」

我們兩人都不發一語的沉默下來，各自喝著自己的酒。我又叫了一杯啤酒，仙川瞅著掛在牆上的海報，過了一會兒說：

「……不過，現在有時候想到會覺得還好沒有孩子。」

「什麼時候？」

「當然，我本來就沒有孩子，所以也無法比較，不過看到四周，我大多會想啊，還好我不用被這種事牽連。不過這種事不能大聲說。」仙川說，「當然也有人很幸福啦，但是動不動為了孩子發燒啦、生病搞得團團轉，工作孩子蠟燭兩頭燒，真的是累得一塌糊塗啊。像我們公司有完備的保障都這麼累了，那其他地方還能工作得下去嗎？基本上不可能吧。大家壓力山大，滿口老公的牢騷。這種報導和書籍不是很多嗎？那些媽媽作家寫的不都是這些？生產書或育兒書，算是辛苦共鳴系吧，謝謝孩子平安生下來之類——作家寫這種平庸的情感到底有什麼用？依我來看，寫那種周身瑣事的話，小說家的生命也結束了。」

我喝了啤酒點點頭。

「不過，」仙川把威士忌含在嘴裡慢慢吞下，微微一笑，「……每次讀到或聽到這種故事，或是聽筋疲力竭的同事發牢騷的時候——這些話我只對夏目小姐說喔——心裡便覺得，這些人怎麼這麼膚淺、自私啊。我真的這麼想。因為，他們早該對這種結果有心理準備了嘛。而且，你們這些人自己喜歡才生了孩子，事到如今有什麼好抱怨呢？然後，我也同情他們，因為未來還必須繼續辛苦工作，照顧孩子幾十年吧。你想想看，自己的人生經歷生病、考試、反抗期、求職，好不容易才塵埃落定，現在又要為那些人重新再經歷一次，真不知道他們是太好事還是什麼，只能說辛苦你了。我是真心這麼想的。雖然並沒有決心不要孩子，但是現在會覺得，還好沒有孩子。」

後來，話題自然而然的轉到其他方面，我們分別續點了好幾杯同樣的酒，談些沒營養的廢話，互相開玩笑，大笑出聲。又談到了遊佐，剛買的電動自行車一天內被拖吊了兩次，倒楣透了，還有幾十頁的文字檔案整個消失。原本覺得太暗的照明，眼睛不知不覺的習慣了，連牆上掛的菜單、一整排酒瓶、看不出什麼時代的海報，各種物品的輪廓都鮮明的浮現出來。仙川默默的站起來，舉起右手往洗手間的方向走去。一群穿著西裝的男人和幾個男女與仙川擦肩走進來，店裡立刻一片嘈雜。

等了半天仙川也沒有回來，有人在呼叫店員，到處看得見手機的液晶螢幕朦朧發光。我擔心仙川可能不舒服吐了，也走進洗手間察看，只見到她俯在洗臉臺上的背影。

仙川小姐，我一叫她，她抬起頭在鏡中與我相望。雖然燈關著，但我看得出仙川的眼睛通紅充血。我問她還好嗎，但仙川沒有回答，依然目不轉睛的從鏡子裡看著我。我說，幫你拿杯水來好嗎？仙川搖搖頭，然後緩緩的轉過身，伸出手將我抱個滿懷。一時間，我不知道發生了什麼事。仙川將我抱住的時候，不知為何，我的腦海中一再的重播剛才仙川的手臂向我伸來的瞬間畫面。左耳附近還能感受到仙川的氣息，我的兩手浮在半空中，沒法動彈。仙川的肩膀薄得驚人，環在我後背的手也同樣纖細。只是被她擁住，為什麼會如此清楚她的身體呢。我不知道到底發生了什麼事，心頭震撼彷彿能聽到心跳聲，同時又覺得不可思議。

不知道經過了幾秒鐘，過了半晌，仙川徐徐的與我分開，她垂著頭好一會兒才抬起臉。她又回到平常的仙川了。這時仙川動了動嘴唇，像是說了什麼。我敢確定她一定說了短短一句話，可是我沒有聽見。

我沒有時間去追問她說了什麼，只是說著「你喝醉了」、「醉得太厲害了」相偕著回到座位，把剩下的酒喝完後，結帳走出店外。我說送她上計程車，而仙川卻一再把我推走說：「沒關係、沒關係，天氣冷，你先走吧。」我拉著搖搖晃晃的仙川的手肘一面談笑，一起走到大馬路上。仙川坐的計程車開走後，我仍望著川流的車子。我不知道怎麼樣才能消停，但是卻有股還沒喝夠的情緒。我走進便利商店，猶豫了一會兒，從幾乎沒喝過的威士忌中，選了其中第二小瓶的牌子，買啤酒也不是不行，不過太冷了。

出門時沒關暖氣，房間裡暖烘烘的，用手撥撥頭髮，剛才明明吹乾了才對，但似乎又濕了。我把外套吊在衣架上，用吹風機再吹一次，試圖回想剛才在洗面臺發生的事。仙川小姐酩酊大醉，也許是工作上遇到難過的事，也許她還有很多話想講，也許她心裡委屈只想哭一場——即使腦海中把這些理由一一排列，但是仙川的薄肩和纖細，從鏡中看見的眼神、燈光的顏色等一起造成的震撼，歷歷如在目前，我不知道該從哪裡開始思考，才能思考剛才的事。

威士忌倒入杯裡喝下，一口下肚喉嚨便一陣發熱，除此之外一點也不好喝，然而過不到二十分鐘，整個瓶子只剩下不到一半了。關了電燈鑽進被窩，但是別說是睡意，臉頰和手腳都火燒似的難以入眠。我知道這麼做會更睡不著，但還是拿起手機，點進花花綠綠的報導。看了平時用電腦讀的不孕治療部落格，點進附帶的連結，跳進新的部落格，甚至連布告欄不斷蓋樓的無聊對話，都看到最後。不論是正在治療的人、放棄的人、沒關係的人，各種人寫了各種想法。匿名書寫的那些不負責任的意見，有嘆息、哀傷、訕笑、攻擊、互勉，而且充滿了自我憐憫。越讀眼睛越清亮，太陽穴到側腦一帶嘎吱嘎吱的抽痛，闇沉沉的情緒在胸口洶湧。

在這裡吐露痛苦、悲傷心情的女人們，不管怎麼說都得天獨厚。有人準備好優厚的治療方式，有管道，有辦法做，受到許可。就算是想要孩子的同性戀伴侶，從我的角度看來也都很相似。他們有伴侶不是嗎？在這個時間點上，有個一起想要孩子、未來可以一同克服障礙的伴侶，和異性戀者難道不一樣嗎？有人理解，又有網路，還有人幫助啊。網路、書裡，到處是有伴侶的人在發聲，現在沒有另一半，以後也不會有的人，他們的心聲在哪裡？誰有生孩子的權利？只因為沒有另一半，不能做愛，你們憑什麼說我沒有這個權利？

你們全體、你們所有人最好都生不出來，我心裡想，最好是破財費時，大家最後還是失敗。既然能做的都做了，就心甘情願的斷念死心吧。最好大家都垂頭喪氣，最好惡劣地互相對罵，滿口牢騷的度過剩餘的人生吧。想做就能做便已強過別人，有機會能做已經比別人幸福，你們這些人知道自己有多受老天眷顧嗎？

我用兩手上下搓著臉，坐起身把剩下的威士忌喝完，然後又躺回棉被裡，再把手機拿起來，回到剛才的畫面。我一眨也沒眨的注視著畫面刺眼而單調的光，熱淚滲出眼眶，但我無法放下，腦袋就像空燒的水壺，心跳在耳朵旁噗噗的搏動，胸口窒悶難過，身體灼熱難耐，心裡想管他去的，豁出去吧。然而即使什麼也沒做，淚水還是從眼尾垂落到整張臉。突然一個「砰」的呼叫聲，郵件軟體顯示有來信的標幟，是逢澤傳來的。

這封是一星期前我傳郵件的回信，內容十分簡潔，只是通知我四月底會召開志願者聚會，比上次的規模小，如果有興趣的話，歡迎參加。又及，小說快讀完了。

我按下回信鍵，打開白紙畫面開始打字。但是我已爛醉如泥，好幾次打錯字，一再選出奇怪的漢字，每次發現打錯，試圖凝目注視或念出來修改時，醉意卻更深了。當我開始頭昏腦脹，思緒漲大得支離破碎，我告訴自己，現在的確是有點醉，但是寫郵件這種小事，我一定寫得出來。這種感覺使得整個狀況更加不堪。剛才滿腦子攻擊、被害妄想情緒助長之下，文章變得慘不忍睹。

「晚安。對不起四月的會我不能去。因為，想法已經固定了，因為這條路似有去無回。我沒有能力了解各位當事人的心情，不過，我早就心知肚明了。個人的愚見，我們只能是平行線不是嗎，比方說我想問的一個問題，如果一開始就把實情告訴孩子，不瞞騙他的話會怎麼樣，如果母親有絕對的自信光明正大的告訴孩子，完全不感到愧疚的話呢？沒有另一半的人從一開始就沒有見到自己孩子的權利嗎？而且這是自己的錯嗎？我與各位所批評的家人主義、在意門面的想法不一樣。我並不是想要孩子、或是想懷孕、想生子，不是那樣的。我想見到他，想見他，並且想與他一起生活。但是，我想見的人到底是誰？畢竟我根本還沒有見過他啊。四月我還是不去了，想問的問題，我靠著想像自己思考好了，這段時間雖然很短，但是謝謝你。再見。」

我沒有檢查就按下寄出鍵，然後把手機丟向漆黑屋子裡最黑暗的角落，然後蓋上棉被，閉緊雙眼。堅硬的黑浪淹沒了我，它變成無法捉摸的圖案，晃動了一陣子，然後我夢到可美外婆。可美外婆把腳弓成三角形坐著，我在她身旁喝麥茶。我們倆在港鎮的家中，靠在老舊的黑柱子上有說有笑。可美外婆的膝蓋好大啊。小夏，你也看看自己的膝蓋，跟外婆的好像呢。真的耶，好大啊！媽媽經常說，比起媽媽，我跟外婆更像呢，她說從一出生就一模一樣呢。真的喔，我好開心。對了，可美外婆，人總有一天會死吧，所以外婆也會死嗎。是啊，話是沒錯……小夏怎麼哭啦，不用為這種事哭，那還是很久很久以後的事啊。來吧，笑一個。別擔心，外婆就算是死了，一定也會給你打暗號喔。真的嗎？真的。什麼樣的暗號？現在還不知道，不過外婆一定會來見你。變成鬼嗎？有可能喔。可美外婆，你變成鬼也沒關係，但是不要變太可怕的鬼喔。外婆一定要來找我喔，不論發生什麼事都要來喔。外婆來了的話，不管是小鳥、樹葉、清風還是卡滋卡滋的電，我一定會馬上知道，所以外婆一定一定，要來找我。不管用什麼方式都行喔。知道了知道了，一定來。真的喔，不可以不守諾言喔。因為我會一直──一直一直等著可美外婆啊。

*

「真的很抱歉。」

逢澤見我低下頭，直說沒關係。

「我喝得爛醉。」我說，雖然已經是一個星期前的事，但是彷彿腦袋的角落還有酒意。

「我看到你的信，嚇了一跳，以為你出了什麼事呢。」

「後來看了我寫的信，自己也嚇了一跳。」

「有吐嗎？」逢澤問。

「沒有吐。不過第二天早上，站都站不起來。」

「最好先吃點什麼再喝酒，像是乳製品之類。」

「下次我一定會。」我縮起肩膀。

醉意朦朧寫完也沒檢查就寄出的信，逢澤還是很有禮貌的回信給我，來回了數封之後，我們相約見面。逢澤帶了幾份有關生殖倫理的文章影本給我——已經刊在雜誌上，但還沒有出書，我道謝後收進包包。因為剛好是星期天，我們碰頭的三軒茶屋咖啡店十分熱鬧。

「對了，」逢澤說，「我看完小說了，非常精采。」

「你百忙之中，真是不好意思。」

「以前我沒讀過什麼小說，所以不曉得怎麼說好。」

「不好意思。」

明明是自己送的書，然而一旦對方面對面談起自己寫的書時，卻不知道該用什麼表情來面對。我低下頭支支吾吾的咕噥自語。

「我覺得可以從很多方向來讀。」逢澤望著咖啡杯，若有所思的說：「……應該說它在描寫的是某一種輪迴吧。一開始大家都死了，而且死了之後，地點和社會規則和語言也都漸漸有了變化，然而主角卻依舊擁有自我，永遠的在重複。」

我模稜兩可的點點頭。

「……我剛才說重複，不過也許又有一點不一樣。」說完，逢澤沉默了下來。然後他抬起頭，瞪大了眼睛好像在說「我懂了」。

「是了，是直線的，因為他一直在往前進，所以雖然把它解釋成輪迴，但是在那個世界，終究還是直線的前進。」

我默然不語，不知道該怎麼回答，逢澤微聳起肩道歉：「不好意思，我說得不好，但是讀得津津有味。」

「逢澤先生，你說你沒讀過什麼小說，但是看不出來。」我說。

「我不太清楚細節，不過像是寫小說究竟是什麼感覺，我滿有興趣的。」

「你想寫寫看嗎？」

「怎麼可能。」逢澤笑道，「我父親，其實一直在寫小說。」

「令尊嗎？」

「是的，是我的養父。他寫小說當興趣，不過很早之前就過世了。」

「很年輕嗎？」

「五十四歲，現在看起來，算是相當年輕吧，他心肌梗塞過世時，我才十五歲。我們很多當事人得知自己靠捐精誕生的身世，大多的模式都是因為父母離婚，或是父親過世時，不過，我是在他過世的十五年後，快滿三十歲才知道的。」

「在那之前，完全不知道？」

「是啊。」逢澤說，「我們家——可能我在哪次演講時說過，在栃木是個滿複雜的家族，因為自古以來就是地主，可以算是當地的世家吧。總之，一大家子住在一起。爺爺在我小時候就過世了，奶奶操持整個家，而我是從奶奶那裡知道身世。」

「到了三十歲，沒來由的？」我問。

「就是呀。」逢澤輕嘆一聲。「父親死後的幾年——我到東京讀大學之前，家裡就奶奶、母親和我三個人共同生活，但是我離開家之後，就剩下母親和奶奶兩人了。我奶奶從年輕的時候就相當強勢，而且心直口快，所以，我想我母親應該受了不少委屈吧。然而既然是全家人住在一起，在某種程度上也是無可奈何的問題，作兒子的大多可以理解。所以，當我大學畢業，考取執照，結束實習的時候，我母親告訴我，她再也沒辦法和奶奶一起生活了，她想離開家、離開奶奶到東京來。」

「那時候，你在東京，所以她想搬來跟你同住嗎？」

「不是，她倒不是一定要跟我一起住，只是想先離開奶奶。她向我解釋奶奶對她如何刻薄，自己每天過的是什麼樣生不如死的日子，哭著抱怨說如果她再繼續待下去，真的會發瘋死掉。最後母親實在忍耐不住，向奶奶攤牌了，她說她想離開家到東京去。奶奶氣瘋了，大發雷霆，但又無計可施。因為我母親在父親去世時，以配偶的身分繼承了遺產。爺爺去世時傳給父親的財產，有一半都已落入母親手裡，總有一天會拿到全部的家產吧。從奶奶的角度，既然拿了家裡的財產，當然應該要留下來守護家園，照顧自己終老。大概是這樣的邏輯。」

「原來如此。」

「其實，我也是多虧了這筆遺產才能上東京的私立醫大，」逢澤說。「但是，首務之急是母親的精神狀態，必須以健康作為優先考量，所以我也考慮不如請母親放棄未來將繼承的財產，不料我向母親作此提議時，她也有自己的想法。她說，結婚嫁入家裡幾十年，丈夫過世之後，一直作為全家的媳婦操持家務，當然應該繼承遺產。真是難煞我也。」

逢澤把杯裡的咖啡喝完，目光飄向窗外。我問他要不要再喝一杯，他點點頭道了謝。店員過來，在我們的杯子裡續了一杯。

「不過，情勢對令堂似乎比較有利。」我說。

逢澤一臉困窘的點了點頭。

「嗯，我奶奶真的是個脾氣暴躁……或說是乖張易怒那種感覺的人，所以周圍的人都吃了不少苦頭吧。連我自懂事開始，就很怕我奶奶。」

「可怕的老奶奶？」

「該怎麼形容呢……小孩子本來就害怕，若有什麼狀況，與她單獨相處時就特別緊張，與奶奶在一起從來不曾敞開心扉或是撒嬌，現在回想起來，那也是人之常情。因為對她來說，我並不是親生的孫子，說什麼也無法生出疼愛之心。」

「那是逢澤先生三十歲時發生的事嗎？」

「是的，因為我母親精神上瀕臨崩潰，我便在東京租了一間短期租屋，讓她暫時避難。老實說我也有點吃不消，所以我一個人回栃木，打算和奶奶談談今後的問題。」

「原來是這樣。」

「回到家，家裡坐著好幾個從未見過的親戚，我父親是獨生子，不過爺爺那一輩有幾個兄弟吧，大概是那邊的遠房表親。」

「那情景如在眼前——」我瞇起眼睛說，「在一個偌大的客廳，富麗堂皇的巨型佛龕前，幾個穿著西裝的男人坐成一排，正中央是個穿著高貴和服的老太太……」

「其實，只是一般的客廳啦。」逢澤用食指摳摳鼻側，「奶奶也只是穿著一般的運動服與棉袍，其他人都是穿工作服。」

「我的想像太老套了。」我反省道。

「沒有沒有，」逢澤笑道，「不過我們家在鄉下嘛，所以很大。」

「有多大呢？」

「我想想看……雖然是平房，但是兩側不知為何特別寬，從大門到主屋有個果園，還有日式庭園。」

「嘩。」

「因為在鄉下嘛。不過房間並沒有那麼多。所以，我所說的房間，也只是一般的客廳而已。」

我想像著從大門到屋子之間有果園和日式庭園，兩側不知為何特別寬敞的住所，但是當然想像不出來。

「……總之，我和奶奶說了，先說明了母親的現況，提議暫時先保持一點距離，這樣對彼此都好，請求奶奶能允許母親在東京住。不過，她並不是一去不回了，週末會回來處理家務，準備一星期份的食物和日用品，讓您方便生活。若是您還覺得不安的話，可以請個管家來家裡。當然，費用由我們負擔。」

「好主意。」我不覺打了個響指，「然後呢？」

「當然拒絕了。她說，你知道以前這個家是如何照顧你母親，又給了你母親多少錢嗎。她理應留在這個家照顧我終老。這一點她絕不退讓。」

「金額有那麼大嗎？」我忍不住把腦中浮現的問題直接問出來。

「因為是奶奶說的，我也不知道是真是假。不過，在某個程度上的確是。」

「有、有一億嗎？」我大膽的問道。

「有吧。」逢澤皺起眉間說，「可能更多一點，有兩倍吧。」

我默默的喝了一口水。

「不過，那是加上田地等的總額，價值並沒有金額那麼多吧，或者說，它並不是直接可以花用的錢，而且要付稅金和其他林林總總，我想剩下的應該不多吧。而且，母親多年來沒有工作——生活和用在我身上的花費都從那筆錢支出，所以我想所剩無幾吧。」

「……不過你祖母應該還有錢，照護或是打理生活，開開心心找個可以接受的專業人士，對祖母比較好。」

「當初，我也對母親這麼說，不過我母親說不可能，因為奶奶意氣用事。」

「意氣用事？」

「是的，簡單說，我奶奶從前同樣在婆婆虐待下活過來的，她既為犧牲了自己的人生保護家庭而自負，同時心裡有怨，因而有種『怎麼可以讓你一個人快活逍遙』的心理。」

「原來如此。」

「後來我說到具體的金額數字，奶奶開始痛罵我母親，說她是個如何如何差勁沒用的媳婦，也開始攻擊我。我雖然不喜歡奶奶，在她面前總是坐立難安，但是，我還是很同情她白髮人送黑髮人的心情，她肯定有著只有自己才知道的苦衷、傷心吧。我這孫子雖然與她不投緣，但是畢竟還是孫子，而且一起生活了那麼多年，對彼此還是有一定的意義。」

逢澤嘆了口氣，說：

「我把自己的這種心意告訴她，不料奶奶卻說『你啊，根本不是我的孫子。』因為她順著話隨口說出來，所以剛開始我還以為那是比喻，於是我說『我了解您這麼說的心情，不過現在不要感情用事，還是談談正事吧。』結果她卻說『你真的不是我孫子，我的兒子沒有子嗣，你是別人的種生的。』」

我點點頭。

「『所以說，你沒有資格跟我談這些，你跟我沒有半點關係。』聽她的口氣不像是開玩笑，所以我催她把話說個清楚。但是她說，詳細情形去問你母親，然後就把我趕出去了。那天後來怎麼回到東京，我一點也想不起來。」

逢澤又看向窗外，兩手輕輕的按摩眼皮，冬日下午的陽光朦朧的落在逢澤的髮線周圍。

「令堂怎麼說？」我問。

「是……後來回到東京，我先回自己的住處，盡可能平復心情之後，才去母親住的短期租屋。一打開門，母親竟然躺在單人房的正中央。」

「無緣無故的？」

「該說無緣無故嗎？唔，我想應該不是無緣無故這麼躺著吧，只不過，我一打開門，她就躺在那兒了。米白色的地板上，沒鋪墊子也沒蓋被子，背對著我躺在地上。我開了門她也不回頭。我以為她睡著了，出聲叫了她好幾次，她才回應。我不知該從哪裡說起，只好先說『我去了喔。』但是母親還是躺著沒吭聲。然後——現在想來，我也不知道自己為什麼要在這個時候說出來，但是一回神，我已經問了。『剛才奶奶說，爸爸不是我爸爸？』」

「你就這麼站著問？」

「對。」逢澤點頭。「現在回想的話，也許安排好順序，至少應該與母親面對面的時候再問比較好。」

「那令堂怎麼回答？」我問。

「她沉默著沒說話，我望著母親的背，不知道經過了幾分鐘。過了一段時間之後，母親緩緩坐起身，怯怯的說『是啊。』還說『那是很久之前的事了，不用再提了吧。』」

逢澤沉默下來，我們各自看著自己的咖啡杯。

「後來呢？」我問。

「後來，我幾乎是反射一般的打開門衝出去，暫時在附近走走。雖然我明白自己發生了一件驚天動地的大事，但是心卻靜不下來。我必須思索某些事，但是一時間，我不知道該思索什麼。我只能感覺到身體裡的異物感。好像冷不防被人灌下球狀物體，每眨一下，它就在心窩一帶變得又硬又重。它壓迫著胸口，讓我快要窒息，可是好像也不太清楚，感覺窒息的人是不是真的我。

「反正我就往前走，到了轉角就往右轉，又遇到轉角再往右轉，總之就是一直走。半路上買了水，走到公園就在長椅上坐下，就著街燈審視自己的手心。」

「手心？」我問。

「再怎麼看手心還是手心，也看不出什麼端倪。但是當時，那是我唯一能做的事。奶奶說的『別人的種』幾個字一直在我腦海重現，當然，那時候我連捐贈精子這個名詞都沒聽過，所以，我能想到的是，原來如此，我是母親的拖油瓶啊，或者有可能是養子。不過，我並不知道要從哪裡思考具體的過程。所以，我像個傻瓜似的看著自己的手，有皺紋，有肌肉，手指各有五隻，有關節和凸起的肉。仔細審視自己的手，它的形狀還真奇妙啊。反正腦袋裡想的就是這些。接著才終於想到自己的父親。」

我點點頭。

「父親對我——現在想起來還是不明白他為什麼能做到那種地步，父親真的非常疼愛我。他年輕的時候做過疝氣手術，以前不像現在有腹腔鏡手術，必須從後面整個切開，聽說後來好像做得不太成功，還好家中經濟無虞，所以他不用出外工作，奶奶對父親這個獨生子十分溺愛，只讓他打掃院子，或是在家裡做簡單的修理。因此，父親永遠是待在家裡的父親，天天引頸等著我放學回家，要我說學校發生的各種事，也告訴我許多道理。

「忘了是什麼時候，父親告訴我他在寫小說。我記得父親的房間裡有很多書，不只是書架上，到處都擺著書。印象中他不與我說話的時候，總是在讀書。我也清楚記得他埋頭坐在桌前振筆疾書，寫到深夜的身影。只要我仰首看著書架，念出書背上的文字，他就會走到身旁，一本一本的拿出來，用我聽得懂的話說明書裡的內容。這是解說地球上的鯨類最詳盡的一本書，或是這本書描寫在四天當中，某個家族與神對審判的辯論，反正很精采也很有趣。我還記得父親翻著書頁時的手指和手。因為沒晒太陽的關係，他全身上下都相當蒼白，但手掌有些斑駁的紅暈，手背不時會出現白白的粉狀，指甲長成扇形，也許很大也許並不大我不確定，但是看起來很像麵包的麵糰。我在公園的長椅上回想著過去，一面看著自己的手，然後我想著『啊，原來父親的手與我的手，沒有任何關係啊』。」

逢澤又把視線轉向窗外，然後像是想起什麼，回頭看著我微微搖頭。

「——怎麼從剛才開始就只顧聊我的事啊。我們怎麼會說到這裡來？今天本來是想聽聽夏目小姐的故事才來的，到底從哪裡開始說起我的事呢？」

「你說你對小說有興趣，所以順著話頭，自然而然就說到這裡了。」我笑著點頭。

「是這樣啊。」逢澤也笑了，「但是最後我還是不知道父親寫了什麼樣的小說。」

「沒有留下來嗎？」

「我到處找過，但沒找到。有一次他指了一大疊筆記本告訴我，那是我寫的小說喔，我記起來時便在房裡到處翻找，但是並沒有找到。不知道他是否真的寫了還是怎樣，不過父親好像真的喜歡讀讀寫寫。某天他突然昏倒就這麼走了。所以，也沒有機會跟他細談了。」逢澤說，「……所以寫小說的人……當然父親並不是小說家，但是，我隱隱對寫小說的人在想些什麼十分有興趣。但是……唉，就算夏目小姐是個小說家，但是我這父親的故事平平無奇，你還耐心的聽完……真是過意不去。」

「千萬別這麼說。」我搖搖頭，「所以，後來你有回到令堂住的短期租屋嗎？」

「回去了。」逢澤停頓了片刻說，「那時候我不知道該怎麼想，不過不論如何我都得把話問清楚，而且總不能一直坐在公園長椅上，便回去了。那時母親在看電視，我靠著牆，靜靜的陪她看了一會兒電視，然後有一搭沒一搭的說起老家的事，像是柿子樹好像快死了，奶奶的狀況，還有那些所謂的親戚，人數眾多但是從來沒見過，說了這些事。剛開始時母親只是靜靜的聽，過了一會兒，她才開口：『是你奶奶要我做的。』」

「借精生子？」

「嗯。」逢澤點頭。「母親說，結婚之後幾年，與父親一直沒有生育。為了這件事，母親一直受到奶奶的責難。畢竟從前那個時代嘛，不對，現在也沒改變啊。不過，當時不會有人想到不孕的會是男人，大家理所當然的認為，生不出孩子幾乎百分之百都是女人的錯。母親因為這件事吃了相當多苦頭，據說，奶奶在眾人面前罵她，笑她是瑕疵品，天天都要忍受這種虐待。有一天，奶奶終於開口，叫她在還來得及生之前，去東京專門醫院把全身上下通通檢查一遍，如果真的不能生，就考慮讓他們離婚。與醫院聯絡了之後，對方要求丈夫也必須一起來檢查，最後才發現原因出在丈夫——對奶奶來說，自己的兒子是無精症，一顆精子也沒有。」

「奶奶怎麼說？」我問。

「她震驚得幾乎說不出話來，近乎尖叫的說，一定是哪裡搞錯了，要他們到別家醫院看看。但是結果還是一樣。奶奶強迫母親，不論發生什麼事都不准告訴別人，過了一段時間後，我們家把土地租給大企業當作工廠，也捐款給政客，在政經界頗有交情，所以透過熟人介紹，找到了一家有作精子捐贈的大學醫院，命令我父母去那裡治療。父母依言到大學醫院治療了一年，真的懷孕了。後來又轉回家鄉的婦產科，奶奶還帶著肚子隆起的母親到鄰居或親戚家展示。經過幾個月，母親生下了我。

「那是我第一次聽到精子捐贈這個詞，本來很籠統的以為我是拖油瓶，或者是養子，只想過這兩種可能性，也只想得到這兩種可能性。所以，隱隱總覺得我也許有個親生父親，某個地方有真人的父親存在，而且母親認識這個人。如果想見他，就一定見得到面。」逢澤說，「可是，完全不是這麼一回事，他不是長著人形的人類，而是從匿名的某個人抽取的精子。這教人情何以堪呢……坦白說，有自己的一半不是人類的感覺。當然，人都是從卵子和精子結合生下來的，但是，像這樣自己的一半是——」

逢澤拿起咖啡杯，發現杯裡已經空了，我的杯子也空了，逢澤顯得有些侷促，問我他可以繼續說下去嗎？當然，我說，我們吃點甜食吧，然後請店員拿蛋糕的菜單過來。逢澤坐正了身子，彎下腰像看什麼珍奇事物般端詳著菜單，最後我點了奶油蛋糕，逢澤猶豫了好久後，點了焦糖布丁。

「我最驚訝的是，」逢澤虛弱的笑笑說，「母親面無表情的說明完接受治療的過程後，表現出極不耐煩的神情，好像在說『到此為止吧，我不想說了。』我傻住了，那時候比起心中的失落感，母親的態度更讓我訝異……正常的話會怎麼做呢？即使是最保守的說法，都應該是重大的話題，或是從來沒有遇過這麼震撼的大事吧……從作家的角度會怎麼看？」

「大事，太大的大事了。」我點頭道。

「沒錯吧。遇到這種事的時候……即使是電視或電影裡，演到向孩子揭露有關出生祕密的時候，不是會更加慎重其事嗎？我也抱著這種既定的印象，所以滿心以為，母親一定會正色的說，這是因為這樣那樣的因素，然後流著淚道歉說，過去瞞著你實在是對不起。我以為事情一定會這樣發展，這種反應也是人之常情。

「但是，母親卻是一副不知道問題在哪的態度，露出嫌麻煩的表情說『這件事到此為止吧』。所以我既混亂又震驚，大聲的質問她：『你知道自己在說什麼嗎？你知道自己在做什麼嗎？』母親說，『我把你四肢健全的生下來，讓你無憂無慮的長大，還讓你讀了大學，你還有什麼不滿？』看我愕然的樣子，她又說：『到底有什麼問題，你說啊。』

「『問題在於，我不知道自己的父親是誰啊。』我說，但是，母親好像真的不懂我的問題。看著母親，我突然有些畏懼，好像她明明是人但又不像人的感覺，又像是看到海市蜃樓的現象，她看起來就像是那種景象，就連聲音也有點顫抖的感覺。母親困惑似的看著我說『父親到底是什麼』，我不知道該怎麼回答，一時閉口不言，母親也不說話。電視上播著歌唱節目，大大小小的聲音接二連三的傳送出來，聲音彷彿就要從畫面中滿出來，堆積到地面上。我茫然的看著電視一面想，咦，這是什麼地方？喔，對了，我到短期租屋來了，我茫然的想著這種事。

「然後——不知過了多久，母親盯著電視小聲的說：『有沒有父親一點兒也不重要。』然後我們兩個人又再度沉默，好半晌之後，她終於看著我的眼睛說：

「『你是我懷胎十月生下來的，就只是這樣，沒別的。真的。』」

說到這裡，逢澤閉口不語，我也沒說話，注視著桌上的咖啡杯、免洗手巾和只剩一點點開水的杯子，店裡還是那麼多人，隔壁桌從剛才就坐著一個穿紅毛衣的女孩，一手拿著電子辭典認真的念書。可能是學語言吧，但是看不出她念的是哪一國語，參考書攤開在桌上，而她的馬克杯放在書緣，看起來只要稍有差池就會翻倒，但女孩沒注意到。過了一會兒店員過來，端來新的咖啡、焦糖布丁和奶油蛋糕。我們沒有說話，安靜的吃著點來的甜品。奶油接觸到舌頭的瞬間，與唾液融合的甜味在腦中擴散，我忍不住嘆了一口氣。

「是糖分。」逢澤頻頻點頭，大概也有相同的感受。

「這樣……好像有把大腦皺摺或是溝槽全部塗平的效果耶。」

「真不錯，」逢澤笑道，「想像那個畫面，好像更有效果。」

「那後來……令堂怎麼樣？」我探問，「順利的待在東京嗎？」

「沒有，」逢澤搖頭，「最後她自己回栃木去了。」

「怎麼會！」我驚呼一聲。

「不知道她們談了什麼，或者說我不確定她們是否溝通過，總之，她自己說，我還是回家照顧一切吧。」

「喔。」

「她說『撐到最後才能叫辛苦，其他都不算。』所以，現在在栃木。」

「那關於治療，或者你的身世呢？」

「自從在短期租屋那裡談過一次後，再也沒有提過。」

我們又沉浸在沉默當中，店員過來，幫我和逢澤見底的玻璃杯倒滿水，我們仍舊沉默，注視著透明水杯中在陽光下閃著光輝逐漸增高的開水。

「哎呀，真對不起。」片刻後逢澤說，「說的全是自己的事。」

「沒有那回事。」我說，「是我想聽逢澤先生的故事。」
「夏目小姐真親切，」停頓了一會兒，逢澤小聲的說。
「沒有人這麼說過我呢。」
「真的？」
「嗯，我出生到現在一次都沒有聽過。」我想了想，「嗯，完全沒有。」
「這反而更厲害吧。」逢澤笑說。
「會嗎。」
「……或者說，因為夏目小姐是真實的親切，有可能以前誰也沒有注意到。」
「沒有人注意到真實的親切嗎？」
「是啊。不只是親切，大多數的情感若沒有相當的濃度，大都無法傳達給別人。這就叫做共鳴。」
「但是，逢澤先生卻注意到了。」我笑道。
「是的，」逢澤也笑了。「所以，今天也許是非常重要的一天——夏目小姐真實的親切終於能與別人共鳴的日子。」
然後，我們喝著咖啡吃點心。多久之前吃過都想不起來的奶油蛋糕非常好吃，蛋糕本體膨鬆柔軟，奶油不甜膩，好吃到我覺得可以永遠這麼吃下去。
「怎麼了？」看見逢澤微微露出笑意，我問。

「沒有，只是覺得好神奇，」逢澤說，「即使在聚會上，我都沒有這麼詳細的談我的父親。」

「真的嗎？」我訝異的問。

「嗯，我也是剛剛才發現的。」逢澤這麼說著，目不轉睛的注視起面前的焦糖布丁，「不過，想想在公開場合……或說眾人面前說話，也只有兩次，一次是自由之丘那次，在那之前還有一次而已。」

「看不出來。」我欽佩的說，「說得條理分明。」

「是嗎？在聚會上當然大家也都會說自己的故事，不過兩者相比，還是聽別人說比較輕鬆。」

「嗯。」

「我平時的工作是製作臉書或活動的傳單，還有向醫師學會或大學提出意見書。」

「你有寫過『了解出身的權利』，提到應該修法。」

「不過完全沒有進展。」逢澤微笑，「還有就是製作當時在大學裡捐贈精子的學生名冊和聯絡地址的清單。」

「學生們都願意協助？」

「觀感漸漸在改變，但是基本上大家都還是排斥。他們說，如果追蹤得到，就沒有人願意提供了，他們會很為難。現在都已經少子化了，若是捐精者因此減少，那該怎麼辦，甚至有人嫌我們干擾，有時候我都搞不清自己到底在做什麼。」

逢澤把目光轉向窗外，若有所思的說。

「知道真相之後，便好像諸事不順，當然，過去也並非稱心如意，後來連上班的地方也辭掉了。」

「嗯。」

「不論做什麼事，好像都不踏實，雖然不能說自己的一半……是空白……但是我還難以理清自己這種感覺該怎麼說明。」逢澤說，「就好像陷在噩夢中一直醒不過來，這種形容雖然常有人說，不過，我真的有這種感覺。只有見到親生父親，才有可能恢復原有的狀態——雖然我也不知道他是生是死，但是我至少要知道他是個什麼樣的人，所以盡可能的去找。不過，我想大概是找不到了。」

「過去，協會裡的人有人找到過嗎？」

「就我所知的範圍內，沒有。」逢澤說，「因為匿名是必要條件，而且紀錄的部分，大學方面聲稱已經銷毀，就算是還留著，我也不會知道。」

逢澤說完又沉默不語，我也安靜的喝起剩餘的咖啡。逢澤把臉轉向窗外，稍稍瞇起眼睛，看著他的側臉，我感受到一股無聲的責備，當然，我知道逢澤現在對我並沒有任何想法，即使如此，我感覺自己的考慮和想要孩子這件事，正受到追究。

我想起逢澤專訪中的文章，身高一百八，個子魁梧，單眼皮，從小就擅長長跑，有沒有人有頭緒呢？——那微弱的呼籲現在仍然強烈的留在我心裡，一想起來就傷感不已。對我而言，現在正與那篇文章中的人物坐在一起，實在難以置信。

蛋糕和咖啡都是逢澤請客，當我向他道謝時，逢澤抿嘴笑了。走在往車站的路上，我們又聊了很多，我問他留了一頭沒有自然鬈的亮麗頭髮是什麼樣的心情。逢澤驚奇的說，他有注意過髮量，但從來沒有想過髮質。又問他，擁有醫師執照表示他親眼看過人的大腦嗎。當然啦，他點點頭說，雖然是在學的時候，不過確實看過，而且記得很清楚呢。

來到往車站的樓梯，逢澤向我道謝。

「我想起自己原來是個很健談的人。」

「我才如沐春風呢——這麼說有點過分，不過真的很高興。」

「跟夏目小姐說話很容易敞開心房，會不會是因為我們同歲，才會有這種感覺？」逢澤說，

「應該沒有關係。」

「說到家世，也許有點不適切，我母親和姊姊都是公關小姐，我也是在那種環境中長大，也許是這個因素吧，就氣氛而言。」

「公關小姐？」

「唔，我在大阪的酒吧街成長，來喝酒的人生張熟魏都有，每天晚上的工作就是聽人說話吧。算是一種生活。」

「夏目小姐以前也是公關小姐嗎？」逢澤有些驚奇的問。

「不是。我年紀小，所以只有洗盤子，」我說，「十三歲時母親去世，從此之後一直在酒吧打工，不過，我專門管廚房，工作很雜。」

逢澤瞪大了眼睛說：

「你從那麼小就在工作嗎？」

「嗯。」

逢澤盯著我看了一會兒，才搖搖頭說，今天果然應該聽聽夏目小姐的故事才對，而不是說我的事。那麼下次好了，我笑道。下次一定要告訴我。逢澤正色的點點頭。

「──那麼，再聯絡吧。我去買點東西再回家。」

逢澤說完，指了指與車站相反的方向，照他的口氣，好像就住在附近，所以我問，剛才沒聽你說起，你是不是住在這附近或是田園都市線沿線呢？

「我住學藝大站那裡，但是善小姐的家離這裡走路十五分鐘，」逢澤說，「上次在門廳介紹的那位。」

「善百合子小姐。」我說。

逢澤說他認識了善百合子，得知有當事者協會這個組織，後來他們開始交往，到現在已經三年。

「再聯絡囉。下次夏目小姐一定要告訴我你的故事。」

說完，逢澤輕輕舉起手，穿過平交道離去。

14 拿出勇氣

善百合子一九八〇年生於東京，二十五歲時得知自己是由ＡＩＤ誕生，我最初讀到的訪談書裡，她是透過假名受訪。這是逢澤告訴我的。

她的父母是對怨偶，從懂事以來，她就一直在緊張的環境中長大。母親經常對她說父親的壞話，而父親也漸漸不回家。在飯店工作的母親上晚班，而家裡沒人的時候，善百合子大多由祖母照顧，不過偶爾父親也會回來，並且屢屢對她性虐待，當然這件事她誰也不敢說，而且文中也沒有具體寫出善百合子受到的傷害。

十二歲時，父母正式離婚，她由母親監護之後，再也沒有見過父親，不過二十五歲時收到通知，長年罹癌的父親不久於人世。不知實情的父家親戚對她說：「你父親與母親雖然已是陌路人，但你還是他有血緣的獨生女兒，臨終前去見他一面吧。」善百合子毫無想見父親的念頭，然而還是姑且把這件事告訴了母親——因為自年幼時即處不來，高中畢業後她馬上搬離母親家生活。而母親竟然嗤笑著說，你不用放在心上，因為那個男人跟我們一點關係都沒有。雖然我並沒有想要孩子，但是那傢伙知道自己無法生育後心慌意亂，叫我絕對不能讓別人發現他沒有精子，而且要神不知鬼不覺的生個孩子作為證據。所以我接受醫院裡的精子受孕，我也不知道你父親是誰。

善百合子也像其他當事者的孩子們一樣，嘗到了被推進深淵的絕望感，一下子喚醒了過去感到納悶的事件，原來一切都其來有自，有種水落石出之感，不過她也必須面對好不容易在人生中找到一小塊立足的寸土瞬間崩塌。然而，有一點她衷心覺得高興，善百合子說，那就是小時候對自己性虐待的人，並不是她的親生父親。

我合上書，放在胸前，怔怔的注視著天花板的斑點。善百合子，線條纖細，膚色白皙的小姐，鼻子上方到眼下，有一片濃淡不均的柔和雀斑，雖然沒寫細節，我也知道自己的想像沒有任何意義，但是，一想到當時還是孩子的她，在那間無處遁逃的家裡，被當時以為是自己父親的人虐待，就不禁全身發抖。我再次想起在門廳見到的善百合子，臉頰上靜靜呼吸的星雲，還有聽到我說打算接受ＡＩＤ時，無語的望著我。我站起來把書放回書架，然後又躺回懶骨頭上。

三月就快結束，那次之後，我與逢澤頻繁的魚雁往返，上星期六，我們去居酒屋吃飯喝啤酒。因為提到想吃魚，逢澤便說那去這一家吧，這家店就是耶誕節與紺野小姐去的那家店。我說我來過，逢澤也說，他和善百合子來過幾次。

逢澤與我各自說起自己的生活，逢澤仔細的詢問我的工作，所以我說起有部作品已經辛勤耕耘了兩年，但是總覺得文體、結構和最初投入的熱情似乎全都錯了，所以再也寫不下去，甚至開始覺得重頭寫另一部小說也許比較好。

「幾年的時間一直思考同一件事，」逢澤看似佩服的說，「那不是很傷神嗎？」

「但是，醫生不是也有這種性質？」我問，「有些住院病人在醫院裡一待多年。」

「也是。」逢澤說，「很多醫生覺得行醫的價值，就在於這種人際關係的維繫，不過好像並不適合我。」

「是嗎。因為簽了合約經常跑很多地方，所以沒機會長期診治同一個病人吧。」

「很久以前，我剛剛當上主治醫師的時候，那實在是緊張極了，還得思考治療方針之類，感受到前所未有的責任感，不過，後來病人康復，真的很開心。」

「你還記得第一個病人嗎？」

「記得。他是位巴金森氏症患者，先前住在療養院裡，因為長期臥床感染了吸入性肺炎而住院，那位病人很堅強，是啊，他非常努力，嗯——堅強又很努力。這段記憶很美好，這麼說有點不妥，不過，當時覺得當醫生真好。」

「善小姐從事哪方面的工作呢？」

「她是保險公司的行政人員，不過並不是正式職員，我們倆都是自由工作者。」

然後，逢澤又提到，未來不論兩人的關係怎麼樣，都沒打算生孩子。

「我與她是透過新聞的報導認識的。」

「AID的新聞？」

「對，她以匿名的方式接受採訪——不過在會裡和研討會中亮相講述體驗，不可能隱藏身分。有段時期不只AID這個說法，我連精子捐贈都完全沒聽過，走投無路時讀到報導，鼓起勇氣打電話給報社，與她見了面，她告訴我有這樣的會，並且邀請我參加。」

逢澤說，他最痛苦的時候，善百合子拉了他一把，雖然他沒有說得很清楚，不過那段時間他正好與交往的女友分手。

順著話題，我也說起從高中時代只有一個交往多年的男友，對於是否要說出實際的來龍去脈，我只考慮了一秒鐘，便把分手的理由全盤托出了。我說做愛的時候心情悲傷得快死掉，即使努力過，還是做不到。後來也沒有這種欲望，如今也不覺得有任何不自在，但是我也想過，是不是自己哪裡有問題。逢澤靜靜的聽我說完，然後我又說起自己想要孩子的心情，從現實來考量，既沒有另一半，連普通的性行為都做不到，經濟上更不用說，總之現在當母親的條件，我沒有一項符合，即使如此，這兩年我一直想要有個孩子，腦中想的盡是這個念頭。

「想要孩子是指？」逢澤問，「想要養育孩子？還是想要生下孩子呢？或者是想要經歷一次懷孕？」

「關於這一點，我也盡可能的思考過。」我說，「也許這所有的原因加起來，形成了『想見到孩子』的心情。」

「想見到孩子？」

逢澤慎重的重複了一次我說的話。

我思索著自己剛才說的話，可是解釋不出來，為什麼想要見他呢？我到底把自己的孩子當成什麼樣的人呢？到底自己是怎麼設想某個事物或某個人呢？我無法說得清楚，但是還是勉強傳達出與這個不知何許人的人物見面，對自己而言非常重要。而且，上個月底，我試著在海外的精子銀行威爾克曼網站註冊，不知是不是輸入的方法錯誤，試了幾次音訊全無，考慮到年齡我也想過也許先凍卵比較好，各種思緒紛雜錯亂，不知道自己未來該怎麼做才對，真的是不知所措——我拿起濕巾按按嘴邊，訴說著拿不定主意的心情和狀況，逢澤默默的應和著。

「第一次遇到病患過世，」逢澤說，「是在血液內科的時候，當時我還是實習醫生——她是個二十歲的女孩，白血病。她叫做典子，性格開朗，忍耐力很強，我們都叫她小典或是典妹。她很愛媽媽，精神好的時候，對我們說了很多話。從國中就加入戲劇社團，高中時在全國比賽中得了亞軍，將來打算成為編劇家。她笑嘻嘻說『我的頭腦中有著無數的點子，若按我的計算，全部寫出來的話要花三十年。』很有意思的孩子，而且又聰明。後來接受骨髓移植治療，但是發生了嚴重的排斥反應，必須裝上人工呼吸器。我們打了鎮定劑讓她睡著後，在喉嚨插入管子，投藥的時候，我告訴她『小典，現在讓你睡個覺，待會兒見喔』，我聽到她說『嗯，好喔』，但是最後卻過世了。」

「再也沒醒過來？」

「對。」逢澤說，「經過一段時間後，我見到了她的母親，是在醫院裡。她十分堅強的說，她早已看開了。不過後來，她沒來由的突然冒出一句『那孩子的卵子怎麼辦呢』。」

「卵子嗎？」

「對，不論男生或女生，年輕時進行放射線治療或化學治療的時候，考慮到未來，都會預先將卵子和精子冷凍保存起來，以便病好之後如果想要孩子的話，可以順利懷孕。小典也這麼做了，但是她已不在世上，只留下了卵子。小典的母親是個很體貼的人，明明非常痛苦，但還是會一一向醫師、護士道謝的那種人。她邊哭邊說，有時夜深人靜的時候，她也想過，要不要用典子的卵子，再把典子生回來。」

我沒說話。

「她說，我明白典子已經死了，眼看著她極度痛苦，嘔吐成那樣，我是她的母親，卻什麼事也不能替她做，所以她走了，解脫了我的痛苦，也許這樣也好。那孩子真的太苦了——不過，我說什麼都不願意相信，再也見不到典子。」逢澤說，「她母親一直哭，要怎麼做才能再次見到典子呢。接著她才說，『如果我用典子的卵子，能不能把典子生回來呢？能不能見到她呢？』我不知道該說些什麼，什麼事也無法做。」

逢澤輕輕嘆了一口氣。

「不知為何——聽到夏目小姐的話，我就想起了小典。」

與逢澤通信或在LINE上對話，偶爾見見面談天說地，對我而言變成一件很重要的事。

逢澤告訴我，他簽約的診所人手不足；晚上背的包包總是放著死亡診斷書；一起生活的父親很會彈鋼琴，耐心的教逢澤彈，但還是學不會；還有坐計程車時兩次遇到車禍；高個子有好有壞，而逢澤認為自己屬於後者。

我也稍稍提起自己，談可美外婆、談卷子，也去了幾次從前住過的那個城鎮，我們去吃烤雞，喝啤酒，也喝過咖啡，在駒澤公園散步一整天，逢澤夜勤結束時在東京車站碰頭，也一起去看過那比派畫家的畫。回家的路上邊走邊討論今天看過的畫中，如果要選最好的一幅，會是哪一幅。然後兩個人都說到菲利克斯・瓦洛頓的《球》，然後驚訝大笑。

春天就這麼過了，櫻花在藏青色的夜色中悄悄綻開花蕾，然後被地面吸入般落盡，在這樣的季節中，我一點一點的了解逢澤，工作的時候，往超市的路上、春夜中、或是發呆的看著眼前的事物時，我都會很自然的想起逢澤。

我想我喜歡上逢澤了，收到逢澤寄來的郵件便神清氣爽，看到驚奇的報導或動物們可愛的影片，就想傳給逢澤看，想像一起聽著喜愛的音樂，也想談更多更多重要的書或彼此的思想。然後，想像著那個快樂的場景後，總是——逢澤轉過身背對我，朝向也許沒有任何人存在的世界佇立著。

逢澤說，其實他自己也不懂為什麼想見親生父親，因為見不到所以才想見嗎，見了面又能如何？逢澤告訴我，他越想越是想不透。雖然我不清楚怎麼做才能舒緩他的不安，但是，我希望多多少少能成為逢澤的力量。

但是，每次興起這念頭，就提醒我這是一段沒有結果的感情，逢澤有女朋友善百合子，兩人之間靠著我所無法想像的複雜淵源和感情，緊緊相繫在一起，一想到兩人過去的煩惱和念想，我便完全被擊倒，而且沒想多久便感到內疚。

而且，並非我喜歡逢澤，就可能有任何改變。說起來，我的喜歡只是一廂情願的情感，沒有任何發展，也沒有任何關聯。我非常明白，從一開始我就是孤身一人，未來也要一個人走下去，然而——只要我開口說出「我得自己好好努力才行」時，就好像孤伶伶的被丟在一個平坦地方，沒有任何容我伸手拿取的東西。

接到逢澤的來信和 LINE，我雖然很高興，但是交談完後都會比之前更加寂寞一點，小說則完全停擺，散文的連載雖然還持續著，偶爾也有單篇的邀稿，不過，我還是時不時上以前登記的派遣網站瀏覽。春天就像打開空無一人的房門，然後又啪的關上般，來了又走了。

這種氛圍下的四月底，我發現一個姓恩田的男子寄來了郵件。

〈冒昧寫信給您，我姓恩田，謝謝您來信詢問有關精子捐贈一事，當即回信但未再收到您的訊息，所以再次致信給您。〉那個人如此寫道，我花了幾秒鐘才搞懂內容，立刻想起來了。對了，去年秋天我向私人主張捐贈精子的部落格去信聯絡，但完全把這事給忘了。因為一方面沒有料想過他會回信，而且也沒有想過任何具體的計畫，所以連刻意建立的帳號也不曾開啟過。

那個人——恩田在年底來信一次，二月底又來信一次。兩封信的內容大多相同，不過並不是複製貼上的文章，內容倒是給人花時間認真書寫的印象。恩田簡單的敘述自己為什麼願意無償的捐贈精子，關於他加入精子銀行義工時的體驗與從那裡學到的觀念，也整理成簡潔清楚的文章。

他說明以往施行過的提供方法，每次的成功率，和自己訂定的捐贈條件——譬如原則上拒絕會抽菸的人，關於對方有無能力養育身心健康的孩子，他也抱著認真的態度親自面談。另外，原則上雖然他希望匿名提供，但是他願意提出各種感染病症的檢查報告正本，而且如果有準備性病篩檢劑，他也可以當場抽血和取尿交付。再者，如果討論之後有必要的話，也會在湊齊彼此條件的形式下公開個人資訊。而目前能夠告知的身分背景，一是住在東京都的四十多歲人士，本身是一個孩子的父親，身高與體重分別是一百七十三公分和五十八公斤，血型為A型陽性，另外附上最近感染疾病檢查結果的資料。而在郵件最後他寫道，他會努力了解女性考慮並下定決心以這種形式懷孕、生子的重要性，對已做出選擇的多位女性表達由衷的敬意，也祝福期望生子的朋友早日得到幸福。

我細細的將這封信反覆讀了三次。這封信是我去信後的回信，所以不用說當然是寄給我的，然而，不知為何我卻深切感受到，這封信並不是寄給其他任何人，而是專門寫給我的，並且為此訝異不已。我還對其他很多事驚訝——雖說他是我從無數私人捐精網站中選出最優越的一位——

他的文章工整得超出想像；誠懇的告知他的想法，而最令我驚訝的——也許是自己直覺認為「說不定有可能」的想法。

之後的幾天，我試著想像與恩田這個人見面，腦海中浮現的，並非恩田的容貌或氣質，而是碰頭時的場景和對話，不過一定會出現「我是我」這句話，而且之後一定會想起逢澤。逢澤對我說的話含笑點頭，而他的身邊是善百合子。善百合子一言不發，目不轉睛的看著我。善百合子的目光不知為何讓我的胸口像被揪緊般痛苦。我搖搖頭揮開腦海中的兩人，我是我，我是一個人。

*

五月連假結束，遊佐打了電話來。

遊佐在連假中把女兒託給母親，日夜不停的埋首工作，她笑著說，已經不知道是自己看著電腦畫面，還是電腦畫面在看我。

夏目小姐做了什麼？有去哪裡玩嗎？她問，所以我便回答，大概跟你差不多。然後兩人聊到好久沒見面了，遊佐說，下次來我家玩嘛，並且立即決定了日期。與仙川小姐常見面嗎？沒有，最近沒見到她喔。難得有這個機會，也叫仙川小姐一起來好了。我的手藝近乎毀滅性的差勁，不過可以隨便做點什麼。夏目就帶自己想喝的飲料來好了。我們隨便聊了十多分鐘，然後掛了電話。

當天——五月晴朗的星期天，如同夏日一般的熱天，我揮著汗在家裡做了煎蛋卷和冬粉沙拉，裝在百元商店買的保鮮盒裡。到達遊佐家所在的綠之丘時，在車站前的超商買了六罐五百ＣＣ的啤酒和肉乾條。

遊佐的家在五層舊公寓的三樓，由於腦海中還記得上次去仙川家的奢華印象，所以也以為遊佐住在房仲廣告裡黑亮的高樓或是獨棟住宅，然而完全不是。外牆是暗褐色的舊紅磚建築，從外表看到的窗緣或水泥部分，都已相當老舊，就像到處可見的公寓。信箱所在的川堂杵著一個尺寸似乎過大的網狀鐵垃圾箱，被居民丟的傳單塞了半滿。自動門前裝了個小型自動鎖，我按下遊佐的門牌號碼等著回應。過了一會兒傳來遊佐開朗的「來了」，大門開啟，我進入屋內。

「來了來了，關西人的蛋卷。」

我拿出保鮮盒開給遊佐看，她開心的笑了，「果然是用高湯做的喔。以後就是高湯的世界。尤其上了年紀更是這麼想，甜的口味，身體消受不了啦。」

「沒錯，聽說也會影響思考方式呢。」我笑說。

「我懂我懂，黏答答的，好膩人。」

我們走到廚房，一起把啤酒收進冰箱。圓桌上擺了滿滿一鍋綠咖哩，還有雞肉沙拉、火腿與起司和鮪魚生魚片。冬粉沙拉也盛在盤子裡擺上，遊佐拿出另一罐冰鎮啤酒，我們桌旁坐下乾杯。

「真厲害，全部都是遊佐你做的嗎？」

「怎麼可能。全部在東急百貨買的。噢，咖哩與南餅在印度咖哩店買的，其他還在準備中，晚點兒再端出來。」

整個房間雖然不小但也不特別大，就是老舊公寓的單間的感覺，雖然廚房桌上好不容易只放著食物，不過電視架和調理臺旁的架子上，雜亂堆放了紙、瑣碎的兒童用品玩具、繪本、衣物、色鉛筆等東西，客廳沙發一角是一堆剛收進來的衣物山，看起來也許遊佐不是不善整理，就是不太在意凌亂。她似乎對空間設計沒有興趣，對室內也沒有偏好的品味。這種個性若在仙川家和我家比較，應該說比較像我，雖然我才剛到，但立刻習慣了這個家的氣氛，可以放鬆下來。牆壁上到處是孩子做的勞作或圖畫，也貼著寫了「最愛媽媽」的信紙。

「很亂對吧？」遊佐笑道，「書房更可怕，一邊工作還要擔心會不會垮下來。」

「真鎮定啊。」我笑了。

「不過這麼亂都是漸漸演變，才成了這種混沌狀態嘛，所以，每天都在同一個地方生活，久了根本察覺不到，就跟年老一樣，所以可能比我自己想像的更嚴重，你還行吧？」

「很自在。」

「上次，庫拉幼稚園的朋友來我家玩。大我女兒一歲，所以是五歲吧，兩個人交情很好，庫拉說希望她來家裡玩，就這麼說定了。不過，家裡這種狀況怎麼能讓同學媽媽進來呢。『那個家裡亂七八糟』一定火速變成謠言傳出去，第二天開始庫拉就不用去上幼稚園了。因為這一帶的媽媽們意識特別高。」

「每個地區還有特色喔？」

「有喔有喔。」遊佐笑，「所以我跟庫拉說，家裡很亂，所以如果只有小某某來的話，歡迎她來家裡吃晚飯。只有孩子來的話，反正家裡髒不髒，他們都沒關係嘛，他們只要玩就好了，不如說亂七八糟的反而玩得更樂吧。總之她就來了。先吃飯嘛，我特地拚死拚活的做了兩個便當，拿出來請她吃。結果那孩子把我家四處看了一圈之後，一本正經的看著我說：『我們家請朋友來的時候，都會打掃乾淨耶。』嗄——我嚇了一跳，連忙道歉說，這樣啊這樣啊，對不起喔。」

我大笑。

「嗯——果然很精明，不過並不討厭。我告訴她：『我們有很多房子，請多包涵啊。』結果她還安慰我『庫拉媽媽真辛苦，請不用在意我。』」

「庫拉今天呢？」我笑著問遊佐。

「在裡面睡覺，現在是午睡時間。等會兒就會起來了。」

我們互相在玻璃杯裡倒了啤酒，再次乾杯。然後各自把餐點放在小碟子裡，用筷子夾著吃。遊佐說，仙川有工作在身，所以傍晚才會來會合。星期天還要加班哪，真辛苦。接著喝了一大口啤酒。

「仙川小姐有來過這裡嗎？」我問。

「有啊有啊。她來過好幾次了。剛開始當然被這種亂七八糟的樣子嚇一大跳，敷衍的說『真有作家的風格』。第三次來的時候，說『拜託你也住個稍微乾淨一點的地方嘛。』」

「凌亂的程度，呃，是有點嚴重，不過，我本來以為你一定住在豪華氣派的地方，像仙川小姐家。」

「沒那種事。」遊佐說，「我對那種風格沒什麼興趣，我是在小康家庭長大的，房子能住就行了。雖然只有那邊當書房的三坪空間，和庫拉一起睡的臥室，還有沙發那兒和廚房，但是這樣就很夠用了。房子雖老不過耐震力夠強，住戶基本上大家都很親切。而且從書桌前的窗口可以看到一棵大樹。我超喜歡的。」

「遊佐結過婚嗎？」

「算是吧。但馬上就離婚了。」

「對方是什麼樣的人啊？」

「老師。大學的。」

「喔——」我說，「難道是文學系的嗎？」

「嗯，你猜對了。」

「聽起來好像有點難搞。」我笑。

「難搞還在其次，他根本是個派不上用場的生活夥伴。」遊佐搖頭。

「畢竟是庫拉的爸爸，現在還會見面嗎？」

「沒有。」遊佐說，「對方也對我們完全沒興趣，沒再跟我們聯絡，我也不聯絡他就是了。現在他可能在外縣市吧，至少不在東京。」

「分居兩地，也沒什麼問題。」

「對呀。說起來，我們倆都不適合結婚，不是誰有什麼錯，而是自然而然關係就破裂了。如同一路開綠燈抵達目的地一般順利。」遊佐咬了一口卡芒貝爾起司的尖端說，「我自己有收入，在這方面不需要依賴別人，母親住在附近，生活上也很放心。越來越沒有必要住在一起。」

「大人也許是這樣，不過會不會捨不下孩子呢？像是他雖然不想見遊佐，但是卻惦記著女兒之類？」

「我們家並沒有這樣。不過男生女生不一樣，有的人生下來，很容易就與家人各走各的。也許親子關係其實和一般的人際關係沒什麼差別喔。」遊佐笑道，「不過我倒是相反。」

「相反？」

「是啊，」遊佐稍微思索了一下才說，「這話由我自己說出來有點奇怪——反正，我是無法想像跟孩子分開啦。我不得不認為我之所以出生、活到現在，都是為了與這孩子相遇。哈哈哈，我在說什麼啊。不過我是說真的唷。」

我喝了一口啤酒點點頭。

「她對我而言是最美好的存在，也是我最大的弱點，看著她一天一天在自己身外長大，哪怕是一秒鐘，只要想到她可能因為意外或生病死掉，我就害怕得無法呼吸，孩子真是可怕的生物。」

遊佐幫我裝了綠咖哩，然後說，我們在喝啤酒所以別吃飯，把咖哩當小菜，一點一點的舔著吃很好吃喔，然後交給我小朋友用的小湯匙。接著遊佐說起了自己的近況。關於和其他家長的對話，關於在雜誌對談企畫中見到的男藝人多麼討厭，還有和庫拉去動物園時看到的水獺有多可愛。聊得正熱絡時，遊佐的電話響了，是仙川打來的。她說工作提早結束，所以不用一小時就能到達。

我們喝著啤酒，撿著桌上的各種餐點吃，每一種都很可口，但是遊佐大大讚美了我做的煎蛋卷。她隨手拿起一旁的大型便利貼塞給我，叫我寫出做法。四個蛋，白高湯半大匙，鹽少許，醬油三滴，有蔥的話更好，我寫好還給她。遊佐把它貼在冰箱門上，十分滿意的端詳了好久。然後轉向我，笑盈盈的說：「庫拉。」我回頭，半開的隔扇門前，站著一個小女孩。

「庫拉，來。」

庫拉搖搖晃晃的走到遊佐身邊，伸出手，讓遊佐抱起來。頭頂上用小橡皮圈綁住的柔軟細髮歪到一邊，身上穿著淡藍色的薄運動衫，庫拉看起來比四歲小很多，玫瑰色的嘴唇宛如一嘬起來就會擠出血來，臉頰胖嘟嘟的，我目不轉睛的看著她的臉。綠子在這個年紀時，我應該很熟悉，然而我卻有宛如第一次與孩子如此接近的錯覺。庫拉在遊佐的懷中表情呆滯了好一會兒，但過沒多久，她便從胸口滑下來說「想喝水」，獨自走到流理臺去。她用小手拿著黃色的塑膠杯過來，遊佐便幫她倒了水。我默不作聲的看著庫拉喝完杯中的水，她漸漸抬起下巴，終於把整杯水喝完，然後一本正經的「呵」了一聲，那可愛的神情把我和遊佐都逗笑了。

「庫拉，這是夏目喔，夏目，媽媽的朋友。」

「初次見面，我叫夏目。」

庫拉並不是怕生的孩子，我用湯匙挖了一口蛋卷，湊到她嘴邊問：「要不要吃？」她理所當然似的一口吞進嘴裡，然後很自然的爬上我的腿說她想吃起司。我幫她把包裝紙剝開，她再次「啊」的張開小嘴，然後拉著我的手帶我到鋪了棉被的臥室，把自己擁有的所有玩具全都搬出來一一解說。遊佐拿了我買的啤酒，一面說「來了來了」走進來。我們一會兒莉加娃娃、一會兒森林家族、一會兒光之美少女，一起玩了好久。

庫拉的手和手指頭都小得令人吃驚，長在指尖的指甲更小，它們就像大海中剛出生的透明微生物般透澈。我凝視著她許久，驀地庫拉笑咪咪的伸出手，把我抱個滿懷。我瞬間怔了一下，不知該怎麼辦，但我也用兩手緊緊的將庫拉抱住，令我開心得暈陶陶的。庫拉的身體又小又軟，吸飽了太陽味道的乾衣服、春天的向陽處、狗寶寶肚子靜靜起伏的暖意與渾圓、夏日雨後柏油的閃光、微溫泥土浸濕的觸感，這所有事物合起來的味道、記憶，從庫拉的頸部升起。我緊緊的抱住庫拉，幾次吸著空氣再吐出，每吸一次氣息，身體便舒緩一些、頭皮陣陣發麻。

庫拉雖然乖乖的被我抱著，過了一會兒她想起了著色簿，便離開了我。我與遊佐翻看庫拉嬰兒時期的相簿，嬰兒時期的庫拉圓滾滾的，每張照片都可愛極了。剃平頭的遊佐不時會加入，我笑說，你這頭我在電視上看過喔。對啊對啊，遊佐做出摸頭的動作說。

「我想要個孩子。」

我本來並沒有打算說的，但是它自然的從口中溜出來。

「喔。」遊佐看著我點點頭，「第一次聽你說欸。」

「嗯，」我說，「不過，我沒有另一半，什麼都沒有。」

「原來如此。」

「再加上我可能無法做愛。」

「喔。」遊佐點了幾次頭，「是生理上的還是精神上的？」

「我想是精神上，不對，我也不知道到底怎麼回事。以前我和一個男生做過，試過一段期間……不確定有多久，但就是不行，完全不行，痛苦得想去死。」我搖搖頭，「我喜歡他，也很信任他，所以我自己試著努力過，然而還是辦不到。」

「原來是這樣。」遊佐說。

「我常常會想，我真的是女人嗎？」我說，「當然，身體是女人沒錯，我有女人的性器官，也有胸部，月經也來得非常規律。我也想撫摸以前交往的男生，也想與他相守，但是一想到性愛，或者說脫光衣服，讓對方進入，或是張開雙腿這些事，就非常──厭惡。」

「這種感覺我並非不懂。」遊佐說，「我也許對男人的一切都感到噁心。」

「噁心。」

「是啊，可以說是男性所有的行為吧。離婚的時候，家裡沒有男人，真的是神清氣爽，好像又重生了的感覺。我想對方也有同樣的感覺吧。一切的一切都是壓力。男人啊不論是開冰箱、開門或者是關開關，反正什麼都行，都會發出很大的聲音不是嗎。簡直像個笨蛋，而且動作又粗魯。基本上，有關生活的事沒半點能力。他們只能在自己生活不改變的範圍內照顧家裡或孩子。在外頭表現得像個理解的丈夫或父親，得意洋洋自我陶醉。白痴嗎。而且又不習慣別人吐槽他，隨便念他一句，就鬧起脾氣來，然後還希望別人來安撫他的壞心情。於是我也火大了。有一天，我想到為什麼要為了這種沒用的男人，而煩躁生氣的度過我寶貴的人生時間呢，決定到此為止。」

「我沒有跟男人一起住過，原來是這種感覺？」

「聽我這樣把毛病一一挑出來，也許會以為我像個傻瓜一樣，只會計較那些小事。但是，不是的。與別人一起生活，只能在彼此各自形成的細節上不斷衝突的過程中成立，不論那些細節是好是壞。因而需要永遠的信任作為緩衝，還有就是戀愛愛得昏了頭。兩者都消失的話，就只剩下厭惡了。所以呢，我們很快速的就抵達這個結果。」

「與男人之間的信任要如何建立？」我問她。

「如果我能告訴你，就不會離婚了啊。」遊佐哈哈大笑，「開玩笑啦，不過不管怎麼樣，我現在還是孤家寡人了，因為根本不需要他啊。你知道嗎，我們女人認為重要的事，絕對無法讓男人理解。這是事實。有些人堅持，我說這種話是因為器量狹窄，或者說我是個不懂愛的可憐女人，或者說男人有很多種，不能一竿子打翻一船人。但是，這是真的。男人絕對不可能理解女人重要的事，這個道理不是明擺在眼前的嗎。」

「什麼是女人重要的事？」

「就是身為女人到底有多痛這件事啊。」遊佐說，「我這麼一說，一定有人會反駁：是是是，辛苦你了，但是男人也有很痛的時候啊。我有說過男人不會痛嗎，人只要活在世上，當然都會痛的吧。但是問題是，那個痛是誰帶給你的，怎麼樣能消除那種痛。男人的痛要怪誰？」

遊佐哼了一口氣說。

「你想想看嘛。從一出生就被捧得高高的，他們自己沒察覺，周圍的大小事全都是母親幫他做了。從小到大，大人都教他們『咱們有個屌所以才屌，女人嘛就只是辦事用的』。等他們一步跨入社會，發現自己活在不管往哪兒看，都有裸體女人服侍那根屌的系統裡。所以說，所有的事不都是被女人強迫的嗎？到頭來，男人們的這麼多痛——不管是沒女人緣、沒錢還是沒工作，總之自己的沒出息，全都怪到女人身上。保守估計半數以上的女性之痛，到底是誰造成的？像這樣的人，怎麼可能理解我們。從構造上來看都不可能吧。」

遊佐啞然失笑。

「而且最沒品的是，像我離婚的那個傢伙，」遊佐搖搖頭，「自以為與別的男人不一樣的傢伙，他說他了解女人的痛苦，尊重女性，因為對女性太了解，還寫了這方面的論文，而且知道地雷在哪裡。誒，喜歡的作家是吳爾芙——誰認識呀。這麼愛吹牛的話，你說說上個月你洗衣、跑腿，和打掃和做菜的次數出來看看呀。」

我笑了。

「但是，唔——，若是長遠來看，」遊佐笑著說，「當女人不生孩子，或者是發明了新技術把生孩子與女人的身體分開，那麼總有一天，男人與女人黏在一起組成家庭或什麼，就會成為人類歷史中一種單純的流行了吧。」

庫拉拿著著色畫過來，放在草蓆上給我們看。遊佐一看到畫，誇張的仰身露出驚訝狀說：「怎麼辦，每次都很好，但是這一次真的太太厲害了，我都快不能呼吸了。夏目，你不能看喔，太厲害會死人喔。」然後按住胸口咕咚一聲倒下。庫拉見狀十分滿意的大笑，然後小跑步回到房間裡面。

「——不過，姑且不提這個，」遊佐站起來說，「上次，我忘了是哪個國家了，電視上報導了一位長壽的女人，不知是一百零九歲還是一百一十五歲。反正，記者問她『長壽的祕訣是什麼？』她想都不想說『絕不跟男人牽扯不清。』你看，沒錯吧。」

我笑了。

「不過呢，我是母親一手帶大，也許也有點關係吧，有點大小眼吧。但是我為什麼會大小眼？應該說，我已經受夠了，一點都不想和男人有所牽扯。以我而言，性愛本身並不會痛苦，不過，我也並不喜歡。所以我和夏目基本上沒什麼差別。」

「這麼一想，」我說，「小時候大家都一樣嘛，與性愛毫無關係，而且也不會懷疑自己是不是女人。總覺得……我只是一直維持這樣的感覺，並非其他特別的事，只有在性事上，一直持續著小時候的感覺而已。所以，有時候想著想著就困惑起來。我真的是女人嗎？越想越搞不清楚。如果問我，你的身體是女人吧，我可以大聲說『對』。但是如果問我，你的精神，或者說你的心情是女人嗎？我好像就沒有辦法給出相同的答案。仔細想想，所謂的心情是女人是一種什麼樣的狀態？這種感覺和不能做愛有什麼樣的關係呢？我不太懂。」

「唔──。」

「年輕的時候，我跟女性的朋友也談過這件事：我不能做愛，痛苦得想死掉。結果她們會說，真是個可憐的女人，也許是輕微的病狀，或者是你若是真正了解它的美好，就能治好。大家都這麼說，可是，我總覺得不是那回事。」

「話說回來，上了年紀之後不也是如此嗎。七老八十的女人做愛的，也並非沒有，不過大多數都不需要了。我是不清楚，不過六十多歲就已經興趣缺缺了吧，哪還有那個精神啊。而且，未來醫療更進步或者是壽命更延長，這就表示老人存活的時間也越來越長了，不是嗎。也就是說人生中，沒有性生活的期間也拉長了。所以，性生活的季節──能夠大叫、進出、喘息或是濕答答咂吱咂吱的做愛，都是腦袋不正常的期間，或說瘋狂的季節吧。」

我們走到廚房，又開了新的啤酒為對方斟滿杯。遊佐一口氣喝光，笑嘻嘻的說，再來一杯。我也同樣一口乾完，然後彼此再幫對方倒酒。不過，好熱啊，開冷氣吧。遊佐用手背拭去額頭的汗，庫拉在和室裡繼續專注的著色。

「──有個單位叫精子銀行嘛。」我說。

「喔喔。」遊佐把眼睛睜大了一圈，看起來像是閃著光輝。「那個，日本也有嗎？不是只有國外？」

「比較完善的只有國外有。我有向那邊提出申請了，不過可能沒成功，對方沒有回信。」

「叫什麼名字？」

「威爾克曼，在丹麥。」

遊佐拿起手機快速搜尋，「是這個嗎？」她說著，專注的看著螢幕。「──原來如此，規模好像很大。所以你在考慮這裡啊。」

然後，我簡單的解釋了ＡＩＤ，不接受單身女性的申請，還有過去雖然已靠它產下許多孩子，但是幾乎都是祕密的進行，因此有許多孩子因為父不詳而深受痛苦。遊佐一臉津津有味的聽我說話，就在這時門鈴響了，是仙川。我們暫時結束談話，靜靜的喝啤酒。過了一會兒玄關門的電鈴響，遊佐回應「來了」走去迎接。

「好熱。」仙川兩手拿著紙袋走進來，「完全是夏天了嘛。聽說三十度Ｃ耶。夏目小姐別來無恙，在喝了嗎？」

「在喝了。好久不見。」

自從三軒茶屋地下酒吧之後，便沒有再見過仙川，所以心裡其實有點緊張。不過仙川好像完全沒放在心上，還是一如平常的口吻說起話來。

「其實我也喝了一攤了。嘻嘻。」

「真的假的？不是去工作嗎？」遊佐檢視仙川帶來的紅酒說。

「是工作呀。作家公開的談話會活動，主題叫『酩酊與文學』，大家一面喝著紅酒一面談，談文學。」

「哪有這種會。」遊佐不以為然的皺起眉根，「作家的工作也太輕鬆了。」

「有什麼關係嘛，反正是星期天。」

乾杯之後，仙川轉向坐在裡屋的庫拉，高聲的喊「庫拉醬——」，然後在胸口微微的揮手好像在說「拜拜」。接著突然咳嗽起來。咳嗽平靜下來後，又用兒語的口吻對她說：「不用怕，不是感冒喔，是氣喘喔，壓力好可怕好可怕喔。」我們把仙川帶來的餐點在桌上攞開，遊佐和仙川愜意的品嘗紅酒，我則喝啤酒。一會兒聊起政客，談起最近暢銷的書，然後又說了各種話題。遊佐與仙川一轉眼就清空一瓶紅酒，然後又開了新的。庫拉畫完著色畫，走過來說想看光之美少女，我問了遊佐怎麼打開錄影節目，與庫拉在沙發上排排坐著看。遊佐和仙川「騙人」、「真的啦」聊得很熱烈，聽得見她們開懷的說話聲。我也回到餐桌加入話題，喝啤酒。有時候，庫拉會坐在我的腿上，然後又回到沙發。

「庫拉這麼快就混熟啦？」仙川瞇起眼睛說。

「就是呀，夏目感覺很有孩子緣。」

看上去已經醉了的遊佐點點頭，然後——她向我使了個眼色，像在問我可以繼續剛才的話題嗎？沒關係吧。我猶豫了一秒鐘，但是，我知道仙川已經注意到我們的動作，所以只好無奈的點點頭。

「絕對應該生孩子。」遊佐強調的說。

「咦，你說誰？」仙川反問。

「夏目呀。她說她想要孩子，而且正在考慮精子銀行。」

仙川霎時靜默，把臉轉向我。

「精子銀行？」

「不過，八字都還沒一撇。」我說道，但我沒提起聯絡私人提供者，而他也回信，以及我覺得說不定會去見他這兩件事。

「這兩年我一直在考慮，因為我沒有伴侶。」

「因為沒有伴侶，所以選擇精子銀行。這思想也太跳躍了吧。」仙川一臉訝異，「你是說不知姓甚名啥，也不知來歷的男人精子嗎？」

「什麼伴侶那些，根本不需要啦。」遊佐說，「因為生下的孩子，是我們自己的，對象是誰都無所謂。當然，不用生也可以有自己的孩子。不過，以夏目的條件，認養孩子不太可能。她想生，又有生的機會，那就應該生呀。不能說沒有做愛的伴侶，就必須放棄自己的孩子嘛。」

「不行不行。」仙川半笑著搖搖頭，「這話題太勁爆了。」

「才不勁爆呢。因為現在很多孩子都是在不孕治療藉由類似的技術生的呀。已經是很普通的事了。」

「可是，那還是在夫妻的形式下進行，而且知道父母是誰。」

「這世上多的是不知道父母的家庭。」遊佐說，「我也沒見過爸爸呀，更不知道他是什麼人，沒興趣知道。庫拉以後也是這樣。」

「可是畢竟，怎麼講……就算最後分手了，但父母相愛過，或是結合過，孩子是因為這樣的事實才誕生在世上，這一點不是很重要嗎？」仙川說。

「拜託，你饒了我吧。」遊佐想要揮走什麼似的搖搖手，「現在在日本，進行不孕治療的夫妻有誰是透過做愛？到底還有誰在相愛？靠那個能生下好幾萬人？男人到小房間看其他女人的裸體自慰後射精，然後從女人體內取出卵子，讓它們結合，才生出無可取代的孩子吧。這麼做沒有問題，對吧？既然如此，夏目藉由精子銀行懷孕成為母親，不也一樣沒有問題？何問題之有？」

我們沉默等著遊佐繼續說下去。

「有個大學教授，我見過他很多次，」遊佐說，「一副高高在上的樣子，其實是個如假包換的羅莉控，當然他隱藏得很好，不過在業界他是超有名的 under twelve。」

「什麼是 under twelve？」我問。

「就是沒有十二歲以下，那根就不會勃起。去死吧。馬上去死。」遊佐忿忿的說，「他是怎麼騙的我不知道，不過他已經結婚，妻子當然也不知情。反正找了個理由不行房，不久前利用顯微授精，幸運的懷了孩子。有次身上的物品遭竊，調查之下立刻被揭穿。這種人哪裡有什麼愛？在哪裡結合了？退百步想，它和孩子究竟有什麼關係？像他這樣只是徒具形式的丈夫，向國家登記為夫妻，有錢接受治療，這樣就算是高尚的父母了嗎？最好祈求老天爺不要生出女兒吧。人渣。」

我眨也不眨的看著遊佐的臉，激動得胸口一帶熱呼呼的，握住杯子的手指微微顫抖。仙川靜默的喝著紅酒，遊佐在空了的杯裡倒入紅酒，含了一口緩緩喝下。

「生孩子沒有必要牽扯到男人的性欲。」

遊佐斬釘截鐵的說。

「當然也不需要女人的性欲，不需要抱在一起。需要的只有我們的意願。女人的意願。女人是否想擁抱寶寶、擁抱孩子，有沒有決心不論發生什麼事都想一起活下去，只有這樣。美好的時代已經到來。」

「我也這麼想，」我按捺著昂揚的的心情說，「我也這麼想。」

「夏目，你可以用它寫一本書。」遊佐直直盯著我說。

「書？」我吃驚的說。

「對啊。如果是我的話，就用它寫一本，讓出版社出錢，手續、旅費和翻譯全都包。大家不都是靠著父母的錢或男人的錢去做不孕治療，作家也可以靠寫懷孕、生產或育兒的文章來賺錢。你把你懷孕、生產的過程寫成書，有什麼不對？」

我靜靜的看著遊佐的臉。

「如果用你的名字寫，未來孩子也許會很辛苦，所以，就這一次你用其他的筆名寫。這種書有人出過了嗎？」

「網路上有匿名的部落格之類，但是看不出是不是創作。當然也有接受ＡＩＤ的夫妻經驗談，最近有單身女子寫的手記，是單篇的紀錄，沒有出版成書。」我說，「感覺還是傳聞等級，沒什麼現實感。」

「行得通的。我敢保證，你能輕鬆賺到一個孩子上到大學的錢，多少出版社我都可以介紹給你。不過，夏目──當然錢很重要，不過重點不是錢喔。如果你能把自己的事，從性的角度、從收入的角度，從什麼樣心情開始到怎麼樣結束，都如實的寫下來，而且如果能獨自懷孕、生產，成為母親，不，就算是不能，只要能把過程一五一十記錄下來的話，你想會鼓舞多少的女性？」

遊佐一本正經的看著我。

「與其寫那種不入流的小說──我不是說夏目的小說不入流喔，但是遠比它有意義得多。它對現下女性會成為更有意義的力量，一種具體的力量，成為引導，這就是希望啊。不論另一半是誰都沒有關係，女人自己決定，自己生。」

我無意識間點了無數次頭，仙川也極讚同似的點頭。此外，遊佐也用了所有想到的話鼓勵我，又講了自己懷孕和生產時的許多事，像是孕吐、陣痛，面對母親的壓力太大，連厚臉皮的自己也不禁膽怯。又像是關於孩子的存在多麼美好時，她說，雖然這種事絕對不會公開對外界說，但是生孩子之前的我，一點都不懂愛是什麼。好像沒有碰觸過另一半世界，一想到如果我沒生下這個孩子，就不禁從心底顫抖。一想到有可能永遠不知道世上有這麼可愛的生物，心裡不知有多害怕。當然，如果沒有生過，自然就不會察覺到這些，這就是最大的禮物，無可比擬，無可取代。在我人生中，再沒有比它更美好的經歷，再沒有更美好的存在。現在光是說起這段話，就想流淚了。孩子真的是太美好了。——我著迷的聽著遊佐的話。

然後，我們吃咖哩，遊佐幫庫拉做了三個小飯團給她吃，我又走到和室，與庫拉一起玩玩具鋼琴，仙川則和遊佐聊起工作。

「我們該告辭了吧，」過了一會兒，仙川說。一看時間，已經八點。

「明天是上班日。庫拉也要上幼稚園吧，該洗澡什麼的。」

我還想和庫拉玩一會兒，但是一聽到幼稚園三個字就放棄了。啤酒喝了不少也有點醉了，但是我並不是因為喝醉才這麼興奮，心情也飛揚到這十年來最高峰。「我又有鬥志了，又有信心了。謝謝你！」我向遊佐再三道謝才關上門。

初夏的夜晚空氣清爽，我的情緒好極了。奇妙的力量從丹田湧出來，像氣球一樣自口中膨脹，好像胸口就此飄飛起來。這麼一想，馬奎斯的小說中也有一幕展現出這種感覺。那是某個族長還是誰，因為腳尖的痛風痛得半死，痛到痛風忍不住唱起了抒情曲，歌聲響遍了加勒比海。我的心情也差不多，而且我並不是痛風，而是快樂和無以名狀的強大情緒。我也做得到，並非不可能。不論是誰的孩子都沒關係，只要是我生的，就是我的孩子——那是我從來沒有體驗過的萬能感。

「馬奎斯般的心情。」我活力十足的對走在身邊的仙川說。

「馬奎斯？」靜默了半晌，仙川用平板的聲音說：「聽不懂。」

我們沒再說話，靜靜的走在往車站的路。氣氛有點不對勁，也許仙川因為遊佐否定了她的意見，心情不太好。但是，我決定不去在意。再怎麼說，現在我的眼前是一片廣大蔚藍的加勒比海，我的胸口向左右敞開，就要化成巨大的白色羽毛，朝著大海飛去。到了車站，我只道了聲「好吧，下回見。」準備通過驗票口時，仙川叫住我。

「剛才的話，」

我回過頭。

「雖然我想你應該懂，總之請不要當真。」仙川說，「我是說理加說的那些，她完全喝醉了，淨說些煽動別人、不負責任的話。」

「你是說生孩子的事嗎？」我問，「我是把它當成實際的建議在聽呢。」

「別開玩笑了。」仙川嘲弄的嘆了一口氣，「精子銀行什麼的，你是認真的嗎？又不是過時的科幻小說。」

我感到臉頰從內側發熱起來。

「真想吐。」仙川不屑的說，「不過你想不想生孩子是你的事。」

「那你就別管我了。」我吞了一口唾沫說。

「小說怎麼辦？」仙川微微嗤笑的說，「無法完成自己的工作，也無法達成與別人約定的人，真的能生孩子好好養大嗎？」

我沒吭聲。

「做不到吧。」仙川笑了，「你應該用更客觀的角度思考自己的狀況。收入、工作、生活……現在這個時代，就算是雙親家庭都還要考慮要不要生小孩呢。你懂的吧，就算剛才理加說的話是正確的，你也不是理加。如果是理加的話，也許可以成功，她有廣大的讀者，也不用擔心錢的問題。而且，她雖然說她對男人沒有興趣，可是只要她點個頭，你知道有多少男人會跳出來幫她。相反的，你沒沒無名，明天在哪裡都還不知道，又懶惰，遵守不了約定，只是個任性的寫手。你跟理加從頭到腳都不一樣。」

「真過分。」我使盡力氣說，「明明──什麼都不知道。」

一會兒間，我和仙川都沒說話，也沒動。

「……你說的沒錯，我也許什麼都不知道。」過了一會兒仙川搖搖頭說，「但是，我知道你有才氣。這一點，我非常清楚。夏子小姐，你還有更重要的事不是嗎？我想說的是這一點啊，你現在手上還有必須進行的工作不是嗎。我只想說這些。夏子小姐，寫小說吧。我故意說這些難聽的話，是要幫你打氣啊。」

仙川往前踏出一步向我靠近，我反射性的向後退。

「夏子小姐，你不是作家嗎？明明那麼有才氣，明明是能寫東西的人，誰都有撞牆期，重要的是即使在撞牆期還是堅持住故事，寸步不離。我希望你把人生賭在小說上。你不是因為真心想寫小說，才成為小說家的嗎？」

我注視著仙川的圓頭鞋尖，什麼話也說不出來。

「為什麼你要那麼堅持那個怪女人說的話呢？拜託你，振作一點吧，夏子小姐。為什麼要說

『想要孩子』那些庸俗的話呢？真正偉大的作家，不論男女都沒有孩子啊，他們沒有空間讓孩子介入。因為作家是在自己的才華和故事牽引下，活在這個引力當中的人呀。真的，你千萬不要把理加說的話當真，理加頂多只是個娛樂小說作家。她那個人、她寫的東西根本沒有文學價值，一點兒都沒有。她只是公式化的，用淺白好懂的文字，寫些老套的感情、大家都能放心的故事罷了。她那種玩意兒不是文學，與文學扯不上邊，她那種啊，只是品質粗糙的文字服務業。可是夏子小姐不一樣——我問你，你現在寫的東西看起來好像動不了了，這裡才是小說的心臟，這裡才至關重要。寫起來一瀉千里的小說有什麼意義呢？通行無阻的道路有什麼意義呢？好啦，你我兩個人一起從頭開始創作吧。沒問題的，因為有我在，有我跟在旁邊，一定能寫出好作品的。我一直相信，你能寫出別人寫不出來的東西唷。」

仙川伸長手臂，想要拉我的手腕，但是我閃過身把它揮開，從包包裡拿出皮夾，通過驗票口。夏子小姐，我聽得到仙川的大聲呼喚，但是我沒有回頭。夏子小姐，她又叫了一聲。但是我一步也不停的向月臺的樓梯跑去。電車進站的通知音響起，轟隆隆的巨聲響起，電車立即駛達。門開的同時，我鑽進車廂，坐在位子上兩手交叉，彎起身子想要躲藏。廣播放送，門關上。電車緩緩駛動時，我看到站在窗外的仙川，看見睜大眼睛尋找我的仙川。我們對視了一秒，但我立刻低下頭，然後逕自閉緊眼睛。

換了兩次電車，回到三軒茶屋，雖然我還不想馬上回到租屋，但是也沒有地方可去。心情糟透了。憤怒和興奮在體內攪和在一起，感覺每一秒鐘都帶著熱氣。這時候手機「噗噗」響了，心想一定是仙川打來的，所以沒理。但是過一會兒，來電的震動又在包包裡響起，接著又響三次。我放棄掙扎，拿起手機一看，是卷子打來的。我心裡咕咚一聲，立刻撥回去，也許出了什麼事。第一這個時間卷子應該在工作，她從來沒在此時打電話來，而且連環扣得這麼急，也許是發生了什麼事——心臟砰砰的直跳。意外、惹了麻煩、心臟病發作，還是店裡出了事？短短幾秒鐘，腦中盤旋著好幾種想像。不對，卷子會打電話來就表示卷子沒事，說不定是綠子出了事。不對，也許是別人用卷子的手機聯絡。接通音一陣一陣響著，我的胸口澎湃得幾乎痛起來。響到第六次時電話接起來了。

「小卷，怎麼了？」我搶在對方出聲前問道。

「啊——夏子喔，」卷子散漫的聲音回答，「我心想你不知在做什麼。」

聽到她的聲音，我大大吐了一口氣癱軟下來，手機靠在耳邊無法動彈。過了一會兒才漸漸湧起類似忿怒的情緒。

「嚇死我了。店裡這種時間打來，我還以為出事了。」

「你說什麼呀。今天休假呀。星期天。」

聽卷子一說，我才想起，今天確實是星期天，卷子的酒吧休假。

「話雖如此，到底怎麼了，我真的嚇到了。」

「不是啦。小夏不是說夏天要回來嗎？八月底的時候。綠子天天都在念著，要去吃什麼好。現在很流行的韓式烤三層肉怎麼樣？鶴橋那邊開了好大一家店喔。」

「吶，這種事現在就得決定嗎？」

「話是沒錯，不過有什麼關係嘛。我們很期待呀。最近怎麼樣，很忙嗎？工作呢？小說寫完了吧。」

「小說？哪有時間寫。忙得很呢。」我難掩煩躁的說。

「除了小說之外還在忙什麼？」卷子略帶調侃的口氣說。

「孩子。」我說，「忙孩子的事。」

「誰的？」

「我的。」

「嗄——」卷子在話筒邊大叫一聲。「夏子，你懷孕了嗎！」

對啊。我差點衝口而出，好不容易才忍下來。

「不是，是接下來。我接下來想懷孕。」

「你有男朋友了？」

「沒有？」

「既然如此，你要生誰的孩子？」

「像我們這種單身女人想生孩子的話，有一種叫精子銀行的地方。卷子可能不知道，這邊已經很普通了。還有符合標準的義工進行個人捐贈，可以從那裡取得。」

「小夏，」卷子說，「你是在寫小說吧？」

「不是，真的，我在說我的事。」我焦急的概略解釋了一下ＡＩＤ的系統。話才剛說完，卷子已經拉高嗓門打斷了我的聲音。

「不行，你不可以做那個。絕對不行。那是老天的領域。」

「這種時候才說什麼老天的領域啊，你平時根本不信神的呀，可以做就去做了不是嗎？大家都這麼做，很正常的。」

「別說了，夏子，你現在應該是有點醉了吧。」

「我沒醉。」

「總之，別再說那些傻話，快點回家工作吧。你現在在外頭吧？」

「什麼叫做傻話，」我勃然大怒，粗聲大叫，「我已經做好決定了，後續只剩下確認就行了。」

「我問你，」卷子嘆了一口氣說，「你知道生養一個孩子有多辛苦嗎？怎麼可能接受跟一個來路不明的對象懷孕嘛。孩子怎麼辦呢？」

「那綠子怎麼樣？」我語帶諷刺的回嗆，「小卷你有資格說這些嗎？父親怎樣怎樣。」

「你這是倒果為因嘛。」卷子又嘆了一口氣，「別再說那種傻話了。」

「小卷可以做的事，為什麼我不能做？」我問，「你為什麼反對？小卷你能說得出口？我其實不需要你的贊成，不過你也不能反對吧。我又不會麻煩到你，而且這世上有多少單親？有多少孩子沒見過父母？要錢又怎麼樣？我們都能長大成人，不管什麼樣的孩子都能長大，都能活得下去，不是嗎？」

「既然如此，就正正經經的找個對象。」卷子安撫的說，「一定要正正經經的做。」

「我問你，」我說，「你是不是希望我一個人孤獨到老啊？」

「什麼意思？」

「你不希望我有小孩吧？我知道啦，你就是希望我永遠孤獨下去嘛。我有了孩子把錢花在他身上，還不如把錢寄到大阪給你和綠子用，你心裡是這麼想的吧？」我說，「你知道我這種情況，所以才悶不吭聲的要我以後到你和綠子身邊吧。難道你沒有這麼想過嗎？現在寄給你們的生活補貼很微薄，如果寄多一點該多好，你難道沒這麼想過？難道沒有期待過？如果我有了孩子，補貼可能就沒了或者是減少了。對小卷和綠子來說，一點好處都沒有。我都知道啦。」

卷子無話可說，我也沉默下來。過了一會兒，我聽見卷子大大的呼了一口氣。

「小夏。」

「掛了。」

我把電話丟進包包最底下，開始往前走。心情惡劣到極點，忍不住想大叫幾聲。我加快跨步的速度，帶著將腦中浮現的念頭一一破除的心態繼續走著。一個男人擦身而過時撞到手臂，他嘖了一聲，我也嘖回去，然後又筆直往前走著。在十字路口的紅燈停下來，但是轉成綠燈後，我卻不知道自己該往哪個方向走。回家的話直行，去超商的話往右，如果要去人群聚集的車站前則要往後走。但是，我不知道自己應該往哪個方向。我想起了逢澤，閃過打電話給他的念頭。但是，我想起逢澤的臉之前，便想起善百合子的臉。善百合子。說不定逢澤現在在三茶，與善百合子在一起。善百合子靜靜的，臉上不動聲色的凝視著我。她與逢澤在一起的時候，也會笑或講笑話吧？而獨處的夜晚，她又會做些什麼呢？眼前浮現出她白皙肌膚上淡淡分布的雀斑。由塵埃、氣體、無數星辰形成的星雲霧靄，在她臉頰上緩緩暈開。我拿起手機，打開 Gmail，點出已經不知道看過幾百遍的思田來信，按下回信鍵，在空白部分打上文字。

按下傳送鍵，全身的力氣完全耗盡，我不禁靠在交通號誌的支柱上。提著超商的袋子，牽著紅褐色與全黑貴賓狗出來散步的矮小大嬸，走近來問我還好嗎。我思忖著怎麼這個時間還有狗，但又想到這也不是什麼奇怪的事。我沒事，我回答，一會兒之後回到家裡。

15 出生與不出生

與恩田見面的地方，約在澀谷十字路口附近的地下樓，一家叫邁阿密花園的餐廳。以前只看過招牌，但從來沒進去過。六月過去一半了，從一大早灰暗的烏雲低垂，不時響起的雷聲宛如巨大生物喉嚨的低吼，梅雨季開始後經過了好一陣子，不過上星期只有幾天下了少量的雨，最近天天都只是烏雲密布。

約定的時間是晚上七點半，可以的話我希望在白天，然而恩田實在挪不出空來才定在晚上。對於澀谷的地點和日期，他都同意我的意見，所以只好配合他。

可能是與店名邁阿密有關係吧，店裡放了幾盆椰子樹的造景，氣氛比所謂的家庭餐廳更輕鬆一點，坐滿了形形色色的客人。從學生到上班族，從辣妹到女子二人組，除了小孩之外，各色各樣類型的人不是玩手機，就是高聲大笑，不是喝咖啡就是吸著義大利麵。也有些情侶不僅不在意坐在隔壁的客人，對同桌的同伴似也不甚關心。這裡所有人大家都睜著眼睛，腦袋清醒，但又彷彿什麼也看不到。我鬆了一口氣。

我用山田這個假名，告知恩田當天會穿著藏青色素面洋裝，髮型是及肩的妹妹頭。恩田在信中說自己的體型中等身材，髮型剪到耳上，極一般的髮型，但一定能找到山田小姐，請我不用擔心。

從第一次回信那個晚上，正好過了一個月。

在幾次確認郵件的溝通中，我不知想過多少次還是放棄算了，不過，我也一再的告訴自己，見面地點在人潮眾多的澀谷，萬一有事立刻可以呼救，而且在這個大都市裡，與陌生人見面茶敘也都司空見慣，試著給自己打氣。

距離約定時間還有十五分鐘，至今從未體驗過的緊張，讓我繃緊了全身，無意識的咬緊牙根，臉頰和太陽穴都隱隱作痛。一分鐘漫長得難以置信，也不知道該看向何處，該怎麼坐才對。我試著吐氣鎮定心情，別擔心，見一次面不會有什麼壞處，即使沒有任何進展，也不會更糟。儘管不斷對自己這麼說，故作自然，還是很在意入口處。打開郵件的收信匣，近二十天中，逢澤傳了幾次郵件和 LINE 給我，我只回了幾個表情符號，無法回信。遊佐也傳了些芝麻綠豆大的 LINE 訊息，我也只回以表情符號。仙川自那天之後沒有聯絡，一個電話和郵件都沒有。

「是山田小姐嗎？」

像是被打了一下，我抬起頭來。一個男人站在面前。

我在等的人是恩田，會叫我山田的也只有恩田一人，所以我很明白，向我打招呼的除了恩田沒有別人。但是，不知為何我沒辦法把眼前的男人與恩田聯想起來。這個人穿著過大的藏青色細條紋西裝，第一眼就令我反射性的想起「刑警」這個詞。他擦著額頭上的汗水，可能是跑來的吧。頭髮的確是剪到耳上，可是，變成一條一條的瀏海和鬢髮貼在臉上，看起來像是用整髮液故意固定一般，若要說是普通的髮型似乎有點勉強。身材也比中等身材更胖一點，所以霎時懷疑他是不是認錯人了，但立刻想到不可能，這個人就是恩田。

雙眼有著清晰平行的雙眼皮，稍微下垂的眉頭有顆似要掉落的大疙瘩。那個疙瘩肯定長了很多年，已經完全變了色，從我隔著桌面的位置都能清楚的看到一顆顆密集直向的毛孔，它宛如腐敗變灰的草莓，讓我忍不住轉開視線。細條紋西裝外套裡，穿著寫著「FILA」白色帶有光澤的T恤。不知為何恩田不斷的將外套領口左右張開，好像要強調那商標似的。他拉開椅子坐下，用外套袖口按了按額頭的汗，客氣的說：「你好，我是恩田。」聲音低沉而混濁。

店員過來點單之前，我們一句話也沒說。其他客人的七嘴八舌把店裡搞得鬧哄哄，但是腦海中一句話都進不來。店員過來，我點了冰紅茶，「這個」恩田指著桌面菜單上的熱咖啡。

「關於提供的期望，」恩田一開口便直奔主題，「那個，山田小姐是用假名吧。」「呃，是的。」意料外的問題嚇了我一跳，因此聲音大了一點。

「我想也是。畢竟是個資嘛，OK的。然後，你是自由工作者，不過經濟上——沒有問題對吧。沒問題，你才會回信給我對吧。還有，你不吸菸也不喝酒。」

「是的。」我點點頭，不知道自己在回答哪一點。

「然後，郵件也有告知，如果決定提供的話，需以不得要求養育費或經濟支援為前提──」

說到這裡，恩田把手靠在嘴邊，微微的閉上眼，如同算命師看面相一般的姿態，凝視我的臉。

「──好，今天的面談通過。」

「欸？」

「到了我這個年紀，一看馬上就知道了。」恩田說，「好的，我想可以。」

店員把我們的飲料端來，恩田拿起冒著白煙的黑咖啡，也不吹涼就一大口喝下去。

「提供的方法有幾種，待會兒再選擇，」恩田說，「不過你先看看這個吧。」

恩田從口袋中拿出幾張紙。

「疾病那類的證明，如我在郵件中附上的資料，沒有問題。最要緊的是這個吧──我的精液檢查結果表，我有最近五次的檢查報告，有英文的也有日文的。你看得懂嗎？項目或內容是一樣的，這裡是精液量，這裡是兩毫升精液的濃度，濃度喔？這是關鍵所在喔。英文的話是這裡，total concentration。接下來是活動率，這邊是 rapid sperm。就是這樣。」

恩田將紙交給我，好像是要我自己檢查，所以我接過來，放在桌上瀏覽了一下。

「我要發表囉。請看這裡，第一是濃度，那裡寫著一四三．一M，換算的話就是一億四千三百一十萬，也就表示每一毫升精液中的濃度。」恩田張大了眼睛說，「好，接下來是精子活動率。最近一次的結果是百分之八十八，上次是百分之八十九，更上一次是九十七．五，看到了嗎？寫在這裡喔。山田小姐也許一時會意不過來。啊，有點懂嗎？這個數字。喔，不懂啊？總之，你只要把它理解為精子的成績單就行了。還有，這裡寫的是活動精子總數，以我來說，超過兩億。接著請再看這裡，正常形態率接近百分之七十。附帶解釋一下，ＷＨＯ對此提出的平均值是百分之四十，而我的有到七十。反正從這個數，就能算出全體精子活動性的指數，簡單的說，就是讓人受孕的能力。一般的男性，該指數大概是八十或是一百五的程度吧。我是說一般喔。而我的數字……對，寫在最下面的那個數字，請看一看。是的，就是那裡，三百九十二。有一次超過四百呢，都寫在那張紙上。如果以單純計算來看，我與精子弱的男性相比，我的精子強約五倍或六倍。算是得到檢查機關的認證，我的水準高到不能再高。」

恩田又咕嘟的喝了一大口咖啡，交互看著那張紙和我的神色，似乎想聽聽我的感想。

「總之，」恩田眨了眨眼，「沒有比我更優秀的精子了，懷孕的可能性最高。」

「請問，」我拿起紙巾捂著嘴不讓大阪腔洩露出來，小心翼翼的用標準腔說，「那個，以前實際上讓幾位女士真正懷孕呢？」

「人數不能公開，不過最高年齡為四十五歲，年輕的是三十歲。兩人都是使用市售注射器的模式。當然還有其他人，像是單身的女士、夫妻都有，最近增加的是女同性戀伴侶，不同的人用的方法也不一樣。」

我默默的看著裝了冰紅茶的杯子，這個人說的是實話嗎？這些都是真實的嗎？在這段對話的後面，真的有女人願意接受他的精子懷孕嗎？

我無法相信它們的真實性，但是更不能相信的，是我竟然與這個男人見了面，同桌而坐，而且還聽他說了這些話。然而，它卻是真的。是我自己送出信件，與這男人碰頭，在這裡聽他說話的。說不定真的有，說不定真的有破釜沉舟、下定決心，用這男人精子懷孕的女人。我維持臉的位置，只抬起眼睛看著恩田，努力想找出讓自己放心的要素，找出合理化自己坐在此處的原因，哪怕只有一個都好。但是，我辦不到，到處也找不到那種要素。FILA 的商標和眉頭的巨大疙瘩不斷在腦中放大，漸漸的開始心悸，連冰紅茶都喝不下去。

「我當然是成年之後，才開始志願提供。」

可能是我沉默了很久，恩田開口說道。

「但是回想起來，我也許是在十歲左右產生了這種使命感。」

「十歲？」

「我的初精是在小四的時候出現。當然，剛開始只是驚訝，什麼都不懂。不過，一年、兩年當中，我對自己的精液變得十分著迷。」恩田張大了眼睛，只有嘴角帶著笑。「學校裡不是有實驗室嗎？理科的，有很多顯微鏡那些設備。我上中學的那年，很想親眼看看自己的精子長得什麼模樣，所以放學後偷偷潛入，用手把它擠出來，然後觀察一番。那真是太感動啦，所有的精子不斷的扭動著，真想永遠這麼看下去。所以我向父母告知這件事，請他們買顯微鏡給我。那可是相當高倍數的等級喔，然後我每天一定擠一些出來觀察。

「哎，不是我說，我的精子真的很厲害喔，聽起來好像是我老王賣瓜吧，不過這是事實，我也沒辦法。因為從數值就知道了。這種濃度和活動率，人家說從來沒見過，我才恍然大悟，啊，果然有很特別的地方啊。因為我從小就覺得不論是量還是顏色的濃度都不同一般啊。基本上，當然是為了助人。不過還有一種使命感吧。老實說，我自己是想把這出類拔萃的精子……和自己的個性或基因有點些微的差異啦，該說是精子的威猛吧……我想留傳下去。或者是說，我有種希望它源源不絕出去四處旅行的心情，像是好好的抓住卵子留下足跡，證明自己的強大的那種感覺。哈哈，光是想像我那超強大的精子，在哪個子宮裡啪嗒一下著床的狀態，心情就非常興奮。我說的並不是自己的小孩或是基因那一類的，不過還是有很大的成就感呢。

「不過，這種心態，只要是男人都會有吧。比方說男人會去風俗店那種地方，或者是召妓之類的。當然，按照約定必須要戴套子，不過男人會有種『做這種勾當賺錢，看我怎麼懲罰你』的心態從後面來，因為女人不知道嘛，所以有的男人會在進入前拿掉套子，直接內射。這算是一種儀式吧。我是聽一個認識的人說的，他老是這麼做。喔，只是認識而已，不是朋友喔。不過聽他說，內射本身爽度特別高，但更多的是一種成就感吧。而且在對方沒察覺下直接內射，那種帶有懲罰感的顫慄更是無上的快感啊。不過，心情上我是能理解啦，但還是不能這麼做，因為這是違規。我不會做這種事，有人要求我才做，只是想助人。

「對了，剛才不是說有好幾種方法嗎？山田小姐在信上寫，希望採用市售的注射器。唔，我想八成會順利吧。唔，一定會順利的，你看起來比實際年輕，而且也很健康。不過呢，坦白說，你已經沒有時間慢慢考慮了吧。山田小姐自己應該也很清楚這一點，才會寫信給我。所以，最好採取能提高成功率的方法。而，精子在體溫下才能保持最好的狀態。還有，女人到了高潮的時候，陰道或子宮口一帶會充血膨脹，把精子吸進去，裡面也會變成鹼性。你知道的嘛，精子怕酸性。啊，不過我的精子應該沒問題啦，我想它們不會輸給酸性，不能輸啊不能輸。哈哈。不管怎麼樣，必須預先鎖定排卵日，好好掌握才行……這部分山田小姐也許早已了解了，不過我做了一份資料和配套一覽表，我會把它交給你。對了對了……所以，山田小姐如果真的有心想要孩子的話，我還有一種排卵期受孕的方法要告訴你。一方面也想讓你體驗一下真正的威猛……當然啦，這個與精子沒有直接關係，喔不，也許有關係。我的那個……陰莖也是，大受好評喔。真的，形狀和巨大，大家都說好厲害。嗯，老實說有人因此就想試一下，那種極限的狀態，一方面我也想讓你看看精液的量，像這樣，用手一接就會溢流出來喔，勢頭也很強，搞不好肉眼就能看到精子在活動。哈哈，不可能啊？可是，我的精子就是這麼厲害啊。啊，如果你有興趣的話還有視頻可以看，那種汩汩流出來的場面，那種資料你想看的話，隨時都可以找給你看喔。

「話雖如此……還是會有些抗拒對吧。跟這種素昧平生的男人做那種行為，我懂啦。因為我們的目的很單純，只是為了懷孕嘛。如果是這種狀況，也可以穿著衣服直接來啊，這也是種方法。你知道吧？只要脫掉內褲就行了，下半身光溜溜的懂吧。我的感覺是這跟光著身子沒什麼兩樣，之前也思考過要怎麼穿著衣服做，跟好幾個人試過後，最受好評的是這種。這……我叫一個熟人幫我做的，就是這……從這裡看的話，啊，不行，現在在袋子裡看不清楚。這個做法，只有陰莖會完整的露出來，還有一種女人同樣只露出性器的那種褲子，不，是叫褲襪吧。請對方穿上它，上身可以穿著一般的衣服和裙子這樣，原始的方法還是比注射器的中獎率高嘛，不論是體溫還是新鮮度都是。剛才也說過，讓陰道內變成鹼性很重要，女性在緊張不安的感覺才會產生這種環境，我的陰莖和精子絕對可以完美達成。這部分請放心，絕對完美。當然排卵日必須精準掌握，在排卵兩天前推進去就行了。」

晚上九點半，回到了三軒茶屋。

走出餐廳本想往澀谷出站的入口走去，但是實在下不了樓梯，於是我拖著身體往公車站走去。大量的行人快步走來，以極快的速度穿過我。紅綠燈、招牌、車燈、櫥窗、街燈和手機的液晶螢幕亮光，澀谷的夜裡到處都充滿了無數的強光，我靠在路邊護欄排隊等公車

把乘客整齊的收進暗藍色的座椅，公車載著安靜的乘容，切開夜的腹部般直行向前。五顏六色的各種光線，如同流瀉出來的血液和內臟，流過左右車窗。我雙手交叉在胸前，彎下脖子，把身體埋進座位的角落藏起來。無法思考，極度疲憊，我閉上眼睛，到三軒茶屋站之前都未再睜開。司機的廣播、行走聲、遠處的喇叭聲、開關門時像把空氣壓碎的聲音，我數著一個個聲音，蜷曲著身體紋絲不動。

像被公車吐出般下了車，那裡也有無數的光。我好想馬上躺下來，不是坐下，不是靠在哪裡，也不是想睡覺，而是馬上躺平，然後一步也不想動。回家要走十五分鐘，但我沒有自信能走

完。既不是受傷，也不是發燒，然而，我的身體像是施打了什麼特殊藥劑般又沉又重，眼睛周圍灼熱濕潤的發疼，手腳更是微微發顫，我想應該沒力氣走回家了。我穿過紅綠燈，就近走向一家卡拉ＯＫ店。從外面就能一覽無遺的大廳，如同在強烈燈光照耀下的雪山，發出銀白巨大的光。我像個受難者發現救援光線般，讓沉重的身體滑進去。

服務員領我走進一樓盡頭只有一・五坪大小的房間。我立刻關掉電燈，把所有的音量轉到零，不過沒找到螢幕的電源在哪裡。我把包包丟下，才剛在硬沙發上坐下，一陣劇烈的敲門聲響，隨即門開了，店員送來了剛才點的無冰烏龍茶。她留下一句「請慢用」便立刻消失。

我只喝了一口烏龍茶，便脫掉運動鞋在沙發躺下。塑膠座椅發出混合了香菸、唾液和汗水的氣味，從隔壁房間洩出男人粗獷的聲音和回音混在一起的歌聲，還帶著些微其他的音樂。我從胸口吐出氣來，閉上眼睛。

直到剛才在澀谷咖啡店與那個叫恩田的男人見面的事，簡直像個難以置信的思緒，然而它卻是真實的。恩田說完自己想說的話，便逼我決定要怎麼做。他並沒有用激烈的言詞催促，而是一副「看要怎麼選擇由你決定」的味道。之後，我說了什麼呢，不記得了。也許什麼也沒說，或者應該說我什麼話都說不出來。彷彿我一張開嘴，厭惡感就會變成濃濁的黑色液體咕嘟咕嘟的流出來，不知道自己會變成什麼樣子。腦海中不斷嫌棄的說著「噁心」、「噁心」，一面斟酌著離座的時機。我那時什麼表情呢？腦海中浮現出恩田一臉得意等著我回答的臉，睜得大大的雙眼，疙瘩，灰色鼓起的醜陋疙瘩，那是髒東西，我想，這個男人本身就是髒東西，我想。但是主動取得聯繫，試著與陌生男人見面聽他說話的人是我自己。而且——而且還是為了談論要不要獲得他的精子，為了談論懷孕。這麼一想時，全身寒毛直豎。恩田猙獰的笑著。仔細一想，我只回答了「再通信聯絡」。恩田用指甲刮刮牙縫笑著這麼說——沒興趣的話不回也行。然後盯著我的臉，身體扭動著想要調整坐姿。恩田的雙手伸到桌下看不見，起初我不知道恩田在做什麼，他的背彎成不自然的角度，猙獰的笑意不久後轉為正經，他的目光讓我感到膽寒。恩田的目光微微偏離焦點，不知看著我臉上的哪一點。接著又露出獰笑，小聲的說，可以作為選項喔。有些人不敢直接說出口，非得找個理由才能行動，因為那邊的義工也在做。接著他用氣音說「下面、下面」，並且用下巴指指股間，又再猙獰的笑。我裝著若無其事，眨了眨眼睛，從錢包拿出一千圓放在桌上，然後站起來慢條斯理的往出口走去。當門一打開，便一口氣跑上階梯，往車站的反方向跑，衝進視線中第一家藥局，走到最裡面藏身在商品架的後面，一動也不敢動。

隔壁的男客還在唱，聽得出他的大嗓門比激烈的演奏慢了半拍，另一個房間傳來女人的高亢聲音，也聽得到流淌著似熟非熟的歌曲和笑聲。多少年沒有來卡拉ＯＫ店了？來參加打工同事的送別會，也已經忘了是多少年前的事了。我想到年輕時還在大阪，經常和成瀨兩個人到笑橋的卡拉ＯＫ啊。那時我們正年輕，無處可去，見面時總是踩馬路走到腳底發疼，有時候會把卡拉ＯＫ當成自己的房間，喝點溫暖的東西，吃吃炸雞，一邊天南地北的聊天。我們兩個都是可以互相恥笑的五音不全，所以很少唱歌，不過，成瀨有時會面帶羞澀的唱歌給我聽，而且永遠是同一首——海灘男孩的〈你不覺得很好嗎？〉（Wouldn't it be nice）。在我們的年紀在一字頭的尾聲時，六〇年代到七〇年代的歌正流行，我們一起聽了許多唱片。成瀨喜愛海灘男孩，雖然使盡渾身解數的唱，可是片假名的英文跟不上，整首歌音階太高，所以幾乎全部高音都唱不上去，不過，唯有假音部分的氣氛稍微唱得還算像樣，因此好幾次唱到一半，兩個人一起笑出來。成瀨露出揉合了難為情和捉弄的表情，笑著說，這雖然是布萊恩作的曲，但是幾乎就是我的心情。我坐起身，拿起點歌器找出〈你不覺得很好嗎？〉按下傳送鍵。

聽見熟稔的前奏，咚的響起一聲鼓聲——就像一口氣拉開蓋在空屋的布，所有懷念的家具、圖畫和回憶同時出現般，所有的一切都隨之甦醒。旋律雖然是空白的，但是聽得見背後隱約有好幾層合音，歌詞文字的顏色漸漸轉變，我用眼睛追逐著一個個文字。

如果我們更老一點，該有多美好啊？
因為這樣就不需要再等待了。
如果能一起生活 該有多美好啊？
生活在只有我倆的世界裡。
該有多麼美好啊，
說完晚安後繼續相守在一起。

即使早上醒來，不也很好嗎？
早晨來臨，開始我倆新的一天。
然後我們整天相依相偎，
晚上也相擁而眠。

我目不轉睛的看著歌詞，突然一股難以負荷的悲傷湧起。喉頭顫抖，我不覺用手按住胸口。成瀨和我如今還是一如往昔的活著，但是那個時候的成瀨和我都已經找不到了。一想到這裡，胸口便堵得發疼。一想到現在已找不到的成瀨、年僅十幾歲的成瀨，在遙遠的過去對我抱著這樣的情感，心頭便陣陣抽痛。他曾經對如此一無是處的我、如此無處可走的我懷抱著這樣的情感。如果我們更老一點。說完晚安後也繼續相守。該有多美好啊。多美好啊。——從那時經過了那麼長那麼長的時間，現在在東京、在三軒茶屋——我只有孤獨一人。

結完帳走出店外，有雨的味道。整個天空被雲層遮蔽，但不知道是不是雨雲。六月晚上的空氣充滿潮濕和溫熱，一走到室外，背和頸部便開始汗淋淋了。我把包包重新背好，拖著還有點沉重的腳走過紅綠燈。

看著許多車子來回，想起兒時也經常坐在馬路邊看著車子奔來駛去。想起母親為了我們小孩從早到晚工作、筋疲力盡的模樣，我曾想過自己不如去死了較好。看著車子心裡想，如果挪出一個人份的錢，母親就能少辛苦那一份，多輕鬆那一份，但是最後還是沒勇氣。當時，如果我被車子撞死的話會怎麼樣？可美外婆和母親一定會很傷心吧，但是，但是她可以不用那麼辛勤工作，可以不用覺得累，可以為了自己而活，也許就不會得癌症了。結果會如何呢？會怎樣呢？事到如今，事到如今——我穿過紅綠燈，走過胡蘿蔔塔旁，緩緩走過鋪著紅磚的廣場。

位於盡頭的星巴克，從玻璃窗可以看到很多人。我與手牽著手十分開心的母子擦肩而過，男孩戴著綠色鴨舌帽，母親笑著歪頭瞧著他說：「努力試過了呀。」超市散放輝煌的燈光，許多人進進出出。不知哪兒飄來炸物的味道，我想起今天一整天還沒有吃過像樣的東西。早上只吃了優格，因為太緊張的關係，中午完全吃不下。恩田的疙瘩又浮現在腦海，我搖搖頭想揮走那個意象，但越是想忘，越是在眼中逐漸膨脹變大，幾顆直向的毛孔反覆的收縮，裡面流出像膿一般的黃色脂肪。毛孔越來越多，它們就像黑色的小蟲不斷蠢動著觀察四周，震動著翅膀，想要尋找新的產卵地點。我停下腳步，用使不上力的手指按按眼皮，感覺到眼球在食指下移動。我戰戰兢兢的把手指挪向上方，摸摸眉頭的地方。沒有疙瘩，什麼都沒有——我深深的吐出一口氣，然後又深深吸了一口氣，從容不迫的將身體裡的空氣全部吐光，似在確認什麼。抬起頭，與剛好從前方走來的女人四目相對。我凝視著女人，她也停下步伐看著我。幾秒鐘之間，我們就這樣一動也不動的凝視著彼此的臉。她是善百合子。

我們簡單點頭示意，然後善百合子從我身邊經過，朝著車站方向走去。我轉過身看著她的背影，直接追了上去。我不知道自己為什麼要跟在她身後，走回來時路，那幾乎是反射的行為。我重新握緊包包的肩帶，加快了腳步。

善百合子穿著短袖黑洋裝，腳上是沒有後跟的黑鞋，左肩背著黑色包包，細長的脖子與從袖口伸出的手臂都顯得近乎奇妙的白，頭髮和在門廳遇到時一樣，在後面紮成一束。善百合子的頭幾乎文風不動的，筆直往前走。

善百合子為什麼會在這裡呢？我跟在她身後一面思索著。然而，我立刻想起逢澤說過，她就住在離三軒茶屋車站走路十幾分鐘的地方。善百合子經過世田谷通的斑馬線，經過我剛才光顧過的卡拉ＯＫ門前，又通過二四六號線的斑馬線，走進小巷裡。轉了好幾個彎，來到商店街。超商門前幾個喝醉的年輕人大聲咆哮，右手邊有個現場演奏臺，堆放吉他、器材的貨架旁，搖滾風格打扮的團體拿著手機互相拍照喧鬧，但是善百合子連閃避的動作都沒有，直接從他們中間穿過，彷彿眼中完全沒看到他們。我的目光緊緊盯住她的後腦勺，走在約十公尺的後方。

商店街走到盡頭，來到一個寬闊的三叉路，驀然間一個人影都沒有。一旁有家大型藥妝店，準備打烊的店員正在把掛滿衛生紙、面紙和防晒霜的移動架推進店內。善百合子仍然以同樣的步伐往前走，她的背影看起來像在深思，但也像是沒有想任何事。善百合子目不斜視的直直往前走。

街燈越來越少，進入了住宅區，正要走下一個緩坡時，善百合子突然停下腳步，然後慢悠悠的轉過身來。我也停住。昏暗中看不清楚她的表情，但是從她上半身微微傾前的樣子看來，應該是現在才發現我在跟蹤她。她站在距離十幾公尺處看著我，我也看著她。我以為善百合子轉過身，會問我為什麼跟著她，可是她沒說話又轉向前方，一如剛才的跨出腳步。

走了一小段路，左邊出現公園，前面附設了一棟不太大的紅磚建築，白漆剝落、到處鏽蝕的公告板上，貼了好幾張傳單，看起來應是社區的小圖書館。公園相當遼闊，數不清的大樹在地面四處落下了夜的影子。溫濕的風吹來在皮膚上帶來微微的觸感，樹枝、葉片和影子也配合著像生物般徐徐搖動。朦朧的燈光將無人的鞦韆浮映出來，草地的中央有個彷若小山的土堆，那兒長了一棵雄偉的大樹。這棵不知名的黑樹枝葉尤其寬廣，看起來就像是貼在低雲夜空的剪貼畫。善百合子走到路的盡頭向左轉，進入公園裡。

距離剛才經過的喧鬧商店街只有短短幾分鐘，然而這裡卻一片悄靜。確實是晚上沒錯，但是還不到深夜，應該聽得到更多聲音才對，然而彷彿這裡的樹皮、泥土、石頭和無數的葉片將它們吸收得無影無蹤後停止了呼吸一般，神奇地沒有任何聲音。善百合子在公園裡直行，直到深處的長椅才緩緩坐下來。我站在稍遠處看著善百合子。

「為什麼跟著我？」

善百合子開口了，我嚥了一口唾沫，頻頻點頭，不過我的點頭並不是任何有意義的回答，而是因為脖子以上無法支撐站立的姿勢而搖晃起來的感覺。善百合子的右半邊臉沐浴在朦朧的燈光中，另外半邊則待在光線製造的藍影中。善百合子的眼皮和薄唇都沒有顏色，原本位在臉頰上方的雀斑全都看不見。小巧突起的鼻子在臉中央形成了濃密的陰影。我的背脊、腋下和腰部都冒出濕黏的汗水，太陽穴嘎吱嘎吱的疼痛，嘴唇乾澀。

「是逢澤的事嗎？」

善百合子問我，我直覺的搖搖頭，但是卻不知道該怎麼接話，我連對自己也無法解釋為什麼要跟在善百合子後面。

「我以為你想跟我談談逢澤的事。」善百合子的表情看不出情緒，「你和逢澤關係不錯吧？」

我模稜兩可的動了動脖子。

「逢澤常常提起你的事。」善百合子小聲的說。

「我自己也不清楚為什麼跟在你後面，」我說，「不過，我想並不是想跟你談逢澤先生。」

「既然你自己也不清楚，為什麼會這麼想？」

「因為跟在你後面走時，我並沒有想到逢澤先生。」

善百合子靜默不語的盯著我看，眉心微微蹙起。

「你是不是身體不舒服？」

「剛才，」我說，「跟一個私人提供者見了面，精子的。」

「沒受傷吧？」

我默默的點頭。善百合子依然凝視著我的臉，過了一會兒才把視線拉回到自己的腿上，然後把身體移動到長椅一角，動了動臉像在說「請坐」。我握緊了包包的肩帶，在另一邊坐下。

「逢澤說過我的事嗎？」

持續沉默了一陣子，善百合子說。

「他說，當他痛苦的時候，是你拉了他一把。」

善百合子輕嘆一聲露出微笑，「你知道詳情嗎？逢澤他痛苦時的事？」

我搖搖頭。

「我並沒有幫他，但是逢澤只能那麼說，因為那是逢澤和我在一起的唯一理由。」善百合子說，「──你聽過逢澤前一個女友的事嗎？」

我搖搖頭。

「逢澤發生過一次自殺未遂的事件。」

善百合子的手指在腿上交叉，凝視著指尖說。

「那是發生在認識我之前不久，不知是真的打算去死，還是一時衝動，總之，他吃了來路不明的藥，量大到足以致死，而且真的差點死了。他是醫師，有管道拿到藥，但是當然是透過不法的手段拿到，所以引起了一點風波，所以最後才會辭職負責。執照並沒有被吊銷，不過後來還是很痛苦，可能他本來就有脆弱的地方。」

「有聽說過他以前有女友，」我說，聲音莫名其妙的沙啞，所以清了清喉嚨。善百合子輕輕點頭。

「兩人論及婚緣，進展得都很順利，但有一天，他突然發現自己成了父不詳。而且他把這件事告訴了女友，大概是覺得不可以瞞著對方吧。結果，一切化為烏有。對方告訴他——我非常迷惘，但我覺得不應該跟你結婚。她說，仔細想想，我不能生下一個有四分之一基因不知從何而來的孩子。當然對方的家長也出面說，不想讓女兒為有這種背景的人生下孩子，也不願意有個血緣不正常的孫子。逢澤對女友的人品非常信賴，所以打擊很大吧，他們從醫大就開始交往，在一起好多年了。」

我沉默的點點頭。

「大約兩年後，在報紙上看到我的報導，所以來找我，」善百合子說，「起初他大概真的很傷心，不太說自己的事，不過聚會時別人說的話，他倒是聽得很入神。也許想從中找到自己的安身之所吧。」

說完，善百合子眨了眨眼睛，好像想用只有自己才懂的方法，把眼前的空間區隔開來，眼珠偶爾發出微光，她抬起臉看我。

「剛才我說，逢澤與我在一起的理由只有一個，不過還有另一個，就是同情。」

「同情？」我反問。

「是的。」善百合子說，「逢澤是同情我。不只因為父不詳，逢澤同情我有過的遭遇。我想你也看過報導。」

我沒出聲。

「不過，我沒向逢澤坦白所有的事。」

善百合子微翹起下巴抬起頭。

「我只告訴他被我以為的爸爸性侵這件事，但是沒說過報紙或專訪裡寫的、遭到性虐待之外的事。因為光是聽到這一點，逢澤就受到很大的衝擊。而且看到他那個神情，我也說不出更多的情節了。我沒說那不只是一次或兩次，我沒說變成習慣後，他叫來好幾個男人對我做出同樣的事。更沒說他威脅我，沒說他不只在家裡還用車載著我到沒有人跡的河堤邊，其他的車子下來許多男人。我也沒說在過程中我看到的雲的形狀，還有跟我同齡的小孩在遠處玩耍的模樣。」

我依然沉默，凝視著善百合子的側臉。

「你認為為什麼要生孩子？」

停頓了一會兒，善百合子說。帶著濕氣的風吹過我倆之間，微熱的風撫過手臂，頭髮飛落到臉頰上。善百合子瞇起眼睛看我。

「需要理由嗎？」我努力從喉嚨深處集中聲音說。

「也許不需要。」善百合子淺淺一笑，「因為欲望不需要理由，即使它是一種傷人的行為，但欲望是不用理由的。不論是殺人，還是生孩子，也許都不需要特別的理由。」

「我知道自己想用……」我說，「極不自然的方法去達成。」

「方法那些，」善百合子輕笑道：「其實不是什麼大不了的問題。」

「怎麼說？」

「不論用什麼樣的方法生產，血緣或基因，或者不知道父親是誰，這些事其實都不是問題。」

「為什麼呢？很多人不就是因為這些問題，至今走不出去嗎？」我遲疑了一會兒之後說，「……你是，逢澤先生也是。」

「身世這件事，如果是想建立一個明知未來一定要接受心理諮商或關愛的孩子或家庭，我並不認為沒有問題。」善百合子說，「但是——所有的人都一樣，因為人生下來就是這麼回事，只是沒有察覺這個事實罷了。不管是誰，一生中都會一再的接受心理諮商或是關愛吧。我想問你的不是方法，而是你認為為什麼要生孩子——這才是我想問的，甚至刻意去遭遇那種折磨。」

我沉默了。

「可能是，」善百合子平靜的說，「因為你相信，人誕生到這個世上是件美好的事吧。」

「為什麼這麼說？」

「你只是在煩惱方法，卻沒有思考過自己心底真正想做什麼。」

我靜靜的看著自己的雙腿。

「如果你生了孩子，那個孩子打從心底後悔生到世上，你打算怎麼做？」

善百合子凝視著腿上交叉的手指。

「我只要一說這種事，大家都會同情我。好可憐喔，真讓人不捨，不知道父親是誰，還受到那種虐待。活在世上一定很辛苦吧。大家都露出看到真正可憐人的表情，百分之百的同情我。然後說，不是你的錯唷，現在開始還不遲，人生可以重來，哪怕是再多次都無妨。有時還會眼中泛淚擁抱我。都是些善良，心地好的人。」善百合子說，「但是我並不覺得自己特別不幸，也不認為自己可憐。因為在我身上發生的事，與誕生在這世上相比，真的微不足道。」

我看著善百合子的臉，腦中一再的重新回溯這個字，試圖正確的理解她的話。

「我想你一定聽不懂我在說什麼吧？」

善百合子鼻子微微吸了一口氣。

「但是，我思考的只是非常單純的事，那就是為什麼大家能做到這種事呢？只是覺得為什麼大家能夠生下孩子呢？為什麼這麼暴力的事情，大家還能夠綻開笑容的持續下去呢？我只是不懂，為什麼只為了自己一個念頭，就把根本從來沒想過要出生的生命拉進這種荒唐的狀態中。」

善百合子說著，右手掌緩緩的搓著右手臂，黑洋裝袖口伸出的手臂十分潔白，在路燈光線的明暗間顯得有些發青。

「明明生出來之後，就再也塞不回去了。」善百合子悄聲笑著說，「你一定認為，我在說什麼非常極端、非常抽象的話吧。但是並非如此。我說的是很現實的事，在現實中歷歷在目的痛楚。

「但是，大家似乎都不這麼想，好像做夢也想不到自己參與的是什麼暴力的事。我問你，大家不是都很喜歡驚喜派對嗎。某一天打開門，許多人已經等在門後，冷不防的大喊『surprise』，然後一堆從沒見過、不認識的人滿臉笑容的鼓掌說恭喜。如果是生日，還可以打開後面的門退回去，但是卻沒有門回到出生之前。不過，大家並沒有惡意，因為他們都認為誰都會喜歡驚喜派對吧。因為他們相信，生命是美好的，活在世上是幸福的。世界這麼美麗——即使多少吃點苦，但是自己生存的世界總體來說還是個完美的地方。

「生產，」她小聲的說，「我覺得是自私的、暴力的事。

「可是，即使有這種想法的人，還是一再的說『但是，人類就是這種生物啊。』不但認同，還將它合理化了。因為人類就是這種生物嘛。可是，這種生物是什麼？到底是什麼生物？」善百合子虛弱的微笑，像是自言自語般小聲的再一次問我，「你為什麼那麼想生孩子？」

「不知道。」我反射性的回答。這時，恩田的笑臉在腦海中掠過，我用手指按住眼皮。

「不知道，可是，你說的沒錯，我也許不知道自己真正想做什麼，也不知道為什麼要這麼做。只不過，」我無力的點點頭，「只不過——我有股想見到他的意念。」

「大家都說相同的話。」善百合子說，「不只是AID的父母，所有的父母都會說同樣的話。因為寶寶很可愛、因為我想教育他、因為我想見見自己的孩子、因為我不想辜負女人的身體、因為我想留下愛人的基因。還有像是因為寂寞啦、希望孩子照顧我終老啦，但這些話的根源都是一樣的。

「你想想，這些生孩子的人全都只考慮到自己，並沒有想到生下來的孩子。想到這孩子，世上沒有一個人是生他的父母欸。你不覺得這很過分嗎？還有大部分的父母都盼望著不要讓自己的孩子受苦，祈禱著孩子能躲過不管什麼樣的不幸吧。但是，讓自己孩子絕對不吃苦的唯一方法，難道不就是不讓他存在，不要讓他出生嗎？」

「可是，」我想了想說：「如果不生出來，怎麼會知道呢？」

「所以說，生孩子到底是為了誰？」善百合子說，「那個『不生出來不知道』的賭博，到底是為誰而賭？」

「賭博？」我喃喃的問。

「大家看起來都在賭。」善百合子說，「他們看起來就像是在賭自己即將生下的孩子會跟自己一樣，或比自己更得天獨厚，更覺得幸福，然後變成『覺得活在世上真美好』的人。儘管嘴上說著人生有苦也有樂，但是其實大家都認為快樂比較多一點，所以才敢賭。即便大家有一天都會死，但是人生是有意義的，辛苦是有意義的，那裡面有著無上的喜悅，他們真的毫不懷疑，自己的孩子也會像自己一樣相信這一點。他們不認為自己會賭輸，打從心底相信只有自己能平安過關。大家只是相信自己想相信的事罷了，為了自己。而且更殘酷的是，在賭局面前，他們其實根本沒有把自己的東西當作賭注啊。」

善百合子用左手掌包住臉頰，然後一動也不動。夜空充滿了既非黑也非灰、也還不到深藍的顏色，微微感覺風中雨的味道更濃了。遠處的道路有一輛自行車駛過，但是看不清楚騎車人的樣貌。淡黃色的車燈搖晃的從右移動到左，不久後消失。

「你知道有的孩子，」善百合子說，「一出生就在疼痛中死去吧？他連自己所在的世界是什麼樣的地方都來不及看，連一個解釋自己是什麼的詞彙都來不及擁有，只是突然被生出來，成為一團只能感覺疼痛的生命，然後就死了——逢澤對你說過小兒科病房的故事嗎？」

我搖搖頭。

善百合子輕輕吐了口氣繼續說。

「大人只是為了讓孩子說生在世上太好了，為了把孩子留在足以與自己同樣相信的人生——總之，就是為了不在自己任性開的賭局輸掉，父母和醫生們創造非己所願的生命。有時他們割開小小的身軀再縫合，通上管子連接機器，讓他們流了很多血，然後，很多孩子就在疼痛中死去。這時候，大家都會同情父母，好可憐啊，一定痛徹心扉吧。然後，父母也流著淚說，即使如此還是很高興生下他，謝謝，試圖以此克服傷痛。他們是由衷這麼說的。但是，我問你，那聲謝謝是什麼意思？是要謝謝誰？到底是為了誰，為了什麼，讓這個只有疼痛的小生命出生呢？難道是為了讓父母有機會說謝謝？為了稱讚醫生技術高明？他們究竟有什麼權利做出這種事？只為疼痛而存在、有可能只曉得疼痛就死去的生命，或許連一秒鐘都不想待在這裡的生命，也許每天只想著死亡而活著的生命，他們為什麼能創造得出來？因為不知情嗎？因為自己沒有想過會有這種結果嗎？難道是因為自己也沒想過在賭局中會輸嗎？因為人類的愚昧嗎？請問，這到底是誰的賭博？賭注到底是什麼？」

我沉默不語。

「有個人說了這樣的話。」

善百合子過了一會兒又說。

「黎明前，你一個人站在森林的入口，四周一片漆黑，你自己也不清楚，自己怎麼會站在這種地方。然而，你還是邁開步伐往前走，走進森林裡去。過了一會兒看到一個小房子，你悄悄的打開門，發現屋子裡有十個孩子在睡覺。」

我點點頭。

「十個孩子睡得很香，他們既無喜悅也無興奮，當然也不存在悲傷或痛苦。什麼都沒有。因為大家都在沉睡著。接著，你有兩個選擇，可以把十個孩子都叫醒，也可以讓他們繼續沉睡。

「你如果把他們都叫醒，十個孩子中有九個人會為了醒來而開心——謝謝你，謝謝你叫醒我們——並且由衷的感謝你。但是剩下的一個卻不是如此，因為你已知道這個孩子從出生的那一刻到死亡前，都被賦予比死亡更難受的痛苦，已知道在他死前都會一直活在痛苦中，但是你並不知道是哪個孩子，你所知道的，只有這十人當中有一人必定會淪入這種慘境。」

善百合子把手掌疊在腿上，緩緩的眨巴了一下眼睛。

「生孩子，就相當於明知有此慘境，仍然把孩子喚醒。想生孩子的人都是做得出這種事的人啊。」善百合子說，「畢竟，它與你們不相干。」

「不相干？」

「因為你並不待在那個小屋子裡，所以才能喚醒他們。不管那個從出生到死亡都活得痛苦的孩子是誰，他都不會是你。後悔自己誕生的孩子，也不會是你。」

我依舊沉默的不斷眨著眼睛。

「像是愛啦、意義啦，人為了相信自己想相信的，就做得出這種事，別人的痛或苦根本無足輕重。」

善百合子用若有似無的聲音輕輕說道。

「你們想怎麼做？」

周圍的空氣彷彿比剛才更重了，貼在全身的汗水彷彿增加了黏度，散發出淡淡的胃液氣味。也許是因為從早上就沒有吃任何固體食物，所以胃酸分泌過多，但是胃部一帶只有微微的摩擦感，並不覺得餓。一摸鼻子便感覺指尖黏了皮脂，大約是能讓食指指腹滑動的量。

「再也不該，」善百合子小聲的說，「任何人都再也不該喚醒他們。」

雨開始下了，但是其實是薄霧般的雨，除非凝目看著光源否則看不見。我們各自坐在長椅的兩端，久久都不曾動過。善百合子看起來既像在深思，又像是一味凝視著灰白浮凸、空無一物的地面。遠方某處隱約響起了雷聲。

從六月底到七月初，我發了高燒。

晚間升到近四十度C，三十九度上下整整維持了兩天，又過了三天才降成低燒。上次這麼明顯的高燒，早已久遠得想不起來了，所以剛開始體溫升高時，並沒有察覺到自己在發燒。突然間頭痛欲裂，肚子下難過得連椅子都坐不住，手腳的關節隱隱刺痛，心想有點不太對勁，一量體溫，溫度計顯示三十八度C。

夏日白花花的光線充溢窗口，我在走出一步好像整個肺都要蒸發的熾熱中，忍著突然發作的惡寒，走到便利商店買了寶礦力粉末和能量果凍，然後又去藥局買了營養飲料，回到家時，發冷更加嚴重。我從棉被櫃裡拿出冬天的家居服和棉被。

沒有段落的一天，在發燒中時而拉長時而縮短，而且還會柔和的扭曲。發燒之後，完全不知道過了多少個小時，自己到底處在哪個時間點。我告訴自己，還是去醫院好了，但最後還是躺在棉被裡等待熱度退掉。我也沒吃退燒藥，因為我想起從前不知在哪裡讀過，發燒是身體在對抗病菌的反應，所以就算吃藥退燒，也只能獲得一時的紓解，沒有別的意義。我把寶礦力粉末倒進寶特瓶用水融解後，稀釋成一大瓶，只要一醒來就喝。搖搖晃晃的走去洗手間，換了好幾次內衣和家居服，然後又躺回棉被裡睡著。

熱度慢慢降低後，我拿起放在枕邊的手機，因為沒有充電，電池只剩下十三％。打開信箱也只有幾封廣告和商販郵件，沒有遊佐的信，沒有仙川的信，沒有卷子或綠子，當然更沒有逢澤的來信。

雖然可想而知，但我發燒之前和之後，世界沒有任何變化呢，我不禁如此想著。當然，那是當然的，可是即使沒有任何變化，但一想到我發燒將近一星期，而這世上沒有一個人知道，莫名有些難以置信的感覺。昏沉的大腦試圖思索它的難以置信，然而腦袋不太運轉得起來。於是，漸漸湧起奇妙的感覺，這星期我真的發過燒嗎？這樣的念頭閃過腦際。當然，我在發燒一直臥床不起，廚房散落著寶礦力的袋子，房間角落丟著吸收了汗、變得軟趴趴的家居服。如果量體重應該會少好幾公斤吧，照鏡子的話臉頰會削瘦吧。但是，我想，真的沒有人知道我發過燒這件事。我若對人說發燒了，應該沒有人刻意懷疑吧，大家多會想「原來如此」。但是卻沒有人知道我在這兒發燒的事實。

不久後，奇怪的淒涼感襲來，心情就好像獨自被丟棄的小孩子，一個人傻站在沒有人煙的陌生街角。橘色的暮色變得混濁，一點一點拉長的影子即將逼過來，像在暗示著什麼。我在難以言喻的不安中可以清晰的想像，從街角看見家家戶戶晦暗屋頂的形狀、圍牆暗沉的灰色，和照不出影子的冷清窗子。莫非我真的站在街角過？還是全都是想像？但我已無法分辨了。

在高燒的夢囈中，善百合子幾次出現在我的心中。

如波浪般湧起撲來的記憶和情景片斷發出混濁光芒當中，驀然出現的善百合子，穿著和那一夜相同的黑洋裝，一直凝視在腿上交叉的纖細手指。而我也和那天晚上一樣，什麼話也沒說。但是，那並不是因為我必須說些話反駁她卻找不到適當的話，並不是那樣的——而是因為我覺得我了解善百合子在說什麼，因為我認為也許她說得有道理，因為我的心底深處，了解她說的話和她的想法。

在高燒輾轉反側中，我不停的想，也許應該把這想法告訴善百合子，但是，該說什麼才好呢？她的肩那麼單薄、白皙的手臂又直又細，輕輕併攏的膝蓋骨如同小孩般瘦小，看著她，我覺得把自己的所想所感說出來，會是個嚴重的錯誤。只要告訴她「你說的話我都懂」就好了嗎？但是，這句話對她而言有什麼意義呢？善百合子像孩子一樣用小手托住腮幫子，凝視著公園的暗處。不是，我想，並不是，不是那樣，並不是她的手像孩子一般小，而是善百合子真的是個孩子。幾個黑影的後面關上的車門，發出喀嚓一聲鎖上的冷冷鑰匙聲，聽在還是孩子的善百合子耳裡。後座的窗外，平穩流過遠方上空、不知何時完全變了形狀的雲，都映在還是孩子的善百合子眼中。

她聽得見外面傳來的孩子們笑聲，看得見他們小小的身影，問你喔，這裡和那邊真的是同一個世界嗎？河邊茂密的野草們到底在想些什麼呢？它們一直長在同一個地方，永遠不動的。我在想些什麼呢？凝望中，善百合子想起有一次媽媽拉著她到一個草原上，湊近嗆人的野草氣味，和一片片光亮的葉子，善百合子向著不知名的草花吹著氣問：欸，我和你們有什麼不一樣呢？你會痛嗎？我會痛嗎？欸，痛到底是什麼？風和氣息只是搖擺，沒有回答她的問題。然後降臨的夜一片昏暗，通往森林的路更暗。善百合子的小手輕輕捏著我的手，往森林的深處走去。轉眼間出現了一棟小房子，善百合子偷偷的把臉靠近窗口向裡頭窺探。她的表情放心的和緩下來，無聲的呼喚我。她把食指輕輕靠在唇上，溫柔的搖搖頭。孩子們在屋裡睡著，他們閉起柔軟的眼皮，小小胸膛安靜的相依相偎睡著。她微笑說，沒有人會痛了。她微笑說，這裡什麼都不會有，沒有開心，沒有悲傷，也沒有永別。然後她放開我的手，靜靜的推開小門，一溜煙的滑了進去。她悄悄的躺在沉睡孩子們中間，然後緩緩閉上眼睛。不會再痛了，誰都不會再痛了。她伸直的雙腳越來越小，我的眼睛眨也不眨的看著這一切。包裹孩子們的睡眠薄膜，隨著每次呼吸而變厚，溫暖濕潤的黑暗，將孩子們的身體溫柔的包住。再也不會，不論是誰再也不會痛了，再也不會——就在這時，毫無預警的響起了唐突的敲門聲。有人在敲門。那敲門聲保持一定的間隔，沒有遲疑的強烈的響著。那聲音搖撼屋子，在森林中傳開，穿過幾千幾萬棵樹木間，不久後傳遍了整座森林。那個人抱著堅定的意志不斷敲門，就像在沉默與沉默間釘上柔軟的釘子，他敲的應該是小房子的一扇小門，但那聲音——猶如只能向世界告知一個時間的鐘一般不斷的響著。屋子在搖晃，眼皮在震動，停止，我用發不出的聲音叫喊，停止，別再敲了，別叫醒他們——下一秒鐘，我在激烈的胸口起伏中醒來。眨了眨眼，看見天花板吊著熟悉的燈罩，窗外的光雖然明亮，但是不知道是一天中哪個時辰的光。我察覺電話在響。反射性的抓起手機，同時看到逢澤潤的名字。

「喂。」我吐了一口氣說。

「夏目小姐。」

從耳邊的電話中聽見逢澤的聲音，我聽見逢澤在叫我的聲音，但是，為什麼逢澤會叫我的名字呢？我一頭霧水。感覺就像是頭蓋骨與大腦的空隙間，塞滿了黏稠的果凍，所以一切都處於暫時麻痺的狀態。我緩緩的吸了一口氣，又眨了幾次眼，轉動眼珠子，右眼後方閃過一陣巨痛。

「發燒，」我說，「我一直在發燒。」

「現在嗎？」逢澤狀甚擔心的問。

「現在可能退了。我睡了很久。對了，今天……現在是幾點鐘？」

「我吵醒你了嗎？對不起。」逢澤說。「現在是早上，早上的九點四十五分。你再睡吧，我掛了。」

我發出含糊的聲音。

「你看過醫生嗎？」

「我想靠自己，」我說。胸口還在噗通噗通的狂跳，但是跟剛才比起來，手腳好像有漸漸恢復的感覺。

「──用寶礦力的粉末。」

然後，逢澤問了我會不會想吐等幾個問題，不過內容全都進不到腦中。我只感覺逢澤的聲音比話語的意義更快充塞了耳朵和腦袋，這個聲音好久沒聽到了，一想到此，頭皮又慢慢發麻起來。最後一次見面，還是非常美的新綠。也就是說那是春末之時，而現在已經是夏天了，後來就沒再見面──逢澤用郵件和 LINE 聯絡了我好幾次，但我漸漸的無力回信。

「我想已經沒事了。因為我一直睡。」

「如果，覺得哪裡不太對，還是讓我幫你看看吧。」逢澤說，接著沉默了一會兒。「──我是不是先掛了比較好？」「不用。」我說，「我也該起來了，沒關係──燒好像退了。」

「你吃東西了嗎？」

「發燒吃不下，不過等會兒好像可以吃點東西了。」

「如果不方便的話，我幫你買點必要的東西，送到車站，或者是你告訴我地址，我掛在你家門把上──」逢澤說到這兒，又立刻接著說，「不過你也許不願意，不用勉強，只不過如果有需要，我送到車站。」

「謝謝。」

「聽你的聲音似乎比較有精神了。」逢澤鬆口氣似的說。

然後我們斷斷續續說起了彼此的近況。從逢澤說話的口氣，似乎並不知道兩星期前的晚上，我見到善百合子的事。逢澤說他幾乎沒有休息，盡最大的可能一直在工作，也告訴我某天半夜去看的一部電影，但是完全沒提到善百合子，我也沒有問。

接著，他說他把我的書重新讀了好幾次，每讀一次就有新的體悟，感覺好看的地方也增加了。從語調中感覺得到平靜的熱力，傳達出逢澤真的這麼認為。聽見逢澤對我的小說這樣的評述，剛開始只是反射性的害羞，但是漸漸的心情變得既淒涼又苦澀，像是聽著與己無關的他人的工作內容，彷彿自己寫小說，小說出書，和寫小說姑且成了一份工作，還有想寫小說的那份心情，全部都已經結束了——感覺那已經是很久以前的事了。

我告訴他和卷子為了一點小事吵架，但沒有說原因。我解釋說，為了芝麻大的無聊小事，起了一點摩擦，就把電話掛了，到現在近兩個月了也沒聯絡。

「令姊一定很擔心吧。」

「因為我們幾乎從來沒有吵架過。」我說，「不太知道要怎麼和好或是重新開始的方法。」

「每次聽你說起姊姊時的感覺，都讓我感覺你們感情很好，」逢澤微微笑了說，「與外甥女也沒有聯絡嗎？」

「我們平常互動得也不頻繁，只是偶爾 LINE 一下的感覺，也沒有因為這次吵架特別和她聯絡。」

「那麼，也許她並沒有聽令姊說起什麼。」

「有可能。」我說，「可是，八月底是綠子的生日，我們說好那一天我會回去，超久沒回去了，三個人會一起吃飯。聽說綠子非常期待，所以我也很想回去。」

「綠子的生日是哪一天？」逢澤問。

「三十一日。」

「不會吧？跟我同一天。」

「真的假的？」我吃驚的反問，「八月三十一日？」

「嗯，每年暑假的最後一天。原來你外甥女跟我同一天生啊——不過年分就差得遠了。」

「非常。」我笑道。

接著，兩個人不由自主都沉默下來，安靜了一會兒。我想起前不久去超市的歸途中在郵局買了紀念郵票，便說起了這事。平時並沒有在收集郵票，也沒有寫信的對象，不過偶爾會繞過去看看。聽我這麼說，逢澤發出頗感興趣的聲音。

「你家附近有郵局嗎？」

「有，不過很小，腳踏車停車場的斜對面，」我說，「郵票很漂亮呢，下次逢澤先生不妨去看看。」

「好啊。」逢澤說，「不過我暫時不會去三軒茶屋，可能去附近的郵局轉轉吧。」

「你暫時不會來三茶這邊？」

我猶豫著該不該問，但還是問了。「但是——善小姐不是住在這兒嗎？」

「我們有段時間沒見面了，應該有兩個月以上了吧。」

逢澤說話的聲音好像比剛才小一點。我說不出「是嗎」、「為什麼」只能再度沉默。

我以為是不是與我跟著她之後說的話有關係，然而逢澤說，他們至少兩個月沒見面了，而我見到善百合子是在兩星期前，所以直覺認為不可能是直接的原因，但是心頭總覺得有些暗淡。

「在協會那邊也沒有碰過面嗎？」過了一會兒，我問。

「對，」逢澤回答，「我已經不去協會了。」

「有什麼不再見面的原因，還是為了什麼事吵架？」

「夏目小姐和我最後一次見面，是在四月底。」

逢澤停頓了一會兒，用非常平靜的口氣說。

「那是個溫暖的日子，春天與夏天的所有優點完美交集的美好一天。駒澤公園我去過很多次，但是那天的心情卻彷彿第一次來到期待已久的地方。附近的綠意與遠處的綠都很美，光是步行——動動手、動動腳，可以深呼吸，可以看到各種事物……對我來說真的是美好的一天。

「但是，從那天之後，突然就與你聯絡不上了。剛開始我以為是你工作忙，又想不可以打擾你，總之我這樣告訴自己，也傳了好幾次 LINE、發了郵件給你。但是，還是沒有收到回信的感覺。」

我含糊的應了一聲。

「是不是我做了什麼失禮的事？還是做了什麼多餘的事？我想破了腦袋，能想到的都想了，但是還是找不到原因。不過，就算沒有明確的錯誤，會不會是你覺得跟我見面說話很麻煩，覺得討厭了，這種心情上的變化也不是不可能……若真是如此，我想，我就不能再跟你聯絡了，如果是我想錯了，夏目小姐也許會主動聯絡我吧，我是這麼想的。」

「正好那個時節有機會在四月底的聚會上跟幾個成員會合，在那次談話中出現了一點意見相左的地方，沒什麼大不了的事，也不是具體的問題，而是籠統的談到今後的活動。但是，那次對話給了我審視各種想法的機會，以前從來沒有這麼深思過，但是，這一年來無意中感受到某種違和感，它與那次對話在我心中漸漸結合在一起。」

「是類似協會的活動方針嗎？」

「不是，」逢澤說，「完全是我個人的感受，協會本身還是一如既往，十分單純，不會有任何改變。當然，這個活動有其意義，我們的感受也有意義，知道別的地方也有與我相同的人，經由認識他們，我也真的因此得救，這是事實。」

我點點頭。

「但是，我漸漸感到困惑不解，」逢澤說，「所以，我心想，也許和活動保持距離，或說稍微離開一陣子會比較好。協會裡的人，大家都是很好的人，不過，離開一會兒，有時間在與其他當事人沒有關係的地方，一個人面對自己的問題也許也不錯。倒不如說——我改變了想法，希望從根源重新找出自己的問題到底在哪裡。所以我告訴他們四月聚會之後，我暫時不會再參加了。」

「也不見善小姐？」

「對，」逢澤說，「她只說，既然你決定了，其他什麼話都沒說。但是，我感到非常的內疚。我並沒有做什麼壞事，而且我的想法也很合理，大家也都贊成我，什麼問題都沒有。可是，我不論如何都拋不開那種愧疚感。而且每次一想到善小姐，那種罪惡感便會越來越膨脹，最糟糕的是，」逢澤在電話另一端輕輕呼了一口氣：

「與她不再見面、不再說話，我並不覺得難過。甚至——我還發現自己鬆了口氣。我難過的是——」

此時，逢澤再次輕輕呼了一口氣。

「我不能再見到夏目小姐——這讓我很痛苦。」

我的手機依然靠在耳邊，但是沒說話。

「可能我說了非常失禮的話，或是錯得離譜的話，」逢澤靜靜的說，「但是，這就是我現在一直在思考的事。」

我大大吸了一口氣，然後屏住呼吸，閉上眼睛。接著才緩緩的把身體裡的空氣吐出來。逢澤說的話就像是做夢。真像做夢啊，我將它化成語言暗忖著，但是，立刻又轉變成不可自拔的悲傷。逢澤說的話在腦中一再盤桓，但我一再搖著頭，然後心情更加的悲傷。如果，我心想，如果我比現在更年輕，在更早的從前就遇到這個人的話。

這麼一想便心如刀割，如果更早認識的話。但是，那會是什麼時候？什麼時候才是對的時候呢？更早是多早呢？十年前嗎？難道是與成瀨相遇之前嗎？什麼時候才對呢？我不知道，但是，我心底強烈的感覺，如果能在我變成這副模樣之前遇到逢澤就好了。然而這也不是我能夠決定的。

「駒澤公園真的很美對吧。」我說，「四月二十三日，真的是非常完美的一天，平靜、暖和，好像可以走到天荒地老的一天。我，」接著，胸口揪緊，我深深吸了一口氣。

「我──讀到逢澤先生的那句話時，從那時開始就喜歡上逢澤先生了。」

「話？」逢澤小聲的問。

「『身材高大、單眼皮、擅長長跑，有沒有人有頭緒？』──逢澤先生尋找父親時說的話。」

我深深吸了一口氣：

「不知道為什麼，就是忘不了，儘管我不可能了解逢澤先生的心情，也不相干，但是就是忘不了。每次想到這句話時就忘不了為了尋找自己其中一半，但線索只有三個的那個人。我的眼前一次次的浮現出一個人的背影站在空無一人、沒有盡頭的地方。雖然從來沒見過逢澤先生，但我卻忘不了你。但是，」我陷入漫長的靜默，逢澤耐心的等著我往下說。

「……我的這份心意沒有通往任何地方，即使你說你想見我，把我放在心裡，即使你說的話就像是做夢一般，但是我卻不能讓它成形。」

「成形？」

「我想我沒有成為那個人的資格。」我說，「我做不到平常人做的事。」

我搖搖頭：

「我做不到。」

逢澤正要開口，我便打斷他繼續說：

「孩子的事──也是，想要孩子，想見到孩子，也許我心底早就知道，這些想法我都不可能做到。也許我早就知道，這件事太荒唐，完全預測錯誤，亂七八糟的，這件事全都是白費力氣、自以為是、大錯特錯。然而我卻像個傻瓜似的興高采烈、樂在其中，以為自己也許能做到，也許自己不用再孤單了，也許自己真能見到某個特別的人物。」

「夏目小姐。」

「但是，事實是，」我咬著唇，「我知道這種事從一開始就是不可能的，我知道自己根本做不到。所以，為了斷絕所有的念頭──也許因為這樣，我才會去找逢澤先生。」

「夏目小姐。」

「我們，」我從心底勉強擠出這句話。

「不要再見了。」

電話掛斷之後，我呆滯的望著天花板的汙漬快一個小時，夏日的銳光在窗簾起伏如浪，房間裡靜謐無聲。

我坐直身體站起來，覺得自己好像不在自己的身體裡，或者說有種待在別人身體裡的感覺。我搖搖晃晃的走到浴室，沖了熱水澡。把頭髮沾濕，擠了洗髮精抹在頭上，但是幾天來流的汗和油脂凝結在頭髮上，加了好幾次洗髮精都搓不出泡沫。映在鏡子裡的身體看起來縮小了一圈，腰部的肉變少了，肋骨隱隱浮現，色斑和黑痣好像都變得更深。

從浴室出來，我花了很久時間把頭髮吹乾，真的很久。回到房裡靠在懶骨頭上，再次仰望天花板，除了眨眼睛什麼事也不做。接著又看到屋裡的各種事物，壁紙是白的，有書架，右邊有書桌，看得見好幾天沒碰的電腦黑色螢幕。扭成一團的棉被周圍有寶礦力喝剩的杯子，好幾坨衛生紙屑，和擦汗的毛巾，腳邊丟著髒衣物，我把兩手擱在肚子上，靜靜的閉上雙眼。手心下面的皮膚涼冰冰的，感覺不到熱度，淨是些沒有指望的東西。

我站起來走到書桌前坐在椅子上，把身體靠在椅背，就這麼靜靜待著。把丟在桌上的筆放進筆筒，又打開抽屜。抽屜裡放著便利貼、銀行存摺和迴紋針，還有忘了何時紺野送我的鈴蘭剪刀。我把收在下面的筆記本抽出來翻開，有一篇很久以前——真的已經很久了，酒醉後寫的短文。我注視著那篇文章一會兒，然後把那一頁撕掉，折成兩折。然後折成四折、折成八折，折到不能再折為止後，丟進垃圾箱的底下。

16 夏之門

得知仙川小姐過世的消息是在八月三日。

下午兩點多接到遊佐打來的電話，我正在房間裡看書。怎麼回事，我說。怎麼會，我問。我也是剛剛才聽到的，遊佐說。剎那間，自殺兩字莫名的浮現在腦海，接著出現的是意外。我沒來得及問，遊佐就回答了。

「在醫院，我一點也不知道這件事。」

「生病嗎？」我聽到自己的聲音在微微顫抖，「她生病了嗎？」

「詳細情形我晚點再問，」遊佐說，「只知道五月底檢查時發現癌症，馬上就住進醫院。」

「五月底，那不就是在遊佐家見面後嗎？」

「對，」遊佐不安的說，「聽說那個時候，已經轉移了。」

「什麼？哪裡？」我搖著頭說，「那就是說仙川小姐也不知情囉？」

「好像是——夏目，你等等，有電話進來了，我再打給你。」

電話掛斷後，我還是怔怔的站在房間正中央，凝視著手上電話的畫面，直到按下主頁面，畫面變暗為止。我有股必須打電話給別人的衝動，但是，我能打電話的對象，一個都沒有。

我把手機和錢包放進手提袋，套上涼鞋，家居服也沒換就這麼出門，在附近漫無目標的走著。不到一分鐘腋下就開始濕了，汗水從背流到腰部。天空掛著淡淡的雲，陽光感覺較為溫和，即使如此，夏天的熱氣還是如同用浸濕的手帕蓋在臉上般黏在全身，我不斷擦著黏濁的汗。

半路轉進一家超商，在店裡繞了一圈後出去，又去了別家超商，重複了好幾次同樣的行動，不知多少次拿起手機，邊走邊檢查遊佐有沒有來訊。走到自動販賣機買了水，在路樹的陰影下喝，然後試著打給仙川，但是通話鈴沒響就切到留言服務，聽得到訊息。最後我就這麼在街上徘徊了一個小時才回到家。

遊佐到了晚上六點半才再次來電，螢幕亮起的同時，我拿起了手機。

「對不起，這麼晚才打。」遊佐說，「唉——各種流言蜚語傳來傳去，應該說知道內情的人根本很少。」

我在話筒旁點頭。

「按照順序說的話——話說回來，我也不知道是不是順序。仙川小姐是在昨天晚上過世的，聽說是多重器官衰竭，但主因還是癌症。五月底，發現肺部罹患癌症住進醫院，後來出院一陣子，兩星期前好像轉到另一家醫院再次住院，但就沒有出來了。」

「實在太奇怪了。」我搖搖頭，「因為連假結束見面時，她還那麼有精神，竟然已經癌症末期了？一點兒都沒發現？」

「她知道癌症之後，詳情也只告訴公司的幾個人，對外面的人都沒講。上次是什麼時候呢，一個月前吧，我寫了郵件給她，談些不相干的事，她也正常的回信了，至少我完全沒有察覺到，她不讓我知道。」

「這兩個月，一直向公司請假嗎？」

「應該是，所以剛才我打電話給另一個作家——仙川小姐負責的作家，有一個我認識，我聯絡她打聽了一下，她說六月初正要開始做校樣的時候，仙川聯絡她，一再的道歉說這麼關鍵的時刻，能不能暫時更換執行編輯。又說沒什麼重大的事，只是老毛病氣喘惡化了，需要療養。這位作家爽快答應了，還勸她一定要好好休息。仙川還笑著說，難得有這機會，一定會好好休個夠。她還說應該是盂蘭節假期後就能上班了。她還叮囑這位作家，她不想引起太大注意，所以請別告訴別人。」

我用手心遮住臉，吐了一口氣。

「仙川小姐一直在咳嗽。」遊佐說，「有時候我覺得她臉色差，好幾次也因為擔心而叫她去檢查，不過都只是閒聊時順便提到。說了幾次之後，她告訴我都有定期到醫院去檢查，沒有問題。臉色差是因為貧血，也有在吃藥，咳嗽則是氣喘的老毛病，又說只要工作少一點，好好休息就會好。平時有固定看診的醫院，也會定期去看診，叫我不用擔心。後來覺得有點不對勁，去做X光檢查時，肺部出現了好幾處像雪人狀的陰影。」

「她的確一直在咳嗽，」我小聲的說，「一想起來，她經常咳，也經常說那是氣喘或是壓力。」

「就是呀，」遊佐嘆息道，「對了，後來發現已經轉移到腦部，而且出現麻痺的症狀。」

哎，我說，然後就不知怎麼接下去了。我們倆沉默了好一陣子，聽著彼此微微聽得見的呼吸聲，遊佐身後傳來庫拉的聲音，還有女人在說話的聲音，也許是遊佐的母親。

「剛才也和仙川公司裡與她交情最好的同事談過，」遊佐說，「仙川罹癌的事，連她都瞞著，住院的事也說得很含糊，只說住院檢查，沒什麼大不了的，因為氣喘和貧血嚴重，接下來在家裡療養，又叫她不要對其他人說。仙川請假之後，跟她聯絡了好幾次，最後一次是在七月中，內容也很普通，沒有一點不自然的地方。」

「葬禮呢？」我問。

「據親屬的意願只辦家祭。」

「也就是說不對外公開？」

「嗯，我也和剛才告訴我的公司同事確認過，基本上親屬沒有直接通知訃聞或葬禮的人，就不能前往。」

「怎麼會，」我問，「這不是仙川小姐的意思吧？」

「應該不是，」遊佐說，「因為一切發生得太突然了，他們才正打算重新訂定治療方針，就這麼走了。聽說轉移到頭部，其他地方也有，所以要進行放射性治療，正討論到這裡，所以仙川小姐和家人都沒想到會這麼突然。」

「原來是這樣。」我說。

「夏目，你最後一次和仙川小姐說話是什麼時候，討論工作嗎？」

「最後，」我抬起頭，嘆了一口氣，「就是在你家。最後一次見面和說話都是那一天。」

「我和她比較正式的相聚，也只有那一天。」

「遊佐，你會去葬禮嗎？」

「大概不能去。因為在工作上比我更親近她的人也都不能去了。」

我們再次陷入沉默。

「公司的人說，等事情告一段落之後，也許會考慮開個送別會。哎喲——」

「唔？」

「我實在是，」遊佐吸著鼻子說，「無法相信。」

「嗯。」

「這不像仙川小姐的作風。」

「嗯。」

「她絕對沒有留下遺書的吧。因為她根本還沒有打算死啊。」

「嗯。」

「明明自己看了別人寫的東西，尖牙利齒的大肆批評呢。」

「嗯。」

「結果自己的事卻絕口不提。」

「嗯。」

「突然就這麼走了。」

「嗯。」

「她自己都沒想到吧。」

我想起了母親和可美外婆，兩人都知道自己得了癌症，但是她們都不知道自己的病多麼嚴重，病情多麼危急，沒有得到完整的說明與治療，連自己將會面臨什麼都不清楚就過世了。笑橋外圍一家沒有完整設備的老舊小醫院，可美外婆和母親躺在大房間裡，吊著點滴蜷縮著身體，一轉眼就走了。我想起醫院青黑色的磁磚外牆，以及從覆蓋的床單下隱約看見兩人已經變冷的腳趾。

「可是太快了呀。」遊佐帶著哭腔說，「如果我在小說裡用這種節奏描寫場面，一定會被編輯挑剔，發展速度太快了。」

「嗯。」

「夏目，」遊佐說，「——要不要來我家？來我這兒。」

「去你家？」我問。

「庫拉也在，我媽也在，來吧。我們一起吃飯。」遊佐好像在哭。「庫拉也在，你來嘛，一起吃點東西。」

「謝謝，遊佐，」我的右手掌按著臉頰說。

「不用謝，坐計程車來。」

「嗯。」

「現在。」

「遊佐，謝謝。」我說，「可是，我覺得今天還是待在家裡比較好。」

掛斷遊佐的電話，我發呆的看著窗外一會兒，做了簡單的東西吃了。吃到一半胃開始不太舒服，便去淋浴，毛巾包著頭鑽進被窩。

離夜晚來臨還有點時間，窗外的色調漸漸染上藍色，夏日的暮色溢滿整個房間，這種藍色到底是從哪裡來的呢，我如此想著。

閉上眼睛，便浮現仙川的臉。每個仙川都在我腦海中微笑。怎麼會這樣呢，我想著，我們曾經笑得那麼開懷，談工作的時候，面對面談小說的時候，雖然仙川大多給我一本正經的印象，可是現在浮現在腦中的，不知為何都是仙川的笑臉。

我想起走在耶誕節燈飾光輝燦爛的表參道上時，仙川讚嘆著它的美麗，回頭給我一個甜笑。

我想起當時，心想原來人可以笑得這麼甜。然後，她燙成大鬈髮時也見過。我說真適合你時，她雖然害羞但還是開心的笑了。是啊，我們真的經常笑啊。凝視著漸漸藍得深沉的窗，我這麼想著。

仙川死了，剛才與遊佐說的話全部是真的，是事實，我知道我必須這麼想，但是腦筋就是轉不過來。頸部以上會產生悲傷或痛苦情感的部分停止作用，感覺自己只剩下身體，而且身體好痛。既沒有被人打也沒有撞到，而且一直待在安全的地方，像個物體般躺在棉被裡，但是身體還是好痛。宛如肋骨下的內臟瘀血腫成青黑色，不斷從內側頂到肌肉、脂肪和皮膚，就要衝出體外。

在深藍的夜影中，我拿起電話找出以前與仙川交流的電子郵件，然後靜靜的吃了一驚。我明明記得有很多交流，但是可閱讀的仙川來信只有七封。

每一封信的內容都只有寥寥數行，十分簡潔，但是，我想，也許確實沒錯，仔細一想，正確的說我和仙川小姐並不是一起工作，只是工作之前還沒有成形的階段，進行若有似無的交流。縱使我們見過很多次面，談過很多事，但是卻沒有在任何地方留下痕跡，而我現在才發現，自己連一張仙川小姐的照片都沒有。不只如此，她寫的字長什麼樣——雖然看過寄來的信件或宅急便上寫的字，但是那些都不復留存，我連她的筆跡都沒有印象。明明我與仙川小姐見過那麼多次面，談過那麼多話；明明她是我極少數——真的是極少數算得上朋友的重要好友，我對她卻一無所知，沒有留下任何東西，也已經無法再驗證了。

樓梯——仙川小姐從綠之丘車站的樓梯追上來，在月臺上找我，她的身影成了我看見她的最後一眼。她骨碌碌的轉動脖子到處找我，我們的目光只對上一秒，然後我便低下頭把臉藏起來。之後，為什麼她不再聯絡我了呢？明明有道理的是她，而錯的是我。如果那時候我沒有逃開，開誠布公的和她把話說清楚呢？那一天的時間並不晚，我們可以走到下一站，說不定我可以說「是我一頭熱，對不起」，或是「一時又喝多了」向她道歉。那時候若是能坦誠的與她告別，她住院之後，說不定會跟我聯絡。我也許能聽到她說些什麼。這麼一想，便心痛如絞。不過，誰知道呢，說不定仙川根本不想跟我這種人聯絡，也許她根本不想告訴我要緊的事，也許我的事根本一點也不重要。只有我把她當成朋友或重要的人，對仙川小姐而言，我也許只是個可有可無的存在，也許是她多個工作對象中，什麼也不是的一個人罷了。

深夜，她曾經突然來電，一起到地下酒吧喝酒。仙川喝醉了，寒意尚在的二月晚上，我一頭濕髮前去赴約，店裡黑乎乎的，只有燭光微微搖曳。我們談了很多，然後在同樣黑暗的洗手臺前，仙川小姐抱住了我。我在不自知中傷了她的心吧。仙川希望我為她做些什麼吧？有什麼話想告訴我吧？還是說那只是個完全無意義的動作呢？其實是生我的氣吧？小說遲遲寫不出來——是啊，小說，我想。我最後還是沒能完成小說，沒能交給仙川讓她讀過。也許她並不指望我，也許並沒有超越編輯工作的情感。不管是真心或是假意，但是只有仙川小姐會對我的小說給予那種鼓勵和等待，近三年前的那天，同樣這麼熱的夏天，仙川小姐過來，來見我。時間都過了三年，三年了呀時間，我沒有給她任何回報，沒能問她的任何想法，仙川小姐便已香消玉殞。

我躺在被窩裡，直到晚上還在思索這些事，後悔、懷念、不捨的心情湧上來，然後又是後悔。一絲睡意也沒有，手腳無力，腦袋還是空白一片，但是時間過得越久，眼睛卻越是清亮，彷彿連結眼球與大腦的血管和神經產生了白色光暈並且膨脹。幾次起床上廁所時，總覺得大門外有人的動靜。如果喀嚓一聲打開門，說不定就會看到仙川小姐吧，我如此想著。事實上我真的去開了門，當然仙川小姐並沒有來。

在昏暗的屋子裡一直睜著眼睛，好幾次都感覺腦中想像的種種事物，似乎會與實像結合，映現在眼睛上。也許過了一會兒我打起瞌睡了，但是，我知道我置身在某個奇妙的風景裡，是腦中的情景，並不是夢。我待在天花板挑高的餐廳裡，大圓桌上鋪著白布，沒有食物也沒有飲料，仙川小姐坐在我隔壁，我對仙川小姐說，為什麼什麼都不說，就那樣死了呢？我夾雜著想哭和生氣的情緒向她訴說。夏子小姐，我也沒辦法呀，仙川一如平常露出為難的笑容，擔心我似的瞇起眼睛。遊佐坐在對面的位子哭腫了眼睛，但是仙川小姐似乎並沒有看見遊佐在哭。遊佐與我們同桌，但卻是獨自不斷的流淚。她的隔壁坐著抱著庫拉的善百合子和紺野小姐。紺野小姐拿起銀色的鈴蘭剪刀，把白紙剪得細細的，想剪一個花朵的圖案。遊佐並沒注意身旁有什麼人，但是善百合子一手拍著哭泣的遊佐，喃喃的說，真可憐。善百合子並不是對任何人說，而是如同自語般悄聲的說，真可憐啊。或許是吧。仙川微笑道，但是已經不會痛了。雖然抱著庫拉的善百合子一直拍著遊佐的背，但是遊佐仍舊晃著肩膀哭個不停。

突然間，我又感覺廚房有動靜，便起身過去。腦中一直有滋滋的感覺，好像大腦在放電。如果看見事物的基礎，是依據腦內物質與刺激的種類來決定，現在的我看見任何東西也不奇怪，好像我看到平常看不見的東西、不存在於現實中的東西也沒關係。但是，我從來沒有在這種時候看見任何東西，可美外婆和母親過世一段時間後，我也在無眠的夜裡感覺到動靜，於是在屋裡到處探看、開門不下數次，可是從來也沒看到可美外婆和母親的影子。是的，兩人死了之後，我就沒再看過兩人，見不到兩人。這麼一想，我開始覺得這件事錯得離譜，非常不合理。只不過是死了，從此之後的二十多年我都沒見過可美外婆和母親，也沒和他們說過話。我突然有股想大叫一聲的情緒，只不過是死了嘛！我靠在冰箱上，凝視房間的角落，但是，連一個搖晃的影子、一點聲響都沒有。

逢澤先生，我想著，現在在做什麼呢？他應該在晚上的診所待命吧。我想起他說過，晚上請他出診的話，到達時病人幾乎都已經死了。只不過是死了，就不能見面或者消失，你不覺得很奇怪嗎？我想問逢澤這個問題。我想對逢澤說，一個我很重視的人突然走了，雖然不知道仙川小姐對我是怎麼想的。重視的人——不，我想，我真的重視仙川小姐嗎？這麼一想，我害怕起來，我真的重視她嗎？真的嗎？重視一個人究竟是什麼意思？不知道，不知道。你說，到底是什麼意思呢？我想問逢澤先生。

現在如果逢澤就在附近該有多好啊，我想。光是這個念頭，就令我泛起淚光。但是，那只是徒勞的感情，再留戀也沒有用的感情，只是不值一提的傷感罷了。因為先說以後不要再打電話和見面的是我，而且，後來逢澤一次都沒有聯絡過。不只如此，七月中旬，我在車站前看到逢澤與善百合子在一起，從星巴克的玻璃窗發現兩人的身影，我立刻逃離了現場。逢澤告訴我他想我，不能見我很痛苦，但是，那只是一時的迷惘或是衝動，他一定是重新思考過最想在一起、最應該在一起的人是善百合子。逢澤雖然還活著——應該還活著吧，但如果以後再也不能見面的話，以後再也看不到他的話，他又怎麼能算是活著呢？

突然間——我湧起了一個疑問：我真的不能與逢澤做愛嗎？一時間心跳加速，臉頰發熱。我真的永遠不能做愛嗎？突然間我思潮起伏。

事情過去這麼多年，不能做愛說不定只是我的臆想，也許現在的我已經改變了——難道沒有這個可能性嗎？我呆站在漆黑的廚房思考著這個問題。我把短褲褪到大腿剩下內褲，將手伸進裡面，然後用指尖探觸性器。摸到柔軟的肉，有裂紋，在指尖上加重力道的話，好像會再往深處進入，有皺摺，有小小的隆起，但是只到這裡，即使用中指或食指按壓、揉捏或輕撫，那裡都沒有動靜。性器的周圍感覺得到熱氣般的朦朧潮濕感，但可能是氣溫太高或是汗水，不管怎麼樣，心情上都沒有任何變化。

我保持著那個姿勢思索著性交這回事，但是越想越覺得迷糊。說起來，能性交與不能性交是什麼意思？如果從肉體上來看，我是個成年女人，具有正常的性器，所以從生理上來說應該是可行的。那麼，應該辦得到囉？不對，我想。我的性器，我剛才探觸、確認的性器，好像不是用於那種事情上。我身體的這個部分，並不是用於那種事情上。我很明確的這麼認為。性器官從我兒時就有了，儘管大小形狀不一樣，但是從小我就有性器官，這一點一直沒有改變。小時候不用它很正常，為什麼現在的我不用它就有問題呢？我的一部分只是因為沒有改變，為什麼它就這麼奇怪呢？

為什麼這裡會有這樣的重疊呢？為什麼重視一個人的心情與身體的這個部分，必須如此緊密連接呢？我只是想與逢澤見面，說些知心話，只想待在他身邊談天說地，為什麼我必須思考性交呢？逢澤並沒有這麼要求我，我為何要自以為是的思考這種事？而且，我為何要在仙川才剛過世的晚上，思考這種事呢？

有什麼關係——善百合子對我說，有什麼關係，反正已經不會痛了。而且你——至少你還沒有做出無法挽回的事。你的一部分還是如同兒時，這樣不是很好嗎？小孩子的身體，應該還沒有用過、柔軟的、什麼都還沒有固定下來的部分。唯獨那裡的、柔軟的。善百合子。兒時的善百和子，小巧的鼻子和臉頰上，星雲在微微起伏著。我緊緊閉上眼睛，在黑暗中搖搖頭。

*

「喂，夏姨，好久不見。」

久違的綠子聲音好輕快，我不覺瞇起眼睛。

「好熱啊，你在聽嗎？夏姨。」

「抱歉，我在聽。」我道歉，「大阪熱昏了吧？」

「超級熱。好像光是吸氣就會乾枯似的，大家都快成人乾了。」綠子調皮的口吻說道。

「真的，這邊感覺也一樣。怎麼了？還在打工？」

「對呀，」綠子說，「話是沒錯，但我們的店恐怕快完了。」

「怎麼回事？」

「有鼬鼠啦。」綠子厭煩的說，「鼬鼠。」

「你打工的地方不是餐廳嗎？有黃鼠狼跑進餐廳裡啊？」

「不是跑進來——哎呀，該從哪裡說起來好……反正，全部都不對勁，所有的人都瘋了。說起來，我們店面所在的建築是屋齡三十年以上的老舊大樓，我們在一樓。這也就算了。入夏之前開始出問題，電力系統和水管系統都不行了，反正就是工程浩大，整個大樓都要大興土木。」

「喔。」

「然後呢，我們二樓在搞什麼我也不清楚，好像是個融合了治療、算命和諮商的心靈系沙龍之類的店，它也包含自我啟發，可以叫心靈啟發吧。總之，既然都在同一棟大樓，當然也知道要進行工程吧。每層樓都發了通知，從何月何日起，因為這樣那樣的原因，造成打擾請多包涵之類的通知。而且會有噪音，做工程嘛當然有噪音。做工程的噪音可想而知嘛。可是，工程一開始後，樓上的人竟然跑下樓大吵大鬧問我們：『這是怎麼一回事啊啊啊——，發生意外了嗎啊啊啊——』，我們說『不是，在做工程吧。』聽了之後，那人嘴裡嘀嘀咕咕的回去了。可是到了第二天同樣的狀況又發生了，剛開始還以為這個人是故意來騷擾我們的，可是看起來又不像。電影裡不是有演過嗎？一個人無法記憶所以在牆壁或紙上寫了好多訊息的那部——對了，叫《記憶拼圖》，夏姨知道嗎？看過？」

沒看過，我說。

「簡直是『真實版一日性記憶拼圖』嘛。腦袋有問題吧。」

「然後呢，鼬鼠呢？」

「對對，」綠子說，「後來呢，有一天天花板突然破了一個洞，鼬鼠就從那裡掉下來。」

「掉進店裡？」

「剛好是有客人在的時候，大家都不知道到底發生什麼事，簡直成了大災難。我們店不是什麼高級店，只是一般的西餐廳，可是，突然天花板裂開掉下來一隻鼬鼠，還是會大驚失色吧。」

「那是當然啊。」我點點頭。

「就是嘛。我們這兒靠近運河，而且大樓又很髒，工程開始後，鼬鼠一家子嚇到，所以大遷移也不一定。晚上也會看到牠們在街上跑，所以也不是不可能。但是，這種事連續發生了好幾次，掉下來的天花板暫時堵住了，但是沒想到牠們卻在地板上跑，或者是從別的天花板鑽洞掉下來。」

「可是，鼬鼠也是拚了老命，如果牠們掉在廚房的鍋裡，那就成了鼬鼠湯了。」

「還好全都掉在外場，」綠子說，「然後，我們店長說，這太可疑了，就算是大樓老舊，旁邊還有骯髒的運河，但是這絕對大有問題，又說，把這些鼬鼠帶進來的，絕對是樓上的心靈沙龍。於是店長跑到樓上抱怨。心靈系沙龍店否認——這也難怪，他們要用什麼方法把鼬鼠帶進來呢？光是抓牠們就很難了，而且做這種事到底誰有好處？」

「誰都沒有。」

「就是嘛。所以，店長不知道是不是腦袋有問題，他堅持一定是心靈沙龍幹的好事。硬把我們留下來開會，發展出一套宏偉的陰謀論。說什麼上面的心靈系和哪裡的宗教團體勾結，起初的記憶碎片風波全部都在他們的算計當中，還說有可能被裝了竊聽器什麼的，比手劃腳說個不停……腦袋肯定有問題吧。結果樓上跟樓下等於進入戰爭狀態，然而，鼬鼠還是不斷的掉下來，客人都不敢上門了。我想打個圓場，就對店長說，不如把店名改成『餐廳・迪・鼬鼠』*8您看如何？可是店長卻回我『為什麼我們店要改名？要改也是樓上先改才對呀』。嗄，沒搞錯吧！後來他又宣布，下次再有鼬鼠掉下來，就抓起來，從下面塞回上面去，來一隻塞一隻。叫我們好好練習……夏姨，你說嘛，這豈不是真正的『抓鼬鼠遊戲』*9嘛？」

「綠子，你說話能別這麼好笑嗎。」我笑道，「不過真是大災難，鼬鼠感覺滿可愛的，不過對餐廳來說就不太妙了。」

8　譯注：即鼬鼠餐廳。

9　譯注：即小孩子互相捏手背，再把手疊上去的遊戲。

「呼——」綠子嘆了一口氣說，「就是啊——倒是夏姨，」

「有。」

「我的生日就快到了，你會按照約定回來吧。」綠子清了清喉嚨說。

「嗯，我是這麼打算的呀。」我說。

「可是你跟我媽不是還在吵架嗎？」

「也不算吵架，唔——小卷怎麼說？她身體都好嗎？」我問。

「她有說，身體好是好，不過她說，跟你完全不講話了，不知道打電話該說什麼好，超介意的。」

「嗯。」

「我問她怎麼回事，媽媽只是一再的說嚇了一大跳。」

「這樣。」

「不過，」綠子笑著說，「以前，我還小的時候，不是和媽媽一起去夏姨家嗎？我們兩個。也是夏天吧，跟現在一樣熱得半死的時候。」

「嗯，小卷那天好晚都沒回來。」

「那時候，媽媽不是吵著要在胸部裝矽膠，鬧了好大的風波嘛。可是這次換成夏姨了。拜託，你們是兩姊妹耶。」

「真的，你這麼說真的有理。」我道歉。

「總之，還有一星期，你一定要搭上新幹線來喔。大家好久沒見了，而且你已經答應我了，我會等你來唷。」

「嗯。」

「哪一天來？按照計畫三十一日來，住我們家？」

「嗯。」

「這樣的話，到大阪時有時間打電話給我們，我會去笑橋接你。然後我們三人一起去吃晚飯。」

掛了電話，我走到廚房站著喝了一大口冷水，然後回到房間走到窗邊，把合攏的窗簾拉開，湊近窗子注視外面的風景。沿著隔壁公寓外牆種的樹木輕輕搖曳，它的後方看得見夏日晴朗的天空，宏偉的積雨雲又肥又大的直聳天際，如果有積雨雲範本手冊的話，它一定是第一名。我呆呆的注視那團雲，雲裡幻化出許多顏色，有白色的部分沾上灰色或淡青的陰影，但整體來說是全白的。

仙川小姐過世已經二十天，那一天的數日後，遊佐打電話告訴我，她聽說喪禮順利完成，仙川小姐的公司只有一名董事、一名直屬上司，和上次說過與仙川交情最好的女編輯同事參加，一位作家都沒有。

「仙川小姐，」遊佐說，「聽說還不至太瘦，遺容很漂亮。」

「嗯。」

「這次的家祭是依據家屬的堅持而舉行的，但是，很多作家、朋友都覺得她真正的想法沒人知道——這也難怪，連我都覺得很不真實。所以有人提議，等九月之後還是辦個告別式比較好，像是初秋的時候。」

「嗯。」

「常有人說，葬禮或是告別式都是為活著的人而舉辦的。」

「嗯。」

「不知什麼原因，我有點不想去。」遊佐小聲的說，「不曉得。」

我垂下視線，望著眼前的馬路。

平緩斜度的柏油路對面，有個老太太靠在推車上往前走，頭戴著白色遮陽帽，穿著同樣白色開襟襯衫和米色長褲，沒有一件遮擋八月午後陽光的東西，宛如閃光燈瞬間亮起的白光無限延長，不論是綠色的樹葉、柏油路、路面上的「停止」文字、電線杆、老太太和推車，以及他們的影子，看起來都像是被那道強光映在照片上的風景。這已經是第幾次夏天了呢？我無意識的思索著這個問題。不用想也知道，答案明明與自己的歲數相同，但是總覺得世界的某個地方還有另一個更正確的數字才對。我思忖著這個意念，怔怔的注視著夏日的白。

八月最後一天，東京是個陰天，深淺不一的厚雲布滿了整個天空，但是從幾個裂縫中看得到湛藍的天空，光線從那裡射下來。我早晨六點起床，準備了兩天份的內衣、襪子和洗臉用具，從棉被櫃裡拿出好幾年沒用的舊背包，把行李塞進去。二十多年前買的背包雖然陳舊，但不時拿出來晒太陽，所以還相當耐用。做了簡單的早餐慢慢吃完，再喝了冷麥茶，休息一會兒才走出家門。

搭新幹線的話，最快最方便的方法是從三軒茶屋到澀谷，再換山手線到品川，明知如此，但我想到東京車站去。一方面是因為從東京站上車的話，從那兒發車的自由座一定有位子，而且以前來回大阪時，我從來沒在品川站上下車。平時我幾乎不搭電車，生活中只有在租屋和車站的超市之間來回，再加上我從以前就是個沒方向感的人，要我到不熟悉的巨大車站搭車，光想就有點擔心。

夏日清晨空氣舒爽，我朝著看慣的市街筆直往前走，雖然只不過是沿著灰色的柏油路往車站走，但是只因為幾乎沒有人影，我的心情就如同把剛洗好的乾淨手帕折好放進口袋裡一般。我想起小學時暑假做收音機體操的早晨，社區的孩子們表情與平日的惺忪睡臉稍微不同。從海灘涼鞋伸出來的腳趾沾到粗澀的沙。不知哪兒來的鴿子咕咕的叫，公園角落的土製排水管在藍影中沁涼潮濕。到了下午，我們去玩水，吸飽了水分而變黑的泥土氣味、從水管中飛濺閃耀的水花，都是永遠也看不膩的景象。還看得到小小的可美外婆在陽臺晒衣服，她沒發現我在看，正舉起放下手臂使勁的晒著衣服和內褲。我想起從遠處悄悄看著可美外婆，心情既是開心又害羞，而且，不知為何——漸漸升起不安的心情，擔心有一天她會不會永遠都離我這般遠。

八點整到達東京車站，幾年沒來過的東京車站已經充斥混雜的乘客，與最後一次來此沒有任何改變。宛如抓起一塊布的右端和左端，輕輕的將兩頭相接般，一剎那時間就迴轉到過去的感覺。不知哪兒來的人潮滿溢般地湧來，像要把我推倒似的通過，而且源源不斷地過來。如果說有哪裡與以前稍微不同的話，就是外國旅客變多了。他們晒得通紅的皮膚穿著坦克背心，搭配短褲和涼鞋，一副去露營的打扮，身後背著超大的背包，令人不禁擔心若是失去平衡，豈不會摔個四腳朝天嗎。聽著一不留神就聽不清楚的廣播聲，還有各種鈴聲響起。

我買了往新大阪站的新幹線自由座票，找到最早班的「希望號」，排在月臺上幾個人形成的隊伍後面，等著車門打開。坐進窗邊的座位不久，車體便無聲的開始滑行出去。

新幹線在住宅、商業設施與大樓混雜的城市中一路往西，奔馳了約莫四十分鐘，經過了幾條大河，窗外的風景漸漸轉變成田地和空地，然後穿越了多個隧道。看見了山，各種造型的房子稀稀落落的排列，沒有人影的田埂路延伸到遠處，輕卡車緩緩的前進，溫室的黑色屋頂反射夏日的光，某個地方裊裊升起白煙，我不經心的看著這景色，那條路、那塊水田的邊緣，還有那條河岸——自己從來沒有在那裡下車，看過從那兒看得見的東西呢，我如此想著。人的身體太渺小，而且時間也有限，世界絕大多數的土地都是自己不可能會踏上的土地，我朦朧的想。

到達新大阪站，濕氣如同一個團塊般撲上來，我忍不住笑了起來。對呀，這就是大阪的夏天，一面想著一面走下月臺的樓梯，從忙碌交錯的人群縫隙中鑽過。然而，大阪這個地方雖然從到達的那一刻就充滿了大阪的氛圍，但是這種氛圍到底是什麼東西形成的呢？我思索著往轉乘月臺走去。聆聽別人的對話，就會聽到大阪腔吧，再不願意也能感受到大阪，可是，多年未歸的我直覺感受到的大阪味，似乎不是語言上的問題。難道是無意識映入眼簾的人們態度讓我產生了這種感覺嗎？要不然就是眼光、視線、走路姿態等細碎的部分，帶有大阪人的特徵嗎？還是與小小不同的髮型、服裝品味等有關係？又或者是這些因素全都一點一點的融合所醞釀出來的味道呢？我若無其事的觀察人們的動作，拉長耳朵聽著附近人們的對話，一面搭上駛來的電車，看著窗外的景色。然而每當電車搖晃，發出巨大的喀嗒喀嗒聲，便感覺身體越來越沉重，嘆了好幾次無意義的氣。

既沒有終於回到大阪的感覺，也沒有任何懷念的情緒，反而有種自己搞錯而闖進未受邀請的某人家中派對，感到無比尷尬和微微後悔。一看時間，十一點二十分了，雖然我告訴綠子，今天會遵守承諾到大阪來，但是並沒有明確告知時間。千萬在傍晚七點以前到喔，我會從打工的地方到笑橋去接你，然後我們一起去吃飯——要趕上和綠子約定的時間，其實下午再從東京出門也綽綽有餘，但是，我其實想在和綠子、卷子三人碰頭前，先去見見卷子，為上次的事鄭重道歉，重歸於好。卷子的公寓在離笑橋坐公車二十分鐘的地方，到了笑橋之後，先去買卷子愛吃的蓬萊肉包，然後硬著頭皮、開朗的打電話給卷子吧。之後兩人提早出門，說著悄悄話給綠子選禮物，我心裡如此想著。

可是，從新大阪轉到大阪站，再從那裡轉車到達笑橋站時，那股開朗的心情卻銷聲匿跡了。

我在途中幾次停下腳步，或是無來由的轉過身，一回神，我正抓著背包的肩帶，兀立在笑橋車站前的廣場。氣溫隨著太陽的上升而持續竄高，汗濕的T恤黏在胸口和背上，每次呼吸這兩處就湧出新的汗水。

我滴著汗在廣場的正中央，一動不動的傻站了五到十分鐘。我必須打電話給卷子，必須在打電話之前去買肉包，只要這麼做就行了。但是，另一種不同於想念卷子和肉包的情緒，莫名的開始低沉，被那種情緒攬住肩頭的我，難以拂拭自己也往下沉落的感覺。笑橋人很多，從某處來往某處去的人，等著碰頭的人，跨在自行車上大聲講電話的人。我在這一帶工作時，車站兩端有不少流浪漢，有的乞討有的臥倒，而且一定有大喊大叫不知所云的人，但是現在已找不到這些身影。

看見車站對面有個熟悉的咖啡店招牌，用古老的廣告字體寫著「玫瑰」，圍繞兩字的小燈泡即使白天也一明一滅的閃爍。我雖然沒有進去過，但是和成瀨約在門口碰頭過。我突然想起了九叔，吉他走唱兼假車禍詐騙師，最後不幸撞到要害真的死掉的九叔。記得小卷說過，最後一次見到九叔是在玫瑰前面，九叔到底一個人在幹麼？在等什麼人吧，還是想去哪裡？該怎麼做才好呢？一思考起來就站著動不了了吧？與現在的我一樣。

我往迷你小店密集的微暗巷子走去，才走了幾公尺就幾乎沒有人影，由於建築之間的距離很近，比起站前更加昏暗了些。我和幾個快速通過的行人擦身，和母親、卷子晚上經常光顧的立食烏龍麵店倒了，變成手機店。隔壁的拉麵店換成了連鎖小食堂，再隔壁的書店——以前只要打工之前有點時間就會進來看看書背的書店，拉下了灰色的鐵捲門，屋簷下有個男的坐在地上一面抽菸一面大聲講電話。上次回來時，我直接從車站上了公車到卷子家，所以最後一次在這附近走動，已經是二十年前的事了。以前應該在這兒的藥局也收了，漱口水的褪色旗幟斜斜的垂掛著。再往前走，來到十字路口，這一帶很熱鬧，應該有風俗店、小鋼珠店、瘦長型的燒肉店，緊密林立的混商大樓裡有無數的酒店。可能因為現在是中午吧，只有招牌和廣告空洞的發光，人數與我工作時少得不能相比，整條街靜悄悄的，我繼續走在盛夏的笑橋。抬起頭，電線杆歪了，四面八方交錯的電線，看起來像是亂七八糟地刻在小小的藍天上。我還去了以前工作的小酒吧所在的混商大樓，但是全部都改裝得了無痕跡，只剩下電梯還在。入口處掛著巨型的黃色招牌，寫著「新世代男性舒壓養生！DVD播放。完全單間。一樓洽。」

我繞了一圈，往車站的方向走去。

右邊看到幾棟樓房，其中一棟是可美外婆和母親住院、後來死在那兒的醫院，我還記得寫著「××醫院」的招牌文字。那時候便利超商才剛開張，我還記得母親躺在病床上吊點滴，我在旁邊告訴她店裡賣什麼東西。平常樂觀堅強的母親用乾瘦、滿是瘀青的手臂戳戳我和卷子的手，笑盈盈說「累了吧，回去睡覺。」所以，我和卷子走夜路回到家，然而母親卻在那段時間孤伶伶的死了。我想著，母親和可美外婆一輩子沒有離開過笑橋，在那兒生活，也死在那兒。不對，我重新想起母親離開過這裡一次，她生下卷子，到我七歲前的歲月，母親住在港口小鎮上。可美外婆為了沒錢的我們，搭過無數次的電車到那個小鎮，爸爸在時她就在車站前，爸爸不在的話她就來家裡，拿許多東西給我們吃。一大早，我跟著母親到公共電話亭打電話給可美外婆，若是知道她要來，就高興得手舞足蹈，從幾個小時前就坐在車站的驗票口前面，等著看見可美外婆出來。外婆一出現，我便飛奔過去抱住她，聞著可美外婆和她衣服的香味。

我用手機搜尋小時候生活的港鎮，確認從笑橋過去的方法。雖然要轉兩次車，但是手機顯示全程二十八分鐘可達。我搖搖頭，雖然我知道並不遠，我知道那是事實，但是小時候，外婆回去時哭著追上去的小時候——感覺那麼遙遠的可美外婆家，我們得以活下來的唯一理由的外婆家，竟然在不到三十分鐘就能到達的地方。

走出港鎮車站的月臺，便聞到海風的味道，我大大吸了一口氣。自從那一夜後，這是我第一次回到這個鎮，從深夜與母親、卷子三個人坐計程車逃跑的那一夜，已經過了三十多年了。

車站的內部幾乎完全變了，但是走出驗票口，通道立刻分成左右兩側的結構卻一如往昔。儘管人沒那麼多，但是也有一定的人數下車，一面喊著好熱、好熱，開心的走下樓梯。我們住在這裡的時候，這是個除了港口什麼都沒有的小鎮，記憶中只有一年一度帆船來的夏天，才會熱鬧起來。我們離開的十幾年後，建起了一個大水族館，成了熱門話題。小時候那兒什麼也沒有，灰色的巨型倉庫四處延伸，是個只有濁浪排空和海潮濕氣的港鎮。以後這些全部都會不見，變成非常厲害喔。我記得爸爸喝了啤酒滿臉通紅的說，以後是多久？我記得自己小聲的問，爸爸高興的回答十年或二十年後的以後啊。站在車站樓梯的轉角凝視港口的方向，應該是水族館的建築屋頂在夏日白光的照耀下，反射出銳利的光，隔壁有個大型的摩天輪。

住到可美外婆家之後，我也不時會想起七歲前生活，但不得不突然逃離的小鎮和家。可是，每當一想起，心情一定會變得既傷心又苦澀——流浪的瘦狗和破碎的啤酒瓶、吐在馬路上的口香糖和變色的棉被、堆得高高的碗公、遠處可聞的咆哮，好像都從某個角落一直凝視我。有時候，凝視的是我自己。按星期二課表整理好的書包放在枕頭邊，我好像現在還窩在那個房間的棉被裡，靜靜等待著什麼。我依然被蒙在鼓裡，而大人沒有發現便把我丟在那裡走了，所以我待在那兒一動也不敢動，是這樣的悲苦心情。

鎮上最大的一條、每次穿越時都會緊張得屏住呼吸的馬路，排滿了計程車，大量前往水族館的人步行前進，對面的轉角掛著烏龍麵的招牌，依然用以前的名字在做生意。這裡是我同學家經營的烏龍麵店，朝裡面瞄了一眼，可能是中午的關係，似乎顧客盈門。除了烏龍麵店之外整條路都變了樣，開的全是針對水族館客人的名產店。話雖如此，以前這裡有什麼店？蓋了什麼樣的建築，我已經不復記憶。再往前走一點有家便利商店，我買了兩個飯糰和冷水，擦著汗沿著馬路直走。

一看時間下午一點，抬起頭，升到中天的太陽光燦耀眼，瞇起眼睛時，周圍還能看到一輪淡淡的虹影。額頭髮際線到太陽穴間的汗珠漲大，強烈的日光照在頭髮和皮膚上，彷彿能聽到燒灼般的嗞嗞聲。

再往前走，來到熟稔的一角，小招牌上寫著「大波斯菊」。大波斯菊，我像被吸住般往招牌走去，那是母親從前中午打工的食堂。好幾次在母親工作的時段，可美外婆帶著我進去吃招待的套餐。母親看到我和可美外婆燦然一笑，繫上紅圍裙，走到櫃臺後面開始麻利的做東西，一有人叫名字，她便洪亮的回應，看著擦盤子端菜的母親，心中滿是感動。媽媽真有幹勁兒呢。可美外婆看著我笑，我看著她的臉不住的點頭。

我想像自己推開大波斯菊的門說，從前家母在這裡工作過。那是很久以前，大概三十多年前的事了，你們這兒雇用了家母，看著母親努力工作的樣子，心裡十分感動，明明是店裡請客，但我卻莫名的想哭，漢堡不太吃得下去，只好裝作沒事奮力的把它吃完，真的好吃極了。我和外婆在這兒看著母親工作，我想像著對店裡的人這麼說。但是當然我沒有那麼做。我喝著寶特瓶裡的水，看著大波斯菊的大門一會兒，便走到路樹陰影下的長椅，慢慢的吃起飯糰。

吃完之後我仍然坐在長椅，眺望著通向水族館的筆直大道上來來往往的人群。我擦著汗，一面欣賞著截然改變的小鎮與夾雜在鎮中少許沒有變化的部分，思索著幾十年前母親是懷著什麼樣的心情來到這裡，第一次看到這個鎮時，母親是什麼樣的感受；潮水的味道她感覺怎麼樣？對於新生活、家庭這個名詞，是否抱著期待或夢想，胸中充滿喜悅之情？仔細一想，我從來沒有好好問過母親，在她成為母親之前是什麼樣子。我如此想著。

與母親、父親、卷子四個人住的家現在變成什麼樣了呢？我們住的大樓如果還在的話，應該從那家烏龍麵店的轉角向右轉，從大馬路往西經過幾條巷子那一帶。我們住在那兒的時候，大樓旁是一家燒肉店，對面是一位阿姨獨自經營的大阪燒，那邊還砌了個小小水池，養了很多大金魚，我記得牠們總是穿梭在幽暗的綠藻縫隙間。斜對角有家青菜店，裝錢的笊籬用橡皮筋從天花板垂吊下來的那種老店。現在回想，店裡經常讓母親賒帳買東西，但是即使我去時，他們也不會擺出臭臉，總是和藹的陪我玩。從那兒轉進右邊巷子有個理髮店，以前在這兒工作的理髮師，成了特效電影的替身演員，老闆很得意自己在電視上露過幾次臉。每次問他，他總會津津有味的說起同一套老故事。而我總是坐在大樓一樓居酒屋旁的走道上，等母親回家。

去看看吧。我想。

可是，我立即轉了個念頭，在胸中嘆了一口氣，過去看了又能怎麼樣？我又不是為了這種事才回大阪，我到底在這種地方做什麼呢？我一面用手指把流下的汗抹開在皮膚上，一面望著人來人往，目不轉睛的看著行人走路。有光澤的褐色磁磚外牆，用了深淺幾種褐色，一個個小方塊都脹滿了麥牙糖色。從居酒屋入口旁的通道往前直走，會遇到一段階梯，通道總是暗暗的，混沌的銀色信箱掛在牆壁上。我那時還小，根本沒有屬於自己的東西，但是我丟下了那時的一切，此後再也沒有回來過。而現在我真的不敢相信，那棟屋子就在離這張長椅幾分鐘遠的地方。去看看吧，大樓還在嗎？四周變得怎麼樣了？但是，就算大樓還在，我又能怎麼樣？事到如今再次看到它，又該用什麼心情看待？話說回來，我幹麼為了這種事耿耿於懷？到過去住的地方隨便看一眼，又不是什麼了不得的大事，為什麼要鑽牛角尖？可是我害怕，雖然不知道害怕什麼，可是一想到眼中將會看到我們以前住過的家，看到那景物，不知為何就覺得舉步維艱。

我又去了一次便利商店，買了新的水，慢悠悠的一口一口喝下去，然後又坐回長椅，呆呆的看著眼前的風景。一看時間，兩點半，也許該是回笑橋、打電話給卷子的時刻了，而且也必須通知綠子，我已經到大阪了。也許那麼做才對，但是，我沒辦法從長椅站起來，沒辦法離開這裡。一家大小在眼前走過，打扮相似的小姊妹，搖晃著背上的藍色背包，追著走在前面的母親。一個追上了母親，另一個也跑上前去，抱住母親的腰，三個人抱成一團邊走邊笑。我凝視著他們直到完全看不見，用手掌搓搓臉把汗抹去，然後站起來，把背包左右晃了一晃調整好位置，從烏龍麵店的轉角右轉，往我們住過的大樓方向走去。

從大馬路走進巷裡，四周一片寂靜，一個水族館的客人也沒進來。盛夏的光灌注在所有的事物上，在沒有人影的道路和建築物上毒辣地輸送熱力。這是我熟知的路，左右的商店和人家一一映入眼簾。有些門面改建，幾乎是沒看過的樓房。右手邊有塊野草叢生的小空地，記得這裡以前是自助洗衣店，下雨的日子，我經常坐在裡面的長椅，總是聞著烘乾衣物的氣味，看著大顆雨珠落在灰色馬路上又彈起的景象。

以前青菜店的位置，變成別的人家。有著灰色泛藍外牆的小屋，均勻整齊得就像用折紙折出來一般，看不出它算不算老屋。左手邊看得見不鏽鋼鐵門，毛玻璃窗沒有掛窗簾，看不出有沒有人住。它右邊的咖啡店還是老樣子，但是拉下的鐵捲門好像很久沒開過的樣子。我信步緩緩走著，沒有與別人交錯，而且真的一點聲音也沒有，宛如太陽的光和熱把原本應該在那裡的聲音或人影全都吸收殆盡，不留一點痕跡。右手邊有個投幣式停車場，裡面一輛車都沒有，這裡以前是——這屋子以前搞什麼名堂，我到現在仍不知道，大門永遠敞開著，人們絡繹不絕的進進出出，還養了一頭大型雜種狗。那隻溫和的大母狗叫做阿千，一向躺在水泥地上，我很喜歡阿千，經常去摸牠，也看過阿千生小狗的現場。幾隻被白膜包裹的濡濕狗寶寶，就像光潤的內臟從阿千的身體滑出來。阿千用舌頭仔細舔著剛生下來的寶寶，眼睛還閉著的狗寶寶發出嚶嚶的叫聲，拚命動著鼻子邊吸吮阿千的乳房。狗兒睡床的味道，垂下的舌頭形狀，泛黑的眼睛四周。我驀地停下腳步，抬起頭一看——正是我們以前住過的公寓。

我仰著頭，望著大樓許久。

我慢慢眨了幾次眼睛，盯著公寓瞧。麥芽糖色的磁磚依然如故，一樓的店面似乎變換了很多次，沒見過的褪色綠房簷被油漆塗滿，透著幾個無法辨識的文字。四處鏽蝕斑斑，布滿霉斑的白色鐵捲門拉下。那是棟非常小的公寓，寬度大概比兩臺自行車相連的距離還小，真的是非常小的樓房。右側有個像縫隙的入口，那是連接通往我們家樓梯的通道入口。我閉上嘴唇，雖然以前就知道它很小，但是沒想到會這麼小。入口的寬度還不到一公尺，小到不側身就過不去的地步。填平入口和走道高低差的水泥接口部分，也是我的老位子，水泥的灰色還是一樣。那一天的事我記得很清楚，一個穿工作服的人過來，在小溝裡倒入水泥。他囑咐我，在它乾掉之前千萬不能碰。等沒有人經過後，我注視著它漸漸變硬，祕密的屏住氣息，用手指輕輕的按上去。我走近蹲下一看，痕跡還在。一個小小的，現在似要消失的凹痕。小時候，我會靠在麥芽糖色的磁磚柱子，不時將手指貼在凹洞中，這兒是我等著母親回家的地方。

輕輕的吐了一口氣，我跨出一步往裡面走去。

通道沁涼而幽暗，微微飄蕩著霉味。公寓好像已經沒有人住的樣子，它悄然的佇立，似乎漫長的時間都只是在等著被拆除。生鏽的信箱從陰影中浮現出來，後面看得見樓梯，是一段窄小的樓梯，每走一步回憶就像毛邊翹起般甦醒。

我微微喘著氣，走上樓梯，這段光一個大人走就會占滿整個梯間的樓梯，可美外婆曾經背著我上來，也和卷子一起玩耍，更曾經一邊笑一邊追著母親跑。還有全家一起出去時，難得看到父親手插口袋下樓的背影。

三樓有扇貼了木紋壁紙的門，非常小的一扇門，這便是我熟知的門。我凝視著懷念的木紋，然後握住門把，慢慢的轉動，門上了鎖。再次轉動門把，果然是鎖住了。

我擦去額頭滴下的汗，揉揉眼睛，握緊門把用力的前後推拉，打不開。我也敲了門，但是門只發出乾澀的摩擦聲。我更用力的敲門，十萬火急般、追兵在後般的不斷敲著門。如果這扇門能打開，我覺得也許能再見到。也許能再見到——背著書包的我走上樓，也許門從裡面打開，穿著紅圍裙的母親對我說「回來啦」。如果現在這扇門能打開，也許能看到那件白色運動服、那個娃娃和書包。現在打開堵住的窗子，也許會再看得到歡笑、睡覺、大家圍坐的小暖桌、刻在牆柱上的身高和架子上的塑膠紅杯子，也許能再見到。不會發生的，我知道這種事不會發生，但還是繼續敲門，敲著我們生活過的家的小門。爸爸，我想著，爸爸還記得嗎？我邊敲著門邊想。爸爸，那一天消失不見的爸爸，遠在他方的爸爸還記得嗎？你曾想起我們，想起與我們一起生活過嗎？

我頹然坐在樓梯上，從胸口吐了一口氣，地板龜裂，所到之處黑漆一團，角落黏附著泥巴狀的東西。公寓中十分陰涼，小小的樓梯轉彎處堆了許多東西，吸了水軟垮的紙箱、變色的水桶裡插著髒拖把、乾掉硬邦邦的抹布，和不知放了什麼的黑垃圾袋。它們全部沾滿了灰塵，平臺的小窗射入的光將那一角照得發白。

就在這時，音樂驟然響起。我一時無法會意到底怎麼了，像被雷擊中般站了起來，不自覺的按住喉頭。原來是手機，手機響了。然後我才想起我還沒打電話給綠子。我把背包卸下來，拉開拉鍊拿出電話。電話是——逢澤打來的。

「喂，」逢澤的聲音，「喂喂，我是逢澤。」

「是，」自己回答的聲音異常的沙啞，我嚥下口水。

「夏目小姐。」

逢澤叫著我的名字，聲音顯得有點緊張。

「嚇了我一跳。」我老實的說，「逢澤先生，真的嚇到我了。」

「不好意思嚇到你。」逢澤道歉，「可是，我也吃了一驚，因為我實在沒把握你會不會接電話。」

「電話突然響了。」

「夏目小姐，」

「是。」

「你的聲音感覺——有一點感冒嗎？」

「沒有，」我大大吐了一口氣說，「因為嚇一跳，不知怎的聲音就啞了。」

「不好意思嚇到你。」

「沒有，現在鎮定多了。」

「現在可以說一會兒電話嗎？」

「可以。」我回答，但是心裡還是撲通撲通的跳，我盡量不動聲色的反覆深呼吸幾次，從電話中聽得出逢澤也在微微喘氣。

「因為夏目小姐跟我說，以後不再見面了。」

逢澤說到這裡又吐了一口氣，小小的清了下喉嚨。

「我花了很長的時間思考，但是假設真的再也不能見到夏目小姐或者說話的話——不如說，你在電話中已經這麼說了，所以你可以說是我自說自話，或者是單純的死不認輸。」

我哼了一聲，表示「我在聽」。

「但是，無論如何我都想見到你跟你談談，」逢澤說，「所以才打電話給你。」

接著，我們倆沉默了好一會兒。不管是自己坐在時間流逝三十多年的家門樓梯上，還是在這裡聽到逢澤的聲音，或者是自己的聲音在幽暗懷念的樓下迴響，都令我感到不可思議。那種奇妙的飄浮感，就像是進入了別人的夢中一般。我把電話靠在耳邊，眨了眨眼睛。

「今天，」我說，「逢澤先生，是你的生日吧？」

「你還記得嗎？」

「當然記得。」

「真慶幸跟你外甥女同一天生日。」

「不只是因為這樣。」我輕輕笑了。

「夏目小姐。」

「是。」

「你身體好多了嗎？」

「我嗎？」

「對。」

「這兩個月——」我說，「我的生活沒有任何改變，但是，又覺得發生了很多事。」

隨後，我們又沉默下來。

「我現在在我以前的家。」我用輕快的口吻說。

「以前的家？」

「嗯，春天我們見面時，我跟逢澤先生提過吧？在我們逃走前住的地方，不知不覺的逛到這裡來。」

「你是說，那個港邊小鎮？」

「嗯，」我笑了，「然後呢，才發現我們家好小啊，驚人的小。實在無法相信這麼小。現在我坐在我們家，應該說這間公寓的樓梯上。不過上上下下全部都太小了，而且過了三十多年，現在已經沒有人住了。不過這也是理所當然。」

「你一個人坐在樓梯上嗎？」

「嗯，樓梯很窄小，又窄又舊，真的不能住了，不過一切都一模一樣。現在沒有人住了，跟廢墟差不多。」

「夏目小姐。」

「是。」

「我這兩個月一直在思考，有什麼方法才能讓你願意與我見面。」逢澤說。「最後一次時我聽說三十一日你會在大阪，所以……」

我點點頭。

「如果我去大阪見你，而且你又接起電話的話，我在想，也許你會願意見我，哪怕十分鐘、二十分鐘都行。」逢澤繼續說，「除了知道三十一日夏目小姐大概會來大阪這件事外，我已經別無他法了。」

「莫非，」我說，「逢澤先生，你現在在大阪？」

「三十分鐘就好——」逢澤說，「你能撥點時間給我嗎？」

掛斷電話後，又恢復了剛才的寂靜。我仍然坐在樓梯上，緊抓住背包肩帶下的部分，然後徐徐的站起來，再一次把老家的門看個仔細，我盯視著剝落的木紋印刷，盯視變成褐色的門牌上三〇一的數字。用手按著粗澀的牆面，然後再一次把整扇門映入眼底，大大吸了一口氣。

一階一階的走下樓梯，來到通道，我挺起胸膛朝出口望去，抬起頭筆直看去，寬度不到一公尺的小門上，洋溢著外頭的夏日之光。我眨也不眨的凝視著那道光，睜大眼睛直到淚水泛出為止。

17 與其遺忘

港口吹來的風如同看不見的波浪隆起，在皮膚上留下潮水的氣味。

逢澤五十分鐘後到達車站，我站在小時候等待可美外婆的位置，看到逢澤在驗票口出現時——突然一陣暈眩，差點就快站不住的感覺。逢澤一發現我便輕輕點頭，等出了驗票口之後又再次低下頭，我也向他低頭行禮。相隔四個月才見到逢澤，他穿著長袖白襯衫，米灰色長褲。

我們不約而同的走下樓梯，隨著往大馬路的人潮邁開腳步，我和逢澤暫時都沒有說話，我走左邊，他走右邊。我一直看著自己的腳尖走，但是一抬頭，便與他眼光相遇。反射性的轉開目光，然後繼續看著自己的腳。

「這麼冒昧，真的抱歉。」逢澤小聲的說。「果然還是——太強迫了，你生氣了嗎？」

「沒有，」我搖搖頭，「只是感覺很超現實，沒有真實感，一想到和逢澤先生在這裡走著，真的難以置信。」

「是啊。」逢澤歉疚的點點頭，「真的很抱歉，尤其你還有自己的行程。」

「剛才聯絡過了，大家七點鐘在現場集合就行，沒問題的。」我說，「但是，如果我沒來大阪的話，逢澤先生怎麼打算呢？」

「那就——」逢澤困窘的說，「就再搭新幹線回東京吧。」

「這麼說也沒錯。」我笑了，逢澤被我一笑也跟著笑了。

「逢澤先生，聞得到海的味道吧。」我指著水族館的方向說：「那邊就是港口，很近，走路大概不用十分鐘。那棟建築是水族館，相當有名，而且很大喔。你看，還有摩天輪。」

「我聽說過，好像有不少珍奇的魚吧。夏目小姐，你沒去過嗎？」

「沒有。三十多年第一次回來這裡。」

「有什麼改變？」

「到處都變了，沒變的只有一點點。像是馬路的感覺沒變，有幾家店還在繼續經營。」我說，「你看，那邊有一家烏龍麵店吧。那是我小學男同學家開的麵店，名字也沒改，也許已經改朝換代，是我同學在經營了。不過，現在想起來，覺得有點丟臉。」

「為什麼？」

「因為我們家很窮，有時候一整天都沒有東西吃。」我笑，「而且，也沒有錢去超市買東西。青菜店賒了太多賬，這個月也不好意思再上門了。唯一的依賴——外婆也不能來時，媽媽就會打電話去，我們家沒有電話，所以到電話亭去打。向烏龍麵店叫兩碗陽春麵，外送。等麵店送了烏龍麵來時，我就去開門說：『媽媽現在不在家。』」

逢澤聽得很感興趣。

「我說：『媽媽不在家，也沒有留下錢，所以等她回來，我再告訴她。』」

「後來呢？」

「烏龍麵老闆狐疑的說：『咦，可是她剛剛才打電話來呀。』嘴上念叨著『傷腦筋啊』，但還是把烏龍麵留下來了。」我說，「家母說，賣食物的店家一旦外送出去，就不會再帶回去。因為烏龍麵泡軟了，不能給其他客人，只能倒掉啊，所以，熱食絕對會留下來給我們的。雖然有點滑頭，但是只能道聲歉，等發薪日那一天，一定會去還錢的。母親在屋頂上看著烏龍麵老闆回去後才下來，叫我們快點吃，吃飽一點。但是，那間烏龍麵店是我同學家開的，所以想起來覺得好丟臉啊，雖然當時還不太懂這些。不過那個男生人很好，他不知是懂還是不懂，但從來沒有說什麼，總是對我很好。」

「你母親真厲害。」逢澤看似佩服的說。

「嗯，」我笑道，「水電或瓦斯被斷了，她也知道怎麼開開關，總是這樣熬過去。」

「你母親，太能幹了。」

「真的，現在回想起來，的確是。」我笑了。

「在這裡住到幾歲呢？」

「七歲。小學一年級放暑假前。」

「學校也在附近嗎？」

「學校嘛——唔，從那邊的馬路穿過兩條街，直走就到了。」我說。「開學典禮時，有人幫我在大門口拍了照片，不過，照片一張也沒留下來。」

「我想看看，」逢澤說，「我想看看夏目小姐上過的學校。」

所以，我們夾在往水族館的人群中，往小學方向走。通過了九成店家都拉下鐵門的商店街，我想到什麼就告訴逢澤，那兒是學校指定的文具店，收銀機旁經常睡著一隻年老的白貓，說起那一區原本是空地，雜草叢生，但是以前有個賣章魚燒的攤子，總是圍著一大群人。那家店的招牌上畫了拉姆*[10]，而且那是章魚燒老闆娘自己畫的，好幾次她在我眼前快速的畫著畫，我還以為這個阿姨真的是福星小子的作者呢。隔壁的寢具店被小偷光顧過，當時鬧得很大，大家都跑來看熱鬧。那是我第一次看到警察用類似銀粉的東西採取指紋。當時的搜查員把銀粉「呼呼」吹到柱子上的手法，現在有時我都還會想起。逢澤聽我說著不住地點頭，同時也看著我指的建築，和已經變成空地的部分。穿過商店街就看到馬路對面的小學。

10　譯注：高橋留美子漫畫《福星小子》中的女主角。

「逢澤先生，這裡就是學校。」我說，「不過我只去上了幾個月。」

「可是，小孩子的幾個月感覺非常長呢。」逢澤望著校門說。

「我們家很窮，經常被人欺負，」我說，「可是有個孩子跟我很要好，她家裡也很窮。經常被大家嘲笑，但是我們兩個人總是在一起。」

「嗯。」

「所以，我突然不在了，她一定很驚訝。什麼都沒說就不告而別，我常在想她會有什麼感覺。」

逢澤點點頭。

「現在的話，可以用電子郵件或是LINE等各種方法互相聯絡，但是小時候很難。我們又是深夜逃走，連想寫信給她這種話都說不出口。」

「唔。」

「我常常想，希望她能活得好好的。」

逢澤同意的點點頭，然後拿出手帕擦汗。明明這麼高溫又潮濕，在夏日熱得快要窒息的暑氣中，逢澤的頭髮還是依然那麼直順，而且平穩的往後方流動。我們穿過馬路來到校門前，有一會兒時間瞧著校舍川堂後面光亮的運動場，然後又不約而同的邁出步伐，與大道上過來的人群會合，我們朝著海的方向走去。人數漸漸增加，彎過轉角，水族館出現了，它比想像大得多，我不覺瞇起眼睛。

「以前這裡，放眼望去全部只有倉庫。」我嘆了一口氣，「沒想到現在變成這樣了。」

「地方好大。」

我們走上寬敞的大階梯，走進館內。汗水瞬間冷卻，我們吐了一口氣。

「冷氣好強喔。」我忍不住說，「啊，現在不流行說冷氣了，應該說空調。」

「的確，」逢澤出聲笑了，「可是，我喜歡說冷氣。」

館內並不顯得混雜，但是全家福、情侶和形形色色的人已經夠熱鬧了。裡面有咖啡座、有名產店，孩子們開心的在其中跑來跑去。我們在咖啡座買了冰咖啡，坐在大廳的長椅上，欣賞著各式各樣人們的神態。幾個年輕男女指著館內大平面圖，興奮的說東說西。有個裝飾得很漂亮的特別展說明，有個企鵝臉部挖空的攝影用紙板，兩個年輕女孩輪流互相拍照。幾個小學生擠在紀念章收集服務臺，每次響起「碰碰」用力蓋章聲，就揚起歡呼。名產店門口飄著海星、海馬、烏龜和比目魚造型的氫氣球，一個貌似祖母的女士握著小女孩的手，一一說明每一個氣球的不同。

「逢澤先生，你以前會來水族館嗎？」我問。

「沒有，幾乎沒來過。」逢澤說，「雖然覺得應該滿好玩的，但是找不到什麼機會來。不過就季節來說——究竟什麼時候來水族館最適合？像今天這種大熱天嗎？冬天的水族館似乎也不錯。」

「我倒想看看冬天的企鵝呢。」我說，「應該很活潑吧，我來水族館的次數，也是五根手指數得完的程度——不過現在也只是在大廳，不能算來過吧。」

然後，我們喝著冰咖啡，看著眼前經過的大人和又跑又跳的孩子們。逢澤與我都沒說話，他看起來若有所思，也像是專注著看著眼前經過的各種人物。過了一會兒，逢澤說：

「有關善小姐……方面……」

我看向逢澤的臉。

「有關善小姐方面，也許這從夏目小姐的角度來說，沒有什麼意義。」逢澤輕輕點頭，看著我的眼睛說：「我和善小姐分手了。」

一說完，逢澤的眼光又轉向兩手握住的冰咖啡，微微點頭。

「前一陣子，就是和夏目小姐通過電話之後，大約兩個月前吧，我們見了面，好好談了。我把自己現在的想法，這幾個月裡思考的事，沒有見面後如釋重負的心情，全部都——盡可能據實以告。然後我也告訴她，我有個比她更想見的人。」

「你這樣說，那善小姐……」我問到一半，張著口瞧著逢澤先生。

「她說，你只要照著心裡所想的去做就行了。說起來這確實是她的性格——連想見的人是誰，以後打算怎麼做等細節，她都沒有問。」

「然後？」

「然後，」逢澤輕輕吸了一口氣，「只有這樣。我沒說話，她便說，這種事不需要想得太嚴重，我知道我們遲早都會分開，既然這樣早一點分比較好。」

逢澤這麼說完，又沉默下來，我也不說話。

我們並排坐在長椅上，沒有交談。冰咖啡杯上的水滴沾濕了手心，全身冒出的汗水涼颼颼的，好像皮膚表面微微生出泡沫的感覺。逢澤前傾著身體，用膝蓋撐著手，凝視著冰咖啡蓋子，動也不動。大廳牆上掛著海洋生物裝飾的大型時鐘指著下午五點。聽不清楚的館內廣播播放著，提著名產袋的一群女孩大聲嘻笑著經過。我們不約而同站起來，緩緩的走出室外。

汽笛聲彷彿輕輕刺破還滯留在空中的厚熱氣膜，從遠處傳了過來。濕熱的海風底下開始混入了淡淡的夏日黃昏氣味，各種物體的影子變淡，遠處的光卻微微變濃的感覺。薄暮的時刻到了，我們彼此沒有說話，漫無目標的往前走去。

剛才感覺還有點距離的摩天輪，轉眼卻近在咫尺。我停下步伐抬起頭注視著摩天輪，在黃昏暮色的背景下，白與綠的座艙緩緩上升。逢澤也走到我身邊，凝視著往空中移動的座艙。

「從上面看下來，」我喃喃的說，「這裡不知道是什麼景象。」

「是夏目小姐的小鎮和大海，」逢澤靜靜的說：

「我想看得到天空。」

摩天輪搭乘口只有幾組客人在排隊，零零散散的。我看向逢澤的臉，他正用目光問，要不要坐？抬起下巴仰望的摩天輪非常巨大，大到無法盡入眼簾，最頂端的座艙看起來幾乎只剩一個點。想到它的高度、遙遠，身體便有些飄飄然，我不覺握緊背包的肩帶。逢澤再一次看著我的眼睛問。我輕輕點頭，於是逢澤去買票，並且拿了一張給我。

我們排在搭乘隊伍的最後面，按著順序前進。配合著左右兩名工作人員引導聲，情侶和數人團體陸續登上座艙。輪到我們了。逢澤彎身先滑進艙內，我則原地踏了好幾次，抓住門邊的把手，把自己推進門裡。

摩天輪的速度極慢，剎那間感覺不出它到底動了沒有，座艙紋風不動，緩步的向上升去。我們面對面坐著，從窗口眺望窗外。窗子不知是特殊塑膠還是什麼材料，仔細一看，表面上有無數細細的白色刮痕，因此看起來像是隱隱的霧氣。座艙像把夏日薄暮推高一般無聲的爬升。水族館的屋頂高度在眼中漸漸下降，館旁公園的樹木和附近許多建築漸漸變小。看到海了，既非灰色也不到鉛色的深色大海，被無數直線分割開，靜靜的翻起波浪。幾艘船像是手指在海面描畫出小小的白色痕跡，緩緩的移動。逢澤瞇起眼睛看著遠方。

「小時候，」我說，「我分不出海洋和港口的差別。」

「不同？」

「嗯，我知道自己住的地方旁邊就是海，有潮水的味道，波浪也很洶湧，所以我知道那就是海洋。可是，它和我以為的真正海洋完全不一樣。」

「真正的海洋？」

「是啊。」我說，「照片或是故事中，不是經常會出現海洋嗎？在那裡面，海洋湛藍而美麗，太陽閃閃生輝，還有白色的沙灘，就算不是白色也有沙，海浪會湧上岸來。想把腳浸入海水裡就能浸，想觸摸就能觸摸。不論是海浪，還是海水。我以為這才是真正的海洋。」

逢澤點點頭。

「但是，我們身邊的大海卻不是那樣，它既不是藍色，也不能觸摸，又暗又黑又深邃，掉下去的話就回不來了。這片海和那片海到底有什麼不同呢？小時候，我總是苦思不解。」

「現在懂了嗎？」

「老實說，」我笑了，「可能還是不太懂。」

座艙慢慢的上升，隨著高度越高，大海也漸漸改變了顏色和大小，海平線如一條發光的細線，在晚霞滿天的高處，可以看到黑鳥直飛而去。遠方的工廠煙囪升起了白煙。

「可以看到很多東西耶。」逢澤說，「以前，我和爸爸坐過很多次摩天輪。」

「與令尊？」

「是的，我媽沒那麼喜歡玩，所以一向是爸爸與我兩個人去遊樂場，爸爸對遊樂場也不太會玩，不過還是常常帶我去。他讓我一個人乘坐，自己站在出口等我。從上面往下看，爸爸變得好小好小，我心裡雖然害怕，但是看到爸爸向我揮手，就覺得既害羞又開心的感覺。」逢澤笑了一下，「但是，爸爸好像只喜歡摩天輪，在遊樂場玩了一天，最後一定與我一起坐一次摩天輪才回家。我們去過許多遊樂場，坐過各種摩天輪，看過很多風景。」

逢澤用中指揉揉眼角。

「夏目小姐，你知道航海家號嗎？」

「航海家號？」我問，「是 NASA 的那個？」

「對的。」逢澤點點頭。

「航海家號，是四十多年前的夏天發射的太空探測船，有一號和二號，二號先發射，一號稍晚才出發。它們跟我幾乎同年吧。大小有一頭牛那麼大，現在大概在距離地球兩百億公里遠的地方飛行。」

「兩百億公里？」我咕噥的說。

「是呀，很難想像那是多遠的距離吧。以前忘了在哪兒讀到的報導，兩百億公里，如果搭時速三百公里的新幹線，要走七千六百年才能到達，如果在電話裡說『喂喂』，要花一天半左右的時間才會聽到『是』的回答。」

「真驚人。」

「是的，而我爸爸每次坐上摩天輪時，一定會說起航海家號的故事，可能很喜歡吧。

「過去，航海家號從它旅行的地點拍攝很多照片，傳送數據回來。像是許多衛星、土星環、最有名的是木星的那個土黃色巨大漩渦的照片，你可能也都看過，它還成功的拍攝到太陽系中距離太陽最遠的海王星，然後經過了三十五年，它離開了太陽系，這一點也很偉大。這是人類製造過、距離地球最遠的東西了。它本身的主要任務、使命很早以前就結束了，但是航海家號還繼續與地球通訊，現在仍在飛行中。」

「四十年，一直在飛？」

「是的。」逢澤說，「它們在沒有生命、永遠黑暗的宇宙中，朝著射手座飛行。從我們的感覺來說，實在無法體會星星之間的距離有多遠，譬如說，現在正在飛行的航海家號，到達下一個恆星——也就是與某星交錯，將是四萬年以後的事。而且雖然說交錯，但是和那星的距離也有兩光年左右。」

「四萬年後。」

「很驚人吧。」逢澤微笑，「然後，如果我說我還不想回家，賴在座艙裡不肯走，或者為了跟同學吵架或是被母親罵，抽抽搭搭的哭起來，這時候爸爸就會過來，坐在我身旁說，『難過的時候就想想航海家號吧』，航海家號一直孤伶伶的飛行在沒有光、沒有任何東西的黑暗太空喔。這既不是虛構的故事，也不是寓言，現在的這一秒鐘，航海家號也正飛過你所在的這個世界，某個現實的空間裡。」

我點點頭。

「想起它很難耶。」逢澤笑道，「但是，我好像朦朧的聽懂了父親的意思。活在世上雖然會遇到很多阻礙，但是，一百年也只是轉瞬間，不只是一個人的人生，整個人類的歷史和宇宙相比，連眨一下眼睛的時間都不到。一想到我們在這哭泣、歡笑，就能振作起來吧。爸爸說，可是那並不是在說人有一天會死，因為不只是自己，有一天連太陽都會燃燒殆盡，地球和人類也將消失得無影無蹤。但是，說不定那時候航海家號還在宇宙的盡頭繼續飛下去呢。這些話都是我爸爸經常告訴我的。」

我點點頭。

「航海家號上面載著刻有地球文明的金唱片。」

「金唱片？」我問。

「是的，有海浪聲、風聲、雷鳴和鳥叫，它錄下了地球上各種各樣的聲音。此外還有五十種以上的問候語，還有許多國家的音樂。另外還有人類是怎麼出生的、擁有什麼樣的軀體、如何長大、認識什麼樣的色彩、吃什麼樣的食物、重視什麼樣的東西、過著什麼樣的生活。沙漠、大海、高山、動物、樂器……建立了什麼樣的文明和科學，人類在什麼樣的地方活著。這些全都扎扎實實的刻在一張唱片裡，還附上一根播放它的針。」

我在腦海中想像那張金色的唱片。

「遙遠的未來，也許在宇宙盡頭會有外星生物發現了航海家號，然後解讀這張唱片。到那時候，也許地球和人類都已經消失不見，一切灰飛煙滅了。但是，人類曾過的日子、回憶也許還能繼續存活下來。聽到爸爸這麼說，想到有一天會消失的自己現在正活在有一天同樣會消失的地方，實在太不可思議了。我現在這樣活著，但有一天會活在別人的回憶中，這種感覺真奇妙。」

逢澤微笑著。

「爸爸說，『小潤，人類是種神奇的生物，明知所有的一切將化為烏有，但還是會哭會笑、會生氣、會創造或破壞各種東西。這麼想起來也許會覺得那還有什麼樂趣啊。但是，小潤，活在世上還是一件很了不起的事喔，即使明知自己會消失。所以不要悶悶不樂，拿出精神來吧。』給爸爸這麼一說，當時童稚的心便覺得也許真是那樣。」

我點點頭。

「所以，我在腦海中想像著航海家號載著我們的記憶，在黑暗無垠的宇宙空間中繼續飛幾萬年，跟著爸爸踏上歸途。」

說到這裡，逢澤莞爾一笑，又把視線轉向窗外。載著我們的座艙不知不覺已經越過最高點，像在夏日餘暉裡標上誰也看不見的記號般緩緩下降，幾種不同的藍在天空拖曳成帶，我們默默的遙望著窗外廣闊的海港。

「每當想起夏目小姐，我便想起那時的心情。」逢澤說：

「每次都是。」

我默默的點頭。

「認識夏目小姐後，我領悟到一件事。」逢澤說，「以前我一直在尋找自己的親生父親，偏執的認為必須見到他，必須知道自己體內的一半是從何而來。」

「嗯。」

「我覺得自己會這麼偏執，是因為它是遙不可及的夢想。」

「嗯。」

「當然，它並非騙人，但是我心底……」

「嗯。」

「我心底一直想著、一直遺憾的是，我不能向爸爸——養育我的爸爸說，我的爸爸是你。」

我看著逢澤的臉。

「爸爸在世的時候就知道實情，但是我還是想對爸爸說，我的爸爸是你——我想對爸爸這麼說。」

逢澤說到這裡背對我，把臉轉向窗外。剛才淡淡的一縷薄雲隨風吹走，玫瑰色的柔和光亮猶如墨水暈染在濕布上擴展開來，那道光也射到我們的座艙，將逢澤頭髮的輪廓，微微顫動的勾勒出來。我坐到逢澤的身邊，輕輕的把手放在他的肩頭，他的背碩大，肩膀也寬闊，但是第一次碰觸到逢澤的我的手，手心下的逢澤，是個還是小孩子的逢澤——感覺我碰觸的是孩子的肩。座艙發出小小的喀嗒喀嗒聲，慢慢的接近地面。我們從一個窗子凝視著海和小鎮，它們像是靜靜呼吸般閃爍著光芒。

在背後晚霞輕輕推送下，我們鑽過座艙的門，回到升降臺，深深吸了一口氣，夏日暮色灌滿了肺，帶著潮氣的風輕撫皮膚，宛如剪開夜的序幕般，我們往車站走去。

通過大馬路的紅綠燈，烏龍麵店的燈在右邊亮起，我們混在從外地來又要回去的人群中，當看到車站樓梯時，逢澤用直傳我耳的小聲音說，如果，現在夏目小姐還在考慮孩子的話，能不能生下我的孩子呢？我們沒有停步，繼續走著，直接緩步走上樓梯，逢澤再次用平靜的聲音說，如果夏目小姐現在還想要孩子的話，如果你也想見我的話，就和我……我聽著波濤洶湧般的心跳，身體幾乎搖晃起來，一步一步的走上樓梯，通過驗票口，我們搭上駛來的班車。兩人都無語的看著流過窗外的夕陽。

「夏姨，歡迎回家——」

掀開門簾走進去，就在店裡眾聲喧譁的中央桌看到卷子和綠子的身影。綠子半站起身，向我舉手說「這裡這裡」，一臉笑意的叫著我的名字。

「看到了看到了——」我難為情的說著就座。卷子輕咬著嘴唇，不知道該笑、困窘還是想哭的表情，挺直了背坐著。我一到她頻頻點頭，然後衝著我盈盈一笑。搞了半天我們碰頭的地點是笑橋的大阪燒店，卷子已經喝掉半杯生啤酒，綠子喝麥茶，不知剛烤過蒟蒻還是炒了豆芽，鐵板上發出嗞嗞的聲響，整家店飄蕩著令人懷念的甜辣醬香味。我點的啤酒送來後，卷子開心的說「生日快樂」，我們重新乾杯，發出丟臉的鏗鏘聲。

「二十一歲了呢，真不敢相信。」卷子瞇起眼睛端詳綠子的臉，「小丫頭竟然這麼大了。」

「很年輕啊。」我也笑著說，「好好享受吧。」

「包在我身上。」綠子也笑盈盈的說。

接著卷子說起了最近店裡新來的女孩，人雖然不錯，但是一看就知道做過整型手術。剛開始大家自然都避而不談，卷子和其他公關小姐都顧及她的感受，刻意不提。可是很快的那女孩自己說起這個話題，她的雙眼皮是在哪裡多少錢割的，下巴打的玻尿酸是在哪裡哪裡，鼻子這樣那樣等等，好像聊的是化妝品。這種爽朗的態度非常有魅力。

「這孩子很有意思，整張臉就像廟會裡的神轎，金光閃閃。最近大家似乎都這樣，沒什麼好隱瞞的。」

「對呀。不過，願意在臉上砸大把鈔票的女孩，為什麼會來媽媽這種小酒吧？」綠子吃著蒟蒻說，「年齡層更低、花俏、時薪好的地方到處都是。」

「她好像以前在時薪好的地方工作過，但是又是業績又是規則的，搞得很累，人際關係也很緊張，這一點，我們店倒是很寬鬆，冬天穿毛線衣也沒關係，她做得很習慣，自己也很高興。她白天也有工作，在美甲沙龍。」卷子吃著豆芽菜說，「結果上次她就簡單的幫我做了，你們看，不錯吧？」

看到卷子喜孜孜的展示塗上漂亮的珍珠粉紅的指甲，我們也都笑了。然後綠子說起現在正在讀的克里普克（Saul Aaron Kripke），自然而然的提到了春山。小兩口的感情很順利，綠子還把上次去爬山的照片給我看。我說，他好像偏愛戶外活動呢。綠子卻厭煩的搖搖頭說，春山的興趣是寫俳句，常常要她陪著邊吟邊走。照片中兩人都滿面笑意，年輕，籠罩在明亮的光線中，我注視著照片中的兩人，覺得快被閃瞎了。大阪燒和炒麵送來，我們把它分在各人的盤裡，一面喊著好燙、好吃，一面專心的吃起來。

「對了，鼬鼠後來怎麼樣？」我問。

「牠們嘛，」綠子說，「突然不見了。」

「咦，自然的？」

「唔，有一天倏地不見了。」

「會不會有人投了藥？」我問。

「不會，並沒有特意這麼做。」

「明明惹了那麼大的麻煩，怎麼就這麼不見呢？」卷子歪著頭說。

「而且，心靈啟發店那邊的人也突然安靜了。」綠子嘴裡嚼著東西一邊說，「一片寂靜，好像什麼事都沒發生過。不知不覺間，工程也結束了。」

「沒事吧？該不會二樓有人死了之類？」我笑道。

「很好笑吧。不過，也有可能是鼬鼠家族的大搬家結束了吧。」

綠子把大眼睛睜得更大說，這裡的大阪燒好好吃喔，然後瞇著眼睛笑。

我們走出店門，坐公車回到卷子和綠子住的公寓。

忘了多少年沒回來的兩人小屋，在暖熱的夏夜中浮映出來，看它孤然而立的樣子，淒涼又懷念的情緒湧了上來，心頭微微發疼。我們鏗鏗鏗的踩著鐵梯走上二樓，看電視聊天打發時間。輪流洗了澡，拿出兩條被子並排鋪好，按卷子、綠子和我的順序睡下，關了電燈後還是聊得起勁。有時候笑得身體扭來扭去，綠子便坐起身子說，別再笑了，腦袋都笑糊塗了，然後又躺平，聊了很久很久。三人開口的次數漸漸少了，不久聽到綠子的鼻息聲，卷子說，啊，笑得太開心了，我們也睡了吧。這時，我的眼睛已經習慣了黑暗，彩色收納箱、綠子掛在牆上的T恤、書架的輪廓，都在濃淡不同的藍色中浮現出來。我們倆彼此道了晚安，過了一會兒，我開口道：

「小卷。」

「唔？」過了一會兒才聽到回答。

「小卷，對不起。」

我小聲的道歉，在夜的藍影中，看得出卷子的身體挪了個方向。

「我才該向你道歉。」卷子也道歉，「你說的話，我都沒仔細的聽，你一定是經過深思熟慮才說的，而我卻自以為是，真像個傻瓜。」

「沒有那種事，我也說了不該說的話，實在沒臉見你。」

「夏子，」卷子說，「我是你的姊姊。」

我默默的眨了眨眼。

「永遠都是你的姊姊，別擔心，我們一起努力。只要夏子決定的事，不論什麼都絕對沒問題。」

「小卷。」

「睡吧。」

「嗯。」

看著漆黑房中浮現的窗影，本來還想一一回憶起舊日的情景和彼此的絮談，但是不知何時我沉沉的睡著了，宛如悄悄被柔軟的黏土塑形一般沉睡，一夜無夢直到天明。

*

九月中，我寄了郵件給善百合子，在信上先為冒昧聯絡道歉，希望能和她見個面說說話，然後寄到初見時給我名片的地址。善百合子四天後回信，我們約定下週星期六下午兩點，在三軒茶屋商店街後方的小咖啡館見面。

五分鐘前到達的善百合子比三個月前見面時瘦了一點，善百合子站在門口，不知是我先發現她，還是她先發現我，但是她穿著以前見面時同樣素面的黑洋裝，不曾張望一下，就走過通道朝我走來。拉開椅子坐下後，像是點頭似的低下頭，我也點了個頭。

店員拿了水和菜單過來，我點了冰紅茶，善百合子也點了相同的飲料。店內播放著音量適當的鋼琴奏鳴曲，它應該是人盡皆知的名曲，但我想不起是誰的曲子。我們兩人都沒說話，注視著桌上的杯子。

「對不起，冒昧找你出來。」我說，善百合子隔了一會兒搖搖頭。我們座位的斜後方，有扇陽光照射進來的窗，儘管店內燈光明亮，但是善百合子的臉卻有點發青。在陰影中，橢圓形擴散的星雲漸漸失去顏色，變得冰冷。善百合子看起來非常疲倦，沉默盯著握著杯子的手指，似乎在等我開口。

「我不知道從哪裡說起，」我坦誠的說，「或者我是為了想聽善小姐說話，我也不知道。」

善百合子稍稍抬起眼。

「但是，我只想和善小姐見面，談一談。」

「你要談的是，」善百合子小聲的問，「逢澤的事嗎？」

「是的，」我說，「不過，正確的說，是我自己的事。」

店員過來，在我們面前放下冰紅茶，並且笑著問，菜單可以撤下嗎？我點點頭表示請便，她愉快的道謝後離去。

「六月那天晚上，善小姐在公園裡說的話，我一直在思索。」我說，「在與善小姐談過之前，我一直用自己的方式在思考，我想要孩子、想要見他的這種心情是從哪裡來的，它究竟有什麼意義。沒有配偶，也無法和別人做那種行為的我，真的有那種資格嗎？我一直在思考這件事。」

「無法行為是什麼意思？」善百合子瞇起眼睛，小聲的問我。

「我不能做。既沒有那種情緒，身體也無法用在那個方面。」我說起自己過去只與一個人有過經驗，而且因為這個原因分手，後來不曾與其他人有過性關係。

「得知第三者捐贈精子的訊息後，我就起心動念，即使是我這樣的人說不定也能生孩子、也能見到孩子。」

善百合子沒有說話，默默的看著我。

「但是，自從在公園與善小姐一敘後，我便覺得自己的想法也許太過膚淺，漸漸搞不懂自己到底想要什麼，越是思考最根本的……，善小姐所說的話在我心中越是放大，我開始覺得自己想做的、期待的事，會不會是件非常可怕、沒有轉寰餘地的事。因為，事實就是如此。善小姐說得有道理，這個世界上沒有人是在自己同意下誕生在世上。」

我搖搖頭，吐出胸口的氣。

「也許我想做的事真的很任性、很過分。」

善百合子不時眨著眼睛，兩手輕輕抓住手臂，好像環抱自己的身體。

「但是我之所以那麼想，」我說，「是因為講那些話的人是善小姐。」

「因為我？」善百合子沙啞的聲音說。

「是的，」我從喉嚨深處擠出聲音說：

「因為是善小姐。」

善百合子緩緩把臉轉向入口，然後停止不動。顎骨的線條清晰的浮現出來，細長的頸部看得見青色的血管，我眼前想像出黑暗茂密的森林，那些被安眠薄膜包覆的孩子們，柔軟的肚子微微起伏，在他們的吸吸間，看得見同樣蜷曲身體的善百合子，她的手臂抱住膝蓋，閉著眼睛，正靜靜的呼吸。我想像著善百合子柔軟的小小身軀。

「我想做的事也許是件沒有轉寰餘地的事，也不知道會有什麼結果。也許這種事從一開始就完全錯了。但是，我——」

我知道自己的聲音在微微發抖，我輕輕吸了一口氣，看著善百合子：

「與其遺忘，我想選擇錯誤。」

我與善百合子都靜默著凝視桌上自己的杯子，坐在善百合子後方的白髮男客站起身，倚著枴杖慢慢的朝出口走去。

你會與逢澤生寶寶吧？過了一會兒善百合子小聲的說。我點點頭。

「因為逢澤，」

善百合子的手指輕輕按住眼皮，用幾乎要消失的聲音說：

「為自己的出生感到慶幸。」

我默默的看著善百合子。

「但我和你、和逢澤不一樣。」

我點點頭。

「也許我只是太軟弱吧。」善百合子浮起虛弱的笑意，小聲的說：「因為如果肯定自己的出生，我一天也活不下去。」

我用力的閉上眼睛，彷彿能聽到閉眼的聲音般用力。稍微放鬆力道後，又覺得喉頭塞滿了轉動的漩渦。我緊抿著唇，一再的放緩了呼吸，我們沉默了好長一段時間。

「我看完你寫的小說了。」

過了一會兒善百合子說。

「故事裡很多人死了。」

「對。」

「但還是一直活著。」

「對。」

「不知道自己是活著還是死了，但是還是活下去。」

「對。」

「為什麼你要哭呢？」

善百合子雖然微笑著，但說完時瞇起了眼睛，猶豫著不知該哭還是該笑，然後決定露出不哭的表情看著我。我想用別的方法，我心想，既不是我已知的語言，也不是我能伸出的這兩隻手臂，我想用更不同的、另一種方法，用什麼其他的方法——把她擁在懷裡。我想抱住善百合子那單薄的肩和嬌小的背脊。但是，我只能用手心擦去不斷低垂的淚水，只能點頭。

「真奇怪呢。」

「嗯。」

「真奇怪呢。」

*

「不久前，我去了仙川小姐的墓地。」

遊佐用吸管攪著冰咖啡，冰塊發出卡啦的聲音融化。

兩個月沒見的遊佐晒得相當黑，全白的無袖洋裝看起來比原本的白更加光亮。剪短的頭髮上戴著一頂有黑蝴蝶結的小草帽。

「我本來覺得去墓地也沒什麼意義，」遊佐嘟起嘴巴說，「但是，也不能老是去她老家打擾。我其實看不起墓地之類的玩意兒，現在也還是這麼認為——只是又冷又貴，與死去的人一點關係也沒有。但是，當在世的人不知道該去哪裡的時候，有個偶爾可以去看看的地方也不錯。」

「嗯。」我點頭。

「我向仙川的父母打聽到仙川家族的墓園，他們說到了八王子再往北一點的地方。去了之後，真的大吃一驚。」遊佐說，「有一般墓地的五、六倍大。」

「墓碑嗎？」

「何止。」遊佐瞇起眼睛，「當然墓碑本身也不是一般那種，而是橫式的，真要形容的話，頗有紀念碑的感覺。占地也有碑石那麼寬，不是我誇張，大概有學生的宿舍空間那麼大。」

「有一次仙川對我說起小時候的事。」

「真的？」遊佐口含吸管的抬起視線說，「我沒有聽她說過耶。」

「小時候有段期間她經常住院，請了好幾位家庭教師在病房指導。她獨處的時間很長，所以自然養成了讀書的習慣。」

「難怪她愛看書。」遊佐說。

「難怪她會當編輯。」我笑道。

「不過，也有很多並不愛看書的編輯喔。」遊佐笑，「在這一點上，仙川是真的愛書人，真的喜歡書。」

店員送來我點的冷花草茶，一面說「久等了」，一面用套了好幾個戒指的手將帳單放在桌角，露出愉悅的笑容走進裡面。

我們坐的窗邊座位可以看見三軒茶屋街上的行人，有撐陽傘蹓狗的人，有戴著同款大黑框眼鏡的雙人組女學生，有母親牽著穿幼稚園制服的小朋友，他們以或快或慢的速度走在七月底的晨光中。盛夏上午十點半的光直射在正準備開張的花店前裝滿不知名鮮花的水桶，和寫著品項的麵包店小招牌上，並且在腳邊落下鮮明的影子。

「已經兩年了啊。」

遊佐看著窗外說，「不想習慣的，但不知怎的就習慣了。總覺得人一不在果然就什麼都沒了。」

我們喝著各自的飲料，又繼續看著窗外。

「怎麼，動了？」

遊佐從桌子對面觀察著我的肚子說。

「動得好厲害，」我俯看自己的肚子說，「不知算是動還是踢，有時冷不防朝著子宮口踢一腳，差點倒抽一口氣。」

「的確會這樣。」遊佐皺起眉心開心的笑了，「忙來忙去之間，離預產期已經不到一個月了呢，好快喔。」

「的確是。」我說，「雖說一個月，但是預產期只剩兩星期了。」

「要買的東西大概就是上次列給你的清單，我想應該沒有遺漏了。還有呢，雖然是夏天，不過濕紙巾還是買有加熱器那種比較好。」

「和紙巾分售的那種？」

「對對，有附插座的那種。」遊佐說，「加熱過感覺擦得比較乾淨。後來嬰兒床怎麼處理？」

「我本來想用兩條棉被並排就行了。但是在網路上做了很多功課，還是床比較好照顧。有個地方可以租半年五千圓，所以就去租一張吧。」

「嗯。」

「內衣買好了，洗澡用具、尿布也都OK了。」我打開手機的記事簿，一一檢查說，「還買了奶瓶、奶嘴S號。奶粉生產前再買。」

「嬰兒車的話……不過那個還早，可以先不用。」

「嗯，大物件的話想在拍賣網找。」

「你姊姊說什麼時候會來？」遊佐問。

「暫定預產期前一個星期，之後輪到我外甥女來幫忙。」

「喔喔，那太好了。」遊佐笑著說，「我也會盡力幫忙，不過剛生完的那段時間，還是有個人在身邊隨時照應比較好。」

「嗯。」我點頭。

「不過，是男生還是女生呢？」遊佐轉動脖子說，「不問性別這種事，現在不流行了吧？我生庫拉的時候，大概從兩個月開始，就一直問醫生是男是女，醫生應該被我搞得很煩。」

「那太早了啦。」我笑道。

「不過，最重要的還是順產，這是第一要務。對了，名字取好了沒？」遊佐問，「還沒嗎？」

「嗯，還沒有決定。只是含糊的想了幾個，沒有確定。」

「像名字——還有，何時生產、預產期這些你都告訴他了嗎？」遊佐稍微湊近過來問，「那個另一半，孩子的爸爸？」

「嗯，」我點點頭，「名字還沒提，不過預產期在得知懷孕的時候就說了。一方面他住在櫔木，這幾個月幾乎沒見到面，不過我們偶爾會用 LINE 聯絡。」

「他回老家了呀？」

「是啊。他母親獨居，身體不太好，所以他回老家工作。」

「也好，反正很近嘛。」遊佐點頭說。

「之前也已經談好了，基本上我打算自己生產，自己照顧。」

「嗯。」

「等孩子想見父親隨時可以見到，我是這樣打算。」我說，「我們談好了，想他的時候，會隨時去找他。而他如果想我，也盡可能見面。我們還不知道會成為什麼樣的關係，不過暫且先照這個模式走走看。」

「很不錯呀。」遊佐莞爾道。

遊佐喝光冰咖啡，打了個大呵欠，脫下草帽在頭頂劃圓似的抓了抓。然後伸直晒黑的手臂說，夏目很快也會像我這樣，你知道我現在多常去游泳池嗎？打工擔任救生員的小孩一招手我就去。說完樂呵呵的笑了。

我們結完帳走出店外，朝著車站走。遊佐說接下來要去澀谷開會，所以我送她到驗票口。

「對了，大楠先生怎麼樣？合作得順利嗎？」

「嗯，進展得非常好。」

「那就好。」遊佐放心的說。

「前一陣子他把校樣送回給我，溝通的感覺非常好。」

「他是個很好的編輯，」遊佐點頭說，「而且他喜歡夏目的小說。」

「真的，」我說，「你把他介紹給我，真的太好了。」

「不是我介紹的呀。是他先問我夏目的聯絡方式，我只是把你的資料給他而已。他看過夏目的小說後，自己說想跟你合作的。」遊佐說，「都很順利呢。所有一切。」

「嗯。」

「所有一切，令人期待。」

然後，遊佐嚷著「對了對了」一面探頭看著手上的紙袋，一一解釋袋裡的東西。裡面有生庫拉時用的骨盤腰帶、幾件胸口可以翻開餵奶的睡衣、還有好幾件可愛的小嬰兒被。明天再 LINE 你喔，回家時注意安全喔。遊佐說著揮揮手，我一直望著她的背影，直到她轉彎看不見為止。

二〇一七年的年底，我與逢澤決定生下孩子。我們倆做了幾個約定，話雖如此，我和逢澤對對方都沒有要求，所以所謂的約定，更像是各自說出自己的想法，然後共同保有它的感覺。我對逢澤說的只有，基本上我會獨自生產，獨自照顧。見面的次數和時機到時候討論決定，如果未來不再見面，各自生活，孩子想見的時候，也會讓他見面。此外，生產和育兒的經費，全部由我負擔，我希望在一個人能負擔的範圍內生活。關於錢的問題，逢澤也考慮了很多，他提了幾個建議，但還是尊重我的想法。

二〇一八年二月底，我們以事實婚夫妻*[11]的方式，到治療不孕的專門醫院掛號。院方不需要任何證明我們事實婚的文件，只出示兩人的戶籍謄本，確認兩人與他人並無婚姻關係後，就沒有問題了。我向醫生說，決定懷孕後的半年期間，試過排卵期受孕的方法，但是一直沒有下文。

11　譯注：未辦理結婚登記、有實無名的婚姻關係。

醫生根據我的生理周期，設定了檢查日，用超音波檢查，確定排卵正常，逢澤也接受檢查，精子方面也沒有問題。這件事本身雖然很好，但是如果精子沒有問題，排卵也很正常的話，醫生通常會建議夫妻按一般的方法再試試看，所以我心裡有點七上八下。可是，醫生並沒有如我預期這麼說，反而解釋高齡產婦一個月只有一次機會，如果已經試過半年的話，建議我可以直接升級到人工授精。於是，八個月後——第五次人工授精後，我懷孕了。

送走遊佐，我在胡蘿蔔塔的地下室超市買了熟食回家，如果預產期準確的話，離生產只剩下兩星期，肚子也大到我覺得不可能再大的地步，但是遊佐說，最後一星期的關鍵時刻還會再大一圈。我撫著從胃下方突出隆起的部位，撐著陽傘盡可能選有陰影的地方，好整以暇的走向回租屋處的路。

進到房間，開了空調，從冰箱裡拿出麥茶時電話響了，是綠子打來的。最近，卷子和綠子都頻繁的聯絡我，問我身體怎麼樣？有沒有缺什麼？有沒有頭痛的事？為各種事操心。卷子每次一定從「都二十年前的事了，很多細節忘得差不多」開始說起，然後隨時插入她臨時想起的記憶。到了最後一定會強調，陣痛雖然會痛到無法相信的地步，不過每個人體質不同，非得自己經驗過才知道，所以不用太擔心。四月開始進研究所就讀的綠子則與卷子輪流到我這兒幫忙，直到學校開學。在不熟悉的東京待兩星期以上，而且與新生兒一起生活，多少有些緊張，不過感覺得出她充滿雀躍之情。

「夏姨，怎麼樣？」綠子輕快的聲音問道。

「謝謝，跟昨天差不多。」

「真的嗎？」

「肚子不痛嗎？」

「不痛啊，」我笑道，「他動得很厲害，頭部大概是朝著子宮口，從裡面用力頂去，那時候真的痛到倒抽一口氣。除此之外都不怎麼痛。不過，到了晚上腳老是抽筋。」

「嗄，」綠子低呼一聲，「抽筋是指小腿痙攣吧？你肚子那麼大怎麼按摩呢？」

「沒辦法按摩。所以如果小腿抽筋的話，只好等它自己慢慢復元。」

「哇，那很難熬耶。」綠子壓低了聲音說，「那漏尿狀況怎麼樣？」

「那段時期好像過去了。」我說，「尿蛋白和尿酸數值都沒問題。昨天產檢的時候，醫生說有一點水腫，只有這樣。醫生什麼也沒說，我想狀況極好。」

「狀況極好啊，真棒。」綠子開心的笑著，我也笑了。

「──不過，肚子裡有個寶寶是什麼感覺啊？」

「感覺很神奇。」我坦誠的說，「我沒有害喜，所以，在肚子隆起之後，才真正有了懷孕的感覺。而且初期只是變胖的延伸感，當然，身體會越來越重，也會產生各式各樣的變化。」

「嗯。」

「總覺得自己的身體呀……」

「嗯。」

「越來越遲鈍，越來越懶散，自己好像在一尊又大又厚的人偶裝裡，以前覺得很狹隘，有時也很吃力，但是現在那種吃力感不見了，反而有種平和感。」

「這樣啊。」綠子欽佩似的說。

「洗澡的時候，看到鏡子裡的肚子，不禁會想，真的長大了，我生得出來嗎，然後又突然清醒過來。」

「嗯。」

「不過，我不想再想太多了，好像腦神經線全都散了，就像麵線丟進滾水裡，嘩的散開一樣，就像那種感覺。」

「嗯。」

「我一直無法想像，」我說，「比方說，人到了八十五或九十歲的時候，一般來說大多心裡都有數，可能再過五年或十年，自己就不在人世了吧，在不久的未來，自己真的就會死了吧，或是感覺明年此時也許自己就不在了吧。到了那個年紀，大家對死亡到底有什麼感覺呢？我真的無法想像，不是有一天，不是未來——而是大家對再過不久自己就要死了這件事，有什麼感覺。」

「嗯。」

「會害怕吧，或者是坐立難安吧。大家看起來都過著安穩的日子，但是心裡又是怎麼想的呢？」

「嗯。」

「不過，我可能說不定會因為生產而死掉。當然，現在不是以前古老的年代，而且，心底的一角總覺得應該沒問題，但是若大量出血，誰也沒把握會發生什麼事情，所以它可能是我這輩子最接近死亡的狀態。」

「嗯。」

「但是，我一點也沒放心上。生產時會怎麼樣？會不會死？這些未來的事，我就算是想去思考，也像被軟綿綿的棉被包裹住一般，無法思考任何事。」

綠子嗯哼了一聲。

「很驚人吧。無法思考任何事。所以呢，我在想，人真的到了有可能面對死亡的時刻，腦中說不定有可能會分泌這種軟綿綿的物質，八十五或九十歲的老爺爺、老奶奶，也許每天都是這種感覺。所以，這種思想被軟綿綿的物質包裹、然後消失。」

「雖然夏姨不會死。」綠子說，「但是，夏姨說的話，我好像聽得懂。」

「很神奇吧。」我說。

「你已經無所畏懼了。」

七月的最後一星期結束，進入八月，我變得半夜會醒好幾次，早上即使醒來，腦中也是一片混沌、雲遮霧罩的感覺。中午躺下來閉上眼睛就打起瞌睡，盛夏的太陽將窗簾照映得白亮耀眼，地毯上形成光的池塘。我靠在懶骨頭上伸直手臂，在高溫中張開手心又握緊。即使開了空調，氣溫似乎還是不停上升，腋下和背部冒出濕黏的汗，每一眨眼，夏日就在眼睛裡膨脹得更大。

就在這時，我感到一種針刺的感覺，與過去偶爾感覺到的不太一樣。我反射性的用雙手抱住肚子下方，那根針像是什麼東西快速通過一般，立刻消失了，但是過了一會兒，又從深處湧起來的感覺。經過了幾次之後，它明確的轉變為痛。距離預產期還有一星期，心想這會不會太早了點，但是從週數來說，已經到了隨時可能臨盆的階段。這麼一想，汗水從全身噴湧而出，心臟撲通撲通的跳。至今為止，我聽過醫生說的話，聽過遊佐說的話，但具體的內容都忘得差不多了，後來也聽了卷子的經驗，讀了懷孕與生產相關的實用書，也在網路上認真的做了功課，儘管如此，我還是完全搞不清楚出現什麼狀況表示要生了，若沒到什麼狀況就還早。

過了一會兒，疼痛漸漸遠離，我慢慢起身走到廚房，倒了一杯麥茶一飲而盡。剛才那一下子，讓我嘴裡渴到臉頰內側都快黏在一起了。間隔，我想到了這兩字，憶起不知在哪兒看過，一旦疼痛不同以往時，就趕快測量間隔。我放棄懶骨頭，選擇比較好起身的椅子坐下，眼睛盯著時鐘。時間正好三點整，疼痛又來了，量了一下發現疼痛每二十分鐘會出現。我焦慮的努力思考接下來必須做的事，但是不知為何眼窩和腦門中的空隙，都被棉花塞滿了一般，一切都感覺那麼不真實。

捱過幾次來臨的陣痛後，我用 LINE 聯絡了卷子和綠子：「陣痛可能開始了，待會兒見」，也給遊佐傳了LINE。我確認事先準備好的住院用行李袋和提袋裡，已放入錢包和母子手冊，然後打電話到醫院。護士愉快的聲音接起，聽我說完狀況後，回答說，也許還可以再觀察看看，不過如果想現在來醫院也無妨。我告訴她，因為我單獨在家，如果再痛下去可能動不了，所以現在就去醫院，然後掛了電話。

到達醫院時，間隔變得更短，疼痛也更強烈了。把行李放好後，便直接被帶進分娩室。子宮口已經開到五公分，有一點破水的跡象。幾個護士熟練的做準備，在隆起如小山的肚子上貼了計測貼片，測量陣痛正確的強度與間隔，中指也插上心跳計測器。夏目小姐，好像就快生了的感覺，你還好嗎？從一開始就十分親切的資深女護士，帶著一如以往的笑臉問我。我痛得說不出話，只能一再點頭。她的嘴角大大的朝左右抿成笑臉，在我肩膀上緊緊一握。

幾個小時後，陣痛的間隔變成十五分鐘、十分鐘，每來一次變得更大的疼痛讓我眼前一黑，經過幾分鐘的空白，眼前才雲消霧散，恢復神智。這段期間，我睜大了眼睛，像是掏挖一般反覆的深呼吸，感覺下一個波浪在肚子深處隆起時，雙膝便不住地顫抖。

波浪來臨時變得更大更強，在推湧而來的力度中，我已分不清上下左右。睜開眼睛想確認光線在哪裡、太陽在哪裡，自己待在多深的地方，但越是掙扎越響亮的疼痛又加強了力道。不知何處有個女人在說話，在波浪退去的剎那，我睜開眼睛看看時鐘，時針指著快十點。難以置信的感覺，「原來已經過了這麼久」的絕望，與「怎麼才過這一點時間」的絕望融合在一起，然而彷彿從下腹湧出了笑聲，我體驗到從未有過的感覺。手腳能動的時候，我抓起杯子喝了口水，發出叫聲，而護士們的打氣聲變得時遠時近。

半夜兩點多時，疼痛源源不絕的來臨，我不停的發出吶喊，我來到一個人所能產生的疼痛極限，又不禁想，現在這個的疼痛已經超越極限了吧。當疼痛超越了我一己的範圍時，我覺得自己就要死了吧。不是，不知道，疼痛也許已經超越了，是身體嗎？是世界嗎？到底是哪裡在痛？連這一點我都分不清了。就在這時——彷彿響起衝破疼痛之膜的聲音，那位護士的臉驀地出現在眼前，我像是被打了一拳般撐開眼睛，肚子裡的那塊肉在哪兒？意識不清的狀態下，只是把所有的力量，施加在那個只能用世界中心來形容的部位。我從胸口喊出不知所云的聲音，推擠出所有凝聚的力量。下一秒鐘——意識彷彿輕飄飄的穿過身體般，眼前變得白茫一片，然後被一種全身成為濕暖的液體傾洩到世界的感覺所包圍。

銀白的光從頭頂注滿在身體內，然後我看到那裡——有個東西緩緩擴散開來。那是遠在幾萬年、幾億年外無聲呼吸的星雲。在漆黑之中千百種顏色形成了漩渦，煙霧、星星閃爍著在那兒靜靜的呼吸。我睜大了眼睛看著它，那霧靄、那濃淡——在湧起的淚珠中靜靜的呼吸，我目不轉睛的看著那道光，伸出手想碰觸那光，伸直了手臂想碰觸它。就在這時，我聽見了哭聲，像被打了一拳般睜大眼睛時，看到劇烈起伏的胸口。我仰躺著讓護士揩去汗水，一再的呼吸，而我的心臟全力的將氧氣送進全身。一眨眼間，我聽到嬰兒的哭聲。有人說，四點五十分。嬰兒的哭聲響徹房間。

過了一會兒，嬰兒來到我的胸前，身軀小到難以置信的嬰兒來到我的胸前。肩膀、手臂、手指、臉頰又紅又皺，嬰兒全身都充血發紅，大聲的哭泣。有人說，三千兩百克，是個健康的女寶寶。淚水從我的雙眼流下，但是，我不知道這眼淚為何而流。將我所知的所有感情加進去都不夠的、無以名狀的情緒從心底湧出，然後又淚流不止。我看著寶寶的臉，收起下巴，將寶寶的全身映入眼中。

這個寶寶是我第一次見到的人，她既不在回憶中，不在想像中，不在任何地方，也不像任何人。她是我第一次見到的人。寶寶使盡全力響亮的哭著，大聲的哭著。你在哪兒呢，你到這兒來了呀？我用游絲般的聲音呼喚著，一面凝視著在我胸前繼續哭泣的寶寶。

主要參考文獻

《以ＡＩＤ誕生 靠捐贈精子出生的孩子心聲》（AIDで生まれるということ 精子提供で生まれた子どもたちの声）由非配偶者人工授精出生者自助團體・長沖曉子編著 萬書房 二〇一四年

《精子捐贈 父不詳的孩子們》（精子提供 父親を知らない子どもたち）歌代幸子 新潮社 二〇一二年

《生殖技術 不孕治療與再生醫療為社會帶來什麼》（生殖技術 不妊治療と再生医療は社会に何をもたらすか）柘植あづみ 三鈴書房 二〇一二年

《生殖醫療的衝擊》（生殖医療の衝撃）石原理 講談社現代新書 二〇一六年

《不出生比較好 存在的弊害》（生まれてこないほうが良かった 存在してしまうことの害悪）大衛・班奈特 鈴澤書店 二〇一七年

〈「如果不出生就好了」的意義　朝向生命哲學的結構（5）〉（『生まれてこなければよかった』の意味　生命の哲学の構築に向けて〔5〕）森岡正博　大阪府大學紀要8　二〇一三年三月

〈宇宙唯一孤獨的人造物　航海家號的祕密　想去NASA而非JAXA的原因　幼年時代的英雄〉（宇宙一孤独な人工物、ボイジャーの祕密　JAXAではなくNASAに行きたかった理由、幼年時代のヒーロー）小野雅裕　東洋經濟ONLINE　https://toyokeizai.net/articles/-/39248

〈學問的雞尾酒　「反出生主義」是對的嗎？〉（学問のカクテル　『反出生主義』って正しいのでは？）https://www.enjoy-scholarship/com/antinatalism/

NHK「聚焦現代＋」（クローズアップ現代＋）二〇一四年二月二十七日播出「徹底追蹤　精子捐贈網站」（徹底追跡 精子提供サイト）　https://www.nhk.or.jp/gendai/articles/3469/1.html

藍小說 313

夏的故事（夏物語）

作　者—川上未映子
譯　者—陳嫺若
主　編—羅珊珊
責任編輯—蔡佩錦
校　對—江淑霞　蔡佩錦
內頁排版—新鑫電腦排版工作室
封面設計—朱疋
行銷企劃—吳儒芳

總 編 輯—龔橞甄
董 事 長—趙政岷
出 版 者—時報文化出版企業股份有限公司
108019台北市萬華區和平西路三段二四〇號四樓
發行專線—（〇二）二三〇六—六八四二
讀者服務專線—〇八〇〇—二三一—七〇五
（〇二）二三〇四—七一〇三
讀者服務傳真—（〇二）二三〇四—六八五八
郵撥—一九三四四七二四時報文化出版公司
信箱—10899臺北華江橋郵局第九九信箱

時報悅讀網—http://www.readingtimes.com.tw
思潮線臉書—https://www.facebook.com/trendage
法律顧問—理律法律事務所　陳長文律師、李念祖律師
印　刷—紘億印刷有限公司
初版一刷—二〇二一年十一月二十六日
定　價—新臺幣五八〇元
（缺頁或破損的書，請寄回更換）

時報文化出版公司成立於一九七五年，
並於一九九九年股票上櫃公開發行，於二〇〇八年脫離中時集團非屬旺中，
以「尊重智慧與創意的文化事業」為信念。

夏的故事 / 川上未映子 著；陳嫺若 譯. -- 初版. --臺北市：時報文化出版企業股份有限公司, 2021.11
464 面；14.8x21 公分. --（藍小說；313）
譯自：夏物語
ISBN 978-957-13-9011-6（平裝）

861.57　　110007695

ISBN 978-957-13-9011-6
Printed in Taiwan
the book must not be exported to Mainland China